AF304082

Nadine Stenglein ist Autorin aus Bayern. Bevorzugt schreibt sie Fantasy, aber auch sehr gerne Thriller, Krimis, Liebeskomödien und Liebesromane.

NADINE STENGLEIN

EIN LETZTES KAPITEL

WEM KANNST DU VERTRAUEN?

Ein letztes Kapitel

ISBN 978-3-98778-634-1
E-Book-ISBN 978-3-98778-633-4

Covergestaltung: Larissa Siepmann
Umschlaggestaltung: ARTC.ore Design
Unter Verwendung von Abbildungen von
stock.adobe.com: © Mariusz Blach, © jomphon, © Maryia
Bahutskaya, © udovichenko
shutterstock.com: © Wirestock Creators, © schankz
Lektorat: Nadine Buranaseda, typo18, Bornheim
Satz: dp DIGITAL PUBLISHERS GmbH
Druck und Bindung: Books on Demand GmbH, Norderstedt

Vorwort

Meine lieben Leserinnen und Leser,
ich liebe Geschichten, in denen es um Geheimnisse und Liebe geht. So ist es auch in meinem Romantic Thriller *Ein letztes Kapitel.*
Meine Protagonistin Audrey Richards vermisst ihren Vater, der bei einem Terroranschlag ums Leben gekommen sein soll. Er hat ihr seine letzte Romanidee mit vielen Details verraten. Jahre später kommt ein Roman heraus, geschrieben unter Pseudonym, der genau jene Geschichte enthält und zum Bestseller wird. Audrey lernt einen jungen Lektor kennen, der sich mit ihr auf Spurensuche nach dem mysteriösen Autor begibt. Die nervenaufreibende Suche schweißt beide zusammen und lässt Gefühle aufkeimen. Die Suche nach der Wahrheit steht aber natürlich im Vordergrund. Auch zukünftige Thriller möchte ich in diesem Mix schreiben. Die erste Idee zum Romantic Thriller hatte ich, als ich in einem Buch blätterte, das unter Pseudonym geschrieben war. Danach reifte die komplette Idee nach und nach in meinem Kopf. Auch ich verwende Pseudonyme. Lilian Dean und Cecilia Lilienthal (für History und Romance). Ich veröffentlichte aber auch schon unter meinem Klarnamen Nadine Stenglein.

Ich hoffe, ihr werdet die spannende gefühldurchdrin-
gende Reise mit Audrey mögen.
Liebe Grüße
Lilian Dean

Die Bloom-Affäre

„Er hat eine Bombe!", rief einer der Gäste, die an der Rezeption des Pariser Hotels Avelaine standen.

Audrey hielt sich nur ein paar Schritte entfernt im Foyer auf, ein Kind auf dem Arm. Es war höchstens drei Jahre alt. Ein Junge. Sie hatte keine Ahnung, wie sie zu dem Kind gekommen war. Dennoch beschlich sie das Gefühl, es schon lange zu kennen. „Dad?", rief sie und sah sich um. „Wo bist du?"

Sie musste ihren Vater dort rausholen, bevor es zu spät war. Die Zeit wurde knapp. Das Adrenalin schoss durch ihre Adern. Sie hatte ihn vor wenigen Minuten ins Hotel gehen sehen. Er war hier irgendwo, davon war sie felsenfest überzeugt.

Der seltsame graubärtige Mann an der Rezeption wiederholte, diesmal eindringlicher: „Er hat eine Bombe!" Sein Gesicht verzerrte sich, machte die Angst, die in ihm wühlte, sichtbar.

Die Augen des Kindes fixierten Audrey. Sie waren so hellblau wie die ihres Vaters.

„Ich glaube an ein Leben danach. Ich glaube daran, dass wir wiedergeboren werden", hörte sie plötzlich die Stimme ihres Dads aus der Erinnerung. Da wusste sie, dass sie ihn nicht würde retten können. Dass sie das, was passiert war, nicht ungeschehen machen konnte.

Dennoch versuchte sie es wieder, wie schon in zig Träumen zuvor. Sie presste das Kind an sich und rannte los. Ein junger Mann versperrte ihr den Weg. Sein Gesicht war konturlos, eine einzige dunkle Maske. „Es wird nicht wehtun, es geht schnell. Versprochen. Das weiß auch dein Vater."

Was redete er da? „Nein, warten Sie. Sagen Sie mir, warum. Warum?", rief Audrey.

„Schicksal. Man kann ihm nicht entrinnen", antwortete der Mann und zog an etwas, das er unter seinem Mantel trug.

Audrey schloss die Augen. Sekunden später hörte sie einen dumpfen Knall, spürte Hitze um sich. Sie verband sich mit einem ungeheuren Druck, der ihren Körper zu zerreißen drohte.

In dem Moment wachte sie auf. Schweißnass und nach Luft ringend. Tränen rannen über ihre Wangen. Ihr Blick irrte durchs Zimmer, das nur von Sonnenstrahlen, die durch die Schlitze der Jalousien fielen, erhellt wurde. „Ich wünschte, ich könnte die Zeit zurückdrehen, Dad", murmelte sie.

Audrey war die einzige Tochter von Monty Richards. Sein Sonnenschein, wie er sie oft genannt hatte. Vor rund drei Jahren war er bei einem Terroranschlag in Paris ums Leben gekommen, in der Lobby des Hotels, in dem er für einige Tage eingecheckt hatte. Die Drahtzieher des Anschlags hatten flüchten können und blieben verschwunden, genau wie die Leiche ihres Vaters. Alles, was man Tage später von ihm gefunden hatte, waren einige Zähne, anhand derer man ihn identifiziert hatte. Audrey dachte an seine letzten Worte, die für sie im Nachhinein wie eine Vorahnung klangen.

„Pass gut auf deine Mutter auf, Audrey. Ich liebe euch. Egal, was passieren wird, das wird sich niemals ändern." Danach hatte er sie auf die Stirn geküsst, sie fest an sich gedrückt und seiner Frau gewunken, die, von einer Sommergrippe ans Haus gefesselt, am Fenster ihres Schlafzimmers gestanden und ihm eine Kusshand zugeworfen hatte.

***

Audrey legte den Strauß roter Rosen auf das leere Grab des Südfriedhofs am Rand von Fayes, Indiana und betrachtete das Foto mittig in dem hellgrauen Marmorgrabstein, von dem ihr Vater ihr mit seinem sanftmütigen Lächeln entgegenblickte. Die damalige Reise nach Paris hatte Recherchezwecken für seinen neuen Roman gedient. Wie er Audrey verraten hatte, hatte es ein Politthriller werden sollen. Zu gern hätte sie ihn begleitet. Doch sie hatte ihm versprechen müssen, sich um Lauren, ihre Mutter, zu kümmern. Der Gedanke, dass sie seinen Tod hätte voraussehen oder gar verhindern können, quälte Audrey täglich seit dieser Tragödie, bei der fünf weitere Menschen ihr Leben hatten lassen müssen.

„Ich hab dich lieb, Dad", flüsterte Audrey und wünschte sich, er könnte ihr antworten. Milder Sommerwind spielte mit ihrem glatten blonden Haar, das ihr glänzend über die zierlichen Schultern fiel.

„Entschuldigung, sind Sie nicht …? Ja, Sie sind es! Monty Richards' Tochter", hörte sie plötzlich eine helle Stimme hinter sich und drehte sich abrupt um. Eine

Frau mittleren Alters stand vor ihr und lächelte sie unsicher an. Der Wind blies ihr die braunen Locken in das volle, von der Wärme leicht gerötete Gesicht.

„Ja, die bin ich." Audrey wusste, was folgen würde. Sie musste lächeln, weil sie überzeugt war, dass ihr Vater es in diesem Moment auch getan hätte. Er hatte seine Leser geliebt, jeden einzelnen, und hatte keinerlei Berührungsängste gehabt, wenn es um Autogramme oder Fragen gegangen war. Vorausgesetzt, sie hielten sich im Rahmen. Nun, es gab durchaus Frauen, die ihn nicht nur wegen seiner Geschichten umschwärmt hatten. Er war ein großer, stattlicher Mann gewesen. Sportlich gekleidet, ergrautes Haar, markantes Gesicht und blaue Augen, einem Sommerhimmel gleich. Obwohl er zu den Ladys freundlich gewesen war, geflirtet hatte er immer nur mit einer – Lauren, seiner großen Liebe.

„Ihr Vater war ein Genie. Ich liebe seine Romane. Alle! Das Haus im Eis hab ich bereits fünfmal verschlungen. Ich hätte so gerne die Fortsetzung gelesen, die er schreiben wollte. Das hat er in einem seiner letzten Interviews verraten." Die Frau lenkte den Blick an Audrey vorbei zum Grab und seufzte tief. „Er ist sicher ein toller Mann gewesen. Schade, dass ich ihn nie persönlich kennengelernt habe."

„Ja, das war er wirklich."

Die Frau drückte kurz Audreys Hände. „Mein Gott, Sie haben die gleichen himmelblauen Augen wie er. Gott schütze Sie und Ihre Mutter", sagte sie leise.

„Sie auch. Herzlichen Dank."

Langsam entfernte sich die Fremde. Bevor sie den Friedhof verließ, warf sie Audrey einen Blick über die

Schulter zu und schenkte ihr ein Lächeln zum Abschied. Audrey wandte sich wieder dem Grab zu. Noch heute verkauften sich die Bücher ihres Vaters fabelhaft. Der Großteil seines Erbes war an Audrey und ihre Mutter übergegangen, nachdem man ihn offiziell für tot erklärt hatte. Gewinnanteile einiger Romane flossen an eine Stiftung für krebskranke Kinder, die ihrem Dad sehr am Herzen gelegen hatte.

Sein Bruder Kaden war im Alter von vierzehn Jahren an einer seltenen Krebsart gestorben, die nach wie vor nicht erforscht war. Die Heilungschancen lagen auch heute bei null.

Obwohl Audrey die Geschichten ihres Vaters ebenso liebte, verspürte sie selbst keinerlei Ambitionen, einmal in seine Fußstapfen zu treten. Ruhm und Erfolg waren nicht wichtig. Das Schreiben an sich, das Gefühl, Welten zu erschaffen, mit seinen Figuren zu fühlen, das zählte für sie. Seit Dads Tod war sie von der Jungautorin zur reinen Leserin geworden. Ihr Vater hatte an ihr Talent geglaubt. Dennoch war da diese Blockade, die seit dem schrecklichen Anschlag jegliche Kreativität im Keim erstickt hatte. Bis vor Kurzem, als Audrey überraschend ein paar Ideen heimgesucht hatten. Vielleicht war es nur ein Strohfeuer.

Während sie mit einer Gießkanne Wasser aus dem alten Friedhofsbrunnen holte, um die kürzlich gepflanzten weißen Rosen zu versorgen, blitzten Szenen aus der Vergangenheit vor ihrem geistigen Auge auf. Blumenduft umgab sie. Die meisten Gräber lagen im Schatten alter Virginia-Eichen. Hier ruhten ebenfalls Audreys Großeltern väterlicherseits. Ihre Mutter stammte ursprünglich aus einer anderen Ecke Amerikas, dem

Sonnenstaat Kalifornien. Ihre Eltern waren rund fünfundzwanzig Jahre verheiratet gewesen, Audrey ein Wunschkind. Sie war an einem schwülen Julitag geboren worden.

„Die Engel haben auf deine Geburt angestoßen", erzählte ihre Mutter gerne, weil in genau jener Minute ein mächtiges Donnergrollen zu hören gewesen war.

„Du wirst die Welt und vor allem uns mächtig aufwirbeln. Das war mir sofort klar", hatte ihr Vater meistens hinzugesetzt.

Audrey musste schmunzeln, als sie daran dachte. Sie konnte sich nicht erinnern, dass sie je einen richtigen Streit mit ihren Eltern gehabt hatte, obwohl sie durchaus ein Wildfang gewesen war. Ein Charakterzug, den sie von ihrem Vater geerbt hatte. Wahrscheinlich hatten die Engel bei seiner Geburt ebenfalls mächtig die Korken knallen lassen. Er war immer derjenige gewesen, der seine Frau, eine ruhige Seele, mitgerissen hatte.

„In seiner Nähe konnte einem schwindelig werden. Das meine ich nicht negativ", hatte ihre Mutter einmal verraten.

In der Erinnerung sah sich Audrey neben ihrem Dad im Garten. Sie saßen auf zwei Schaukeln. Nie würde sie seine tiefe und doch sanfte Stimme vergessen. Damals hatte er ihr, wie so oft, von seiner neuesten Romanidee erzählt. Sie musste an die gemeinsamen Reisen mit ihren Eltern denken. Die wohl schönste darunter war ein Trip nach Schweden gewesen. Die Polarlichter dort hatten sie sofort in ihren Bann gezogen. Ihr Vater hatte das Naturphänomen daraufhin in einen seiner Thriller eingebaut. Nur selten hatte er in einem anderen Genre geschrieben. Liebeskomödien etwa, mit schrägen Protagonisten, über die Audrey herzhaft lachen konnte. Eine dieser Komödien war vergangenen Sommer verfilmt worden und ins Kino gekommen. Ein Meilenstein, über den sich ihr Vater mit Sicherheit gefreut hätte. Der Film war so erfolgreich gewesen, dass er inzwischen sogar in den europäischen Kinos gezeigt wurde. Außerdem war im Gespräch, einen seiner Thriller zu verfilmen.

Die Sonne schob sich hinter eine bauschige Wolkenbank, langsam wurde es kühler und windiger. Audrey band sich das lange Haar mit einem Gummi zu einem Zopf, verließ den Friedhof und wandte sich Richtung Stadt, um ihre beste Freundin Grace Cleveland von der Arbeit abzuholen. Sie kam gerade rechtzeitig und lehnte sich gegen die gelb gestrichene Wand des Bücherladens. Audrey wollte nicht aufdringlich sein und einfach hineinplatzen. Grace arbeitete erst seit drei Wochen hier. Ein paar Leute passierten ihren Weg. Fayes war eine ruhige Stadt mit rund zweitausend Einwohnern, zwanzig Meilen von Indianapolis entfernt und von Wiesen und Maisfeldern umgeben, in denen Audrey als Kind Verstecken gespielt hatte.

Der Rotschopf mit dem Sommersprossengesicht hatte sie bereits entdeckt, denn Grace zog die Tür auf und rief ihr entgegen: „In zehn Minuten bin ich bei dir."

„Okay, kein Problem", erwiderte Audrey und besah sich derweil die Bücher im Schaufenster genauer, die drapiert wie Schätze auf bunten Seidentüchern lagen oder mit Fäden befestigt von der Decke hingen. Darunter war ein Thriller ihres Vaters. Sie erinnerte sich, dass sie ihm geholfen hatte, signierte Bücher für Leser mit einem Geschenk, meist Lesezeichen oder Autogrammkarten, in Päckchen zu packen und zur Post zu bringen. Unterwegs hatte er ihr stets ein riesiges Eis spendiert. Später waren es so viele Signierwünsche geworden, dass er eine weitere Assistentin benötigt hatte. Nach ein paar Minuten stolperte Grace in ihre Arme.

„Hi. Das wäre fast schiefgegangen", begrüßte Audrey ihre Freundin, die das kurze Haar schüttelte.

„Hi, Süße. Wir haben eine Bestellung beim Großhändler aufgegeben. Meine Güte. Ich sag dir, die Leute sind immer noch verrückt nach den Romanen deines Vaters. Erstaunlich, dass dieser Neuling ihm so schnell Konkurrenz machen konnte." Grace kramte einen Kaugummi aus ihrem Rucksack. „Auch einen?"

„Nein danke. Neuling?"

„Gene Hartman. Der neue Thrillerautor auf dem Markt. Sein Roman ist kürzlich bei Booksdome erschienen", erzählte Grace und schob sich den Kaugummi in den Mund.

Booksdome – der Name war Audrey nicht unbekannt. Schließlich war das die Konkurrenz von Booksline, dem Verlag, bei dem ihr Vater unter Vertrag stand. Die Verlage gehörten zwei Brüdern, die sich zerstritten hatten. Sie selbst arbeitete als Büroangestellte in Indianapolis bei Booksline. Der Verlagschef, Winton Folder, wurde jedes Mal rot vor Wut, wenn der Name seines Bruders Noah fiel. Jeder, der das wusste, vermied es, ihn zu erwähnen. Wie es aus Insiderkreisen hieß, ging es bei dem Brüderstreit um persönliche Dinge und Erbsachen. Den Namen Gene Hartman hatte Audrey dagegen nie zuvor gehört. Wie hatte der unbemerkt an ihr vorüberziehen können? Sie interessierte sich für alle Neuerscheinungen.

„Um was geht es, Grace?", fragte sie.

„Der Roman hat eingeschlagen wie eine Bombe. Das ist selten bei einem Debüt. Warte."

Grace eilte in den Laden und kehrte eine Minute später mit einem dicken Wälzer zurück. Vorder- und Rückseite waren in Schwarz gehalten. Der Buchschnitt war grau eingefärbt. Umso klarer trat der silberfarbene Titel Im Nebel der Intrigen auf dem Cover und der ebenfalls silberfarbene Klappentext gespenstisch hervor. Audrey blätterte in dem Roman und stellte fest, dass er an die sechshundert Seiten umfasste.

Neugierig las sie die Zusammenfassung auf der Rückseite.

Ernest Bloom ist angehender Politiker, dessen Ansichten nicht jedem schmecken. Innerhalb seiner Kreise stößt er auf ein Netz intriganter Lügen, die er aufzudecken versucht. Was verheimlicht die Regierung dem Volk? Und was hat eine Sekte damit zu tun? Plötzlich wird Bloom gejagt und sein Sohn entführt. Die Schlinge um Blooms Hals zieht sich immer enger zusammen, und bald gibt es niemanden mehr, dem er trauen kann.

Audrey stockte der Atem.

Zufall? Missverständnis?, durchfuhr es sie. Sie ließ das Buch beinahe fallen.

„Was ist?", fragte Grace und nahm es rasch wieder an sich.

„Seltsam."

„Du bist ja ganz bleich. Willst du reinkommen und ...?“

Audrey winkte ab. „Ich frag mich, ob es so viel Zufall tatsächlich geben kann“, murmelte sie.

„Sorry, aber ich verstehe kein Wort.“

„Entschuldige. Ich glaube, dass ich schon mal von der Geschichte gehört habe.“

Nun lachte Grace. „Kein Wunder. Der Roman ist in aller Munde, sozusagen. Vielleicht hast du nur den Titel vergessen. Oder im Verlag hat jemand ...“

„Nein, nein. Ich meine, ich kenne die Geschichte bereits seit ein paar Jahren. Hast du den Roman schon gelesen?“

Grace schob die Unterlippe nach vorne und schüttelte den Kopf. „Brauch ich nicht mehr. Meine Chefin hat sich bereits mit so vielen Lesern darüber unterhalten, dass ich sogar weiß, wer der mächtige Drahtzieher hinter dem Ganzen ist.“

Audrey hob eine Hand. „Moment. Ich glaube, das kann ich dir sagen. Jonathan selbst, Blooms Sohn.“

„Stimmt. Woher ...?“, wollte Grace wissen.

Audrey hob den Blick und starrte ihre Freundin an, während ihr ein kalter Schauer über den Rücken lief. „Von meinem Vater.“

Notizen

Gedankenversunken blätterte Audreys Mutter in einem ihrer Erinnerungsalben und strich über ein Foto von ihrem Mann. Das Licht der Abendsonne fiel durch die hohen Rundbogenfenster des Wohnzimmers und ließ ihr blondes Haar golden schimmern, das Audrey von ihr geerbt hatte. Audrey erinnerte sich genau daran, wann der Schnappschuss entstanden war. Bei ihrem letzten Urlaub in Miami. Audrey presste die Lippen zusammen. Sie sah wieder ihren Vater vor sich, wie er ihre Mutter danach den Strand entlanggejagt hatte, weil es das bestimmt hundertste Foto gewesen war, das sie an diesem Tag von ihm gemacht hatte.

Ihre Mutter seufzte. „Damals sagte ich ihm, dass die Erinnerungen der wertvollste Schatz seien. Fotos gehören für mich dazu. Nun bin ich froh, dass ich sie habe", sagte sie leise und verzog die schmalen, blassen Lippen zu einem schwermütigen Lächeln.

„Ach, Mom." Audrey ging zu ihr hinüber, setzte sich neben sie auf die graue Eckcouch und legte einen Arm um ihre dünnen Schultern. Ihre Mutter hatte in den letzten Wochen deutlich an Körpergewicht verloren.

„Soll ich uns einen Kaffee machen?", schlug Audrey vor. „Und was hältst du von einem Stück Schokokuchen? Den hab ich gestern gebacken."

Ihre Mutter atmete tief durch und lächelte verhalten. „Da sage ich nicht Nein, obwohl ich keinen Hunger habe, ehrlich gesagt. Aber Schokolade soll ja angeblich Glückshormone ausschütten."

„Du hast nie Hunger, Mom. Und du trinkst zu viel Wodka." Ihre Mutter überging die Bemerkung.

Audrey beschloss, ihr nichts von ihrer seltsamen Entdeckung zu erzählen. Am Ende hätte sie sich nur aufgeregt. Bald würde sowieso die Kur beginnen, zu der ihr der Arzt dringend geraten hatte und die Audrey ebenfalls befürwortete. Ihre Mutter tat es nur, um Audrey zu beruhigen, da war sie sich sicher. Sie umschloss Audreys Gesicht mit ihren knochigen Händen und sah sie an. Audrey bemerkte, dass sich der Glanz in den Augen ihrer Mutter mit jedem Tag mehr verlor. Alles hätte sie getan, um das zu ändern, ihr das Lachen zurückzugeben, die Hoffnung. Ihre Mutter hätte längst aufgegeben, würde es sie nicht geben.

„Du bist ihm in so vielem ähnlich, Audrey. Damit meine ich nicht nur, dass du smart bist. Ein bisschen zu dünn vielleicht."

Audrey gab ihrer Mutter einen Kuss auf die Stirn. „Du bist auch zu dünn. Deswegen essen wir jetzt Kuchen, und danach ruhst du dich ein wenig aus, Mom. Keine Widerrede."

„Okay, okay."

Bevor Audrey den Raum verließ, kam ihr der Roman in den Sinn, den Grace ihr gezeigt hatte.

„Mom?"

„Ja?"

„Kann ich nachher mal in Dads Schreibzimmer gehen?"

Ihre Mutter runzelte die Stirn. „Natürlich. Aber warum fragst du extra? Das ist gar nicht nötig, Liebes."

„Ich wollte nur nicht, dass du dich wunderst."

„Nun ja. Was willst du denn dort?"

„Ich glaube einfach, es würde mir über den Schmerz hinweghelfen. Außerdem hat Dad mir vor … Er hat mir damals von seiner neuesten Romanidee erzählt. Ich wollte schauen, ob ich dazu Aufzeichnungen finde."

„Möchtest du die Geschichte ausarbeiten? Meine Güte, darüber hätte er sich gefreut. Und ich würde es auch tun."

Obwohl Audrey nicht daran glaubte, erwiderte sie: „Wer weiß, vielleicht springt der Funke über, wenn … Ach, ich weiß nicht."

„Schau ruhig. Es stört mich nicht. Ihr habt so viele gemeinsame Stunden in dem Zimmer verbracht. Mir fällt es noch zu schwer, es zu betreten. Die Zeit heilt doch nicht alle Wunden."

Audrey nickte. Leider musste sie ihr recht geben. Die Zeit machte die Trauer erträglicher, mehr nicht. Das Leben hatte sich seit jenem Tag von einer Sekunde auf die andere geändert. Seitdem erschienen Audrey sogar die Farben blasser.

***

Das Schreibzimmer befand sich im Dachgeschoss des Hauses, in dem sie mit ihrer Mutter am westlichen Rand von Fayes wohnte. Ausgestattet war es mit einem samtgrünen Sofa, einem Schreibtisch in der Mitte und vielen Kunstdrucken von Monet an den Wänden. Ein Bücherregal an einer Eichenholzwand beherbergte die Lieblingsbücher ihres Vaters, darunter eines von Audrey: Der kleine Prinz von Antoine de Saint-Exupéry. Ein

Wald grenzte an das Grundstück mit dem weißen Haus und dem großen Garten, der von einer hohen Buchshecke und einem Zaun mit Eisentor umgeben wurde. Vom Fenster aus hatte man einen herrlichen Blick auf einen Teil des Gartens und die mächtigen grünen Tannen dahinter. Früher hatte Audreys Mutter es geliebt, ihn zu hegen und zu pflegen. Nach dem Tod ihres Mannes fehlte ihr dazu zunehmend die Kraft, sodass es nun ihre Tochter und manchmal ein Gärtner übernahmen, sich um die Rosenbeete und all die anderen Blumen und Gewächse zu kümmern.

Audrey ging zu dem Eichenschreibtisch hinüber. In diesem Raum hatte ihr Vater, der große Monty Richards, oft geschrieben. An schönen Tagen hatte er den Garten oder das Seeufer, nicht unweit vom Anwesen, bevorzugt, wobei ihm ihre Anwesenheit oder die ihrer Mutter nie gestört hatte. Sie wusste, wo er seine Aufzeichnungen für neue Geschichten aufbewahrte. Dafür gab es nur einen Platz. Sein Notizbuch. Sie stellte ihren Laptop auf dem Tisch ab.

Das mit einem braunen Ledereinband versehene Buch lag in der obersten Schublade. Ein Kloß bildete sich in Audreys Kehle, als sie es herausnahm und hastig aufschlug. Es war seltsam, dass ihr Vater es nicht nach Paris mitgenommen hatte. Wahrscheinlich hatte er es vergessen. Sie fand allerlei Vermerke über bereits vollendete Romane, eine Liste mit möglichen Figurennamen und Schauplätzen. Darunter die Stadt, in der er gestorben war. Audrey musste schlucken. Tränen schossen ihr in die Augen.

Einer der letzten Einträge ließ sie innehalten. Ihr Blick heftete sich an den mit Kugelschreiber gekritzelten Titel: Die Bloom-Affäre. Der Roman, den Grace Audrey gezeigt hatte, hieß zwar anders, doch dieser Name ließ ihr das Blut in den Adern gefrieren. Also hatte sie sich richtig erinnert. Wie in Trance klappte sie ihren Laptop auf und gab den Titel, den Gene Hartman gewählt hatte, in die Suchmaschine ein. Sofort erschienen mehrere Einträge. Im ersten ein Porträt über den Autor, das dürftig ausfiel. Dort hieß es lediglich, dass sein Name ein Pseudonym sei, da der Verfasser unbekannt bleiben wollte. Das heizte das Interesse der Leserschaft und Medien erst recht an. Schlau? Oder war er ein Eigenbrötler? Vielleicht hatte er auch Angst.

„Das ist verrückt", murmelte Audrey. Sie überflog eine Leseprobe der Geschichte, die auf einer Buchhandlungsseite abrufbar war, sowie Rezensionen, in denen zum Teil ausführlich gespoilert wurde, und danach erneut die Notizen ihres Vaters, während ihr abwechselnd heiß und kalt wurde. Kein Zweifel, die Aufzeichnungen ihres Vaters wiesen deutliche Parallelen auf. Ebenso wie das, was er ihr erzählt hatte. Der gleiche Plot.

Ihr wurde übel. So viele Zufälle konnte es nicht geben! Oder fantasierte sie sich da etwas zusammen? Audreys Blick fiel auf den Computer ihres Vaters. Sie setzte sich an den Eichenschreibtisch, legte das Büchlein auf den Schoß, stützte die Ellenbogen auf und massierte sich die Schläfen. Dann schaltete sie den PC ein und überflog die wenigen Dateien, die sich darauf befanden. Möglicherweise hatte ihr Vater bereits ein Exposé zu seiner Idee verfasst. Aber außer ein paar Aufstellungen zu seinen Finanzen und Listen über die Messdaten der Photovoltaikanlage, die vor ein paar Jahren auf der südlichen Dachseite des Hauses angebracht worden war, war nichts zu finden. Noch einmal suchte sie über ihren Laptop nach Gene Hartman. Aber natürlich gab es kein Foto von ihm. Nicht einmal von hinten. Er war ein Geist.

Ein Klopfen an der Tür ließ Audrey hochschrecken. Eine Sekunde später steckte ihre Mutter den Kopf ins Zimmer. „Grace ist hier. Sie meinte, ihr seid verabredet."

Das hatte Audrey ganz vergessen. Sie schaltete den Computer aus und klappte den Laptop zu. „Ich komme gleich."

Ihre Mutter runzelte die Stirn. „Hast du gefunden, was du gesucht hast?"

Für einen Moment hielt Audrey die Luft an. Sollte sie ihr von dem Roman und den Notizen erzählen? Ihre innere Stimme riet ihr, es nicht zu tun. Sie wollte sie nicht unnötig aufregen.

„Ja, ich glaube schon."

Langsam kam ihre Mutter auf sie zu. Sie sah ihr an, dass es ihr schwerfiel, den Raum zu betreten. Ihr Blick fiel auf das Büchlein in Audreys Schoß. Sie streckte die Hand danach aus. „Sind das seine Notizen?"

Audrey schluckte trocken. „Ja."

Ihre Mutter beugte sich vor, strich mit den Fingern über den ledernen Umschlag und atmete stoßartig. „Mach was draus. Es wird dir helfen, glaube ich. Aber bitte, lass es hier. Du kannst ja immer wieder herkommen und es ansehen", sagte sie tonlos und verließ das

Zimmer fluchtartig. „Grace wartet“, hörte sie sie noch sagen.

Audrey sah ihr nach und dann auf das Büchlein. Sie wusste, dass ihrer Mutter alles, was ihr von ihrem Mann geblieben war, heilig war. Audrey wollte ihr Vertrauen nicht missbrauchen und legte das Notizbuch daher zurück an seinen Platz. Auf dem Weg nach unten kam ihr eine Idee.

Gedanken-karussell

„Du hast es tatsächlich vergessen?" Grace bekam sich gar nicht mehr ein. „Mich, deine langjährige beste Freundin? Treulose Tomate."

Audrey, die ihr in ihrem Lieblingsitaliener gegenüber am Tisch saß, verdrehte die Augen und lachte. „Ich war in Gedanken. Und wir hatten uns ja spontan verabredet."

„Ah, dann lade ich dich in Zukunft schriftlich zum Essen ein. Vielleicht merkst du es dir dann besser."

„Jetzt hör schon auf."

„Also, wo warst du?" Grace verschränkte ihre dünnen, langen Finger.

„Wo soll ich gewesen sein?"

„In Gedanken, meine ich. Bei einem Typen etwa?" Grace zwinkerte ihr zu.

„Kein Typ", wiegelte Audrey ab.

Ihre Freundin zog den roséfarbenen Lippenstift nach, der ihren geschwungenen Mund gut zur Geltung brachte, und legte die hohe Stirn in Falten. „Hat es etwas mit diesem Roman zu tun – Im Nebel der Intrigen? Du hast gesagt, du kennst die Geschichte bereits von deinem Vater. Was genau hast du damit gemeint?"

„Aber behalte es für dich, ja?"

Grace kreuzte zwei Finger, hielt sie hoch und beugte sich, ganz Ohr, über den Tisch.

Ihre Miene veränderte sich mit jedem Satz, den Audrey von sich gab. Sie wusste, dass sie Grace vertrauen konnte, und schätzte ihre Meinung in sämtlichen Lebenslagen. Sie kannten sich seit der Schule. Grace wohnte nur ein paar Straßen entfernt, im Dachgeschoss im Haus ihrer Eltern. Zwei nette, ältere Herrschaften. Beide waren schon über siebzig. Grace war wie Audrey fünfundzwanzig. Für ihre Eltern war sie ein „Spätzünder" gewesen. Auf jeden Fall ein Wunschkind. Audreys Eltern und ihre waren früher öfter zusammen ausgegangen.

„Wow! Krass!", stieß Grace hervor und schüttelte den Kopf. Sie tippte sich mit einem Finger an die Lippen. Dann fügte sie hinzu: „Aber das gibt es."

„Was?", wollte Audrey wissen.

„Dass zwei Leute nahezu die gleiche Idee haben."

„Mit derartiger Namensgleichheit des Protagonisten und Antagonisten? Ernest und Jonathan Bloom?"

„Stimmt. Das ist merkwürdig." Grace verfiel in eine Starre, während sie ihre Gedanken arbeiten ließ. „Hinzu kommt", nuschelte sie schließlich, nachdem ein junger Kellner ihnen zwei Gläser Weinschorle serviert hatte, „dass er anonym bleiben will."

Audrey nahm ein Glas und stieß mit ihrer Freundin an. Sie brauchte jetzt einen großen Schluck. „Eben! Mysteriös."

„Und was hast du nun vor? Du könntest die Notizen als Beweis verwenden. Sicher ist belegbar, dass dein Vater sie geschrieben hat und …"

„Das muss ich mir noch überlegen. Als Erstes werde ich mit meinem Chef darüber reden und ihm die Notizen zeigen. Wahrscheinlich muss ich sie dafür doch entführen. Ich glaube nicht, dass er uns einen Besuch abstatten würde, so beschäftigt, wie er immer ist. Allenfalls liegt ihm ein Exposé vor, das eventuell in falsche Hände geraten ist. Für mich sieht es so aus, als hätte dieser Hartman den Plot geklaut. Vielleicht kannte er meinen Dad, und der hat ihm davon erzählt. Obwohl mein Vater immer versichert hat, dass er neue Ideen nur meiner Mom oder mir erzählen würde."

„Nicht mal mir hast du etwas gesagt, obwohl ich oft gebettelt habe." Grace war eine glühende Verehrerin von Monty Richards' Werken.

„Wer ist Gene Hartman?", sinnierte Audrey weiter.

„Sei bloß vorsichtig bei deinen Recherchen. Nicht, dass du in ein Wespennest stichst", mahnte Grace und leerte ihr Glas mit einem Zug zur Hälfte.

„Ich pass schon auf."

„Wenn du eine Komplizin brauchst, ich bin dabei."

Das konnte und wollte Audrey ihrer Freundin nicht versprechen. Sie hätte nie gewollt, dass sie wegen ihr in Schwierigkeiten geriet. Einmal hatte gereicht. Kurz nachdem Grace ihren Führerschein gemacht hatte, hatte sie Audrey zu einer Spritztour überredet, um zum Konzert ihrer Lieblingsband zu fahren. Es war Winter gewesen und bitterkalt. Graces Eltern, Mary-Ann und Peter Cleveland, hatten Grace verboten, allein mit dem Wagen zu fahren, bis sie sicherer war. Außerdem brauchte Graces Vater ihn für die Arbeit. Audrey war so verschossen in den Leader der High Five Grooves gewesen, dass sich ihr Verstand kurzweilig verabschiedet haben musste. Nur so konnte diese es sich heute erklären. Weit waren sie jedoch nicht gekommen. Es schneite wie verrückt. Nicht unweit von Fayes schien der Weg eins mit der Umgebung zu werden, sodass sie irgendwann im Straßengraben stecken blieben. Natürlich nahm Audrey alle Schuld auf sich, was die Strafe für Grace und sie nicht milder ausfallen ließ. Ihre Eltern verhängten eine einmonatige Kontaktsperre und Hausarrest an den Wochenenden für einen weiteren Monat. Dummerweise war Grace damals unsterblich verliebt gewesen. In einen Jungen aus der Stadt. Der Hausarrest tat der Beziehung nicht gut, was untertrieben war. Hobi machte eine Woche vor Ende der Strafe Schluss und zog mit einer anderen von dannen. Grace machte Audrey keine Vorwürfe. Für nichts. Dennoch spürte Audrey, dass ihre Freundin sehr gelitten hatte. Unter allem. Es hatte Audrey das Herz zerrissen.

Garrett Paiden fand Audrey immer noch toll. Er war der Inbegriff eines Traummanns für sie. Schwarzes, kurzes Haar, strahlend grünblaue Augen, volle Lippen, markantes Kinn mit Grübchen, halbbogenförmige Brauen, gerade Nase. Nicht zu groß, nicht zu klein, einen guten Kopf größer als sie mit ihren gut fünfeinhalb Fuß, sportliche Figur, gebräunte Haut.

„Träumst du, Audrey Richards?", machte sich Grace bemerkbar.

„Ich habe gerade an Garrett gedacht. Hast du den neuen Song schon gehört?"

Grace zog die Augenbrauen zusammen. „Willst du vom Thema ablenken?"

„Von dir als Komplizin? Nein. Ich sag Bescheid, falls sich was ergibt", machte sie von einer Notlüge Gebrauch. Vielleicht hätte sie erst gar nichts erzählen sollen.

„Gut, das will ich hoffen. Und was den Song angeht: Ja, davon habe ich gehört. Findest du nicht, Garrett sieht jemandem ähnlich, den du kennst?"

Der Kellner servierte ihnen eine Pizza Hawaii mit extra viel Käse und Ananasstücken und zwinkerte Audrey zu, bevor er weiterzog.

Grace lachte. „Der ist auch nicht von schlechten Eltern."

„Ja, ganz süß. Aber ich glaube, ich bin allein glücklicher. Das hat mir die Beziehung mit Craig deutlich gezeigt."

Grace teilte die Pizza und schob erst ihr und dann sich ein Stück auf die leeren Teller.

Audrey bedankte sich.

„Das mit Craig ist über ein Jahr her", meinte Grace.

Craig war Audrey bei einem Sommerfest in Fayes in die Arme gestolpert. Sie waren erst ins Lachen, dann ins Gespräch gekommen, und schließlich hatte es nach dem dritten Date gefunkt, bis er nach sieben Monaten in die Arme einer anderen gestolpert war. Es hatte lange gedauert, bis Audrey diese Enttäuschung verarbeitet hatte. Die Narben blieben und hatten sie vorsichtiger werden lassen.

„Lass uns jetzt bitte nicht über das Thema reden. Also, wer ist deiner Meinung nach Garrett Paidens Doppelgänger? Ich bin gespannt." Obwohl Audrey nach wie vor die Notizen ihres Vaters und dieser Gene Hartman im Kopf herumspukten, war ihr jede Ablenkung willkommen.

„B-r-i-a-n", buchstabierte Grace und ließ die Brauen wackeln.

Nicht ihr Ernst. „Mein Kollege?"

„Dein Kollege." Grace lächelte verschmitzt.

Brian Gomery arbeitete seit rund einem Jahr im Verlag. Er war Lektor. Audrey und er hatten bis vor Kurzem selten miteinander zu tun gehabt, da sie in einer anderen Abteilung arbeitete. Das hatte sich vor rund drei Monaten geändert, da sie überraschend an die Lektoratsfront versetzt worden war. Eine Beförderung, die Audrey von einem Tag zum anderen zur persönlichen Assistentin des Cheflektors gemacht hatte. Natürlich hatte sie sofort zugesagt. Warren Lee, halb Amerikaner, halb Japaner, war ein Urgestein des Verlags. Er war es gewesen, der ihren Vater entdeckt hatte. Für ihn zu arbeiten, machte ihr durchaus mehr Spaß, als in der Marketingabteilung zu sitzen. Insgeheim hatte Audrey immer auf diese Stelle gehofft. Es war allein interessant zu sehen, wie viele Manuskripte an einem einzigen Tag eintrudelten. Die meisten Autoren erhielten eine Absage. Sie selbst hatte noch nie etwas von sich angeboten. Bis jetzt war ja auch kein richtiger Roman dabei gewesen.

„Du träumst ja schon wieder. Erde an Audrey." Ihre Freundin wedelte mit der Hand vor ihrem Gesicht herum. „Hab ich etwa ins Schwarze getroffen?"

Audrey verdrehte die Augen. „Vergiss es. Er ist nett, aber mehr ist da nicht. Außerdem hat er sicher schon eine Freundin."

„Ich habe ihn erst dreimal gesehen, als ich dich abgeholt habe. Er ist echt der Hammer."

„Dann tu dir keinen Zwang an."

Grace schüttelte den Kopf. „Nein, nein, ich bin vergeben. So gut wie, jedenfalls."

Das machte Audrey neugierig. „Hat Daniel endlich angebissen?" Grace klatschte in die Hände wie ein euphorischer Teenager und lief rot an.

„Wir werden ausgehen."

Daniel Chantler, Kurzvita: angehender Anwalt bei einer Kanzlei in der Nähe der Buchhandlung, liest gerne, Single, dreißig, blond, groß, schlank, graublaue Augen, trägt meist Anzug, sehr korrekt, aber äußerst charmant.

„Hast du ihn endlich gefragt? Nach, warte mal, wie vielen Anläufen?"

Grace winkte ab. „Nein, war nicht mehr nötig."

„Warum?"

„Er hat gefragt. Wir sind ins Gespräch gekommen, da er neuen Lesestoff gesucht hat. Vor dem Schlafen und nach dem Fitnesstraining und Checken seiner Mails liest er immer noch eine Weile. Diesmal habe ich ihm Im Nebel der Intrigen empfohlen. Für meine gute Beratung will er mich morgen Abend zu einem Drink einladen. Süß, oder?"

„Süß!"

Grace atmete tief ein und starrte zur Decke, als wäre dort ein Porträt von ihm zu sehen. Sie war mehr als verknallt.

„Ich wünsche dir Glück."

Grace nahm Audreys Hände, drückte sie und wisperte: „Danke schön." Dann seufzte sie theatralisch und kehrte langsam von ihrer Wolke zurück. „Du und Brian solltet auch mal etwas zusammen trinken gehen, einen Kaffee vielleicht. Vergiss Craig. Nicht jeder Typ ist so wie er. Ich hatte selbst schon ein paar Frösche.“

In der Zwischenzeit war ihre Pizza kalt geworden. Sie ließen sie einpacken und stießen noch einmal an.

„Brian und ich trinken jeden Tag zusammen Kaffee. Nur jeder in seinem Büro. Wenn wir uns doch mal sehen, führen wir Smalltalk. Er ist ein ruhiger Typ.“

„Daniel ebenfalls. Ich denke, ich würde ihm guttun.“

„Ja, höchstwahrscheinlich würdest du seine Paragrafen vom Staub befreien.“

Grace lachte. „Stimmt, genau das braucht er. Ich habe es im Gefühl.“

Der Abend mit Grace hatte sie abgelenkt, obwohl am Ende wieder die Nachdenklichkeit zurückgekehrt war. Ihre Mutter war noch wach, als sie nach Hause kam. Erleichtert stellte Audrey fest, dass sie nicht getrunken hatte. Zumindest machte es nicht den Anschein. Sie strickte an einem weiß-blauen Schal. Eine Beschäftigungstherapie, die ihr die Psychologin ans Herz gelegt hatte.

Sobald Audrey das Zimmer betrat, sah ihre Mom auf und lächelte. „Na, wie war's?“

„Ganz gut. Wenn du etwas essen möchtest, ich habe Pizza dabei.“

„Nein danke.“

Audrey ließ sich auf das graue Ecksofa neben ihrer Mutter nieder. „Sieht hübsch aus.“

„Danke. Es beruhigt mich. Und du kannst ihn im Winter tragen.“ Sie lächelte verhalten. „In einer Woche beginnt die Kur in der Health Clinic in Huntsville.“

„Es wird dir helfen."

Ihre Mutter schluckte und nickte, ohne aufzusehen. Doch Audrey bemerkte, dass sie die Maschen enger strickte.

„Hast du Angst? Wegen ... der Abgewöhnung?", traute sich Audrey zu fragen.

Wie zu erwarten gewesen war, wollte ihre Mutter abwiegeln, hielt dann jedoch inne und nickte erneut. „Ich schäme mich dafür. Am meisten vor dir."

Audrey ergriff ihre Hände.

Ihre Mutter blinzelte und lehnte den Kopf an Audreys Oberarm. „Dein Vater wäre enttäuscht von mir. Aber der Alkohol hat mir geholfen, den Schmerz zumindest für eine kurze Zeit zu betäuben, wenn ich geglaubt habe, es nicht mehr auszuhalten. Du bist anders. Stärker. Wie er. Ich weiß, dass ich das wieder werden will."

„Dad hätte es verstanden, ich tue es ebenso. Es ist nur der falsche Weg. Und das siehst du ja nun ein. Das ist der erste Schritt. Ich bin stolz auf dich, Mom."

„Danke, Schatz. Weißt du, als dein Vater gestorben ist, da ist auch ein großer Teil von mir gestorben. Der andere muss und will für dich da sein. Ich möchte keine Versagerin sein. So eine Mutter hast du nicht verdient."

„Für mich bist du die beste Mom auf der ganzen Welt. Wir schaffen das. Gemeinsam. Ich könnte mitkommen."

„Nein. Das muss ich allein schaffen. Ich vertraue da meiner Psychologin völlig. Die Vorfreude auf das Wiedersehen mit dir nach meiner sogenannten Neugeburt wird mir ans Ziel helfen. Dein Vater hat dich so geliebt. Ich würde alles dafür tun, wenn ich nur noch eine Minute mit ihm erleben dürfte. Nur wir drei."

Ihr entfuhr ein Schluchzen, und Audrey drückte sie fest an sich. Lange saßen sie einfach nur so da und hielten sich gegenseitig fest.

„Dafür würde ich auch alles tun", flüsterte Audrey irgendwann.

Brian

Mit dem linken Fuß aufgestanden und über selbigen gestolpert, hinkte Audrey Montagfrüh gerade rechtzeitig in ihr neues Büro und legte ihren Rucksack ab. Durch die Glasfront vor sich konnte sie direkt in das Büro des Cheflektors Warren Lee blicken, dem Brian und seine Kolleginnen und Kollegen unterstellt waren. Er hob eine Hand zum Gruß und lächelte. Eliza Adams, seine vorherige Assistentin, hatte aus persönlichen Gründen gekündigt. Welche das waren, darüber wurde viel spekuliert. Dass es mit Lee zusammenhing, konnte Audrey nicht glauben. Soweit sie ihn kannte, war er ein ruhiger, netter Chef. Jeder im Haus mochte ihn. Und selbst Eliza hatte sich angeblich mit einer Umarmung von ihm verabschiedet. Dass man allerdings gerade sie, Audrey, intern als Ersatz vorgeschlagen hatte, damit hätte sie niemals gerechnet. Dennoch spürte sie seitdem eine gewisse Zurückhaltung, die ihr ein paar Mitarbeiter des Hauses entgegenbrachten. Sie konnte sich schon denken, was getuschelt wurde, versuchte jedoch, es zu ignorieren.

Als sie aus dem Haus gegangen war, hatte ihre Mutter noch geschlafen. Audrey strich über das gerahmte Foto neben ihrem Computerbildschirm, das ihre Mom und ihren Vater zeigte, und war froh, dass sie sich ausgesprochen hatten. Nachdem sie die morgendlichen Aufgaben erledigt hatte, lehnte sie sich in ihren Stuhl zurück. Sollte sie in der Pause tatsächlich zu Winton Folder, dem Verlagschef, gehen und ihn wegen des Exposés zu Die Bloom-Affäre fragen?

Die große Fensterfront zeigte auf die Skyline von Indianapolis mit seinen vielen Hochhäusern, Parks und dem White River. Das Büro selbst war, wie die meisten Räume des Verlags, die sich auf drei Stockwerke verteilten, in Schwarz-Weiß gehalten, wobei schwarze Möbel dominierten. Grünpflanzen in Töpfen hier und da sowie Fotos und Auszeichnungen an den Wänden verliehen dem Interieur eine persönliche Note. Ganz anders als sein Bruder mochte es Winton gediegener, schlichter und stilvoll. Audrey hatte ihrem Büro inzwischen eine persönliche Note verliehen, indem sie neben dem Foto violett blühende Orchideen auf den Schreibtisch gestellt hatte, wo sie nicht störten. Außerdem saß Bubbles, ihr Plüschkänguru, auf dem Fenstersims. Ein Mitbringsel ihres Vaters aus Australien, wo er für einen Thriller recherchiert hatte.

Audreys innere Stimme brachte sie zu einem Entschluss: Und ob du zu ihm gehen und ihn fragen solltest. Gleich in der Mittagspause!

Sie nahm ihren Rucksack und suchte nach dem Notizbuch, fand es jedoch nicht, sondern nur ihr eigenes.

Tatsächlich verspürte Audrey in den letzten Tagen immer häufiger den Drang zu schreiben. Ideen hatte sie genug. Aus einem Impuls heraus hatte sie begonnen, erst einmal die Geschichte, die ihr am meisten am Herzen lag, in Stichpunkten in das blaue Buch zu schreiben. Es war ein Geschenk ihres Vaters. In den Einband

hatte er in weißer Schrift Für kreative Gedanken ein-
prägen lassen. Audrey legte es auf den Schreibtisch und
kramte weiter. Nichts. Ihr schwante es. Sie hatte das
Ideenbüchlein zwar aus dem Zimmer ihres Vaters geschmuggelt, es aber dann in der Eile auf ihrem Bett liegen lassen.

„So ein Mist", schimpfte sie und legte den Rucksack
schwungvoll an seinen Platz zurück.

„Auch einen wunderschönen guten Morgen. Was ist
los, Miss Richards?"

Hektisch sah sie auf, direkt in das Gesicht von Brian
Gomery, der ihr ein Lächeln schenkte, mit dem seine
grünblauen Augen um die Wette strahlten.

Bei Gott, er sieht wirklich aus wie Garrett Paiden. „Guten Morgen. Hab nur was vergessen."

„Ärgerlich. Hoffe, es ist nicht lebensnotwendig."

„Na ja … Nein, ich denke nicht", plapperte sie.

Gomery balancierte einen Stapel Manuskripte auf
den Armen und nickte Richtung Glasfront, hinter der
Lee gerade telefonierte. „Ich müsste zu ihm. Dringend!
Da sind ein paar Schätze darunter, denke ich."

„Schön. Sobald er das Gespräch beendet hat, frage ich,
ob er Zeit hat."

Warren Lee war zwar nett, doch er mochte es nicht,
wenn jemand unangemeldet bei ihm auftauchte.

Gomery nickte. „Danke."

„Ich mache nur meinen Job."

Er lächelte, und sie bemerkte, dass er sie weiter anstarrte. Als sie zurückstarrte, schaute er sich um. „Schönes Büro."

Seine Aufmerksamkeit streifte das Foto ihrer Eltern
und zu guter Letzt Bubbles, ihr Glückskänguru. Der

Ausdruck in seinen Augen war dabei so merkwürdig, dass sie lachen musste. Erst schien er irritiert, stimmte jedoch mit ein.

„Schreiben Sie auch?", fragte er und deutete auf ihr Notizbuch. Neugierig war er ja überhaupt nicht.

Audrey stellte sich dumm. „Wie kommen Sie darauf?"

„Das Büchlein. Hat nicht jeder Autor oder Künstler so etwas? Und bei Ihnen liegt es ja nahe."

Er spielte also darauf an, dass sie einen berühmten Vater hatte.

Räuspernd bat Brian um Entschuldigung, da sie schwieg und den Kopf senkte.

„Ich versuche es wieder", sagte sie und schaute zu Warren, der nach wie vor telefonierte.

„Interessant."

Diesmal lag etwas Grüblerisches in Gomerys Blick.

„Nun, wenn Sie mal eine objektive Meinung haben wollen, ich stelle mich gerne zur Verfügung." Er lächelte sogar wie Garrett, machte sie verlegen.

Er machte sie verlegen. „Wer weiß, vielleicht komme ich darauf zurück. Die letzte Story, die ich geschrieben habe, liegt schon länger zurück. Bis jetzt waren es immer nur Kurzgeschichten. Aber nun habe ich eine Idee, die für einen Roman taugt."

„Dann wünsche ich Ihnen frohes Schaffen. Darf ich erfahren, um welches Genre es sich handelt?"

„Thriller mit Romance."

Ihre Blicke hielten aneinander fest. Audrey hatte Brian Gomery nie zuvor so intensiv angeschaut. Sie musste zugeben, dass er ihr aus der Nähe noch besser gefiel. Es waren vor allem diese Augen. Sie besaßen etwas Magisches.

„Oh, Mister Lee hat aufgelegt." Schon griff Audrey nach dem Telefonhörer und kündigte Gomery an, nachdem ihr Chef abgehoben hatte.

„Er soll reinkommen. Danke, Miss Richards."

„In Ordnung, Mister Lee."

Sie legte auf und winkte Gomery durch.

„Warum so förmlich? Nenn mich einfach Brian." Er zwinkerte ihr zu.

Was auch immer das zu bedeuten hatte, irgendwie brachte es Audrey zum Schmunzeln. „Okay."

„Schön."

Von hinten machte Brian ebenfalls eine gute Figur. Er trug schwarze Stoffhosen, die seinen knackigen Po zur Geltung brachten. Dazu ein hellblaues Hemd und schwarze Sneakers. Grace würde es einen lässig eleganten Stil nennen. Während des Gesprächs, das er mit Warren Lee führte, ertappte sich Audrey mehrfach dabei, Brian durch die Glasfront zu beobachten. Einmal trafen sich ihre Blicke, sodass sie schnell wegsah.

„Mist", fluchte sie leise und zwang sich, sich wieder auf ihre Arbeit zu konzentrieren. Als Brian zurückkehrte, wirkte er angespannt. Seine gute Laune war verflogen.

„Ignorant", murmelte er und schüttelte den Kopf.

Audrey verkniff sich, ihn zu fragen, was los war, da er ihr nur flüchtig einen schönen Tag wünschte und schnurstracks auf die Tür zusteuerte.

In der Mittagspause verließ sie das Gebäude, um im gegenüberliegenden Café einen Cappuccino zu trinken. Winton Folder war sowieso außer Haus und würde erst gegen Abend zurückkommen. Also konnte sie ihn erst dann auf das Exposé ansprechen. Bevor sie gegangen war, hatte Lee ihr die Manuskripte, die Brian ihm gegeben hatte, zurückgereicht, mit der Bitte, den Autoren die übliche Standardabsage zu schicken. Nur selten diktierte er etwas dazu.

Audrey liebte das Interieur des Seven im hippen Siebzigerjahrestil. Knallig bunte Farben und runde Kreise, die in einem kräftigen Orangeton gehalten waren, zierten die Wände. Die rotbraunen Sitzpolster der Bänke waren aus Cordsamt, die grünen Tische aus Kunststoff. Darunter lagen runde braungelbe Flokatis. Lavalampen und weiße Orchideen rundeten die Einrichtung ab.

Audrey versuchte, ein wenig abzuschalten, und kramte ihr Notizbuch hervor, um ein paar Stichpunkte zu ihrem Romanversuch hinzuzufügen. Das Kribbeln in den Fingern war ein gutes Zeichen. Das hatte auch ihr Vater immer gesagt.

„Die Wörter wollen fließen. Lassen wir sie raus", hatte er erklärt.

Audrey hätte es nicht mehr für möglich gehalten, dass dieses Gefühl irgendwann zu ihr zurückkehren würde. Das blaue Büchlein schien ihr zustimmend zuzulächeln. Als sie mit ihren Eintragungen fertig war, las sie sie durch und war mehr als zufrieden damit. Nach der Arbeit würde sie vielleicht schon den Anfang wagen.

Erneut kribbelten ihre Finger. „Ja, schon gut. Nicht nur vielleicht. Ich werde es tun", sagte sie zu sich selbst und nippte an ihrem Cappuccino.

„Mit wem redest du?"

Erschrocken sah Audrey auf. Brian stand neben ihrem Tisch und lächelte ihr zu. Sie hatte ihn nicht kommen sehen, so versunken war sie gewesen.

„Ach n-nichts", stotterte sie verlegen.

Brian zeigte auf den freien Platz an ihrem Tisch. „Darf ich?"

„Ja, wieso nicht?"

Er hatte sich ebenfalls einen Cappuccino bestellt, den er vorsichtig vor sich abstellte, bevor er sich auf der Bank niederließ.

„Bist du öfter hier?", fragte er.

„Ja, es ist toll."

Brian nickte. „Ja, nicht schlecht. Ich muss gestehen, dass ich erst das dritte Mal hier bin in all der Zeit, seit ich für den Verlag arbeite. Schade, dass ich deinen Vater nicht mehr persönlich kennengelernt habe."

„Ja, schade", erwiderte Audrey. Die Gedanken an Hartmans Roman und die Vergangenheit kehrten mit aller Macht zurück.

Brian bemerkte ihren Rückzug. „Tut mir leid. Das ist mir so herausgerutscht."

„Nein, nein. Schon okay. Es macht mich nur immer traurig, wenn ich daran denke … Ich meine, er hätte noch so viel Zeit gehabt."

„Ja, das Leben ist oft nicht fair."

Sie nickte. Brians mitfühlender Blick entging ihr nicht.

„Und er hätte sicher noch so viele tolle Romane geschrieben. Bestimmt war er ein klasse Mensch", fügte er hinzu.

„Allerdings, das war er. Es sollte mich nicht traurig stimmen, wenn jemand von ihm spricht. Das hätte er nicht gewollt. Er war ein so lebensbejahender Mensch. Und ein guter Dad. Er wollte immer, dass wir glücklich sind."

„Wir?"

„Mom und ich."

„Verstehe. Also bist du nicht sauer auf mich? Ich glaube, ich habe da so ein blödes Talent."

Sie musterte ihn. „Und welches ist das?"

„Ich trete gerne in Fettnäpfchen."

Audrey lächelte. „Oh, das kenne ich."

„Ehrlich? Dann haben wir ja schon zwei Gemeinsamkeiten. Wir arbeiten im selben Laden und sind beide Fettnäpfchentreter."

Audrey musste lachen, und Brian stimmte mit ein. Irgendwie seltsam, dass sie sich in seiner Nähe so fühlte, als würde sie ihn schon länger kennen und nicht nur vom Sehen.

„Darf ich noch einmal neugierig sein?", fragte er.

Audrey spitzte die Lippen. „Kommt darauf an."

„Welche Hobbys hast du außer dem Schreiben, von dem ich hoffentlich bald eine Leseprobe bekomme? Glaub nicht, dass ich das vergessen werde." Er stieß mit seiner Tasse gegen ihre, als würden sie keinen Cappuccino, sondern Bier trinken, und nahm einen großen Schluck. Milchschaum blieb an seiner Oberlippe hängen.

Ein süßer und frecher Fettnäpfchentreter.

„Meine sonstigen Hobbys? Nichts Ungewöhnliches. Lesen, Rollerblades fahren, Kino, spazieren gehen."

„Lesen? Was liest du denn gerade?"

„Im Moment nichts. Ich habe vor, Gene Hartmans Im Nebel der Intrigen zu lesen. Kennst du es oder den mysteriösen Autor?" Neugierig wartete Audrey auf Brians Antwort. Hartman schien ihn nicht sonderlich zu beeindrucken.

„Er schreibt ganz gut. Ja, den Roman kenne ich. Aber er ist wohl ein Wichtigtuer, weil er seine Identität nicht preisgibt. Am Ende steckt ein glatzköpfiger Gartenzwerg dahinter.“

Audrey konnte nicht darüber lachen.

„War also nicht witzig, okay“, murmelte Brian. „Ich sehe dich gerne lachen oder wenigstens lächeln. Ein Versuch war es wert.“

Nun lächelte sie tatsächlich und wurde gleichzeitig rot. Warum eigentlich?

„Rollerblades fahren, sieh an. Ich glaube, da haben wir noch eine Gemeinsamkeit entdeckt. Darf ich dich mal zu einer Fahrt einladen?“, fügte er schnell hinzu.

Sie überlegte. Was sollte schon dagegen sprechen? Brian gefiel ihr, nicht nur äußerlich. Und vielleicht würden sie beide Freunde werden. Anders als ihre Mutter und Grace glaubte sie daran, dass Männlein und Weiblein durchaus für eine reine Freundschaftsbeziehung gemacht waren.

„Okay, abgemacht“, antwortete sie.

„Wann?“

„Freitagabend? Ich liebe Freitagabende. Da steht das Wochenende vor der Tür, man ist entspannter.“

„Stimmt. Dann Freitag. Gibt es eine schöne Strecke in Fayes?“

Sie zögerte.

„Bedenken? Wir können uns auch in einem Park treffen. Aber ich schwöre, ich bin kein Serienmörder.“

„Na, dann bin ich ja beruhigt.“

Irgendwie war sie neugierig darauf, ihn näher kennenzulernen.

„Es gibt da eine hübsche Allee, die zu einem See führt.“

„Klingt gut. Ich darf dich also zu Hause abholen? Sagen wir, um sieben Uhr abends?"

„Okay, Brian."

***

„Du hast tatsächlich ein Date mit dem Doppelgänger von Garrett Paiden? Das ging ja schnell. Obwohl, wenn man bedenkt, wie lange ihr schon in einem Verlag arbeitet. Ich freue mich für dich", flötete Grace durchs Telefon.

Warren Lee war zu einer Besprechung im Konferenzraum, sodass Audrey die Gunst der Stunde nutzte, um Grace viel Glück für ihr bevorstehendes Date mit Daniel zu wünschen und ihr die Neuigkeiten mitzuteilen.

„Ich kann es selbst kaum glauben, doch er ist wirklich – interessant."

„Vielleicht wird es ja was mit euch."

Audrey verdrehte die Augen. „Es ist erst ein Date."

„Und schon einmal ein Anfang. Wie bei Daniel und mir. Hoffentlich wird es ein guter Anfang. Ich zittere schon."

„Du?"

Grace war sonst die Coolness in Person. In Herzensangelegenheiten erreichte wohl offensichtlich auch sie den Schmelzpunkt.

„Was anderes. Hast du schon mit Folder gesprochen? Wegen des Exposés?"

Ein Blick auf die Uhr verriet Audrey, dass ihr Chef wahrscheinlich schon da war. „Ich mach mich gleich auf den Weg zu ihm."

„Ruf mich später auf jeden Fall noch mal an. Ich will wissen, was er gesagt hat."

„Das hättest du nicht extra zu erwähnen brauchen. Aber klar, ich ruf dich später noch mal an."

Winton Folder saß tatsächlich in seinem Büro und wirkte trotz des geschäftlich ereignisreichen Tages ruhig und gelassen. Seine persönliche Sekretärin war bereits gegangen, weshalb Audrey an die milchige Glastür klopfte und mit pochendem Herzen auf ein Zeichen wartete. Zwei, drei Sekunden vernahm sie nichts, dann endlich erklang ein erstauntes „Ja, bitte?".

Langsam öffnete Audrey die Tür und spähte durch den Spalt.

„Audrey, was verschafft mir die Ehre?"

Ein Lächeln legte sich auf das straffe Gesicht des Fünfundsechzigjährigen, der noch lange nicht an Ruhestand dachte, zumal sein Sohn nicht bereit war, die Nachfolge anzutreten. Wie es hieß, ließ sich Winton Folder Botox gegen die Falten spritzen und trieb regelmäßig Sport, um seiner langjährigen Frau weiterhin imponieren zu können. Sie war zehn Jahre jünger als er. Audrey wusste, dass ihr Vater Folder geschätzt hatte. „Winton hat das Herz am rechten Fleck", hatte er einmal gesagt. „Manchmal ist er ein bisschen durchgeknallt. Aber ehrlich, sind wir das nicht alle? Die meisten verstecken es nur."

Die beiden waren so etwas wie Freunde gewesen.

„Haben Sie eine Minute für mich?", fragte Audrey und lächelte hoffnungsvoll.

Schon winkte er sie herein. „Für die Tochter meines besten Autors immer."

Sie trat an seinen massiven Schreibtisch.

„Nimm doch Platz." Folder deutete auf einen der schwarzen Ledersessel. Ein künstlicher Brunnen in der Nähe der Fensterfront sorgte mit seinem Plätschern für Entspannung.

Sobald sie saß, fragte Folder sie lächelnd: „Was kann ich für dich tun, Audrey?"

Sie räusperte sich. „Es geht um meinen Vater."

Folder zog die Augenbrauen nach oben und faltete die Hände auf der Tischplatte. „Monty." Er schluckte. Seine grauen Augen nahmen einen bitteren Ausdruck an. „Er fehlt. Wirklich. War ein toller Kerl. Möchtest du über ihn reden?"

„Vielmehr geht es mir um eine Geschichte."

Verdammt, sie hätte die Notizen nicht vergessen dürfen. Aber nun musste es auch so gehen. Nur, wie sollte sie am besten anfangen?

„Kennen Sie den neuen Roman von Gene Hartman, Sir?"

„Natürlich. Es ist in aller Munde. Ich wünschte, wir hätten es verlegen dürfen. Aber es wurde uns nicht einmal angeboten. Ich kann mir vorstellen, warum."

Dachte er, sein Bruder steckte dahinter?

„Haben Sie es gelesen?", fragte Audrey weiter.

Folder stutzte und schürzte die Lippen. „Ja, warum?"

„Wissen Sie, wer dieser Gene Hartman in Wirklichkeit ist?"

Jetzt lachte er. „Nein! Das weiß nicht einmal mein Bruder. Das habe ich aus sicherer Quelle erfahren. Es wurde ein Vertrag über einen Agenten ausgehandelt, der ebenfalls mysteriös ist. Doch mein Bruder hat zugeschlagen. Der Schreibstil, die Idee, klasse. Erinnert mich an deinen Vater, wenn ich ehrlich bin. Die Leute lechzen nach wie vor nach seinen Romanen."

Folders Worte trafen Audrey wie ein Schlag in die Magengrube. „Wie mein Vater", murmelte sie.

„Du wirst ja ganz bleich. Alles in Ordnung?"

Ohne auf seine Frage einzugehen, stellte sie diejenige, die ihr auf den Nägeln brannte, seit sie von Hartman und seinem Bestseller erfahren hatte. „Kommt Ihnen die Geschichte nicht bekannt vor?"

„Wie meinst du das? Dass ich sie vorher schon gehört habe? Es gibt Romanideen, die in diese Richtung gehen. Natürlich. Aber nein, diese Konstellation des Plots war mir völlig neu."

Audrey nickte und versank wieder in Gedanken.

„Willst du mir nicht endlich sagen, weshalb du hier bist, Audrey?"

Seine Stimme wurde sanft, fast väterlich. Er spürte wohl, dass sie etwas bedrückte. Ihre Blicke trafen sich, und schließlich konnte sie nicht anders und erzählte ihm von ihrer Entdeckung. Die Stirn des Verlagschefs furchte sich immer tiefer.

Er rieb sich übers Kinn. „Verrückt. Das stimmt. Ein Exposé zu dieser Geschichte hat dein Vater nie eingereicht, soweit ich weiß. Ich frage aber noch einmal bei seinen beiden Lektoren nach. Vielleicht wissen die etwas, das an mir vorbeigegangen ist."

„Es könnte doch sein, dass dieser Hartman die Story gestohlen hat."

Folder atmete tief durch und lehnte sich in seinem Stuhl zurück. Bedächtig schüttelte er den Kopf. „Ein paar Stichpunkte, mehr hast du nicht. Es kann Zufall sein. Damit lässt sich nichts beweisen. Ein handfestes

Exposé mit fünfzig Seiten Leseprobe, das wäre schon etwas anderes.“

„Die Notizen sagen so viel aus. Darf ich sie Ihnen morgen zeigen?“

Er nickte. „Ja sicher.“

Sie merkte, dass er einen Blick auf seine Uhr warf. Höchstwahrscheinlich wartete seine Frau bereits mit dem Abendessen auf ihn.

Wenigstens war das Thema noch nicht ganz abgehakt. „Danke fürs Zuhören und die Recherche.“

Gleichzeitig erhoben sie sich.

„Kein Problem. Merkwürdig ist es ja in der Tat.“ Folder kam um den Schreibtisch herum und legte einen Arm um sie. „Wir alle hier vermissen deinen Vater. Richte deiner Mutter liebe Grüße aus. Morgen reden wir weiter.“

Er brachte sie zur Tür und schenkte ihr ein Lächeln zum Abschied.

***

In der Nacht auf Donnerstag fand Audrey kaum Schlaf. Immer wieder wälzte sie sich von einer Seite zur anderen. Der Traum von der Hotellobby verfolgte sie. Auch diesmal endete er damit, dass sie aufwachte, nachdem die Bombe gezündet worden war. Tief atmend streckte Audrey die Beine aus dem Bett, stand auf, öffnete das Zimmerfenster und ließ den frischen Nachtwind die letzten Traumfetzen vertreiben.

„Dad, hilf mir, falls es da etwas gibt, das ich und die Welt wissen sollten“, flüsterte sie und blieb noch eine Weile stehen. Eine Gänsehaut überlief ihren Körper.

Die Behörden hatten ihr und ihrer Mum einen Seelsorger und eine Psychologin geschickt, die ihnen nach der schrecklichen Nachricht über die Explosion hatten helfen sollen. Wochenlang hatte sich Audrey, genau wie ihre Mutter, in einem Vakuum gefühlt, ausgeschlossen von der Welt.

Plötzlich spürte sie es wieder. Dieses Kribbeln in den Fingerkuppen. Audrey hob die Hände und betrachtete sie, als könnte sie es sehen. Dann wanderte ihr Blick weiter zu ihrem Laptop. Der richtige Zeitpunkt war gekommen. Ihr Vater hatte immer gesagt, dass er sich ankündigen würde. Dabei waren Ort und Uhrzeit egal. Eigentlich! Audrey hatte vergessen, wie die Lust zu Schreiben sich anfühlte. Oder es war nie so intensiv gewesen. Kurzerhand warf sie den Laptop an und begann, die ersten Zeilen zu tippen. Es ging ganz leicht. Und – es fühlte sich gut an.

***

Eine Stunde vor Mittag suchte Audrey Winton Folder auf, dessen herbes Aftershave selbst im Vorzimmer seines Büros hing. Er hatte sie rufen lassen. Hoffentlich sah sie nicht mehr allzu müde aus. Sie hatte nahezu die ganze restliche Nacht damit verbracht, an ihrem Roman zu schreiben. Wie von selbst hatte sich ein Satz an den anderen gereiht.

Brian war sie seit dem Treffen im Café nicht mehr über den Weg gelaufen. Mit zwei frischen Tassen Kaffee betrat sie Folders Büro, nachdem seine Sekretärin grünes Licht gegeben hatte. Wie sie wusste, mochte der Verleger seinen Kaffee schwarz und nur lauwarm.

„Oh, vielen Dank. Wie aufmerksam, Audrey." Er bot ihr an sich zu setzen und prüfte den Knoten seiner weinroten Krawatte, die gut zu dem marineblauen Anzug mit dem weißen Hemd passte. Er war guter Laune, nippte an seinem Kaffee und nickte anerkennend. „Wie ich es mag. Oder ist das nur Zufall?"

„Kein Zufall."

Er setzte sich und kam gleich zur Sache. „Also, ich habe mich bei den damals zuständigen Lektoren umgehört."

Audrey glaubte, ihr Herzschlag würde für einen Moment aussetzen. Sie hatte schon geglaubt, er hätte es vergessen. „Und?", rutschte es ihr heraus.

„Leider nichts."

„Schade ... Aber warten Sie." Sie zog das Notizbuch hervor, das sie beim Eintreten unter den Arm geklemmt hatte und schob es aufgeschlagen über den Tisch. „Rechte Seite."

„Okay."

Folder starrte eine gefühlte Ewigkeit darauf. Nervös rutschte Audrey hin und her und knetete ihre Hände.

„Und?", fragte sie. Das Herz schlug ihr bis zum Hals.

Folder schüttelte den Kopf und blickte endlich wieder auf. „Merkwürdig, ja. Aber was soll das beweisen? Es könnte Zufall sein. Nichts weiter. Man müsste schon den Autor selbst fragen."

Audrey fixierte ihren Chef mit großen Augen, während sich ihre Gedanken überschlugen. Den Autor selbst fragen, durchfuhr es sie.

„Ich meine, ich könnte recherchieren lassen. Aber wenn mein Bruder davon Wind bekommen würde, dann würde er versuchen, mir einen Strick daraus zu drehen. Und am Ende ist es vielleicht wirklich nur heiße Luft." Er wand sich wie eine Schlange.

Audrey verstand. Er würde sich nicht weiter um die Sache kümmern.

„Doch wenn es kein Zufall ist, muss jemand den Inhalt dieses Büchleins kennen. Dad hat niemandem außer uns seine Ideen verraten. Da bin ich mir sicher. Oder er hat es jemandem erzählt und ... Ich meine ... Ich weiß auch nicht."

Folder blinzelte und faltete die Hände, wie bei ihrem letzten Gespräch. „Es wäre ärgerlich, falls die Idee geklaut wäre. Wenn es so wäre, ja. Das zu beweisen, wird allerdings schwer mit nur ein paar Notizen, Audrey."

„Er hat mir seine Idee erzählt. Ich ..."

„Hast du den Roman überhaupt gelesen?", wollte Folder wissen.

Audrey blinzelte. „Nein", antwortete sie kleinlaut.

Er seufzte. „Dachte ich mir. Dann mach das erst einmal. Es gibt seltsame Zufälle, Audrey. Und falls es mehr als das war, bräuchten wir weitere Beweise."

Die Folder nicht herauszufinden bereit war. Er wollte damit einfach nichts zu tun haben. Denn das würde bedeuten, dass er sich am Ende mit seinem Bruder würde auseinandersetzen müssen. Audrey konnte das verstehen. Sie musste es allein durchziehen.

Das Date

Vielleicht war es ganz gut, dass sich Grace meldete, während sie am Freitag auf Brian wartete. Ihre Mutter drückte ihr im Vorbeigehen eine Valium in die Hand und zwinkerte ihr zu. Audrey hatte ihr von Brian erzählt und dass er nur ein Arbeitskollege sei.

„Dennoch ist es so etwas wie ein Date." Darauf bestand Grace ebenfalls.

„Möglicherweise werden wir ja Freunde."

„Oder mehr."

„Jetzt hör schon auf, Grace."

„Ich würde mich nur für dich freuen, wenn daraus mehr werden würde."

„Im Moment beschäftigt mich anderes mehr", rutschte es Audrey heraus.

„Ich weiß. Aber denk an dein Versprechen. Ich glaube, du interpretierst da zu viel hinein. Mir ist wieder etwas eingefallen. In einem der Buchhandlungszeitschriften stand ein Interview von Anastasia McDonalds, der Schnulzenqueen. Die erzählte, sie habe eine Buchidee aufgeben müssen, da sie festgestellt habe, dass es sie schon gebe. Sogar die Städte, in denen sie den Plot angesiedelt hat, stimmten mit dem Roman überein, der bereits veröffentlicht war. Die Welt ist nun mal verrückt."

Etwas Ähnliches war Audrey schon zu Ohren gekommen. Dennoch wurde sie das Gefühl nicht los, dass an der Sache etwas gehörig nicht stimmte.

„Wahrscheinlich hast du recht und es steckt nichts weiter dahinter als ein irrer Zufall. Meinte Folder auch", spielte sie die Angelegenheit vor ihrer Freundin herunter. Sie wollte sie nicht weiter damit nerven. Es war ihr Sache.

„Hast du deiner Mutter schon davon erzählt, Audrey?"

„Nein, ich will nicht, dass sie sich Sorgen macht. Wie du."

„Ja, mach ich. Ich weiß ja, wie sehr du dir deinen Dad zurückwünschst. Gedankenknuddler."

„Gebe ich gerne zurück. Ich muss jetzt Schluss machen, Grace. Wir hören uns bald wieder."

„Und sehen uns hoffentlich."

Bewaffnet mit ihren schneeweißen Rollerblades öffnete Audrey wenig später die Tür. Brian stand in schickem weißem Sportzeug vor ihr. Die kurze Hose, die weißen Turnschuhe und das ärmellose, eng anliegende Shirt brachten nicht nur seine gebräunte Haut zur Geltung, sondern auch seine Muskeln. Seine schwarzen Blades hatte er neben sich geparkt. In den Händen hielt er eine rote Papiertüte. Obwohl er lächelte, wirkte er verkrampft. Doch da war er nicht allein.

„Guten Abend, Miss Richards."

Wurde sie etwa rot? Ja, verdammt.

„Guten Abend, Mister Gomery."

„Das ist für dich", sagte er und reichte ihr die Tüte.

„Für mich?"

„Ich hoffe, du magst Überraschungen."

Verlegen nahm Audrey das Geschenk entgegen und warf einen Blick hinein. Höhnisch lächelte ihr das Buch von Gene Hartman entgegen.

Sie schluckte. „Das ist tatsächlich eine Überraschung."

Brian runzelte die Stirn. „Nicht gut?"

„Doch, doch."

„Oder hast du es inzwischen schon?"

„Nein. Ich … Wow, danke. Ich muss es unbedingt lesen. Und ich steh jetzt mit leeren Händen da. Willst du reinkommen? Etwas trinken?"

Er überlegte kurz, dann stimmte er zu. Audrey ging voraus und hielt vor der offenen Wohnzimmertür inne.

„Darf ich dir meine Mom vorstellen?", fragte sie Brian.

„Gerne", antwortete er prompt.

Ihre Mutter erhob sich von der Eckcouch, auf der sie es sich mit ihrem Strickzeug bequem gemacht hatte, und reichte Brian lächelnd die Hand. Der wirkte plötzlich ein wenig steif.

„Das ist Brian Gomery, mein Arbeitskollege", sagte Audrey, wobei sie das letzte Worte betonte. „Und das ist meine Mom."

„Freut mich, Ma'am."

Ihre Mutter lachte und strich sich eine Haarsträhne hinters Ohr. „O nein, das klingt, als wäre ich schon uralt. Nennen Sie mich Lauren."

Brian wurde lockerer. „Dann von vorne. Freut mich, Lauren. Ich bin Brian."

„Freut mich, Brian." Es war nicht zu übersehen, dass ihre Mutter ihn sympathisch fand. „Dann wünsche ich euch beiden viel Spaß. Was auch immer ihr vorhabt." Sie lachte.

Brian stimmte ein. „Werden wir sicher haben."

Er sah sich in dem hellen, geräumigen Wohnzimmer um. Ihre Eltern liebten weite Räume und Pastellfarben. Etwas, das Audrey teilte.

„Was wir vorhaben, habe ich dir doch erzählt", sagte Audrey und zog die Brauen hoch, um ihre Mutter so von weiteren zweideutigen Andeutungen abzuhalten. Hatte sie etwa wieder getrunken? Dann war sie meist redseliger. Oder lag es an Brian?

Ihre Mutter küsste sie auf die Wange. „Sei nicht streng. Sonst vergraulst du ihn noch." Wieder lachte sie.

Audrey fasste es nicht. Ihre Mutter war tatsächlich wieder dem Alkohol verfallen. Nun, da sie ihr intensiver in die Augen sah, bemerkte sie den verräterischen glasigen Ausdruck darin.

„Ich werde mich hinlegen. Bin müde", raunte ihre Mutter Brian zu. „Seid leise, wenn ihr schlafen geht."

Das reichte. Audrey hakte sich bei ihr unter und führte sie zur Tür. „Ich bringe dich ins Bett."

„Nein, das kann ich allein. Lass Brian nicht warten." Sie wandte sich zu ihm um. „Entschuldige, Brian. Seit dem Tod ihres Vaters behandelt sie mich manchmal wie ein Kleinkind."

Audrey konnte Brians Reaktion nicht sehen und zog ihre Mutter hinaus.

„Tut mir leid", murmelte sie.

Nachdem Audrey sie ins Bett gebracht hatte und sich sicher war, dass sie schlief, kehrte sie zu Brian zurück, der sich nicht vom Fleck gerührt hatte.

„Sie schläft", berichtete Audrey.

Sie sah ihm an, dass er nicht wusste, was er sagen sollte, also nickte er nur.

„Seit dem Tod meines Vaters geht es ihr nicht sonderlich. Ich hoffe, die Kur wird sie auf andere Gedanken bringen. Wenn ich es schon nicht schaffe."

Brian berührte Audrey sanft am Oberarm und sah sie mitfühlend an.

„Du gibst dein Bestes. Das habe ich bei meinem Dad auch versucht, nachdem meine Mutter an Krebs gestorben ist."

Wie traurig! „Oh, das tut mir leid."

Er senkte den Blick. „Er wollte meine Hilfe nicht, reist seitdem durch die Welt und verkriecht sich in seine Arbeit als Luxusimmobilienhai."

Die Wut und Wehmut in seiner Stimme waren nicht zu überhören. „Deine Mutter braucht dich. Das habe ich ihr gleich angesehen. Eine freundliche Frau."

„Ja, das ist sie. Gehen wir? Ich muss an die frische Luft."

Er bot ihr seinen Arm an. „Darf ich bitten?"

„Aber gerne."

Bevor sie sich in Bewegung setzten, erregte die aufgeschlagene Zeitung auf der Couch Audreys Aufmerksamkeit. Ihre Mutter musste sie gelesen haben. Ihr Blick blieb an einem Artikel hängen. Sie löste sich von Brian und nahm das Blatt an sich. Ihr Herz überschlug sich, während sie las.

In den Fußstapfen eines Genies – Gene Hartman wird bereits nach Erscheinen seines ersten Romans als Nachfolger des verstorbenen Monty Richards gefeiert. Sein Debüt schlug sofort ein wie eine Bombe. Exzellent geschrieben, bis ins kleinste Detail durchdacht, spannend von der ersten bis zur letzten Seite. Die Leserschaft freut sich bereits auf Nachschub. Vielleicht lässt uns der Autor doch noch hinter die Kulissen blicken. Es ist nur bekannt, dass es ein Mann ist. Ein neuer Stern scheint am Thrillerhimmel aufgegangen zu sein.

Audrey ließ die Zeitung sinken. Sie hatte genug gelesen.

Brian hatte zu ihr aufgeschlossen. „Darf ich mal sehen?"

Sie nickte und konnte sich vorstellen, wie sich ihre Mutter fühlte. Es Schwarz auf Weiß zu lesen, dass ihr geliebter Mann langsam, aber sicher in Vergessenheit geriet. Solche Dinge machten seinen Tod umso endgültiger. Schweigend ging sie Brian voraus nach draußen. Ein Blick genügte und sie verzichteten in stillem Einvernehmen auf die Rollerblades. Schweigend liefen sie nebeneinander, vorbei an den weiß gestrichenen Häusern mit den Veranden in ihrer Straße und den gepflegten Gärten zu beiden Seiten. Am südlichen Ende blieben sie an einer Abzweigung stehen.

Audrey spürte Brians Blick auf sich. „Tut mir leid, dass die Stimmung gedrückt ist."

„Du musst dich nicht entschuldigen."

„Ich glaube, ich kann es immer noch nicht akzeptieren."

Sie hob den Kopf und sah Brian an. „Dass er tot ist, meine ich. Ein Teil in mir will glauben, dass er lebt. Mom sagt es zwar nie, aber ich glaube, sie denkt genauso. Vielleicht hat er sein Gedächtnis verloren. Oder er wurde verschleppt."

„Glaubst du das wirklich?"

Brian musterte sie. „Na ja, die Welt ist voller Verrückter. Möglich ist alles."

„Eines steht fest: Ich werde jedem Funken Hoffnung nachgehen. Schon allein wegen Mom. Sie vermisst ihn schrecklich, ist krank darüber geworden. Ich bin ihr einziger Halt."

Brian schluckte schwer. „Du bist eine starke Frau."

Audrey lachte auf. „Nicht immer."

„Und talentiert."

„Das weißt du doch gar nicht."

„Ich glaube daran. Du hast dieses Leuchten in den Augen, wenn es um Geschichten geht." Er lächelte, ohne den Blick von ihr zu wenden.

„Hast du eine Ahnung, wer dieser Gene Hartman sein könnte?"

Brian zuckte mit den Schultern. „Nein, absolut nicht."

„Ich muss es herausfinden."

„Wieso? Willst du ein Autogramm?", fragte Brian.

„Nein, ich muss ihn etwas fragen. Etwas Wichtiges."

„Hat es mit dem Funken Hoffnung zu tun?"

Audrey kaute auf der Unterlippe und überlegte. Sie mochte Brian, doch kannte sie ihn nicht gut genug, um zu wissen, ob sie ihm vertrauen konnte. „Vielleicht", antwortete sie daher.

„Du bist also auch eine Geheimniskrämerin", stellte er fest.

„Was hast du eigentlich für Hobbys außer dem Rollerbladen?", versuchte sie, ihn abzulenken.

„Ich zeichne gerne mit Kreide." Er beugte sich zu ihr. „Aktmalerei."

„Uh, sieh an. Und du findest immer wieder Models dafür, da bin ich mir sicher."

„Nein, die brauche ich nicht."

Kurz blieb Audrey der Mund offen stehen.

Mit dem Zeigefinger tippte Brian sich gegen die Schläfe. „Alles da drin. In meiner Vorstellung sind die Frauen und Männer, die ich male, lebendiger als in Wirklichkeit."

„Interessant. Und wie bist du gerade zu diesem Beruf, Lektor, gekommen? Da muss ja ein Bezug da sein, oder? Ich hoffe, ich bin nicht zu neugierig."

„Neugierde ist eines meiner Laster."

Sie hob eine Braue. „Die anderen interessieren mich ebenfalls."

Er winkte ab. „O nein, ich schieße mich nicht selbst ins Aus."

Das war interessant. „Wow, so viele also? Muss ich Angst haben?"

Er lachte. „Vor mir hatte noch niemand Angst. Und nein, es ist nichts Schlimmes. Fettnäpfchentretender, neugieriger, duschgieriger und ordnungsliebender Lektor. Das ist alles, glaube ich."

„Ein Mann, der gerne duscht und Ordnung liebt, ist durchaus tragbar."

Er atmete auf. „Gott sei Dank."

Sie wechselten in eine Allee aus Laubbäumen.

„Ein Autor bin ich übrigens nicht. Als Single habe ich reichlich Zeit nach Feierabend. Meist zeichne ich oder fahre eine Runde Rollerblades, wenn es das Wetter zulässt. Manchmal lese ich an den Wochenenden."

„Du wohnst also allein in Indianapolis?" Er hatte keine Freundin. Dass ihr der Gedanke gefiel, machte ihr ein wenig Angst. Sie interessierte sich tatsächlich für ihn. Nicht nur als Kollege, sondern auch als Mann.

Brian ging dichter neben ihr, sodass sich ihre Oberarme manchmal berührten was in ihr kleine Stromschläge auslöste „Ja, ich bin gerade umgezogen, in eine eigene Wohnung. Liegt ganz oben, hat sogar einen Balkon. Die Aussicht ist phänomenal, besonders nachts.“

„Das kann ich mir vorstellen. Wo hast du denn vorher gewohnt?“

„Nicht wichtig. Die Loftwohnung ist genauso, wie ich mir mein Zuhause immer vorgestellt habe. Modern, großräumig. Ich zeige sie dir gerne mal. Wie wäre es, wenn ich dich zum Essen einlade? Sagen wir, morgen?“

Wow, das ging schnell. Hatte Brian etwa ein mehr als kollegiales Interesse an ihr? Audrey wurde warm ums Herz.

„Ich hoffe, das kommt nicht zu aufdringlich rüber“, fügte er hinzu, da sie nichts erwiderte.

Die Situation überforderte sie. Einerseits fühlte sie sich geschmeichelt, andererseits war sie noch nicht bereit für etwas Festes. Grace hätte sie sicher ausgelacht für diese Gedanken.

Audrey lächelte und schüttelte den Kopf. „Nächste Woche hätte ich mehr Zeit.“

„Ah, verstehe. Du willst an deinem Roman schreiben.“

„Das auch. Und ein Auge auf Mom haben. Mitte nächster Woche geht sie zur Kur. Danach bin ich entspannter, glaube ich. Weil ich weiß, dass sie dann in guten Händen ist. Aber ich werde sie so oft wie möglich besuchen.“

„Dann verschieben wir es auf nächste Woche. Ich freu mich schon.“

„Ich auch.“

„Hey, Audrey. Alles ganz entspannt sehen, okay?“ Er zwinkerte ihr zu. „Ich versuche es zumindest.“

Sie lachten zusammen und bogen auf eine Wiese ab, an die ein Waldstück anschloss. „Dahinter liegt der See“, erklärte Audrey.

„Wie bist du zu dem Job gekommen?“, griff sie ihre Frage auf, nachdem sich ein paar Minuten Stille zwischen sie gelegt hatten.

„Meine Liebe zu Büchern war ausschlaggebend. Ich habe Literatur studiert, ein paar Praktika gemacht. Unter anderem in einem Verlag. Die Arbeit der Lektoren fand ich spannend. So viele Geschichten, die man lesen kann, Talente entdecken und dabei helfen dürfen, für manche Autoren einen Traum wahr werden zu lassen. Das ist meine Berufung.“ Seine Augen strahlten.

„Das hast du schön gesagt.“

„Mein Vater wollte, dass ich bei ihm in die Firma einsteige, sie später übernehme. Doch Immobilien sind nicht mein Ding. Das wird er mir wohl nie verzeihen. Für ihn bin ich ein Taugenichts. Aber ich komm gut klar, auch ohne ihn. Mit dem Job bei Booksline ging ein Traum in Erfüllung. Der kleine Verlag, in dem ich vorher gearbeitet habe, ist nicht damit zu vergleichen. Von alldem will Dad nichts hören.“ Brian kickte einen Ast zur Seite, der auf dem Weg lag.

„Jeder sollte das im Leben tun dürfen, wonach ihm der Sinn steht, und nicht nach den Wünschen eines anderen leben. Irgendwann wird er das einsehen. Jedenfalls wünsche ich es dir.“

Brian zuckte mit den Schultern. „Ist es noch weit?“

Audrey bemerkte, dass er das Thema wechseln wollte. „Nein.“

Ein paar Schritte weiter tauchten sie in den Wald ein. Grillen zirpten, würziger Duft stieg aus dem feuchten Erdboden. Ein traumhafter Sommerabend. Kurz darauf erreichten sie die Lichtung und damit die Wiese mit dem See.

Audrey sah Brian von der Seite an. Ein Kribbeln breitete sich in ihrer Magengegend aus. Und als er sie anlächelte, wurde ihr schwindelig. Verdammt, er war genau ihr Typ.

„Wenn wir mit den Rollerblades gefahren wären, hätten wir auf dem geteerten Weg bleiben müssen", sagte Audrey leise.

„Ach."

Erst jetzt bemerkte sie, wie dumm und unpassend dieser Einwurf war. Brian brachte sie völlig durcheinander. Schnell starrte sie geradeaus.

„Ich wollte nur sagen, dass der Weg ebenfalls hierherführt. Er beschreibt ein langes U."

„Die Abkürzung gefällt mir gut. Ich mag Frauen, mit denen man sich durchs Dickicht schlagen kann."

Er lief weiter. Am Seeufer drehte er sich zu ihr um. „Du hast nicht zu viel versprochen. Es ist wunderschön hier."

Audrey schloss zu ihm auf und setzte sich ins weiche Gras. Brian tat es ihr nach.

„Mein Vater hat die Stelle geliebt. Er hat hier gerne geschrieben."

„Tatsächlich? Dann ist das ja sozusagen ein historischer Platz." Brian atmete die frische Luft tief ein und stützte sich auf die Unterarme. „Wie ist das bei dir? Wie kommst du zu einer Idee?"

Audrey legte sich rücklings ins Gras und blickte in den Abendhimmel. Ihre Hände ruhten auf ihrem Brustkorb. Das Herz hämmerte gegen ihre Rippen. „Die Ideen kommen eher zu mir." Sie spürte Brians Blick auf sich.

„Das musst du mir erklären."

„Nun ja, oft fliegt mich eine Idee einfach an. Aus dem Nichts. Beim Hören eines Songs oder beim Spazierengehen. Dann notiere ich mir Stichpunkte, baue daraus ein Gerüst und schreibe es als Exposé nieder. Klingt wichtigtuerisch, denn ich habe bis jetzt ja nie einen richtigen Roman geschrieben, nur Kurzgeschichten."

„Nur? In der Kürze liegt die Würze. Außerdem weiß ich, dass es nicht leicht ist, eine Kurzgeschichte zu schreiben und sie dennoch spannend und glaubwürdig zu halten. Hast du schon einen Titel für deinen Bestseller?"

Sie lachte auf und gab ihm einen spielerischen Stoß in die Rippen.

„He", lachte er. „Also? Titel?"

„Die Erben von Avalon."

Brian schürzte die Lippen. „Wow, gefällt mir. Wovon handelt der Roman?"

„Das ist ein Geheimnis."

„Du hast mir eine Leseprobe versprochen."

„Ich weiß. Die bekommst du auch, wenn ich überarbeitet habe. Anders könnte ich es nicht. Das wurde mir beim Schreiben klar."

Er wischte sich übers Gesicht. „Gott, ich hoffe nur, du bist nicht von der Sorte Autoren, die jahrelang an einem Roman arbeiten."

Sie lachte leise. „Fettnäpfchen magst du wirklich, oder? Ich kann dich beruhigen, bin ich nicht."

„Schön, dann werde ich es also noch erleben."

Seine Direktheit war zwar gewöhnungsbedürftig, aber so wusste sie zumindest, woran sie war. „Na hoffentlich."

Sie blieben eine Weile, bevor sie sich auf den Rückweg machten. Das Zwielicht, das durch die Baumkronen fiel, machte das Date noch aufregender.

„Ein wunderschönes Licht." Sie blieb neben einer Buche stehen.

Brian ließ den Blick wandern und verharrte auf ihrem Gesicht. „Wunderschön", murmelte er.

Audrey musste schlucken und spürte, dass sich ihre Wangen erhitzten. Als sie den Kopf senkte, trat Brian dicht an sie heran. Unwillkürlich hielt sie den Atem an.

„Du steckst voller Geheimnisse, die du irgendwann in deine Geschichten einweben musst. Ich bin mir sicher, die Leute werden sie hören wollen", sagte er leise.

„Meinst d-du?", stammelte sie. Ihre Kehle fühlte sich plötzlich staubtrocken an.

Er nickte. Seine Mund öffnete sich leicht. Es passte kaum ein Blatt zwischen sie. Sie konnte seinen Atem spüren. „Lass es mich lesen. Schon eher. Bitte", raunte er.

Das Kribbeln in ihr wurde zur Folter. „Ich weiß noch nicht."

„Bitte", wiederholte er und sah ihr tief in die Augen. Gott, sie wünschte sich nichts sehnlicher, als dass er sie jetzt küsste. Und es war ihr egal, dass sie sich gerade erst richtig kennenlernten. Wie lange lag ihr letzter Kuss zurück?

„Wie ist deine Antwort?“, bohrte er nach, ein sinnliches Timbre in der Stimme.

„Ja, schon bald.“ Die Worte kamen Audrey wie von selbst über die Lippen. Er streifte sie mit seinen und hauchte ihr einen Kuss auf den Mundwinkel, der sie elektrisierte. Dann wich er eine Armlänge zurück. „Danke, das bedeutet mir sehr viel.“

Ehrlich gesagt, war sie enttäuscht darüber, dass er sie nicht richtig geküsst hatte, andererseits bewunderte sie seine zurückhaltende Art. Irgendwie fühlte sie sich in ihre Teenagerzeit zurückversetzt. Er hatte recht. Es war schöner, wenn sie es langsam angehen ließen. Und eines stand fest: Brian Gomery brachte sie völlig durcheinander und ihre Grundsätze ins Wanken.

***

Noch lange lag Audrey nachts wach und dachte über Brian nach. Auch Gene Hartman und ihr Vater beschäftigten sie. Wenn ihre Gedanken drohten, aus dem Ruder zu laufen, schrieb sie an ihrem Roman weiter. Schlafen konnte sie nicht. Zum Glück war das bei ihrer Mutter anders. Als Audrey gleich nach ihrer Rückkehr nach ihr geschaut hatte, hatte sie gesehen, dass sie ruhig und fest eingemummelt in ihrem Bett lag.

Gegen drei Uhr morgens klappte Audrey den Laptop jedoch endgültig zu. „Genug für heute.“

Das nächste Kapitel war bereits geplant. Der Plot stand fest in seinem Fundament. Die Geschichte der Erben von Avalon handelte von zwei verfeindeten Familien, die an der Übernahme einer großen Firma interessiert waren. Eine junge Frau und ein junger Mann gerieten ins Kreuzfeuer des Streits, als sie sich verbotenerweise ineinander verliebten. Doch trotz aller Widrigkeiten hielten sie an ihrer Liebe fest. Audrey konnte nicht glauben, wie weit sie schon gekommen war. Fünfzig Normseiten waren nicht zu verachten und übertrafen ihre Kurzgeschichten um Längen.

Sie tappte nach unten in die Küche, holte sich ein Glas Wasser und nahm auf dem Rückweg Brians Geschenktüte und ihren Rucksack aus dem Flur mit. Wieder in ihrem Zimmer zog sie die Decke bis zum Bauchnabel und besah sich den Roman von Hartman, der auf ihrem Schoß ruhte. Langsam schlug Audrey das Buch auf und begann zu lesen. Die Geschichte sprang sofort mitten in die Handlung. Eine spannende Szene, in der sich der Leser direkt ein Bild von der Gefährlichkeit der Sekte und den politischen Kreisen machen konnte. Audrey ließ sich mitreißen. Verdammt, Hartman war wirklich gut. Dennoch kopierte er den Stil ihres Vaters an vielen Stellen regelrecht. Wut und Faszination wechselten sich ab. Audrey las bis in die Morgenstunden und schlief erst dann ein. Im Traum sah sie ihren Vater vor sich.

„Du bist wieder da. Bitte bleib!"

Sie streckte ihm eine Hand entgegen. Die Umgebung verschwamm. Ihr Vater blieb starr. Nur seine Pupillen wanderten hektisch hin und her, als wollte er ihr damit etwas sagen – und als hätte er Angst. Sie ergriff seine Hand, doch sofort entglitt sie ihr wieder.

„Dad, sag mir, was los ist", flehte sie und versuchte, seine andere Hand zu fassen, griff aber ins Leere.

„Dad!“, rief sie, während er an ihr vorbei in einem Tunnel verschwand. Sie wollte ihm folgen, kam jedoch nicht von der Stelle. Ihre Füße schienen einzementiert.

Als sie erwachte, sah sie in das bleiche Gesicht ihrer Mutter, die sich über sie beugte. Tageslicht fiel ins Zimmer. Hartmans Buch lag neben ihr. Sie konnte den kühlen Umschlag an ihren Fingern spüren.

„Mom?“

„Sch. Du hast geträumt.“

Audrey rieb sich die Augen und setzte sich auf. Ein paar Strähnen klebten ihr an der Stirn.

„Geht es dir gut, Mom?“, fragte sie.

Ihre Mutter nickte. „Ich mache mir mehr Sorgen um dich.“

Audrey konnte sehen, wie sie zum Roman schielte. „Nein, brauchst du nicht. Es war nur ein ... dummer Traum.“

„Du kannst jederzeit mit Maisie Grey reden, Schatz.“

„Mit deiner Psychologin? Mom, nein. Ich komme klar. Es war nur ...“

„Du hast den Namen deines Vaters geschrien. Es ist nicht das erste Mal“, unterbrach ihre Mutter sie mit ruhiger, aber bestimmter Stimme.

„Ich komme klar“, wiederholte Audrey.

Sie strich ihr über das feuchte Haar. „Ich wollte es dir nur noch einmal gesagt haben.“

„Ja, danke, Mom. Du meinst es nur gut.“

Ihre Mutter nickte. „Und du umgekehrt auch. Tut mir so leid wegen gestern. Das war peinlich und dumm. Ich weiß, dass ich etwas ändern muss. Möglicherweise ist diese Kur doch ganz gut.“

Es war das erste Mal, dass Audrey das aus dem Mund ihrer Mutter hörte. Und es machte sie glücklich. Sie kroch aus dem Bett und drückte ihre Mutter fest an sich. „Alles wird gut, Mom. Du wirst sehen. Wir schaffen das."

„Ja, bestimmt. Wenn wir zusammenhalten. Wie früher. Das war deinem Dad immer ganz wichtig", murmelte sie.

„Ja! Und das werden wir."

„Brian … Ich meine, ich wollte dir das nicht vermiesen."

Sie lösten sich voneinander.

„Hast du nicht", versicherte Audrey und lächelte.

„Ist das Buch von ihm?"

„Ja, aber … Es ist unwichtig."

„Deinem Vater war Konkurrenzdenken fremd, Schatz. Ich will nur nicht, dass man ihn vergisst. Seine wundervollen Geschichten. Nur weil er …" Sie brach ab und unterdrückte ein Schluchzen.

Wieder nahm Audrey sie in die Arme. „In den Herzen der richtigen Menschen wird er immer weiterleben."

Ihre Mutter nickte in ihre Schulter und ließ endlich die Tränen zu.

Erinnerungen

Brian und sie hatten ihre Handynummern ausgetauscht. Ein Lächeln legte sich auf ihre Lippen, als er ihr am nächsten Mittag eine Nachricht via WhatsApp sendete:

Danke für den schönen Ausflug. Ich wünsche dir einen herrlichen Tag. P. S. Freu mich auf das erste Kapitel.

Kurzerhand antwortete sie:

Dito. Liebe Grüße P. S. Kapitel in Überarbeitung für Exklusivbegutachtung.

Brians Erwiderung ließ nicht lange auf sich warten:

Bin sehr gespannt. Liebe Grüße zurück.

Die virtuelle Rose hinter der Nachricht gefiel ihr. Zufrieden klappte sie den Laptop zu. Ein halbes neues Kapitel war geschrieben, das erste für Brian überarbeitet. Sie hoffte, es würde ihm tatsächlich gefallen. Schon jetzt war sie aufgeregt, was er dazu sagen würde. Schließlich war er vom Fach. Da auch an diesem Tag die Sonne auf Fayes herabschien, machte sich Audrey eine Himbeer-Zitronen-Limonade mit Eiswürfeln und Pfefferminzblättern und zog sich zusammen mit ihrer

Mutter in den Garten unter einen der schattenspendenden Bäume zurück, unter dem sie eine roséfarbene Decke ausgebreitet hatten. Der Gärtner hatte den Rasen vor Kurzem gemäht und die Buchskugeln und Rosen geschnitten, sodass alles frisch roch. Wie nach einem Sommerregen. Audrey liebte diesen Duft und erinnerte sich, dass ihr Vater ihn ebenfalls gemocht hatte.

„Besser als Wodka oder Whisky." Ihre Mutter stieß mit ihr an. „Schön, dass du den Nachmittag mit mir verbringst."

„Sehr gerne, Mom." Ihre Mutter war noch immer wie ausgewechselt und enthusiastisch, was Audrey freute, wenngleich sie Angst hatte, dass ihre Stimmung nicht lange anhalten würde.

„Aber bitte, ich will dich nicht von deinen Freunden abhalten. Grace und Brian."

„Das tust du nicht. Ich bleibe lieber hier. Mit dir chillen, lesen, schreiben."

„Schreibst du wieder eine Kurzgeschichte, oder versuchst du dich endlich an einem Roman?" Ihre Augen funkelten vor Neugier.

„Einen Roman. Und es läuft ganz gut."

Ihre Mutter drückte Audreys Hände. „Oh, das freut mich unheimlich. Ich darf ihn doch lesen, wenn er fertig ist?"

„Natürlich. Weißt du was, ich schicke dir für jeden Kurfortschritt ein überarbeitetes Kapitel."

„Das klingt nach Erpressung", bemerkte ihre Mutter und verzog die Mundwinkel. Dann aber lächelte sie. „Aber gut, abgemacht. Meine Güte, dein Dad hätte es kaum erwarten können, die ersten Zeilen zu lesen." Sie warf den Kopf in den Nacken. „Er hat mir so oft aus seinen Werken vorgelesen. Sein Blick hatte dabei einen ganz besonderen Ausdruck. Jede Geschichte war mit so viel Herzblut geschrieben.“

„Ja, Gefühl darf nicht fehlen.“

„Wenn man die Geschichte nicht fühlt, seine Protagonisten nicht kennt und versteht, braucht man erst gar nicht mit dem Schreiben anzufangen“, erklärte sie im Tonfall ihres Mannes.

„Das wäre reinste Zeitvergeudung und Folter für die Leser“, ergänzte Audrey.

Beide lachten.

Ihre Mutter seufzte. „Er hat seine Berufung sehr ernst genommen. Er war mein Held. Nicht nur, weil er göttlich schreiben konnte. Meine Güte, wenn ich an sein Gedicht denke ...“

Audrey runzelte die Stirn. „Er hat Gedichte verfasst?“

Der Blick ihrer Mutter richtete sich auf einen Punkt in der Ferne. „Nur einmal. Für mich. Er hat gesagt, das Dichten sei nichts für ihn. Ich konnte das kaum glauben. Für mich hat er eine Ausnahme gemacht. Da kannten wir uns ein halbes Jahr. Ich war sauer auf ihn, weil er mich einmal versetzt hatte. Für ein Footballspiel.“

Audrey lachte. „Football war Dads Leidenschaft.“

„Daran brauchst du mich nicht zu erinnern. Mit dem Gedicht hat er alles wiedergutgemacht.“

„Davon hast du nie etwas erzählt.“

„Tja, jede Frau hat ihre Geheimnisse, Schatz.“

„Hast du es noch?“, wollte Audrey wissen und platzte vor Neugierde.

„Natürlich. Ich sag dir eine Zeile daraus.“

Audrey lehnte sich an sie und schloss die Augen, während sie lauschte.

„Egal wie weit die Wege sind, die uns getrennt, meine Liebe zu dir alle ihr Eigen nennt und Brücken schlägt, die nicht einmal der Tod kennt." Zitternd atmete ihre Mutter aus.

„Das ist wunderschön." Tränen stiegen in Audrey auf.

„Ich habe das Gedicht heute morgen in einem Buch wiedergefunden. Es war wie ein Zeichen von ihm. Als wollte er mir sagen, dass wir uns wiedersehen. Nicht einmal der Tod kann uns trennen."

„Das sagt das Gedicht, ja."

„Und was denkst du?" Der Blick ihrer Mutter ruhte hoffnungsvoll auf ihr.

„Ich glaube das auch, Mom."

Sie entspannte sich endlich. Eine ganze Weile saßen sie zusammen, dann ging ihre Mutter hinein, um sich eine ihrer Lieblingssendungen anzusehen. Ein gutes Zeichen, dachte Audrey. Schon lange hatte sie das nicht mehr gemacht. Nachdem sie die Limonadengläser aufgeräumt hatte, schrieb sie eine Weile und nahm sich danach wieder Im Nebel der Intrigen vor. Im nächsten Kapitel ging es um Bloom, der auf der verzweifelten Suche nach seinem Sohn war, was er die Welt in allen Einzelheiten wissen ließ. Jede Seite schlug Audrey auf den Magen. Immer wieder gingen ihr die Stichpunkte aus dem Notizbuch ihres Vaters durch den Kopf. Dazu die Frage, wer Gene Hartman wirklich war. Sie wurde das untrügliche Gefühl nicht los, dass er die Romanidee geklaut hatte. Außerdem fragte sie sich zum wiederholten Mal, ob er und ihr Vater sich gekannt hatten. Eine Dreistigkeit, hätte er sich seine Idee derart zu Nutzen gemacht. So etwas hatte kein Autor verdient. Sie dachte an ein gewisses Gedicht, das sie liebte und bei dem es ähnlich gewesen war. Jemand hatte es von der Autorin gehört, aufgeschrieben, vor ihr als Eigenwerk veröffentlicht und damit Ruhm und viel Geld verdient.

„Vielleicht habe ich etwas übersehen, Dad", flüsterte Audrey und warf einen Blick zum Himmel.

Geheime Zeilen

Die Migräne, die Audrey den Rest des Wochenendes überfallen hatte, klang erst am Montagvormittag ab. Die Gedanken um den Roman setzten ihr auch körperlich zu. Für den Tag hatte sie sich frei genommen.

„Geht es dir besser?", fragte ihre Mutter und spähte in ihr Zimmer.

Audrey war ohne schmerzhaftes Pochen bis zum Fenster gekommen und zog die Jalousie hoch. Zwar blendete sie das Tageslicht, ansonsten ging es ihr gut. Erleichtert atmete sie auf. „Ja."

Ihre Mutter reichte ihr eine Tasse Kräutertee. „Trink den, ist gut für die Seele."

„Danke, Mom."

„Du bleibst doch zu Hause heute, oder? Schone dich noch."

„Mach ich." Mit Schrecken dachte Audrey an die Migräneattacken, die sie in den ersten Monaten nach dem Unglück ihres Vaters malträtiert hatten. Dagegen war die letzte harmlos gewesen. Sie nippte an dem Tee und genoss die Wärme, die sich nach dem ersten Schluck in ihrem Magen ausbreitete. „Im Büro habe ich schon angerufen. Warren Lee hat es nett aufgenommen. Winton Folder ist auf Geschäftsreise und danach im Urlaub. Er bekommt es also gar nicht mit. Wusste gar nicht, dass er Ferien machen will."

„Glaubst du, Folder hätte gesagt, du müsstest dennoch arbeiten? Dein Vater hat immer große Stücke auf ihn gehalten.“

„Ja, ich weiß. Und nein, das wollte ich damit nicht sagen.“

„Ruh dich noch etwas aus, und ich packe schon mal. Übermorgen geht meine Reise los. Danach sollten wir beide einen gemeinsamen Urlaub planen. Was hältst du davon? Die Karibikinsel, auf der wir das letzte Mal mit deinem Dad gewesen sind, wäre wunderbar. Im Geiste nehmen wir ihn einfach mit.“

Audreys Finger krampfte sich um den Henkel der Tasse. Es war ein fantastischer Urlaub gewesen, der bereits zehn Jahre zurücklag. Ihre Eltern hatten sich die ganze Zeit wie Teenager verhalten. Damals hatte sie es nervig gefunden, im Nachhinein aber witzig. Sie hatten in einer einfachen Hütte gelebt, ganze drei Wochen lang, Fisch gegrillt und das Leben genossen. Am Lagerfeuer hatte ihr Vater ihnen oft Geschichten erzählt und mit ihnen die Sterne gezählt. Dass sie sich dabei immer wieder in die Quere gekommen waren, hatte sie Tränen lachen lassen.

„Ja, wir nehmen ihn einfach mit, Mom.“

Sie spürte, dass ihre Mutter ernsthaft an sich arbeiten wollte.

Ihre Augen wurden glasig, doch sie straffte die Schultern und nickte. „Zusammen schaffen wir es weiterzuleben. Das Leben wieder zu spüren, Audrey. Danke, dass du da bist.“

***

Audrey zog die unterste Schublade des Schreibtischs ihres Vaters auf, in der sie das letzte Mal nur flüchtig nachgesehen hatte. Jetzt wollte sie intensiver suchen. Nach dem Packen hatte es sich ihre Mutter auf einem Liegestuhl im Garten bequem gemacht und war eingeschlafen. Ihre Antidepressiva ließen sie schnell müde werden.

Der Geruch von altem Holz stieg Audrey in die Nase. Den Schreibtisch hatte ihr Vater einst von seinem Vater geerbt, ein Rechtsanwalt, der seinen Sohn bei seinem Traum, Schriftsteller zu werden, immer unterstützt hatte. Leider war er bereits mit einundfünfzig an einem Blutgerinnsel im Gehirn gestorben. Zehn Jahre später war ihm Audreys großherzige Grandma Virginia gefolgt.

Außer ein paar verblichenen Quittungen und alten Füllfederhaltern fand Audrey nichts. Noch einmal durchstöberte sie die Fächer. Nichts Ungewöhnliches. Als sie aufblickte, starrte sie ihr Vater von einem gerahmten Foto aus an, auf dem sie und ihre Mutter neben ihm zu sehen waren.

„Tut mir leid, Dad. Du weißt, warum ich das mache“, sagte Audrey. Dennoch blieb ein unwohles Gefühl in ihr zurück. Sie kam sich vor wie eine Schnüfflerin. „Moment, unter dem Schreibtisch gibt es ein Geheimfach“, fiel ihr ein.

So geheim war es auch wieder nicht. Ihr Vater hatte es ihr selbst gezeigt. Sein Dad hatte darin angeblich Zigarren versteckt. Seiner Frau hatte er versprechen müssen, mit dem Rauchen aufzuhören, nachdem ihm sein Arzt einen erhöhten Blutdruck diagnostiziert hatte.

Gespannt kroch Audrey unter den Tisch. In der Mitte war eine centgroße Scheibe eingelassen, die sie lediglich einmal um die eigene Achse drehen musste, um das unter dem Holz befindliche Schloss zu entriegeln und herunterzuklappen. Die Klappe hatte ungefähr die Größe eines durchschnittlichen Buchs. Sie griff hindurch, gelangte zu einem Hohlraum, der wiederum so groß war wie ein DIN-A3-Blatt. Tatsächlich konnte Audrey dort etwas tasten. Eindeutig Papier. Als sie es hervorzog, hielt sie ein paar Briefe in Händen. Warum hatte ihr Vater sie dort versteckt?

Sie kroch zurück und stieß sich dabei an der Tischkante den Kopf. „Autsch."

Der dumpfe Schmerz war gleich vergessen, sobald sie den Absender der drei Briefe las. Allesamt stammten sie von einem Scott Emery aus Ohio. Der Name sagte Audrey nichts. Sie konnte sich auch nicht erinnern, dass ihr Vater ihn jemals erwähnt hatte. Sie ließ sich auf dem Schreibtischstuhl nieder, sortierte die Briefe dem Poststempel nach und zog den ältesten aus dem Kuvert. Das gelbe Briefpapier roch ein wenig modrig. Sie faltete es auseinander.

Sehr verehrter Mr. Richards,
ich schreibe Ihnen in der Hoffnung, dass Sie mir ein paar Schreibtipps geben können. Ich bin ein großer Fan Ihrer Thriller, und das seit dem ersten Roman. Da war ich gerade zehn. Meine Eltern haben es mir damals nicht erlaubt, einen Thriller zu lesen. Aber ich habe auf das Hardcover gespart, ihn heimlich gekauft und wie einen Schatz behandelt. Ich habe ihn immer noch. Zur nächsten Lesung bringe ich ihn mit und hoffe auf eine

Widmung. Ich lege Ihnen einen Text bei. Es würde mich überglücklich machen, wenn Sie ihn lesen würden. Es ist das erste Kapitel meines Thrillers. Der halbe Roman ist bereits fertig. Nun habe ich eine Blockade. Kennen Sie das? Wenn ja, was tun Sie dagegen? Vielleicht wäre es auch möglich, Sie einmal privat zu treffen. Keine Angst, ich bin kein verrückter Fan oder dergleichen. Nur ein hoffnungsvoller, unbekannter Autor, der in Ihnen einen Mentor sieht. Danke fürs Lesen. Ich freue mich schon auf Ihre nächsten Werke.
Viele Grüße aus der Kleinstadt Port Clinton in Ohio
Ihr Scott Emery

Ein Brief wie viele, die ihren Vater erreicht hatten. Er hatte stets versucht, jeden einzelnen zu beantworten, bis es überhandnahm, sodass er jeden Tag mehrere Stunden dafür gebraucht hätte. Sofort zog sie Brief Nummer zwei aus dem Umschlag. Emerys Handschrift war klein und schnörkelig. Dennoch nutzte er das gesamte Blatt, was auf einen großzügigen Charakter deutete. Audrey hatte darüber einmal etwas gelesen. Die stark nach rechts geneigte Schrift bedeutete, dass Emery empfänglich für Reize von außen war, impulsiv und spontan, oft sehr leidenschaftlich, aber auch ziemlich reizbar und unbeherrscht. Mehr Deutungen kannte sie nicht, aber die, sollten sie stimmen, waren interessant. Den nächsten Brief hatte er drei Wochen nach dem ersten geschrieben.

Verehrter Mr. Richards,

dass Sie vorsichtig mit Fantreffen sind, kann ich Ihnen nicht verübeln. Dennoch vielen Dank für Ihr Antwortschreiben und die Einschätzung meines Textes. Es freut mich, dass er Ihnen gefallen hat. Die Anmerkungen werde ich beherzigen. Wenn sich die Gelegenheit bietet, können wir nach Ihrer nächsten Lesung einen Plausch halten. Die Blockade hat sich inzwischen gelöst. Danke für den Tipp mit der Musik. Außerdem haben Sie recht. Es schreibt sich wirklich viel besser, kurbelt gleich die kreative Seite des Gehirns an.
In Dankbarkeit
Ihr Scott Emery

Brief Nummer drei war vier Wochen darauf gefolgt.

Sehr geehrter Mr. Richards,
ich hoffe, Sie verzeihen, wenn ich Sie abermals mit meinem Text behellige. Könnten Sie ihn nun, da überarbeitet, noch einmal lesen, wenn Sie die Zeit dazu finden? Ich habe das erste Kapitel verbessert und die darauffolgenden neu geschrieben, da ich im Nachhinein nicht mehr zufrieden damit war. Ich bin mir nun jedoch nicht sicher, ob die Fortführung nicht zu künstlich wirkt. Gerne können Sie Anmerkungen hinterlassen. Das Ergebnis könnten Sie mir ja bei Ihrer Lesung in Chicago übergeben, wenn wir uns dort treffen sollten. Eine Eintrittskarte habe ich bereits. Ich freue mich sehr darauf. Damit bin ich bestimmt nicht allein.
Alles Gute und mit den besten Grüßen
Ihr Scott Emery

Ob sich ihr Vater und dieser Emery jemals getroffen hatten? Noch einmal kroch Audrey unter den Schreibtisch und tastete bis an den hinteren Rand des Fachs. Weitere Briefe schienen dort zu schlummern. Aber es waren nicht nur Kuverts, die sie an Land zog, sondern auch etwas Hartes. Audrey stockte der Atem, als sie auf die Waffe in ihrer Hand starrte. Sie war geladen. Ein heißkalter Schauder überlief ihren Rücken. Schnell legte sie die Pistole zurück, schob Emerys Briefe hinterher und hob die anderen vier Kuverts wieder auf, die sie hatte fallen lassen. Wie sie wusste, besaß ihr Vater nicht einmal einen Waffenschein. Er hasste Waffen. Dass er eine im Haus hatte, machte ihr deutlich, dass er wohl Angst gehabt hatte. Nur vor wem?

Sie besah sich die Kuverts in ihrem Schoß. Allesamt weiße Umschläge. Sie waren, wohl von ihrem Vater, nummeriert worden, von eins bis vier. Die Adresse ihres Vaters war mit blauer Tinte geschrieben worden. Die Kuverts waren bis auf das älteste, anders als diejenigen, die Emery geschickt hatte, unwirsch von ihrem Vater geöffnet worden, als hätte er Wut dabei empfunden. Außerdem trugen sie keinen Poststempel, mussten also abgegeben worden sein. Ein Absender fehlte.

Nachdenklich zog Audrey den ersten Brief heraus. Was ihr sofort auffiel, es war in etwa die gleiche Schrift wie die von Emery, nur dass die Buchstaben aufrechter standen und die Schnörkel beim S und T fehlten.

Hallo Mr. Richards,
ich bewundere Ihre Romane. Gott, das haben Sie bestimmt schon Tausende Male gehört. Aber es ist so. Ich bin ein glühender Fan. Verraten Sie mir Ihr Geheimnis.

Ich behalte es auch für mich. Jetzt werden Sie lachen. Doch ich bin ein sehr loyaler Mensch, vorausgesetzt, man ist loyal zu mir. Das verstehen Sie sicher!
Audrey stutze. Diese Zeilen gefielen ihr nicht. Sie kaute auf der Unterlippe und las weiter.
Ich bin ein verdammt guter Autor. Wenn wir uns zusammentun, können wir etwas GROSSES erschaffen. Viel größer als das, was Sie bisher erreicht haben. Na, wie wäre es? Ich erwarte Ihre Antwort in Bälde. Senden Sie diese an die Postfachadresse auf der Rückseite.
Kollegialer Gruß
Ihr X

Da hielt sich jemand für etwas ganz Besonderes, schoss es Audrey durch den Kopf. Sie öffnete rasch den zweiten Brief. Auch auf diesem war kein Datum vermerkt.

Hallo Mr. Richards,
warum eine Absage? Sie haben also genug eigene Ideen, die Sie umsetzen wollen. Sie wollen ja nicht einmal wissen, welche ich habe. Sie sind mir einer. Sie schreiben, ich solle allein Großes erschaffen, und Sie wünschen mir Glück dabei und viel Erfolg. Ich müsse aber noch viel lernen. Heißt das, Sie halten mich für talentfrei? Wie herablassend. Ich möchte Sie treffen. Nur ein Gespräch. Dann erfahren Sie, wer ich bin.
Noch mit freundschaftlichen Grüßen
Ihr X

Lange starrte Audrey auf die Zeilen. Ihre Gedanken waren ein einziges Rauschen. Auf dem nächsten Kuvert hatte ihr Vater eine Anmerkung an den Rand geschrieben:

Scott E. evtl. überprüfen lassen.

Der Schrift nach hatte Emery den Brief nicht verfasst. Doch sie war eindeutig mit Absicht verändert worden. Mal war sie groß, dann klein, mal geschwungen, dann wieder steif.

Ihr Vater glaubte allem Anschein nach, dass Emery auch die anderen Briefe geschrieben hatte. Trotz des – gewollten – Schriftunterschieds. Ein Beweis? Oder steckte hinter X eine gespaltene Persönlichkeit. Ob er Emery je hatte überprüfen lassen? Und wenn ja, von wem? Sollte sie jede Detektei in Indianapolis und Umkreis befragen? Und was, wenn er auf eigene Faust ermittelt hatte? Audrey schluckte. Das Gedankenkarussell drehte sich immer schneller. Sie schüttelte den Kopf und kam ins Hier und Jetzt zurück, um den nächsten Brief zu lesen.

Mr. Richards,
Sie enttäuschen mich. Keine Antwort mehr! Ich war geduldig. Habe drei Monate gewartet. Sie sind mir ein Treffen schuldig. Ich bin Ihr Fan. Ohne Leute wie mich wären Sie nicht da, wo Sie jetzt sind. Vergessen Sie das nicht!!! Wissen Ihre schöne Frau und Ihre Tochter, wie eiskalt Sie sein können? Denken Sie darüber nach. Ein Termin, ein kurzes Treffen. Was ist schon dabei?
In Erwartung

Ihr X

Mit zitternden Fingern holte Audrey den letzten Brief aus dem Umschlag.

He Richards,
das werde ich Ihnen nie vergessen. Ich würde Sie am liebsten von Ihrem hohen Ross holen. Zeigen Sie die Briefe niemandem. Ich würde es wissen, und dann ...
Nun gut. Keine Antwort ist auch eine Antwort.
Adieu, Mr. Richards
X

Hatte er danach aufgegeben? Oder hatte er am Ende sogar etwas mit dem Attentat auf ihren Vater zu tun gehabt? Sollte sie die Briefe der Polizei übergeben? Oder interpretierte sie zu viel in die Zeilen eines Spinners und Möchtegernautors? Auf keinen Fall wollte sie, dass ihre Mutter davon erfuhr oder die Öffentlichkeit. Erst einmal wollte sie selbst versuchen herausfinden, was es mit X und Scott Emery auf sich hatte. Wer weiß, dachte sie, vielleicht hat er eine Antwort auf die Frage, wer Gene Hartman ist.

Recherche

„Nichts. Verdammt, wieder nichts.“

Sie steckte das Handy weg, als Brian ihr Büro betrat. Das weiße Hemd, das er zu seiner schwarzen Jeans trug, hatte er bis zum dritten Knopf von oben aufgeknöpft. Schweißperlen standen ihm auf der Stirn, die Augen funkelten. Er war wütend, versuchte jedoch, ein Lächeln für sie zustande zu bringen, was ihm ansatzweise gelang.

„Hallo, Audrey“, grüßte er im Vorbeigehen und steuerte direkt auf Lees Büro zu.

„Moment, warte mal. Ich muss dich erst ...“, versuchte Audrey, ihn aufzuhalten.

Zu spät. Brian stürmte das Büro des Cheflektors, der ihn, wie Audrey durch die Glasfront deutlich erkennen konnte, mit großen Augen anvisierte. Was sollte das? Sein Verhalten war nicht angemessen. In der Hektik hatte Brian die Tür nur angelehnt, sodass Audrey das folgende Gespräch zwischen den beiden hören konnte. Außerdem sprachen sie nicht gerade leise. Warren Lee blieb hinter seinem Schreibtisch stehen, und Brian verzichtete darauf, davor Platz zu nehmen.

„Warum wird alles abgelehnt, was ich gut finde? Langsam ist es auffällig“, echauffierte sich Brian.

Der Cheflektor schüttelte den Kopf und verschränkte die Arme vor der Brust, wobei sein rosafarbenes Hemd ein paar Falten warf. „Es war nun mal Schund. Nehmen

Sie es nicht persönlich. Das, was Sie als gut erachten, brauche ich nicht einmal in der Konferenz vorzustellen. Und gut reicht nicht. Das müssten Sie langsam wissen, Mister Gomery."

„Wortklauberei. Auf den Punkt gebracht: Sie scheinen wenig Vertrauen in meine Arbeit zu haben. Die anderen stellen oft Schund vor, finden Sie nicht?"

Audrey spitzte die Lippen und senkte den Kopf, als Lee einen Blick durch die Scheibe in ihr Büro warf. Ein paar Sekunden später hörte sie, dass die Glastür geschlossen wurde. Brian nahm anscheinend kein Blatt vor den Mund, wenn er sich ungerecht behandelt fühlte. Sie riskierte noch einen Blick und sah, dass sich beide inzwischen gesetzt hatten und anscheinend ruhiger miteinander redeten. Also widmete sie sich wieder ihren Recherchen.

Die Arbeit an diesem Dienstag hielt sich in Grenzen, sodass sie die Auszeit, die sicher nicht lange dauern würde, nutzen wollte, um etwas über Scott Emery herauszufinden. Schon gestern war sie fleißig gewesen und hatte sämtliche Detekteien abtelefoniert. Doch niemand hatte je für ihren Vater gearbeitet. Und im Internet gab es keinen Scott Emery. Zumindest keinen aus Ohio, der einen Eintrag hatte. Vielleicht sollte sie noch einmal den Computer ihres Vaters durchforsten. Sie hatte die meisten Dateien nur überflogen. In ihrer Tasche kramte sie nach einer Kopfschmerztablette. Die letzte Nacht hatte sie kaum ein Auge zugetan, was eventuell auch am Vollmond gelegen hatte. Dazu schien das Wetter umzuschlagen. Für die nächsten Tage war Regen angesagt. Plötzlich tauchte Brian aus Lees Büro auf. Der hatte ihn zur Tür begleitet, die er nun geräuschvoll ins Schloss warf, um sich gleich darauf wieder hinter seinen Schreibtisch zu verziehen.

„Wichtigtuer", schimpfte Brian, ohne sich umzudrehen. Vor ihrem Schreibtisch blieb er stehen und stützte sich mit den Händen an der Kante ab. „Ich hoffe, dein Morgen ist besser", raunte er.

„Geht so. Was ist denn los?"

„Die Hälfte hast du sicher gehört, oder?"

Audrey verzog die Mundwinkel. „Na ja, ja."

„Keine Entschuldigung. Wir waren ja laut genug. Reden wir in der Pause darüber? Lust auf eine Zeitreise und einen Kaffee?"

Sie verstand. Spontan stimmte sie zu, was Brian ein Lächeln entlockte. „Danke, Miss Richards. Jetzt geht es mir schon besser."

„Mir ebenfalls", rutschte es ihr heraus. Dass sie rot anlief, konnte sie nicht verstecken und verwandelte sein Lächeln in ein Grinsen. In Brian Gomery steckte wohl auch ein Macho.

***

Brian simste ihr, dass er sich zehn Minuten verspäten würde, weshalb Audrey voraus ins Café ging. Die Wartezeit verkürzte sie sich, indem sie sich ein paar Stichpunkte zu Die Erben von Avalon notierte. Kaum hatte sie das Notizbuch ausgepackt, klingelte ihr Handy und verkündete einen eingehenden Anruf von Grace.

„Na, was gibt es Neues? Privat und an der Recherchefront?"

„Dir auch einen schönen Tag", wiegelte Audrey ab. Aber da hatte sie die Rechnung ohne ihre Freundin gemacht.

„Ich muss mir doch keine Sorgen machen?", fragte Grace.

„Nein. Wieso?"

„Weil du ablenkst."

Audrey seufzte und schob ihre Notizen beiseite. „Nein, alles gut."

„Und Brian?", wollte Grace wissen.

„Was soll mit ihm sein?"

„Ach komm. Seid ihr schon ein Stück näher gerückt?"

„Vielleicht. Und Daniel?"

Grace lachte. „Ein ganzes Stückchen näher", antwortete sie vage.

„Oh, erzähl!"

„Wir waren ja einen Kaffee trinken."

Da sie eine Pause einlegte, erwiderte Audrey: „Das habe ich nicht vergessen. Und weiter?"

„Es blieb nicht bei einem Kaffee."

Dieser gewisse Unterton war eindeutig. „Wow!"

„Halt, nein, nicht, was du denkst, Audrey!"

„Was denn?"

„Er hat mich danach nur auf ein oder zwei Drinks in sein Haus am Rand von Indianapolis eingeladen. Ein Traum."

„Das Haus?"

„Der Mann, das Haus, die Drinks."

„Auch auf die Gefahr hin, dass ich langweilig klinge, Hauptsache ist doch, er ist charmant und aufmerksam."

„Das ist er, in der Tat." Audrey hörte sie durchs Handy seufzen. „Wir sehen uns bald wieder. Er holt mich nachher von der Arbeit ab. Ach, was ich dir noch sagen wollte: Meine Chefin hat erfahren, dass Gene Hartman demnächst einen neuen Roman herausbringen will. Wieder einen Thriller."

Audrey atmete hörbar aus.

„Audrey?", fragte Grace, als sie nichts dazu sagte.

„Ja, ich bin noch dran."

„Du glaubst wirklich, dass …?"

„Dass dieser Hartman die Idee von Dad geklaut hat? Nun, seine Notizen zu Die Bloom-Affäre haben mich eben stutzig gemacht. Aber keine Sorge, ich lass die Sache nun endgültig ruhen."

„Ist vielleicht besser so. Und wenn nicht, dann nimm deine beste Freundin mit ins Boot. Du weißt ja, ich liebe Abenteuer. Hab dich lieb, Süße."

Urplötzlich tauchte Brian auf und setzte sich ihr gegenüber. „Tut mir leid, dass ich zwanzig Minuten überfällig bin."

„Kein Problem." Audrey lächelte ihn an. Er sah entspannter aus als heute Vormittag.

„Hast du dir schon etwas bestellt?", fragte er und winkte nach einer Kellnerin.

Sie schüttelte den Kopf und deutete auf ihr Handy. „Grace? Brian ist hier. Bis bald mal wieder. Hab dich auch lieb."

Als sie das Gespräch beendet hatte, bestellten sie zwei Cappuccino. Danach räumte sie die Notizen weg.

„Hast du Probleme, Audrey?", fragte er ernst.

Erstaunt musterte sie ihn, während ihr immer noch Graces Worte durch den Kopf gingen. Hartman wollte also schon bald ein zweites Buch veröffentlichen. „Wie kommst du darauf?“

„Entschuldige, ich wollte nicht lauschen. Genauso wenig wie du wohl heute Vormittag.“

Wohl?, durchfuhr es sie. Die Kellnerin servierte ihre Getränke und lächelte ihnen freundlich zu, bevor sie wieder verschwand. Ein leiser ABBA-Song schlich sich durch das Café, durchbrochen vom Stimmenwirrwarr der Gäste.

„Was ist Die Bloom-Affäre?“, wollte Brian wissen.

„Eine längere Geschichte. Unwichtig.“ Audrey winkte ab.

„Okay, verstehe.“ Er schien ein wenig enttäuscht, wenn nicht gar frustriert.

„Vielleicht erzähle ich es dir irgendwann mal“, sagte sie daher.

Er presste die Lippen aufeinander und nickte. Nachdenklich begann er, in dem schaumigen Cappuccino zu rühren.

„Und bei dir? Alles okay?“ Eigentlich eine dumme Frage.

Brian wiegte den Kopf hin und her. „Warren Lee scheint mich hinauskicken zu wollen.“

Audrey, die gerade an ihrem Cappuccino nippte, verschluckte sich beinahe. „Was? Bist du dir sicher?“

„Du hast recht, Audrey.“

„Womit?“

„Wir sollten nicht über Probleme reden. Für gewöhnlich halten die meisten Freundschaften und Beziehungen dann länger. Jeder trägt sein Säckchen allein und kümmert sich selbst um die faulen Kartoffeln darin.“

Das klang mehr als ironisch. „So war das vorhin nicht gemeint. Ich finde ja, Freundschaften und Beziehungen wachsen durch das gemeinsame Aussortieren von faulen Kartoffeln.“

Brians Blick bohrte sich in ihren, so klar war er. „Nicht böse sein, ist nicht mein Tag heute. War nicht so gemeint, du kennst mich ja kaum. Nur interessierst du mich. Als Mensch. Daher … ich meine, du sollst wissen, dass du wirklich mit jedem Problem zu mir kommen kannst.“

Sie lächelte warm. „Das ist lieb, Brian, danke. Dito.“

„Ich habe keine Geheimnisse. Ich finde, er schikaniert mich vor den anderen. Kann sein, dass er Angst hat, ich wolle seinen Posten übernehmen. Folder wollte mich schon einmal befördern und war eine ganze Weile nicht gut auf Lee zu sprechen. Warum, weiß ich nicht. Aber von Folder halte ich nicht mehr viel, seit er einen Rückzieher gemacht hat. Na ja.“

„Das mit Lee tut mir leid, und das mit der Beförderung.“

Brian seufzte. „Ja, mir ebenfalls.“

„Hast du Lee gegenüber deine Befürchtungen offen ausgesprochen?“

„Ja. Er tat es als lächerlich ab. Er sagte, er könne nichts dafür, wenn mich mein Geschmack im Stich lasse. Ja, ich finde, der Verlag sollte mal etwas wagen. Selbst völlig unbekannte Autoren mehr fördern anstatt welche, die schon einen Namen haben oder viele Follower in sozialen Netzwerken, berühmte Eltern oder Verwandte und Bekannte. Er hat alle Manuskripte abgelehnt, die ich in den letzten Wochen eingesehen und für gut befunden habe. Sie sind nicht mal eine Diskussion wert für ihn. Das ist unprofessionell, wenn du mich fragst."

„Seltsam, normalerweise lässt Lee immer mit sich reden."

„Offensichtlich nicht. Aber lassen wir das Thema. Die Pause ist bald vorbei, und jetzt haben wir doch nur über Probleme geredet, wenn auch nur über meine. Wer weiß, vielleicht überlegt es sich Lee anders."

„Ich bin mir sicher, du hast ein gutes Gespür für Talente."

„Allerdings. Manchmal erinnert mich Lee an meinen Vater." Brian trank von seinem Cappuccino und sah sie über den Rand der Tasse an, was sie ganz verlegen machte.

Der Regen riss auch am Abend nicht ab. Brian hatte sie den restlichen Arbeitstag über nicht mehr zu Gesicht bekommen und machte sich gleich nach Feierabend auf den Heimweg. Ihre Mutter saß am Kamin und beobachtete die Flammen, die um die Holzscheite züngelten und eine wohlige Wärme verbreiteten. Audrey ging neben ihr in die Knie und blickte lächelnd zu ihr auf. Dabei bemerkte sie den Schal, den ihre Mutter gestrickt hatte. Er lag in ihrem Schoß.

Sie berührte Audreys Hände, die auf der Lehne des Sessels ruhten. „Der Schal ist heute fertig geworden."

Audrey streckte die Finger aus und ließ sie über die weiche Wolle fahren. „Wunderschön."

„Ich habe mir neue Wolle eingepackt." Plötzlich schimmerten Tränen in den Augen ihrer Mom. „Ach, Kind, du wirst mir fehlen."

Audrey erhob sich und umarmte ihre Mutter. „Wir schaffen das. Gemeinsam. Wir telefonieren oft und ...“

„Alles gut. Mich machen Abschiede nur sentimental.“

Seit ihr Vater tot war bekam Audrey bei jedem Abschied ein flaues Gefühl.

Ihre Mutter sah sie eindringlich an. „Pass auf dich auf.“

„Das mache ich, Mom. Und falls etwas ist, gebe ich Grace Bescheid. Sie hat den schwarzen Gürtel.“

„Stimmt.“ Ihre Mutter lachte. Grace machte seit ihrer Kindheit Karate und hatte sogar zwei Wettbewerbe gewonnen, wollte den Kampfsport aber nicht weiter professionell betreiben.

Ihre Mutter legte ihr den Schal um.

Sie drückte ihn an sich. „Danke, Mom.“

„Danke dir. Wie war die Arbeit? Hast du Brian wiedergesehen?“

Augenblicklich stieg Audrey Hitze in die Wangen, was ihrer Mutter nicht entging. Zum Glück sagte sie nichts, sondern lächelte nur in sich hinein.

„Wenn ich zurück bin, wiederholen wir das Kennenlernen. Dann wird alles anders, versprochen!“

Nun lächelte auch Audrey. „Ich freue mich schon.“

***

„Nichts! So ein ... Halt, Moment.“ Audrey ließ die Computermaus ihres Vaters ruhen, sodass der Cursor auf einer Unterdatei verharrte, die den Namen SE trug.

„SE wie Scott Emery?“ Sie öffnete die Datei mit einem Klick. Nachdem ihre Mutter zu Bett gegangen war, hatte sie sich in das Arbeitszimmer ihres Vaters geschlichen. Ihr Herz begann, gegen die Rippen zu hämmern, als sich auf dem Bildschirm ein Brief öffnete, der von einer Detektei stammte.

„Volltreffer", murmelte Audrey. Laut Briefkopf mit der geschwungenen grünen Schrift stammte das Schreiben von einem Privatdetektiv namens Lance Miller aus Indianapolis.

Sehr geehrter Mr. Richards,
leider haben mich meine umfangreichen Recherchen nicht weitergebracht. Scott Emery, zuletzt wohnhaft in Port Clinton, Ohio, ist laut den Nachbarn unbekannt verzogen. Und das schon vor über einem Jahr. Bis dato wohnte er im Haus seiner Eltern an der Bricklane in der Nähe des Lake Erie (Fotos siehe Anhang). Seine Eltern sind vor drei Jahren bei einem Autounfall auf einem Highway ums Leben gekommen. Emery hat das Haus verkauft. Mr. und Mrs. Silver haben mir Zutritt gewährt. Aber Emery hat keine auffälligen Spuren hinterlassen. Er hat anscheinend niemandem gesagt, wo er hinziehen wird. Oder keiner, den ich befragt habe, wollte es mir sagen. Ich hoffe, da der letzte Brief schon eine Weile zurückliegt, dass er nun aufgegeben hat. Anscheinend wollte er einen absoluten Neubeginn machen und die Vergangenheit hinter sich lassen. Und damit auch die Gedanken an Sie. Ich kann natürlich weiter nachforschen, wenn Sie das wünschen. Rufen Sie mich diesbezüglich an oder kommen Sie vorbei.
Mit besten den Grüßen
Lance Miller

Audrey klickte aufgeregt auf den Foto-Ordner. Dort waren mehrere Aufnahmen zu finden, auf denen aus verschiedenen Perspektiven ein schlichtes weißes Bretterhaus mit vorderseitiger Veranda zu sehen war. Umgeben wurde das Haus von einem Garten mit Einfahrt und Carport. Ein weiteres Bild zeigte Scott Emery. Miller hatte dazu vermerkt, dass es vor sechs Jahren auf einer privaten Feier aufgenommen worden war. Audrey zoomte das Foto größer. Emery war ein sportlich aussehender junger Mann mit welligem, kurzem schwarzem Haar, tief liegenden dunkelgrünen Augen und markanten Zügen. Lässig saß er auf einem Baumstamm. Das weiße Hemd trug er offen über seinem braun gebrannten Oberkörper. Auf seinen Hüften saß eine eng anliegende Darkblue-Jeans. Grace würde ihn mit Sicherheit „heiß" finden. Seine Brauen hatten die Form von geschwungenen Halbmonden. Nicht zu dick, nicht zu dünn. An seinem Hals besaß er ein ovales Muttermal. Ein Mann, der ihrem Vater offenbar große Angst gemacht hatte. Auf dem Foto wirkte er smart und sein Lächeln sympathisch. Seine Augen leuchteten. Vielleicht lag es an der Person hinter der Kamera.

„Wer bist du wirklich?", fragte Audrey, als könnte er sie hören und ihr antworten. Sie druckte Foto und Brief aus, steckte beides in ein Kuvert und suchte anschließend im Internet nach der Homepage des Detektivs.

„Seltsam, kein Eintrag."

Dafür fand sie Millers Telefonnummer im Netz.

Obwohl es schon nach neun Uhr abends war, rief Audrey an. Sekunden später meldete sich eine Frauenstimme, die verschlafen klang.

„Bei Miller."

„Mrs. Miller?"

Kurze Pause. Dann ein seufzendes „Ja".

Audrey presste das Handy dichter ans Ohr, da es in der Leitung rauschte. „Entschuldigen Sie die späte Störung. Ich wollte Ihren Mann nur etwas fragen."

Wieder eine Pause, diesmal länger.

„Lance? Das geht nicht."

Audrey schluckte trocken. „Warum? Es ist nur ..."

„Hören Sie, mein Mann ist vor zweieinhalb Jahren gestorben. Bei einem Autounfall."

Mit dieser Nachricht hatte Audrey nicht gerechnet. „Das ... das tut mir leid."

„Mir ebenfalls. Guten Abend."

Nach diesen Worten legte Mrs. Miller auf. Was hätte sie auch sagen sollen?

Audrey ließ das Telefon geschockt sinken. Vor zweieinhalb Jahren, schoss es ihr durch den Kopf. Das war kurz nachdem ihr Vater ums Leben gekommen war. Zufall? Aufgewühlt massierte sich Audrey die Schläfen. Dann schaltete sie den Computer aus, nahm das Kuvert und packte es zusammen mit den Briefen von Scott und Mr. X in eine alte Schachtel. Die Pistole legte sie an ihren Platz zurück. Danach verzog sie sich in ihr Zimmer.

Dort besah sie sich noch einmal das Foto von Emery und Millers Brief. Das ungute Gefühl in ihr wuchs. Es lief in sämtliche Richtungen, dennoch konnte sie keine bestimmte ausmachen. Sie glaubte nur, sicher zu wissen, dass es da einiges gab, das im Zusammenhang mit dem Tod ihres Vaters vertuscht wurde.

Eine Weile später fiel ihr Blick auf Im Nebel der Intrigen. Der Titel passte perfekt zu ihrem jetzigen Leben. Ihr war, als würde ihr eine innere Stimme sagen, sie sollte weitersuchen. Doch je länger sie nachdachte, desto wirrer wurden ihre Gedankengänge. Irgendwann fiel sie in einen unruhigen Schlaf. Sie träumte wieder von jenem Tag, an dem ihr Vater angeblich in diesem Hotel ums Leben gekommen war und sie nicht rechtzeitig für ihn hatte da sein können. Der Traum endete wie jedes Mal. In purem Entsetzen.

Zeichen

Grace schwebte im siebten Himmel. Audrey hatte sich am Donnerstag nach der Arbeit mit ihr auf einen Drink in einer Bar in Fayes getroffen. Sichtlich verträumt schlürfte ihre beste Freundin an ihrem Sex-on-the-Beach-Cocktail. Der Anwalt hatte sie geküsst und wollte alsbald mit ihr ein Wellnesswochenende verbringen. Audrey freute sich für Grace, auch wenn das alles ein wenig zu schnell ging für ihren Geschmack.

„Wir könnten mal zu viert ausgehen. Zwei Pärchen, das ...", schlug Grace vor.

„Grace!"

Audrey schüttelte den Kopf, während ihre Freundin aus ihrer rosaroten Zuckerwattewolke auftauchte und sie mit großen Rehaugen anblinzelte. „Was?"

„Brian und ich sind kein Paar."

„Kann ja noch werden."

Audrey war froh, dass sich ihre Wangen ruhig verhielten. Ein Blick aufs Handy zeigte, dass Brian und ihre Mutter ihr eine Nachricht geschrieben hatten. Zu Brians Erleichterung war Warren Lee für den Rest der Woche krankgeschrieben. Ihn hatte wohl eine Sommergrippe erwischt. Obwohl sie gespannt war, was er ihr mitzuteilen hatte, las sie die Nachricht ihrer Mutter aus der Klinik zuerst, in die sie sie gestern begleitet hatte.

Hier ist alles so weit prima. Nur die Psychologin ist seltsam. Die scheint selbst ein Problem zu haben. Ich wechsle sie. Sonst komme ich prima klar. Mach dir also keine Sorgen, Kind. Es wird nicht immer leicht sein, aber ich will nach wie vor mein Ziel erreichen. Kuss, Mom.

Audrey antwortete:

Kuss zurück. An die großartigste Mom der Welt. Ich bin so stolz auf dich.

Dann las sie Brians Nachricht:

Hi zukünftige Bestsellerautorin. Ich freu mich schon auf morgen Abend. Hole dich um sieben ab. Herzlichst, B.

Sie antwortete:

Ich freu mich auch.

„Simst du ihm gerade?", fragte Grace und reckte den Kopf.
„Er hat nur geschrieben, dass er sich auf morgen freut. Und Mom, dass es ihr gut geht."
„Schön." Sie grinste von einem Ohr zum anderen.

***

Wieder zu Hause, kehrten die Gedanken an diesen seltsamen Scott Emery und Mr. X zurück und begleiteten Audrey bis in den Schlaf, aus dem sie immer wieder aufschreckte.

Am darauffolgenden Morgen war es ruhig im Büro, sodass sich ihre Gedanken wieder mehr Raum verschaffen konnten. Audrey seufzte. Wurde sie langsam manisch? Vielleicht, beruhigte sie sich, hatte Miller ja recht und Mr. X hatte nach seinem letzten Schreiben tatsächlich aufgegeben. Besser, sie konzentrierte sich auf ihre Arbeit, um nicht verrückt zu werden und später objektiver noch einmal in Ruhe über alles nachdenken zu können. Also machte sie sich daran, die letzten Anweisungen von Warren Lee abzuarbeiten.

Eileen Jackson, eine Lektorin, reichte ihr einen Stapel Manuskripte herein.

„Die sind für Lee, wenn er wieder da ist. Mit meiner besten Empfehlung für die nächste Konferenz." Sie zeigte Audrey ihr schönstes Zahnpastalächeln und warf die schwarzen Locken zurück, bevor sie sich umdrehte und wieder hinaus in den Flur stöckelte. Nach ein paar Sekunden kehrte sie jedoch noch einmal zurück und stellte sich vor Audreys Schreibtisch wie ein Model, das im Begriff war, auf den Laufsteg zu gehen. Ihre dunkler Teint schimmerte perfekt samtig, der kurze graue Rock betonte ihre langen Beine.

„Könnten Sie mir einen Gefallen tun?", fragte sie verschwörerisch.

Audreys Antennen fuhren aus. Vorsicht war geboten. Eileen war eine derjenigen, die gerne lauschte, wenn es um sie ging. Das hatte sie schon zweimal gehört, aber nie etwas erwidert. Wieso nicht? Sie hatte nichts zu verbergen. Eileens Lächeln erreichte ihre Augen nicht. Doppelte Vorsicht.

„Sie könnten Lee ja sagen, dass Sie ebenfalls einen Blick darauf geworfen haben und die Manuskripte gut finden."

„Das ist nicht mein Fachgebiet. Außerdem ...", erwiderte Audrey.

Eileen schürzte die Lippen. „Aber Sie sind Richards' Tochter. Lee gibt daher viel auf Ihre Meinung. Vererbte Gene und so. Sie würden den Autoren und mir einen großen Gefallen tun. Oder machen Sie das nur bei männlichen Kollegen? Was verspricht er Ihnen dafür? Einen Kuss oder mehr?" Ihr Blick wurde dunkler.

Was sollte das? Spielte sie da gerade auf Brian an? „Ich mache so etwas grundsätzlich für niemanden. Ich sitze hier, weil ich anscheinend gut in meinem Job bin. Jedenfalls gebe ich mein Bestes, Eileen. Wie Sie, nehme ich an. Und jetzt entschuldigen Sie mich. Ich habe zu tun."

Eileen wollte etwas erwidern, da steckte Brian den Kopf zur Tür herein.

„Auch einen Tee? Zur Abwechslung?" Er lächelte, was Eileen die Augenbrauen hochziehen ließ, bevor sie sich hüftschwingend an ihm vorbei hinaus aus dem Büro schob.

Perplex schüttelte Audrey den Kopf.

Brians Lächeln verflog, da er ihren ernsten Gesichtsausdruck bemerkte. Rasch kam er zu ihr an den Schreibtisch und stellte den dampfenden Teebecher ab. „Alles okay?"

Audrey seufzte und nickte Richtung Tür, aus der Eileen entschwunden war. „Zickenalarm. Sie denkt, ich verschaffe dir Vorteile."

Brian verschluckte sich an seinem Tee. „Wie bitte?"

„Ich wusste ja, dass mich hier manche nicht gerade mögen, weil sie denken, ich hätte Vorteile durch Dad, aber das war Hass", sagte sie.

„Geh zu Folder und sag es ihm", riet Brian ihr. „Die sollte abgemahnt werden."

„Nein, so etwas würde ich nie tun. Ich versuche, die Sache zu vergessen."

„Vergessen?" Er zog die Manuskripte, die Eileen dagelassen hatte, zu sich heran. „Sind die von ihr?"

„Sie denkt allen Ernstes, ich würde für dich bei Lee ein gutes Wort einlegen, wenn ich dafür einen Kuss oder Sonstiges bekommen würde. Na klar. Ich bin käuflich und bekomme überall grünes Licht, nur weil ich die Tochter eines großen Autors bin. Wenn es nicht so traurig wäre und dreist, würde ich darüber lachen."

„Einen Kuss kannst du sehr gerne und jederzeit umsonst haben."

Stille legte sich zwischen sie. Audrey starrte ihn an. Diesmal war er es, der rot anlief.

„Sorry. Das war wieder mal ein Volltreffer in Sachen Fettnäpfchen."

Sie wusste nicht genau, was sie darauf erwidern sollte. Dennoch gefiel ihr der Gedanke mit dem Kuss. Bloß nichts anmerken lassen, dachte sie und war froh, dass das Telefon klingelte. Sie lächelte und kam sich irgendwie bescheuert vor.

„Wir sehen uns heute Abend? In der Pause kann ich leider nicht. Meine Eltern wollen etwas mit mir besprechen“, sagte er schnell.

Sie nickte. „Dann bis heute Abend.“

Während er zur Tür lief und sie an den Apparat ging, ertappte sie sich dabei, einen Blick auf seinen Po zu werfen. Brian war wirklich gut gebaut. In jeder Hinsicht.

***

Ein letzter prüfender Blick in den Spiegel. Die weiße Jeans saß perfekt und bildete einen fabelhaften Kontrast zu der hellblauen Bluse. Zufrieden stieg Audrey in die roten, bequemen Ballerinas und band sich das Haar zu einem Zopf. Anschließend legte sie ihre silbernen Creolen an und dezentes Make-up auf. Fertig! Nicht zu überkandidelt, sondern lässig und dennoch stilvoll. Das jedenfalls war das Urteil von Grace, der sie ein Spiegelselfie von sich geschickt hatte.

„Noch eine halbe Stunde“, sagte Audrey zu sich selbst und ging in ihrem Zimmer auf und ab. Sie überlegte, eine Flasche Sekt mitzunehmen, entschied sich aber dagegen. Brian sollte und würde wohl auch keinen Alkohol trinken, wenn er fuhr, dachte sie

„Oder sollte ich ein Taxi nach Hause nehmen? Vielleicht mag er gar keinen Sekt. Oder denkt, ich wolle ihn betrunken machen und … Nein, kein Sekt“, überlegte Audrey laut.

Ein wenig kam sie sich vor wie ein Teenager. Ihre Hände wurden feucht, die Minuten zogen sich wie Kaugummi. Sie öffnete das Fenster, atmete frische Regenluft ein und dachte dabei an eine Szene aus ihrem Roman, den sie alsbald weiterschreiben wollte. Das erste Kapitel hatte sie ausgedruckt und in eine Klarsichtfolie geschoben. Brian wäre wohl beleidigt, würde sie ihm heute bei den Probeseiten einen Korb geben und ihn weiter auf die Folter spannen. Im Nebel der Intrigen lag auf ihrem Nachttisch.

Die Zeit würde mit Lesen sicher schneller vergehen, sagte sie sich, umrundete das Bett und nahm das Buch zur Hand. Für einen Moment überzogen Eiskristalle ihren Körper und ließen sie frösteln, wenn sie an die Briefe von Mr. X – alias Scott Emery? – dachte.

Dennoch las sie weiter.

Kapitel 5 – Schatten
Der Wind heulte wie Kojoten um die altersschwachen Holzbretter der Fassade und ließ die Fensterläden klappern. Ernest Bloom wusste, dass er mutterseelenallein war. Allein in diesem Haus in der Wildnis von Vancouver, das voller Erinnerungen steckte. Außer ihm wussten nur seine Frau Emily und sein Sohn von ihrer Oase der Ruhe, wie sie es nannten. Die besaß sogar eine Alarmanlage. Er war hier sicher. Doch anders als erhofft, fühlte er sich nicht so. Im Gegenteil. Seine Nerven waren zum Zerreißen gespannt, der Kopf dröhnte, und seine Brust fühlte sich an, als würde darin ein Krieg toben, den sein Herz gegen seine Nerven führte. Ein neuer Plan musste her. Er wünschte sich, seine Frau wäre hier. Die kleine Poetin, wie er sie liebevoll nannte, fehlte ihm. Er wusste, sie glaubte, er war tot. Aber das

taten auch seine Gegner, und das sollten sie, bis er eine Lösung gefunden hatte.

„Irgendwann schlage ich eine Brücke zu dir, petit poète", murmelte er vor sich hin, strich sich über den grauen Bart, der mittlerweile sein Kinn bedeckte, und fasste neuen Mut.

Audrey hielt inne. Das Buch rutschte ihr vom Schoß und fiel mit einem dumpfen Laut zu Boden. Sie starrte darauf. Der Name des Autors brannte sich in ihre Netzhaut.

„Petit poète." So hatte ihr Vater sie immer genannt.

Audrey erinnerte sich an die Worte über ihre Mutter. ‚Egal wie weit die Wege sind, die uns getrennt, meine Liebe zu dir alle ihr Eigen nennt und Brücken schlägt, die nicht einmal der Tod kennt.'

„O. Mein. Gott!" Ein Hustenanfall überfiel sie, der sie aufstehen und zum Fenster eilen ließ. Mit zitternden Fingern stützte sie sich am Sims ab und atmete gierig die frische Luft ein und stoßweise wieder aus. Schwindel überkam sie, und zeitweise dachte sie, ihre Knie würden nachgeben. Ihr Magen drehte sich um. Sekunden später spürte sie einen Brechreiz, schaffte es gerade rechtzeitig zur Toilette und übergab sich.

Silhouetten

Hämmernde Kopfschmerzen malträtierten Audrey, nachdem sie in ihr Zimmer zurückgekehrt war. Rücklings legte sie sich aufs Bett und wählte Brians Nummer, entschied dann aber, ihm nur zu schreiben.

Hallo Brian. Hoffe, du bist noch nicht unterwegs. Ich muss leider absagen. Es geht mir nicht gut. Holen unser Treffen nach. Schönen Abend trotzdem. Liebe Grüße, Audrey.

Sie drehte sich auf die Seite und zog die Beine an, während sie ihre Gedanken sortierte. Es gelang ihr nicht. Das konnte kein Zufall mehr sein! Ihr Spitzname, die Anspielung auf das Gedicht. Als hätte ihr Vater den Roman selbst geschrieben. Der Stil war ebenfalls vergleichbar. In vielen Dingen. Oder hatte Hartman, wer immer hinter dem Pseudonym steckte, sie abgehört? Gab es zwischen Hartman, Emery und Mr. X einen Zusammenhang und ihr Gefühl hatte sie die ganze Zeit nicht getäuscht? Fragen über Fragen. Diesmal aber war sie sich sicher, dass etwas ganz und gar faul war. Sie musste auf eigene Faust herausfinden, wer Scott Emery war. Er schien ihr der Schlüssel zu dem ganzen Mysterium zu sein. Ihr Handy klingelte. Das Display zeigte einen eingehenden Anruf von Brian an.

Wie in Trance ging sie ran. „Brian, ich sagte doch …"

„Was ist los mit dir?", unterbrach er sie.

„Ich habe mich gerade übergeben. Wohl eine Magenverstimmung."

„Hast du was Falsches gegessen?"

„Ich leg mich ein bisschen hin. Wir sehen uns. Gute Nacht."

Er wollte etwas erwidern, Audrey konnte jedoch nicht weitersprechen und beendete das Gespräch. Noch einmal nahm sie das Buch zur Hand und überflog die Seiten. Eine nach der anderen. An einer Stelle hielt sie inne. Die Worte verschwammen vor ihren Augen, aber sie hatte sie bereits verinnerlicht.

Das blassblaue knielange Kleid mit dem weiten Rock saß perfekt. Das letzte Mal hatte es Emily zu ihrem fünfzigsten Geburtstag getragen. Seitdem war sie um keinen Tag gealtert. Das kleine Loch in der Nähe des Saums, das der Funken seiner Zigarette damals eingebrannt hatte, verbarg sich nun unter einer Kristallblüte. Sie war nicht einmal sauer gewesen. Wie Bloom sie liebte. Er konnte sie durch das Fenster sehen. Sie war so nah und doch so fern.

„Moms Lieblingskleid", flüsterte Audrey. An eine Kristallblüte allerdings konnte sie sich nicht erinnern.

Rasch legte sie das Buch zur Seite und lief in das Schlafzimmer ihrer Mutter im Dachgeschoss. Dort riss sie den Schrank auf und durchforstete ihn. Lange brauchte sie nicht zu suchen. Es hing mittig, auf einem hölzernen Bügel, mit Folie umspannt. Audrey nahm es heraus und untersuchte den Saum. Im vorderen Bereich wurde sie fündig. Die Blüte war nur halb so groß wie ein Centstück und glitzerte im Licht der Deckenlampe. Audrey sank auf die Knie. Schweiß trat auf ihre Stirn, erneut spürte sie Übelkeit in sich aufsteigen.

Plötzlich ein Geräusch, das aus dem Garten zu ihr drang. Zumindest glaubte sie, dass es von dort rührte. Audrey stockte der Atem. Sie legte das Kleid aufs Bett, löschte das Licht und lief zurück in ihr Zimmer. Auch dort machte sie das Licht aus, huschte zum Fenster, presste sich daneben rücklings an die Wand und wandte den Kopf, sodass sie einen Teil des Gartens überblicken konnte. Sie traute sich kaum zu atmen.

Dann ein Schatten, vielmehr eine Silhouette zwischen Büschen und Solarkugeln. Da das Fenster offen stand, konnte sie ein Rascheln hören. Das Herz schlug ihr bis zum Hals und schnürte ihr die Luft ab. Ohne Zweifel, da unten war jemand! Dass er durch den Garten schlich, bedeutete nichts Gutes. Jeder normale Besucher würde sich über den Eingangsbereich nähern. Das konnte nur eines bedeuten. Ihr Blick richtete sich auf ihr Handy, das auf dem Bett lag. Sie sprang darauf zu. Panisch und ohne nachzudenken, wählte sie Brians Nummer.

Der meldete sich sofort. „Audrey?"

„Brian, ich glaube, jemand versucht, bei mir einzubrechen." Dann versagte ihre Stimme.

„Bist du dir sicher?"

Ein Geräusch ließ sie zusammenzucken. Diesmal klang es, als hätte jemand gegen Holz geschlagen. Ihr fiel die Waffe im Arbeitszimmer ihres Vaters ein.

„Ich ...", stieß Audrey hervor.

„Ich komm zu dir. Bin sowieso auf dem Weg."

„Du bist schon auf dem Weg?"

„Ich habe mir Sorgen gemacht. Bis gleich. Keine Panik, alles wird gut." Damit legte er auf.

Audrey steckte das Handy in die hintere Hosentasche und wagte einen Blick aus dem Fenster. Das Geräusch war zwar nicht mehr zu hören, sie traute dem Frieden jedoch nicht. So leise wie möglich schlich sie sich zur Zimmertür, öffnete sie und ging weiter in den Flur. Den Atem anhaltend, lauschte sie. Das Ticken einer Uhr war zu hören, ansonsten war es still.

Also weiter! Schritt für Schritt, auf Zehenspitzen, kam sie dem Arbeitszimmer ihres Vaters näher und tastete sich an der Wand entlang. Meistens quietschte die Tür ein wenig in den Angeln, wenn man sie öffnete, doch das musste sie in Kauf nehmen. Ihr Herz stolperte in ihrer Brust, nachdem sie im Zimmer stand. Angstschweiß ließ ihr die Kleidung am Leib kleben, jeder Schatten sie zusammenzucken. Als sie gegen das Stuhlbein stieß, war sie kurz davor aufzuschreien. Mit zitternden Fingern schob sie sich unter den Tisch und versuchte blindlings, das Versteck zu öffnen.

Dann ein neues Geräusch. In der Nähe eines der Fenster. Es hörte sich an wie ein Kratzen. Sie war sich sicher. Schneller, sagte sie sich. Nicht aufgeben! Ihre Finger rutschten immer wieder ab, weshalb sie sie schüttelte, um sich zu beruhigen. Es funktionierte nur halbwegs. Ihr ganzer Körper bebte. Wenigstes wurde es wieder still.

Endlich schaffte sie es, die Klappe zu öffnen. Hastig tastete sie nach der Pistole und zog sie heraus. Damit fühlte sie sich wenigstens etwas sicherer. Ihre Pupillen huschten hin und her. Kein Kratzen, nichts. Nicht einmal das Ticken einer Uhr war zu hören. Die Schatten im Raum waren eindeutig definiert. Vielleicht hätte sie Brian noch einmal anrufen und ihn abhalten sollen herzukommen. Was, wenn ihm etwas passieret?

Sie hielt die Luft erneut an und kroch unter dem Tisch hervor. Wieder auf Zehenspitzen, bis zur Tür. Ihre Finger legten sich um die Klinke. Sie gab sich einen Ruck, die Tür zu öffnen, da hörte sie einen Aufschrei! Eindeutig kam er aus dem Garten. Der Stimme nach war es Brian. Das Adrenalin versetzte ihr einen inneren Stoß. Die Angst um Brian war größer als die um sich selbst.

Sie riss die Tür auf und stolperte in den Flur. Langsam ging sie hinunter ins Wohnzimmer. Die Fenstertür führte direkt in den hinteren Garten. Auf dem Weg entsicherte Audrey die Pistole und legte den Finger an den Abzug. Zeitweise glaubte sie, die Balance zu verlieren. Schon war sie an der Terrassentür und öffnete sie. Es kam ihr so vor, als würde sie ein zweites Ich begleiten, das mutig und entschlossen war, auf alles gefasst und vorbereitet. Normalerweise war sie zwar quirlig, besaß jedoch ein ängstliches Naturell.

Schritt für Schritt und geduckt ging sie an der Hauswand entlang, alles um sich herum so gut wie möglich im Blick behaltend. Die Nacht warf ihr feuchtes Tuch über die Umgebung. Das Knacken eines Astes ließ Audrey zusammenzucken. Sie umklammerte die Pistole fester, drehte sich nach rechts und links. Nichts!

An der Hausecke blieb sie stehen, lauschte und versuchte, ihren schnellen Atem zu unterdrücken, um besser hören zu können. Ihr Herz sprang ihr aus der Brust. Zu Audreys Furcht gesellte sich Wut. Wer auch immer da ist, du kriegst mich nicht, dachte sie und presste die Zähne aufeinander, als sie um die Ecke tauchte. Zwei, drei Yards entfernt bewegte sich ein Schatten, der eindeutig von keinem Gegenstand oder Strauch herrührte.

„Stehen bleiben oder ich schieße", rief sie. Ihre Arme streckten sich durch, der Finger am Abzug zuckte.

„Nicht! Ich bin es, Brian!"

Ihre Gedanken überschlugen sich. Brian!

„Ja! Ich … ich bin es." Er trat näher, sodass sie seine Umrisse besser erkennen konnte.

Tatsächlich, es war Brian. Langsam nahm sie die Pistole hinunter. Ein Schluchzen entfuhr ihrer Kehle. Zwei Sekunden später zog Brian sie in seine Arme.

„Du zitterst ja ganz", hauchte er in ihr Haar.

Audrey schreckte zurück und riss die Augen auf. „Was, wenn noch jemand …?"

Brian schüttelte den Kopf. „Hier ist niemand, Audrey. Jedenfalls nicht hier draußen. Ich bin ums ganze Haus gegangen. Du hast nicht auf mein Klingeln reagiert."

„Klingeln? Ich … ich habe nichts gehört", stotterte sie und sah sich nach allen Seiten um.

Brian nahm ihr die Waffe ab. „Nicht, dass du eine Dummheit damit begehst. Wo hast du die überhaupt her?"

„Von … von meinem Vater", entfuhr es ihr.

„Ich werde mich im Haus umsehen, okay?", schlug Brian vor.

„Ich komme mit. Und keine Widerrede."

„Ich hätte es lieber, du würdest bei einem Nachbarn warten. Oder wir rufen die Polizei."

„Nein!" Ihr Blick richtete sich entschlossen auf ihn.

„Du bist eine harte Nuss, Audrey. Gut, aber bleib dicht hinter mir."

Sie nickte. Schon zog er sie hinter sich her. Nach flüsternder Absprache nahmen sie den Weg zurück durch den Hintereingang. Alles war ruhig, als sie über die Schwelle traten. Brian hielt die Waffe schussbereit, sah nach allen Seiten. Auch Audrey achtete auf jeden Schatten und jedes Geräusch.

Gleichzeitig fuhren sie herum, als sie ein leises Trommeln hörten. Brian dirigierte Audrey zu einer Wand und stellte sich schützend vor sie. Sein Atem war flach. Audrey sog den Duft seines Aftershaves ein. Es war herb und süß zugleich. Die Hitze, die sein Körper ausstrahlte, verschmolz mit ihrer, sodass sie glaubte, innerlich zu verglühen, während ihr eisige Schauer über den Rücken liefen. Eine seltsame Mischung, an die sie sich nie gewöhnen könnte.

„Es ist nur Hagelregen", stellte Brian fest.

Blitze erhellten für Sekunden die Zimmer und Flure, die sie anschließend durchsuchten. Irgendwann ergriff Brian ihre Hand, seine Handinnenflächen waren feucht. Das letzte Zimmer, das sie prüften, war ihr eigenes. Eine gespenstische Nacht, wie in einem Horrorfilm, dachte Audrey, schaltete das Licht an und ließ sich auf die Bettkante sinken. Brian zögerte, doch sie zog ihn neben sich.

„Ich bin mir sicher, dass da vorhin jemand war." Sie schluckte schwer.

„Vielleicht hab ich ihn verscheucht", mutmaßte Brian.

Sie nickte und schaute ins Leere.

„Du solltest den Vorfall der Polizei melden, Audrey. Sie könnten zur Sicherheit eine Streife ..."

„Nein, keine Polizei."

Er runzelte die Stirn. „Wieso nicht?“

„Das würde alles nur noch schlimmer machen, besonders für meine Mutter. Wenn da etwas an die Presse durchsickern würde … Sie braucht Ruhe, gerade jetzt. Und ich denke, es ist besser, wenn ich … wenn … Egal.“

Brian schüttelte energisch den Kopf. „Nein, nicht egal. Was ist los, Audrey?“

Sie sah, dass er sich ernsthaft Sorgen machte. Wenn man es genau nahm, hatte er vorhin sein Leben für sie riskiert. Sie stand auf und holte das Notizbuch ihres Vaters. Die Pistole hatte Brian hinter sich aufs Bett gelegt. Seufzend ließ Audrey sich neben ihm nieder und begann, ihm alles zu erzählen. Auch die Sache mit den Briefen. Es tat gut. Das Sprichwort, dass jede Last nur halb so schwer war, wenn man sie teilte, stimmte tatsächlich.

Auf dünnem Eis

„Mein Gott, Audrey", sagte Brian und sah ihr direkt in die Augen.

„Das kann alles kein Zufall sein, oder?" Was dachte er?, fragte sie sich, da er sich Zeit mit der Antwort ließ und Hartmans Buch fixierte. Sie hatte die entsprechenden Stellen markiert.

Plötzlich stand Brian auf. „Du musst hier weg! Komm ein paar Tage zu mir. Ich habe ein Gästezimmer mit Extra-Bad."

Perplex sah sie zu ihm auf. „Dann glaubst du mir?"

Er verzog die Mundwinkel. „Wer weiß, womöglich steckt dieser Scott Emery tatsächlich hinter allem und ist in Wirklichkeit Hartman!"

„Und vielleicht lebt mein Vater noch!" Sie konnte den Gedanken nicht mehr für sich behalten. Sie klammerte sich daran wie eine Ertrinkende an das sinkende Boot.

„Bei mir bist du sicher. Dort können wir in Ruhe die nächsten Schritte überdenken. Ehrlich gesagt, fühle ich mich hier selbst nicht wohl."

Sie nickte, stand auf und packte ein paar Sachen zusammen.

***

Die Loftwohnung lag in einem fünfstöckigen Gebäude in Downtown Indy. Die Backsteinfassade verlieh ihm einen rustikalen Charme. Direkt nebenan gab es einen Sportladen und einen süßen Deli. Ganz gentlemanlike trug Brian ihren Koffer. Noch immer saß ihr der Schrecken in den Gliedern. Brian drehte sich ein paarmal um und ließ ihr den Vortritt durch die zweiflügelige Eingangstür mit den Milchglasscheiben. Der Empfangsbereich war hell und freundlich. Steinplatten bildeten den Boden. In den Ecken standen Grünpflanzen. Brian steuerte auf einen Aufzug zu.

„Nach Ihnen, Miss Richards", sagte er und setzte ein verführerisches Lächeln auf, wobei sich ein Grübchen auf seinem Kinn bildete.

„Wie bei Garrett", rutschte es ihr heraus. Da erst bemerkte sie, dass sie ihn anstarrte und gar nicht mitbekommen hatte, dass die Aufzugstür bereits offen stand.

„Wer ist Garrett?" Sein Blick wurde forschend.

„Ähm, niemand." Sie musste kichern.

Sobald sie im Aufzug standen und sich die Tür schloss, spitzte Brian die Lippen. „Niemand also."

„Niemand, den ich persönlich kenne. Ich erzähle dir die Geschichte irgendwann mal. Jetzt ist es mir zu peinlich. Außerdem hast du genug Geschichten gehört für heute."

Er atmete hörbar aus. „Allerdings."

Das schlechte Gewissen regte sich in ihr. „Tut mir leid, dass ich dich damit belaste und ..."

Er trat er einen Schritt auf sie zu, so nah, dass sie sich fast berührten. „Ich tue das sehr gerne für dich, Audrey. Alles gut. Mach dir keine Sorgen. Wir finden die Wahrheit. Gemeinsam."

Seine Worte waren Balsam für ihre Seele. Um ein Haar hätte sie ihn geküsst, konnte sich aber in letzter

Sekunde am Riemen reißen. Die Tür öffnete sich. Zum Glück oder Unglück. Vielleicht hätte sonst er ... Zusammen stiegen sie aus dem Aufzug. Ein paar Schritte weiter standen sie vor Brians Wohnungstür. Zu beiden Seiten hingen Gemälde an der Wand. Moderne Landschaften. Wasserfälle, Tropenwälder, die zu leben schienen.

„Sind die alle von dir?", fragte sie.

„Ja. Die Zensurverdächtigen habe ich hinter verschlossenen Türen."

Audrey riss die Augen auf und starrte ihn an. Ein Grinsen schlich sich auf seine Züge.

„Zeig her, Brian Gomery."

Die gelöste Stimmung ließ sie den abendlichen Vorfall für einen Moment vergessen.

„Ich hätte nie gedacht, einmal solch berühmten Besuch in meiner bescheidenen Behausung begrüßen zu dürfen."

Er öffnete die Tür zu seinem Apartment. Mit einer Handbewegung bat er sie hinein.

Audrey musterte ihn mit gerunzelter Stirn. „Berühmt? Ich bin nur die Tochter meines Dads."

„Dennoch."

Sie traten ein. Audrey wurde verlegen und konzentrierte sich lieber auf die Aktgemälde, die ihr von schneeweißen Wänden auf großen Leinwänden entgegenblickten. Sie waren in 3-D-Technik gemalt, als würden die Körper aus der Leinwand ragen. Umgeben waren sie meist von dunklen Farben, die mit einem silbernen feinen Hauch durchzogen waren und damit einen reizvollen Kontrast zur nackten Haut bildeten. Der Anblick ließ Audreys Wangen gleich wieder erröten.

„Wow, die sind wirklich gut. Nein, sie sind … fantastisch, Brian. Du solltest sie ausstellen.“

„Dann bist du nicht mehr sauer? Wegen eben, meine ich.“

„Ich verbuche es mal unter Fettnäpfchen, in Ordnung?“, antwortete Audrey.

Er lächelte verhalten. „Tut mir leid.“

„Vergessen wir es. Ich möchte nur, dass du mich als das siehst, was ich bin. Eine ganz normale junge Frau. Na ja, meistens hoffentlich.“

„Für mich doch außergewöhnlich.“ Er hob beide Hände. „Und das hat nichts mit deinem Vater zu tun, ich schwöre.“

Die Wohnung war großzügig geschnitten. Auf der rechten Seite stand ein schwarzer Flügel, daneben eine Palme. Auf der linken gingen zwei Türen ab. Das Ganze glich einer Galerie. Die Strahler an den Decken tauchten alles in silberblaues Licht.

„Komm, ich zeig dir den Rest des Apartments. Und das Beste am Schluss.“, sagte Brian.

Erneut nahm er Audreys Hand und zog sie mit sich. „Früher ist das hier mal ein Lagerraum gewesen. Alles wurde renoviert.“

Audrey staunte nicht schlecht. Küche, Essbereich und Wohnraum gingen ineinander über. Die Wände hatten eine grauweiße Marmoroptik, die große Fensterfront mit den weißen Seidenschals gab den Blick frei auf die Stadt mit ihren vielen Lichtern, die wie ein Diadem schimmerten. Eine u-förmige weiße Ledercouch stand in der Mitte, an den Wänden schwarze Bücherregale.

Ein paar gerahmte Fotos hingen hier und da. Es gab sogar einen offenen Kamin. Auch die Küche war in Schwarz-Weiß gehalten.

„Ich zeig dir dein Zimmer."

Als er sich in Bewegung setzen wollte, hielt Audrey ihn zurück. Ein wenig zu fest, wie sie feststellte, denn ihre Nasenspitzen berührten sich kurz, ihre Blicke verschmolzen. Audrey musste einmal tief Luft holen, bevor sie sprechen konnte. „Danke, Brian."

Anstatt einer Antwort lächelte er nur. Zwei Herzschläge später wandte er sich um und führte sie zum Gästezimmer. Der Raum war in Champagner- und Brauntönen gehalten. Über dem Bett hing ein großformatiges Bild, das eine Wüstenlandschaft in der Dämmerung zeigte. Besonders faszinierend fand Audrey den zarten Sternenhimmel, der den verblassenden Tag überspannte.

Das Bett selbst sah aus wie ein Floß mit seinem Bretterunterbau, der, so schien es, nur mit dicken Seilen zusammengehalten wurde. Weiße Bettwäsche lag darauf. An der Fensterfront hingen sandfarbene Seidenschals. Gegenüber dem Bett stand ein ovaler weißer Schrank mit Spiegel. Auf dem Parkett lagen Schaffellteppiche, die dem Raum Gemütlichkeit verliehen. Eine Tür führte zum Gästebad. Es war mit schwarz-weißem Marmor ausgekleidet, in der Mitte befand sich eine Rundwanne, die man über drei Stufen besteigen konnte. Zusätzlich gab es eine Dusche mit runder Glaskabine und Regenduschkopf, neben weiß glänzenden Schränkchen und Waschbecken. Brian schaltete die vielen Deckenstrahler ein, zwischen denen Kristallsteine glitzerten.

„Wie ein Sternenhimmel“, schwärmte Audrey.

„Das war die Idee. Ich hoffe, du fühlst dich wohl. Mein Schlafzimmer ist gleich nebenan. Es gibt hier noch ein Bad, in der Nähe des Essbereichs. Da geht eine weitere Tür ab.“

„Ich glaube, ich werde mich hier sehr wohlfühlen. Danke nochmals.“

„Jetzt hör bitte auf, dich zu bedanken. Das macht mich ganz verlegen. Komm, jetzt wie versprochen das Beste.“

Sie folgte ihm zurück in den Wohnbereich zur Glasfront, die er aufschob. Dahinter befand sich ein Balkon, der sich über die gesamte Breite der Wohnung erstreckte. Frischer Wind umhüllte sie, als sie, Seite an Seite, nach draußen an das Eisengeländer traten. Die Lichter der Stadt zitterten, genau wie Audrey. Was für ein Ausblick, dachte sie und sog tief Luft ein.

„Ist dir kalt?“, fragte Brian.

„Ich bin nur überwältigt.“

Ein stolzes Lächeln umspielte seine Lippen. „So wollte ich es immer. Das Sparen hat sich gelohnt.“

„Ich bewundere dich. Du kämpfst für deine Träume.“

Abermals verloren sich ihre Blicke ineinander.

„Ja, das tue ich, Audrey.“

Audrey fühlte sich hier mit ihm sicher.

***

Sie zog die Bettdecke bis zum Kinn und drehte den Kopf zur Seite, sodass sie hinaus auf die Lichter der Stadt blicken konnte. Brian war wirklich ein Schatz. Er hatte ihr eine Valium gegeben und sie ins Bett verfrachtet, als sie nach ihrem Ausflug auf den Balkon stechende Kopfschmerzen heimgesucht hatten. Nicht nur das. Auch die Gedanken waren zurückgekehrt und hatten sie wieder fest im Griff. Die Tablette wirkte leider nur gegen die Schmerzen. Sie konnte nicht schlafen.

Einen Moment überlegte sie, zu Brian zu gehen, entschied sich aber dagegen. Er hatte schon genug für sie getan. Der Name Scott Emery wiederholte sich in Dauerschleife in ihrem Kopf.

Audrey zog den Schal, den ihr ihre Mutter gegeben hatte, aus dem Koffer und drückte ihn an sich. „Ich werde die Wahrheit herausfinden, Mom. Und wenn es das Letzte ist, was ich tun werde."

***

Gähnend umfasste Audrey am nächsten Morgen die Kaffeetasse mit beiden Händen und sah Brian dabei zu, wie er sich eine Portion gebratenen Speck und Eier auf den Teller lud.

„Und du willst wirklich nichts essen?", fragte er.

Audrey schüttelte den Kopf. „Morgens esse ich so gut wie nie etwas. Hast du gut geschlafen?"

„Sehr gut", sagte er und biss in einen Bagel.

„Schön."

„Tut mir leid", murmelte er mit vollem Mund. Sein Haar war ungekämmt und sah aus, als wäre er durch einen Tornado gelaufen. Auch das stand ihm.

„Was? Dass du gut geschlafen hast?" Sie nippte an ihrem Kaffee und sah ihn über den Rand der Tasse hinweg an.

Schuldbewusst erwiderte er ihren Blick. „Ja. Du nicht, oder?"

„Ist das so offensichtlich?"

„Du siehst süß aus, wenn du so zerknautscht bist."

„Oh, vielen Dank." Sie lachte.

Er seufzte. „Fettnäpfchenalarm. Du solltest mir einen Buzzer schenken und jedes Mal draufhauen, wenn ..."

„Schon gut, hör auf. Ich hätte mich fast verschluckt."

Seine größer werdenden Augen und der hilflose Blick brachten sie noch mehr zum Lachen. Manchmal war Brian wie ein Kind, dann wieder ein entschlossener Mann, den nichts umhauen konnte. Er war ein Buch mit vielen Kapiteln, die sie gerne alle lesen wollte. Jede einzelne Seite. Vergucke ich mich gerade in meinen Kollegen?, fragte sie sich

„Was ist jetzt?", wollte Brian vorsichtig wissen und ließ sie nicht aus den Augen.

Wieder spürte sie diese gewisse Hitze in sich aufsteigen und starrte lieber auf den restlichen Inhalt ihrer Kaffeetasse.

„Denkst du an ... die Sache? Ich meine, blöde Frage."

Die Sache! Audrey sah auf. „Ich muss wissen, wer Scott Emery ist, und ihn finden."

„Und Mister X sowie Gene Hartman. Ich helfe dir, da habe ich meine Meinung nicht geändert."

Der Ausdruck in seinen Augen zeigte ihr, dass er es mehr als ernst meinte.

***

„Verdammter Mist." Noch einmal durchsuchte Audrey ihren Koffer.

Brian erschien im Türrahmen des Gästezimmers. „Was ist?"

Ohne aufzublicken, antwortete sie: „Ich habe Hartmans Roman und das Notizbuch meines Vaters zu Hause liegen gelassen."

„Ich könnte es holen."

„Wie konnte ich das nur vergessen? Meinen Laptop habe ich auch nicht mitgenommen."

Brian zog sie hoch. „He, ganz ruhig. Du bist ja völlig durch den Wind. Kein Wunder."

Er hatte absolut recht. Die Gedanken überforderten sie.

„Ich brauche Klarheit, sonst komme ich nicht mehr zur Ruhe."

„Hattest du dieses Jahr schon Urlaub?", fragte Brian.

Perplex schüttelte sie den Kopf.

„Ich auch nicht. Wie wäre es, wenn wir kurzfristig unseren Jahresurlaub einreichen? Und dann machen wir uns auf die Suche. In Ruhe und mit Vorsicht. Alles andere bringt nichts. Wer weiß, wer unser Gegner ist? Falls es wirklich einen geben sollte."

Der Vorschlag hatte Hand und Fuß. Auf alle Fälle wollte Audrey so schnell wie möglich etwas unternehmen. „Okay, Lee wird zwar nicht begeistert sein ..."

„Vergiss Lee, Audrey. Du bist jetzt wichtig", erwiderte er. Da war er wieder, dieser absolut männliche, entschlossene Brian.

„Also, was ist nun mit deinen Sachen? Ich hole sie."

„Ich komme mit."

„Aber du wartest im Wagen auf mich. Wenn was ist, startest du durch und verständigst die Polizei, verstanden?"

„Nimm die Pistole mit. Die habe ich wenigstens nicht vergessen.“

„Die wirst du behalten.“

„Aber ...“

Brian hob eine Hand und schüttelte den Kopf, was ihr klar machte, dass er nicht mit sich verhandeln ließ. Dennoch war das letzte Wort nicht gesprochen. Sie fuhren mit Brians Auto, einem schicken schwarzen Chrysler-Cabrio, zum Haus ihrer Eltern und tauschten dort die Plätze. Audrey gab Brian die Haustürschlüssel. Alles war wie immer oder wirkte zumindest so.

„Behalt die Pistole im Schoß“, raunte Brian, als würde ihnen jemand zuhören.

„Nimm du sie.“

Ein wenig genervt nahm er die Sonnenbrille ab. „Hatten wir nicht etwas vereinbart?“

Ohne eine Antwort abzuwarten, stieg er aus, warf die Tür ins Schloss und lief auf den Eingang zu.

„Sturkopf“, murmelte sie und beobachtete, wie er die Haustür aufstieß. Gleich darauf warf er ihr einen Blick über die Schulter zu und kehrte zurück.

Audrey stieg aus. „Was ist?“

„Die Tür stand offen.“

Ihre Gedanken überschlugen sich. „Ich weiß, dass ich sie abgeschlossen habe.“

„Gib mir die Pistole und fahr weiter.“

Auf einmal also doch, dachte sie und umrundete das Cabrio.

„Was tust du da?“, zischte Brian, als sie aufs Haus zusteuerte.

„Ich muss nachsehen.“

„Hast du schon mal etwas vom Dachboden-Syndrom gehört? Das müsste eine Autorin eigentlich kennen.“

Natürlich hatte sie das. Demnach würde niemand, der einigermaßen bei Verstand war, die Treppe zum Speicher hochsteigen, nachdem er dort etwas Seltsames gehört hatte. Aber irgendetwas in ihr ließ sie weitergehen.

Brian holte sie ein und zerrte sie zurück. „Bleib hier, verdammt“, zischte er.

„Nein!“ Ihre Antwort war klar und deutlich. Diesmal duldete sie keine Widerrede und marschierte weiter. Sie drückte die Tür auf und zückte die Waffe. Brian entriss sie ihr und schob sich vor sie.

„Dann lass mich wenigstens vorgehen.“

Sie konnte Schweißperlen auf seiner Stirn erkennen. Ihre Kehle fühlte sich an, als würde sie jemand würgen. Sie sog Luft ein, während sie Brian Schritt für Schritt den Gang entlang folgte. Nichts Ungewöhnliches war zu entdecken, alles war ruhig. Audrey konnte ihren eigenen Herzschlag in den Ohren pochen hören. Die Tür schien nicht aufgebrochen worden zu sein. Nach wie vor war sie sich sicher, sie abgeschlossen zu haben. Die letzte Station war ihr Zimmer.

Brian drängte sie an die Wand. „Warte hier.“

Danach ging alles blitzschnell. Brian stieß die Tür auf und stürmte hinein. Audrey rückte näher an den Rahmen und wagte einen Blick. Sie konnte nicht anders. Brian beugte sich aus dem offenen Fenster. Hatte er es geöffnet? Sie wusste genau, dass sie es geschlossen hatte, bevor sie Freitagnacht zu ihm nach Indianapolis gefahren waren. Das Adrenalin ließ sie schwanken.

Reiß dich zusammen, Audrey!, dachte sie.

„Mist", fluchte Brian, drehte sich um und entdeckte sie.

Sofort wich sie zurück.

„Du kannst kommen. Er ist weg", sagte er. Gleichzeitig ließ er eine Faust auf die Fensterbank sausen.

Audrey eilte zu ihm und warf ebenfalls einen Blick aus dem Fenster. Sie konnte zwar nichts sehen, hörte aber das Quietschen von Autoreifen.

„Er muss uns gehört haben und ist durchs Fenster entwischt. Über das Efeugitter. Als ich reinkam, habe ich Schritte im Garten gehört. Jemand ist weggerannt, als ich rausgeschaut habe, der Silhouette nach ein Mann. Er hatte breite Schultern, war ziemlich groß."

Brians Wangenmuskeln arbeiteten. Dann besann er sich und legte die Hände auf ihre Schultern. Das Adrenalin, das durch ihren Körper jagte, wühlte sie auf, erschöpfte sie jedoch gleichzeitig. Sie ließ den Kopf an Brians Brust sinken.

Er hauchte ihr einen Kuss auf den Scheitel. „Wir kriegen den Typen. Keine Angst. Ich bin da." Sanft ließ er die Hände über ihre Oberarme fahren.

Audrey wich zurück und blickte sich im Zimmer um. Ein Stich durchfuhr ihr Inneres. Sie war überzeugt, dass sie das Notizbuch auf dem Schreibtisch hatte liegen lassen. Direkt neben ihrem Laptop und Hartmans Roman. Sie löste sich von Brian und begann zu suchen.

„Was ist?", fragte er und beobachtete sie.

„Das Notizbuch – es ist weg!"

Sofort half ihr Brian bei der Suche. „Bist du dir sicher, dass du es zuletzt dorthin gelegt hast?"

„Ich sehe es noch genau vor mir. Danach dachte ich, ich hätte es eingepackt."

Brian zog das Bett ab, sobald sie alle möglichen und unmöglichen Ecken des Zimmers durchleuchtet hatten. Das Fazit war unumstößlich, nachdem sie die restlichen Räume im Haus inspiziert hatten. Alles war da. Einzig das Notizbuch und die Briefe fehlten. Das Arbeitszimmer ihres Vaters war teilweise auf den Kopf gestellt worden. Auch im Wohnzimmer waren Schränke aufgerissen.

„Vielleicht wurdest du abgehört", sinnierte Brian laut.

„Dann weiß derjenige, dass ich ihm auf der Spur bin."

Brian verneinte. „Dass wir ihm auf der Spur sind. Ich sitze im selben Boot. So oder so." Er stemmte die Hände in die Hüften und drehte sich nach allen Seiten. Dann zog er sie an sich.

Sie konnte ein Zittern nicht unterdrücken. „Tut mir leid." Sie spürte seinen warmen Atem.

„Sch, dir braucht nichts leid zu tun. Ihm wird es noch leidtun. Wer auch immer hinter der Sache steckt, wir kriegen ihn."

Warnung

„Alles in Ordnung, Grace", log Audrey und versuchte ein Lächeln, als könnte ihre Freundin es durchs Handy sehen.

Sie waren vor einer Stunde wieder sicher in Brians Wohnung angekommen. Seitdem überlegte Audrey, ob sie nicht doch die Polizei einschalten sollte. Brian überließ ihr die Entscheidung, gab ihr aber nach wie vor das Versprechen, hinter ihr zu stehen. Er war toll.

„Dann seid ihr euch schon nähergekommen?", fragte Grace, wie immer neugierig.

Audrey strich über den Umschlag von Im Nebel der Intrigen, das es laut Presse bald als Hörbuch und in einer Limited Edition geben sollte. Gebunden, mit 3-D-Cover.

„Ja, ein wenig. Er ist wirklich ein Schatz."

Grace jubelte. „Oh, das freut mich. Daniel ist auch ein Schatz. Du, ich muss los. Und grüß deine Mom von mir, wenn du mit ihr telefonierst."

Das tat sie sofort, denn sie war die Nächste, die sie anrief.

„Das ist lieb von Grace. Und von dir, dass du mich nicht vergessen hast", sagte ihre Mutter.

Audrey lehnte sich bedrückt in den champagnerfarbenen Massagesessel zurück, der in der Nähe der Glasfensterfront des Wohnraums stand. Brian hatte sich für eine Dusche zurückgezogen.

„Mom, wie kannst du nur so etwas sagen? Ich würde dich nie vergessen. Das weißt du, oder?"

„Natürlich, war dumm von mir. Sie sind alle ganz nett hier. Ich bekomme alles, was ich brauche. Dennoch – zu Hause mit dir ist es schöner."

Audrey hörte ein leises, aber tiefes Seufzen. „Es ist nicht leicht", sagte sie vorsichtig. Der Entzug geschah nicht über Nacht. Da brauchten sie sich beide nichts vorzumachen.

„Schritt für Schritt. Das haben wir uns versprochen", gab ihre Mutter zurück.

„Ja."

„Heute ist Montys und mein Kennenlerntag", flüsterte sie.

„Ich weiß. Willst du es mir noch einmal erzählen, Mom?"

Ihre Mutter räusperte sich. Dann begann sie, und Audrey schloss die Augen. Seit der Tragödie hatte sie die Geschichte nicht mehr erzählt. Vielleicht war das ein Fortschritt.

„Es war filmreif, wie er den Taschendieb aufgehalten hat. Es war so schwül gewesen an diesem einundzwanzigsten Juli. Monty ist zufällig vorbeigeschlendert, als ich mit einer damaligen Freundin einen Bummel durch Chicago gemacht habe und mir dieser Junge die Handtasche entrissen hat. Es war eine rote, aus Samt. Der Verschluss und die Umhängekette waren versilbert. Ich hatte sie zu Weihnachten von meinen Eltern bekommen. Du weißt ja, dass sie nie viel hatten. Das Geschenk war mir deshalb noch einmal mehr wert. Monty ist gerannt und gerannt, bis er den Kerl hatte. Er hielt ihn fest, doch der dürre Junge wand sich geschickt aus seinen Armen und verschwand in einer der Gassen. Mein Held war geboren."

Sie lachte, und Audrey stimmte mit ein. Es war schön, ihr Lachen zu hören.

Danach wieder ein Seufzen. „Gott, ich habe mich sofort in seine hellblauen Augen verliebt. Sein spitzbübisches Lächeln. Er hat versucht, sein Keuchen zu unterdrücken, um sportlicher zu wirken. Das hat er später immer bestritten, aber ich weiß es. Er sagte, auch er hätte sich damals gleich in mich verguckt. So etwas gibt es also nicht nur im Film. Für mich war und ist dein Dad unsterblich."

„O Mom", erwiderte Audrey und empfand es genauso.

„Ach, Kind! Wie geht es Brian? War euer Treffen schön? Du hattest erwähnt, dass ihr euch Freitag sehen wollt."

Audrey musste schlucken, bevor sie antworten konnte. „Ja, alles fein."

„Alles fein? Wirklich?"

„Es war toll, Mom. Er ist rührend. Und er kann himmlisch malen."

„Das ist schön. Sei glücklich, Kind, du hast es verdient. Und vergiss nicht, mir bald das erste Kapitel deines Romans zu schicken. Der erste Fortschritt ist ja schon erreicht: Ich bin gut angekommen und geblieben."

Sie lachten beide.

„Ich schicke es Montag gleich los", versprach Audrey.

„Wunderbar. Hast du eigentlich den Zeitungsartikel aufgehoben?"

Audrey stockte. „Wie kommst du denn jetzt darauf?"

„Wirf ihn weg. Die Presse hat mich schon oft genug aufgeregt. Weißt du noch, als deinem Vater eine Affäre angedichtet worden ist? Das Starlet klang so überzeugend. Erst später hat die Kleine zugegeben, dass ihr ein Paparazzo viel Geld für diese Lüge geboten hat. Und nun sucht man händeringend nach einem Nachfolger für Monty. Als habe er ... Nein! Schon gut. Nicht aufregen, Lauren."

„Das ist es nicht wert, Mom. Du brauchst Ruhe. Ich hab dich sehr lieb."

„Ich dich auch, Schatz."

Nachdem Audrey aufgelegt hatte, verwarf sie den Gedanken mit der Polizei endgültig. Nun vor allem ihrer Mutter wegen. Sie schlug das Buch in der Mitte auf und blätterte ein paar Seiten nach hinten. Blinzelnd überflog sie ein paar Zeilen, während sich ihr die Nackenhaare aufstellten, obwohl sie nichts Außergewöhnliches enthielten. Draußen zog ein Gewitter auf. Blitze huschten durch die Nacht. Audrey sah auf und fixierte ihr Spiegelbild in der gegenüberliegenden Glasfensterfront. Sie erinnerte sich an all die Merkwürdigkeiten der letzten Tage. Und wieder rückten drei Namen in den Vordergrund: Scott Emery, Mr. X und Gene Hartman.

In der Spiegelung konnte sie Brian in einem weißen Bademantel den Wohnraum betreten sehen. Sie warf einen Blick über die Schulter, an der Sessellehne vorbei, wobei ihr das Buch vom Schoss fiel und vor ihren Füßen auf dem Boden landete.

„Habe ich dich erschreckt?", wollte Brian wissen. Er sah sexy aus, so ganz in flauschiges Weiß gehüllt, mit verwuscheltem nassem Haar und barfuß.

„Nein, alles in Ordnung."

Er lächelte.

„Nur der Roman hat eine Bruchlandung hingelegt." Er deutete auf Im Nebel der Intrigen. Schnell ging er darauf zu.

Audrey rutschte unterdessen vom Sessel. Gleichzeitig griffen sie danach und stießen mit den Köpfen zusammen. Ein „Autsch", entfuhr ihren Mündern. Blaue Augen trafen auf grünblaue. Sie teilten sich ein Lachen.

Brian schaffte es immer wieder, sie aufzuheitern.

„Ich hoffe, meine Fettnäpfchentreterei färbt nicht auf Sie ab, Miss Richards."

„Als Fettnäpfchen kann man das nicht werten, Mister Gomery", beruhigte sie ihn.

Binnen Sekunden rutschte ihm das Lächeln aus dem Gesicht. Audrey folgte seinem Blick zu einem gelben Post-it, das aus dem Buch ragte.

„Den habe ich da nicht hineingeklebt. Du, Brian?"

Er schüttelte den Kopf.

Audrey ging auf die Knie und schlug das Buch dort auf, wo der Zettel klebte. Jemand hatte mit schwarzer Tinte einen Zwinkersmiley in die Mitte des Post-its gemalt. In gleicher Farbe waren zwei Worte im Text unterstrichen.

Leise las Audrey:

Lass es!

Das Blut in ihren Adern gefror augenblicklich. Gänsehaut überlief ihren Körper, ihre Kopfhaut begann zu prickeln, als stünde sie vollkommen unter Strom.

„Das ist neu! Ich hab das Buch schon mehrfach durchgeblättert. Der ... der Zettel wäre mir aufgefallen", stotterte Audrey.

„Ich glaube, wir denken beide das Gleiche“, sagte er.

***

Audrey konnte nicht schlafen. Immer wieder stand sie auf und geisterte auf Zehenspitzen durch die Wohnung. Was, wenn ihr Vater tatsächlich lebte? Wenn er entführt und gezwungen worden war, den Roman zu schreiben?

„Wenn ich diese Stellen lese wie die über petit poète, kommen sie mir mehr und mehr wie ein Hilferuf vor. Sein Entführer weiß das ja nicht. Er weiß nichts von dem Spitznamen und auch nichts von dem Gedicht. Ich bin sicher, dass Dad ihm nichts davon erzählt hätte“, hatte Audrey sinniert, bevor sie getrennt zu Bett gegangen waren.

Brian hatte zwar nichts dazu gesagt, aber genickt.

Audrey stellte sich dicht an die Fensterfront und blickte auf die flackernden Lichter der Stadt, in der das Leben noch immer pulsierte. Plötzlich ging das Deckenlicht an. Erschrocken fuhr sie herum. Brian stand in der Tür.

„Du könntest damit sogar recht haben“, bemerkte er. Nur bekleidet mit einer grauen Pyjamahose, die perfekt auf seinen Hüften saß, ging er langsam auf sie zu.

„Womit genau?“, fragte sie. Ihre Blicke verschmolzen, und ihr wurde warm. Dass sie sein Anblick reizte, versuchte sie zu überspielen, indem sie lässig die Arme vor der Brust verschränkte.

„Mit dem, was du vorhin gesagt hast.“

„Du meinst, dass man ihn in Wirklichkeit entführt hat und ...?“

130

Brian nickte und blieb dicht vor ihr stehen. „Du kannst also ebenfalls nicht schlafen?" Er strich ein paar Haarsträhnen aus ihrem Gesicht.

Brian roch gut, nach einer Mischung aus Zimt und Moschusrosen.

„Nein, ich kann nicht schlafen."

„Wegen der Sache, Audrey. Ich glaube, ich habe da eine Idee."

***

Bevor sie das Café in Indianapolis betraten, in dem sie sich mit Miles Steele treffen wollten, hielt Brian inne und ergriff Audrey sanft am Oberarm. „Ich hoffe wirklich, er kann uns helfen. Sei aber nicht enttäuscht, wenn nicht. Dann finden wir einen anderen Weg." Ihre Euphorie und die Chance, ihren Vater vielleicht wie durch ein Wunder lebend zu finden, war ihm nicht entgangen.

Sie nickte. „Ich bin so froh, dass dein Freund so schnell zugesagt hat."

„Wir können ihm absolut vertrauen. Ich kenne ihn schon seit ein paar Jahren. Damals wollte ich, wie er, auch einmal bei Booksdome anfangen. Er hatte Glück und wurde genommen. Ich nicht."

Als wäre es Schicksal, dass nun ausgerechnet einer von Brians besten Freunden, dort arbeitete. Womöglich konnten sie durch ihn tatsächlich etwas über Gene Hartman oder seinen Agenten in Erfahrung bringen.

„Ich fange an, wieder an das Schicksal zu glauben", erwiderte sie.

131

„Ja, alles kommt, wie es kommen soll. Das denke ich auch. Lass uns reingehen, er wartet sicher schon."

Das Café lag im südlichen Teil von Indianapolis. Das Interieur war schräg und gefiel Audrey. Bunt gefleckter Boden, bunte Tische, bunte Stühle und Wände. Die Decke bestand aus Spiegelmosaiksteinen, genau wie die Theke und die Bar dahinter. Deckenstrahler fluteten den rechteckigen Innenraum mit warmweißen Licht. Im Kontrast trugen die Kellner und Kellnerinnen schwarze Anzüge und weiße Fliegen.

Ein Mann in Brians Alter hob eine Hand und winkte ihnen von einem der hinteren Tische.

„Ah, da ist er ja", sagte Brian und winkte zurück.

Das also war Miles Steele, der seit rund vier Jahren für Noah Folder arbeitete.

Als sie an seinen Tisch traten, erhob er sich und begrüßte Audrey mit einem zurückhaltenden Handschlag. „Guten Tag, Miss Richards."

„Guten Tag, Mister Steele, nehme ich an."

„Da liegen Sie goldrichtig." Er lächelte und zeigte strahlend weiße Zähne. Sein blondbraun gesträhntes kurzes Haar saß perfekt, genau wie sein dunkelblauer Anzug mit dem weißen Hemd. Die grauen Augen blitzten ihr neugierig entgegen. Dann zog er Brian in eine Umarmung und klopfte ihm fest auf die Schulter. „Schön, dich zu sehen, Mann."

„Gleichfalls. Ist eine Weile her. Ich hatte viel zu tun. Der Umzug und so, du weißt ja."

Die beiden setzten sich nebeneinander, während Audrey ihnen gegenüber Platz nahm.

„Du sprichst mir aus der Seele, Brian. Erzähl, warst du mal wieder am Meer, malen und surfen?"

Brian surfte also. Audrey wunderte es nicht bei seiner sportlichen Figur.

„Zu wenig in letzter Zeit. Aber das können wir ja mal zusammen machen, wenn es wieder ruhiger wird. So wie früher."

„Was genau ist denn so aufbrausend in deinem Leben?", wollte Miles wissen und musterte Audrey. Seine grauen Augen schimmerten wie flüssiges Blei.

Audrey konnte den Ausdruck darin nicht deuten. Er hätte alles bedeuten können. Freude, Neugierde, Missgunst, Eifersucht.

„Ach, der Job ist nicht immer einfach", erzählte Brian. „Aber welcher ist das schon?"

Miles lenkte seine Aufmerksamkeit wieder auf seinen Freund und beließ es in den nächsten Minuten dabei. „Ja, wem sagst du das? Meine Überstunden wachsen. Das würde ich nur für die richtige Beziehung ändern. Du weißt ja, Liebe ist das Wichtigste."

Brian nickte und hielt seine Augen auf Audrey gerichtet, wie ein Geständnis. Jetzt nur nicht wieder erröten, dachte sie. Eine hübsche blonde Kellnerin nahm ihre Bestellung auf. Audrey war für die Ablenkung dankbar. Alle drei bestellten sich Cappuccino, dazu ein Glas Wasser.

Sobald die junge Frau außer Hörweite war, kam Brian zum Wesentlichen. Etwas, das seinem Freund ein wenig zu stören schien. Genervt zog er die Brauen nach oben. Vielleicht täuschte sich Audrey aber auch.

„Ja, du hast mir schon am Telefon etwas von eurem Anliegen erzählt."

Die Kellnerin servierte ihre Getränke. Sie bedankten sich. Erneut tauschte Audrey einen Blick mit Brian, der nun ein wenig unsicher wirkte.

„Ich hoffe, wir bringen dich damit nicht in Schwierigkeiten, Miles."

Der hob beide Hände und schüttelte den Kopf. „O nein, nein. Ich muss dich nur enttäuschen, mein Lieber. Keine Ahnung, wer Hartmans Agent ist. Daraus wird ein riesiges Geheimnis gemacht. Keiner im Verlag weiß es, weder, wer der Agent ist, noch, wer Hartman ist."

„Und Ihr Boss?", warf Audrey ein.

Miles rührte in seinem Cappuccino, schöpfte einen Löffel Schaum ab und sog ihn auf. Wieder sah er zu Brian. „Ich habe ihn natürlich schon mal gefragt, wie eigentlich jeder. Allerdings war ich schlauer. Es war auf einer Betriebsfeier, er hatte schon ein paar Cocktails intus."

„Und?", drängte Brian.

Audrey verschränkte die Finger und zog die Unterlippe zwischen die Zähne.

„Der Agent selbst hat anscheinend nicht einmal eine Adresse. Er sagte, wenn Folder das Manuskript will, soll er keine großen Fragen stellen. Das sei im Sinne des Autors, der nur schreiben und ansonsten seine Ruhe haben möchte. Er will seinen Ruhm aus der Ferne genießen. Alles ein PR-Gag, wenn ihr mich fragt. Schlau eingefädelt von Agent und Autor. Nun, vielleicht ist der Agent gleichzeitig der Autor, wer weiß? Auf alle Fälle ist er verdammt gut. Ihr seid nicht die Einzigen, die wissen wollen, wer hinter Hartman steckt. Ich würde es euch verraten, wenn ich mehr wüsste."

Audreys Hoffnung zerplatzte wie eine Seifenblase.

„Bist du dir sicher, dass sich nicht mehr herausfinden lässt?", bohrte Brian weiter, was Audrey langsam unangenehm wurde.

„Willst du, dass ich meinen Job riskiere, Mann?" Irritiert musterte Miles seinen Freund.

„Nein, natürlich nicht", wandte Audrey ein.

Brian nickte und klopfte Miles auf die Schulter.

„Warum seid ihr hinter den beiden her? Oder schickt euch etwa euer Boss?", wollte Miles wissen.

Jetzt musste Brian laut lachen. „Leider können wir dir den Grund nicht nennen."

Miles kräuselte die Lippen. „Wieso? Weil ihr mich dann töten müsstet, oder was?"

Wenn es als Witz gemeint war, kam es bei Audrey nicht so an.

Brian lachte. „Du bist echt gut, Miles. Nun, schade, da kann man nichts machen. Aber danke für deine Zeit."

„Gerne, Mann. Und vergiss dein Versprechen nicht. Musst du eigentlich schon wieder los?"

Brian warf Audrey einen fragenden Blick zu.

„Also ich habe Zeit", sagte sie.

„Ich meinte eigentlich dich, Brian", bemerkte Miles.

Audrey war sofort klar, dass sie das fünfte Rad am Wagen war. Im Grunde hatte er sie in den letzten Minuten nicht mehr beachtet. Audrey kramte nach ihrem Portemonnaie und schob Brian einen Zwanzigdollarschein zu. „Ich geh schon mal", sagte sie und erhob sich.

Brian stand ebenfalls auf, gefolgt von Miles.

„Hat mich gefreut, Miles", verabschiedete sich Audrey und streckte ihm eine Hand entgegen.

„Gleichfalls, Miss Richards. Ich war stets ein glühender Verehrer Ihres Vaters."

Brian legte einen Arm um Audreys Schultern. „Ich ruf dich an, Miles. Dann machen wir was aus, okay?“

Der rang sich ein Lächeln ab. „Verstehe, dann noch viel Spaß euch beiden. Und brav bleiben.“

Die letzten drei Worte galten Brian. Audrey war froh, als sie unter freien Himmel traten und wieder allein waren.

„Mist, das war wohl nichts. Tut mir leid“, meinte Brian und hielt ihr den Ellenbogen hin.

Ohne zu zögern, hakte sie sich bei ihm unter. „Aber dein Freund hatte eine interessante Hypothese.“

Während sie die Straße überquerten, sah Brian sie fragend an.

„Nun, er sagte, Agent und Autor könnten ein und dieselbe Person sein. Nehmen wir Scott und Mister X dazu.“

Brian nickte. „Ja, vielleicht ist es so. Vielleicht aber auch nicht. Wir tappen völlig im Dunkeln. Woran denkst du?“

Neue Wege

Das Getuschel mancher ihrer Kolleginnen und Kollegen war offensichtlich ihr und Brian gewidmet, als sie Montagmorgen zusammen zur Arbeit erschienen.

Brian grüßte besonders freundlich, sie folgte seinem Beispiel.

„Du hast ja recht", flüsterte sie und hängte sich kurzerhand bei ihm ein.

Er lächelte und hob das Kinn. „Womit genau jetzt?", flüsterte Brian zurück und berührte mit den Lippen für den Hauch eines Augenblicks ihr Ohr, was ein heftiges Kribbeln in ihr auslöste. Sie zuckte zusammen und war versucht, den Kopf in seine Richtung zu drehen. Hätten sich dann ihre Münder getroffen? Wollte sie das? Besser, sie gab eine Antwort auf seine Frage und dachte nicht mehr darüber nach. Es herrschte schon genug Chaos in ihrem Leben.

„Immer freundlich bleiben, aber distanziert. Dann können sie einem nichts."

„Diese Hyänen", fügte Brian hinzu und brachte sie zu ihrem Büro.

Warren Lee begrüßte sie freundlich und reichte ihr einen Stapel geprüfter Manuskripte, die sie entsorgen sollte. Er war bester Laune, da er ihr sogar ein Kompliment für ihr Parfüm machte. Es war ein Geschenk ihrer Mutter zu ihrem letzten Geburtstag gewesen und erinnerte Audrey immer an Flieder.

Jetzt ging Lee mit seinem schnurlosen Telefon im Büro auf und ab. „Ich sagte, ich will etwas im Stil von Hartman und Richards. Darauf legen wir den Schwerpunkt fürs Frühjahrsprogramm. Alles andere hat erst einmal zweite Priorität, Alan. – Ja, danke." Er schloss die Tür, als er Audreys Blick bemerkte. Seine Laune war schnell umgeschlagen, stellte sie fest und widmete sich ihrer Arbeit. Hoffentlich hatte der Umschwung nichts mit dem Urlaubsantrag zu tun, den sie eingereicht hatte und der zuerst über seinen Tisch wanderte. Brian und sie hatten sich auf drei Wochen geeinigt, in denen sie auch ihre Mutter besuchen und zusammen mit ihm das umsetzen wollte, was ihr am Wochenende nach dem Treffen mit Miles in den Sinn gekommen war.

Pünktlich zur Pause stand Brian in der Tür. Verstohlen richtete sich sein Blick auf Lees Büro.

„Er ist gerade weg", sagte Audrey. „Ich bin gleich fertig, dann können wir ins Café. Ich muss nur noch mein Versprechen für die Post fertig machen und auf den Weg bringen."

Seine neugierigen Blicke entgingen ihr nicht, als er zwei Schritte näher trat.

„Ist für meine Mom."

„Ah, geht es ihr gut?"

Audrey blätterte die Seiten des ersten Kapitels, das sie für ihre Mom zu Hause ausgedruckt hatte, noch einmal durch und heftete sie zusammen.

„Ja, ich bin so stolz auf sie. Da hat sie sich das erste Kapitel redlich verdient."

„Du schickst ihr das erste Kapitel? Mir bist du das ebenfalls schuldig." Er zwinkerte, aber sie wusste, er meinte es ernst.

„Das hab ich nicht vergessen.“

Sie fügte eine Karte mit einem lieben Gruß bei, dann verließen sie das Büro. Auf dem Weg zum Café steckte Audrey das Kuvert in den nächsten Postkasten und hauchte einen Kuss darauf. Brian lächelte.

„Schau nicht so, das bringt dem Empfänger Glück. Ist ein altes Ritual.“

„Ach, und wer ist das Orakel, das dir das eingeflüstert hat?“

Ihr Blick glitt in die Ferne. „Mein Dad.“

Brian rückte ein Stückchen näher und stupste sie an. „Denk weiter fest daran. Die Hoffnung stirbt zuletzt. Ich habe den Urlaubsantrag übrigens schon eingereicht.“

Sie lächelte dankbar. „Ich auch.“

„Sehr gut! Dann kann die Spurensuche bald losgehen.“

Sie konnte es kaum erwarten.

***

Dass sie beide auch noch das Bürogebäude zusammen verließen, sorgte für weiteren Gesprächsstoff. Brian schien es nicht zu stören, im Gegenteil.

„Ich bin stolz, mit dir befreundet zu sein. Wir haben nichts zu verbergen“, sagte er und nahm sie unter seinen schwarzen Regenschirm, da es goss wie aus Eimern.

Er hatte absolut recht, aber sie hasste Getuschel. „Stimmt, Mister Gomery.“

„Also, möchtest du essen gehen oder kochen wir uns etwas?“, fragte er.

Da brauchte sie nicht lange zu überlegen.

„Bei dem Wetter ist es zu Hause am gemütlichsten. Ich koche uns was, wenn wir vorher einkaufen gehen. Ich zahle natürlich."

Brian nahm ihre Hand. Das Kribbeln, das sich in ihrem Magen ausbreitete, hatte nichts mit Hunger zu tun.

„Du lädst mich also bei mir zu Hause ein." Er schmunzelte.

„Wir könnten auch zu mir."

„Lieber nicht, zu gefährlich."

Über den Scherz konnte sie nicht lachen.

„Fettnäpfchentreter. Ich gehe demnächst mal zu einem Arzt und frage, ob es eine Therapie oder Tabletten dagegen gibt."

Nun musste sie doch lachen. „Spinner."

„Einen Wunsch habe ich für den Nachtisch."

Seine grünblauen Augen hatten einen verschmitzten Ausdruck angenommen. Er brauchte den Wunsch gar nicht zu äußern.

„Ja, ich lese dir das erste Kapitel vor."

Er drückte ihr einen Kuss auf die Wange und hielt ihr, bei seinem Chrysler angekommen, die Tür auf.

„Danke."

„Fettnäpfchentreter sind meistens Gentlemen aus Leidenschaft." Er zwinkerte ihr zu und lief auf die Fahrerseite. Sobald er im Wagen saß, machte sich sein Handy bemerkbar, das er aus seiner Jacketttasche fischte. „Es ist Miles. Ich gehe kurz ran."

Audrey nickte und lauschte gespannt.

„Hi, Miles, was gibt's?"

In der nächsten Minute hörte Brian schweigend zu. Audrey sah ihn von der Seite an. Zum ersten Mal fiel ihr eine etwa zollgroße Narbe an seinem Hals auf. Sie war verwachsen, was bedeutete, dass die Wunde tief gewesen sein musste. Vielleicht rührt sie von einer Operation her, dachte sie.

„Trotzdem danke, dass du dich noch einmal umgehört hast. – Ja klar, habe ich ja versprochen. Bis bald, bye." Er ließ das Handy sinken und legte es in die Mittelkonsole.

Audrey wartete auf seinen Bericht. Keinesfalls wollte sie neugierig erscheinen und nachbohren.

Brian verzog die Mundwinkel. „Leider gibt es keine Neuigkeiten. Nur über Hartmans neuen Roman. Der Lektor, der das Skript bearbeitet, hat ihm verraten, dass es sehr spannend sein soll, ihn richtig flasht."

„Hat er etwas über den Plot verraten?", kam Audrey nicht umhin, doch zu fragen.

Brian nickte. Er schaltete den CD-Player ein, bevor er antwortete, und wählte Summer of 69 von Brian Adams von seiner Playlist, der mit seiner Stimme und den Beats leise, aber kraftvoll den Innenraum des Cabrios erfüllte.

„Es geht darin um ein Flugzeug, das vom Radar verschwindet. Später stellt sich heraus, dass es eine geschickt geplante Entführung war. Opfer sind ein Multimillionär und seine Tochter. Auch politische Themen werden wieder aufgegriffen."

Audrey beobachtete die Regentropfen, die auf die Windschutzscheibe trafen und sich zu Rinnsalen vereinten.

„Audrey?" Brians Stimme klang wie von weit her.

„Dad hat erwähnt, dass er einmal eine Geschichte schreiben wollte, in der ein Flugzeug verschwindet. Das war in jenem Jahr, in dem er selbst verschwunden ist.“ Ihr Blick richtete sich auf Brian. „Ich will so bald wie möglich nach Ohio fahren und nach diesem Scott Emery suchen. Am besten noch heute.“

Brian presste die Lippen aufeinander und nickte. „Es sind etwas über drei Stunden von hier bis Port Clinton. Wenn du willst ...“

Blitze zuckten am Himmel, und die Wolken wurden immer dunkler. Für die nächsten zwei Tage war Dauerregen und Sturm angesagt. Bei diesem Wetter wollte Audrey Brian nicht durch die Gegend jagen. Außerdem war es schon spät. Obwohl ihr die Sache auf den Fingernägeln brannte, verneinte sie.

***

Brian hörte aufmerksam zu, während sie ihm nach dem Essen vorlas. Audrey hatte Spaghetti mit Meeresfrüchten und einer hellen Soße gekocht, deren Geheimnis eine Kräutermischung war. Das Rezept hatte ihre Mutter von deren Mutter geerbt. Brian hatte nahezu den ganzen Topf geleert. Der Rotwein, den sie dazu getrunken hatten, lockerte Audreys Zunge und erfüllte sie mit einer angenehmen Wärme. Auch half er ihr, ein wenig ruhiger zu werden. Größtenteils aber hatte sie dies Brian zu verdanken, der alles tat, damit sie sich wohlfühlte.

Gemeinsam saßen sie auf einer weinroten Decke vor dem Kamin, den Brian entzündet hatte. Zwar war ihr nicht kalt, aber das Feuer schaffte eine heimelige Atmosphäre und Geborgenheit. Als sie das erste Kapitel von

Die Erben von Avalon beendet hatte, starrte Brian sie an.

Audrey wurde unsicher und zog die Stirn in Falten, während er weiter schwieg. Sie nahm einen großen Schluck Rotwein und schwenkte den Rest im Glas hin und her.

„Ich seh es dir an", sagte Brian dann.

„Was siehst du mir an?", fragte Audrey perplex.

„Deine Unsicherheit. Dabei schreibst und liest du grandios."

Nicht schon wieder, dachte Audrey, als ihr Hitze in die Wangen stieg. Lächelnd senkte sie den Blick und fühlte sich wie ein kleines Mädchen. „Ach was."

Brian rutschte näher an sie heran und legte ihr eine Hand auf die Schulter. Mit der anderen hob er ihr Kinn an. „Du hast es. Das, was nur wenige haben. Dieses gewisse Etwas. Diese Magie. Und damit meine ich nicht nur das Schreiben."

Sein Atem streifte ihre Lippen, die sich automatisch öffneten und ihn einsaugten, mehr wollten. Kein Zweifel, sie war dabei, sich in Brian Gomery zu verlieben. Sein Duft umhüllte sie wie eine Umarmung. Sie konnte nichts sagen, wollte es auch nicht. Jedes Wort hätte diesen Moment zerstört. Also wartete sie, wartete darauf, dass sich ihre Lippen berührten, er den nächsten Schritt wagte. Oder sollte sie?

„Liest du mir bald wieder etwas vor?", hörte sie ihn gefühlte tausend rasend schnelle Herzschläge später sagen und nickte.

Brian zog die Hand unter ihrem Kinn weg und ließ die Finger sanft durch ihr Haar gleiten. Das Prickeln, das über ihre Kopfhaut und danach über den Rest ihres

Körpers lief, war kaum auszuhalten. Sie schloss die Augen. Nur einen Augenblick später war es so weit. Seine Lippen trafen auf ihre. Der Kuss, so zärtlich wie eine Feder und mindestens genauso weich, dauerte höchstens ein oder zwei Sekunden, bevor er zurückwich. Er wartete auf eine Reaktion. In seinen Augen spiegelten sich die verschiedensten Emotionen, darunter Angst.

Audrey war noch immer nicht bereit, etwas zu sagen. Als Antwort auf seine unausgesprochene Frage tat sie nur eines. Sie lächelte – und er verstand.

„Audrey", raunte er. Bevor er ausatmete, überfiel sie das Gefühl, ihn zurückküssen zu wollen und ließ es einfach geschehen.

***

Der nächste Morgen weckte Audrey mit dem Trommeln des Regens an die Fensterscheiben. Sie schlug die Augen auf und warf einen Blick auf den Wecker.

„Gott sei Dank", murmelte sie. Es war gut eine Stunde bis Arbeitsbeginn. Sie sah zu Brian hinüber, der tief schlief. Ein Lächeln umspielte ihre Lippen, als sie ihn betrachtete und dabei an den ersten Kuss dachte, dem weitere gefolgt waren, bis sie hier gelandet waren. Dennoch war nichts passiert. Sie wollten es langsam angehen lassen. Nach einem weiteren Glas Rotwein und in den Armen des anderen waren sie eingeschlafen. Audreys Herz schlug schneller. Brian sah im Schlaf aus wie ein Engel. Seine Gesichtszüge waren deutlich weicher. Plötzlich schlug er die Augen auf und blinzelte.

„Audrey, guten Morgen", brachte er müde über die Lippen. Am liebsten hätte sie ihn gleich wieder geküsst. Sollte sie?

Die Frage zu beantworten, erübrigte sich, da sich Brian in ebendiesem Augenblick aufsetzte und ihr Lächeln erwiderte.

„Es ist schon ewig her, dass ich neben ... einer Frau aufgewacht bin."

„Wirklich?"

Er sah Audrey mit großen Augen an. „Das überrascht dich?"

Das tat es wirklich.

„Dachtest du etwa, ich habe jede Woche eine andere bei mir?" Er lachte.

„Nein, aber ich kann mir vorstellen, dass du es könntest, wenn du wolltest."

Er zog sie zu sich, deutete einen Kuss auf ihre Lippen an, begnügte sich aber, vielleicht um sie ein bisschen zu ärgern, mit ihrer Nasenspitze. „Ich will nur dich bei mir haben. Eine wunderschöne, begabte junge Frau, wie sie mir bisher nur in meinen Träumen begegnet ist."

„Charmeur."

„Ernst gemeint, Audrey Richards."

Und dann küsste er sie. Diesmal leidenschaftlicher als gestern, aber nicht minder zärtlich.

***

Audreys Körper kribbelte noch immer, als sie an ihrem Schreibtisch saß. Sie brauchte nur an Brian zu denken, um es auf die Spitze zu treiben.

„Audrey?"

Erschrocken blickte sie auf. Warren Lee stand in der Tür und schüttelte lachend den Kopf.

„Was? Wie?"

„Der Urlaub ist genehmigt. Zwei Wochen ab nächstem Montag, mehr ist nicht drin. Ich hoffe, Sie verstehen das, Miss Richards. Ich möchte, dass Sie mich nach Ihrer Rückkehr nach Chicago zu ein paar wichtigen Meetings begleiten. Ihr Rat ist mir da viel wert, okay?"

Überrascht nickte sie. „Okay."

„Gut." Schon verschwand er wieder in seinem Büro.

In der Pause teilte sie Brian die guten Nachrichten mit. Sie saßen im Café.

„Klasse! Ich habe meinen ebenfalls genehmigt bekommen. Allerdings die gewünschten drei Wochen. Wer weiß, vielleicht freuen sich einige sogar darüber, wenn ich ab nächster Woche eine Weile nicht da sein werde. Ich bin jedenfalls froh, dass es geklappt hat."

„Das freut mich. Manche werden sich bestimmt das Maul darüber zerreißen, wenn sie erfahren, dass wir gleichzeitig Urlaub haben."

Er zuckte mit den Schultern. „Sollen sie doch."

Stimmt, dachte Audrey.

Brian trank von seiner heißen Schokolade, die perfekt zu dem ungemütlichen Wetter draußen passte, während sie sich nach dem Rotweingenuss mit Wasser begnügte. Irgendwie fühlte sie sich ausgetrocknet.

„Ich denke nicht, dass man dich im Verlag loswerden möchte, Brian. Ich habe so viel Urlaub übrig ... Meistens habe ich mich regelecht hinter der Arbeit verschanzt. Besonders an Tagen, an denen es mir nicht gut ging", sagte Audrey.

„Ja, das kann ich nachvollziehen. Das mache ich auch so, wenn ich mal wieder Ärger mit meinem Vater habe." Er lächelte wehmütig.

Audrey streckte eine Hand über den Tisch und drückte seine. Ihre Blicke hielten sich ein paar Sekunden aneinander fest.

„Was ich dich noch fragen wollte: Wovon hast du eigentlich heute Nacht geträumt, Audrey?"

Unweigerlich fragte sie sich, ob sie im Schlaf gesprochen hatte. Sie erinnerte sich ungern an den Traum, der sie schon einige Male heimgesucht hatte. Bisher hatte sie nur Grace davon erzählt. Ihre Freundin sah darin einen Versuch der Psyche, das Trauma aufzuarbeiten und Schuldgefühle abzubauen. Besser hätte es ein Psychologe wohl auch nicht beschreiben können.

„Wie kommst du darauf?" Audrey zog ihre Hand zurück und wärmte sich die Finger an ihrer Tasse.

„Du hast dich erst hin und her gewälzt, dann geschrien, jemand hätte eine Bombe. Ich hab dich festgehalten und auf dich eingeredet. Danach bist du aufgeschreckt, warst aber nicht ansprechbar und hast zwei Minuten später weitergeschlafen, als wäre nichts gewesen."

Audrey atmete hörbar aus. „Der Traum verfolgt mich seit damals, als ... Du weißt schon."

Brian nickte. „Verstehe."

„Bisher weiß nur Grace davon."

„Du kannst mir davon erzählen, wenn du magst."

Der Ausdruck in seinen Augen wurde sanft wie seine Stimme, sodass sie Mut schöpfte und sich ihm anvertraute. Es tat gut, wie jedes Mal, wenn sie sich ihm öffnete.

„Es wird höchste Zeit, dass du erfährst, was tatsächlich geschehen ist. Sonst kommst du nie zur Ruhe."

Wie verdammt recht er hatte. „Genau wie Mom."

***

Nach der Arbeit gönnten sie sich beide ein Glas Rotwein. Sie versuchten, im Internet etwas über Scott Emery herauszufinden, was sich als vergeblich herausstellte, und lasen gemeinsam in Hartmans Roman, in dem sie allerdings keine weiteren Hinweise auf ihren Vater fanden. Jede Stunde, die sie zusammen verbrachten, stärkte das gegenseitige Vertrauen, aber auch die Gefühle. Grace war verwundert, als Audrey gegen zehn Uhr abends anrief.

„Dass du dich so schnell einlullen lässt von einem Typen, kenne ich gar nicht von dir. Aber wenn es der Richtige ist, freue ich mich riesig für dich."

„Danke." Audrey musste lächeln, als Brian ihr einen fragenden Blick von der Couch aus zuwarf.

„Bitte schön, Süße. Das, ich meine er, wird dich ablenken. Du weißt, was ich meine."

Sie wusste, Grace wollte sich nur rückversichern, dass sie keinen Blödsinn anstellte. „Das Thema hatten wir doch schon, keine Sorge."

„Okay."

„Und was macht dein Staranwalt?", erkundigte sich Audrey.

„Oh, er ist wie einem Traum entsprungen. Er will mich ein paar Tage mit nach Seattle nehmen. Dort hat er mehrere Meetings, aber er wird genug Zeit für mich finden." Ihre Stimme wurde immer heller, sie klang richtig aufgeregt. „Das Wochenende mit ihm war traumhaft. Wir vermissen uns ständig.“

„Das freut mich so für dich – euch.“

„Du musst ihn bald mal kennenlernen. Bring Brian mit. Was habt ihr denn Schönes geplant für euren Urlaub?“

„Ach, ein paar Ausflüge. Einfach mal eine Auszeit nehmen vom Alltag, Mom besuchen. Und schreiben!“

Brian nickte ihr zu und lächelte.

„Wann fliegt ihr denn nach Seattle?“, wollte Audrey wissen.

„Anfang nächster Woche. Wir telefonieren wieder, und danach treffen wir uns vier mal, ja?“

„Ich denke, das kriegen wir hin. Richte Daniel unbekannterweise liebe Grüße aus.“

„Mach ich“, flötete Grace.

Sobald Audrey aufgelegt hatte, schenkte Brian ihr Wein nach. „Deine Freundin hat einen Anwalt zum Freund?“

„Ja, er scheint wirklich nett zu sein. Andernfalls müsste ich ihn umbringen.“

Brian hob die Brauen. „Oh.“ Er nahm etwas Abstand von ihr.

„Was?“

„Vor dir muss man sich in Acht nehmen. Du wirkst so lieb und sanft, dabei ...“

Nun war sie es, die die Brauen hob. Brian lachte, kam wieder näher und prostete ihr zu. „Wer Thriller schreibt, muss eine dunkle Seite in sich haben, nicht wahr?“

Anscheinend hatte er etwas zu viel Wein genossen.

„Schreibst du heute noch oder liest mir mehr vor?",
fragte er, nachdem er einen großen Schluck getrunken
hatte.

Audrey stellte ihr Glas ab. „Nein. Ich glaube, ich gehe
ins Bett."

Brian folgte ihr zur Tür. „Audrey? Habe ich was Falsches gesagt?"

„Wenn ich kriminelle Energie in mir trage, weil ich
solche Geschichten schreibe, haben die alle Leserinnen
und Leser, also auch du, wohl ebenfalls, oder?"

Er presste die Lippen zusammen. „Ups, wieder ein
Fettnäpfchen. Ich glaube, ich habe mich falsch ausgedrückt. Du kannst dich eben nur gut in solche Leute
hineinversetzen, das wollte ich damit sagen. Tut mir
leid."

Sein schuldbewusster Blick erweichte sie, dennoch
blieb ein schales Gefühl zurück.

„Lass uns nicht streiten", legte Brian nach und stellte
sich dicht vor sie. Mit einer Hand berührte er ihr Haar
und ihren Nacken.

Sofort war sie elektrisiert.

„Entschuldigung angenommen?", fragte er leise und
kam noch näher.

Ihr Atem ging schneller. Sie konnte nicht länger warten. Stürmisch pressten sie ihre Münder aufeinander.
Brian war stärker, sodass sie ein paar Schritte zurückwich, bis sie gegen die Wand stieß. Ein süßer Schmerz
durchfuhr ihren Rücken. Brian presste ihre Hände
nach oben gegen das Mauerwerk, drückte seinen Körper gegen ihren. Ihre Herzen schlugen wild im gleichen
Takt, während ihre Küsse fordernder wurden, sich ihre
Zungen suchten und miteinander spielten. Audrey

wurde wärmer, ihr Puls raste in schwindelerregender Höhe, bis Brian zusammenzuckte und keuchend in die Knie ging.

Audrey reagierte sofort, obwohl sie sich ganz benommen fühlte, und stützte Brian, als er sich wieder ein Stück weit erhob.

„Verdammt, ein Krampf in der Wade", bekam er über die Lippen und verzerrte das Gesicht vor Schmerz.

„Hast du das öfter?"

Er nickte. „Habe vergessen mein Magnesium zu nehmen", antwortete er keuchend.

Audrey stützte ihn bei dem Versuch, ein paar Schritte zu gehen. Bis sie an der Couch waren, hatte sich der Krampf langsam gelöst. Aufstöhnend ließ er sich auf das weiche Leder nieder. Audrey kniete sich vor ihn und begann, seine Wade vorsichtig zu massieren.

Er warf den Kopf in den Nacken und stöhnte gleich noch einmal. „Oh, tut das gut. Bitte weitermachen."

Das tat sie.

Brian öffnete die Augen. „Du kannst das richtig gut."

„Meine Mom leidet hin und wieder an Krämpfen."

„Tut mir leid, ich werde wohl langsam alt." Er seufzte.

Audrey verdrehte die Augen. „Dann werde ich auch alt. Schließlich sind wir im gleichen Alter."

Brian jammerte und lachte gleichzeitig. „Und wieder ein Fettnäpfchen. Ich sollte erst überlegen, bevor ich den Mund aufmache."

Audrey erhob sich und klatschte ihm mit der flachen Hand auf das andere Bein.

„Au!"

„Wehleidiger Fettnäpfchentreter." Aber äußerst sexy, dachte sie, und glaubte, rot zu werden.

„Wo ist dein Magnesium?"

Brian legte die Stirn in Falten. „Hm?"

Er hing an ihren Lippen. Dachte er gerade an ihren Kuss von vorhin? Die Gedanken schickten eine ganze Ameisenarmee durch ihre Adern. Sie erschauderte. Am liebsten hätte sie gleich da weitergemacht, wo sie vorher aufgehört hatten.

„Woran denkst du?", fragte Brian, als hätte er ihre Gedanken erraten.

Schnell wandte sie sich ab. „An dein Magnesium. Wo hast du es?"

„Ich habe gestern die letzte Tablette genommen. Die Packung ist leer. Ich wollte neue kaufen, wurde aber abgelenkt."

„Soso."

Langsam trat sie auf ihn zu.

„Ja, mit dir könnte ich alles um mich herum vergessen." Er setzte einen verführerischen Blick auf, erhob sich und humpelte an ihr vorbei in die Küche.

Enttäuscht sah sie ihm nach.

„Willst du nicht schreiben?", rief er.

Sie hörte, dass er den Wasserhahn aufdrehte, und folgte ihm. Brian stürzte ein Glas Leitungswasser hinunter.

„Wenn du etwas essen oder trinken möchtest: My home is your castle, okay?"

„Okay", entgegnete sie.

„Ich gehe Magnesium in der Apotheke kaufen, und du kannst in Ruhe schreiben. Ist das ein Deal? Und wenn ich zurückkomme ..." Er hielt inne, als sie direkt vor ihm stehen blieb. Ohne die Augen von ihr zu lassen, stellte er sein Glas auf der Arbeitsfläche ab.

„Was dann?", flüsterte sie.

Brian lächelte. „Dann liest du mir noch etwas vor, und wir machen es uns gemütlich. Morgen ist ein harter Tag. Ich habe stapelweise neue Manuskripte bekommen zum Durchackern und eine Konferenz mit den anderen Lektoren und Warren Lee. Da freue ich mich schon darauf." Er setzte zu einem Knurren an.

Audrey strich ihm durchs Haar. „Gemütlich machen gefällt mir, und schreiben wollte ich tatsächlich. Es lässt meine Gedanken auf den Grund meines Gehirns sinken. Ganz, ganz tief."

„Das ist wertvoller als Gold, Audrey Richards. So geht es mir beim Malen."

„Dann solltest du das tun, wenn du wiederkommst."

„Du meinst, nachdem du mir etwas vorgelesen hast?"

„Unter anderem."

Nun strich er ihr mit den Fingern durchs Haar, was nicht nur ihre Kopfhaut prickeln ließ. Unwillkürlich schloss sie die Augen und wartete auf seine weichen, warmen Lippen, die ihre hoffentlich gleich wieder mit einem Kuss verwöhnen würden. Das taten sie auch. Zwar flüchtig, aber immerhin. Er schien die Spannung auf hundert Prozent halten zu wollen.

„Bis gleich", raunte er, sobald sie die Augen wieder geöffnet hatte, und zwinkerte ihr zu.

Verewigt

„Halt still", bat Brian.

Audrey versuchte es, obwohl ihr langsam die Arme einzuschlafen drohten. Völlig nackt lag sie bäuchlings auf dem Lammfell vor dem knisternden Kamin. Ihr Kinn ruhte auf ihren Händen, die Ellenbogen hatte sie auf das Fell gestützt. Brian war über drei Stunden unterwegs gewesen und nicht an sein Handy gegangen, als sie ihn angerufen hatte, weil sie sich Sorgen gemacht hatte. Als er endlich aufgetaucht war, verkündete er freudig, bepackt mit Einkaufstüten, dass er sie hatte überraschen wollen. Mit mitgebrachtem Sushi aus einem der angesagtesten Restaurants der Stadt, einer Ration Magnesium, die wohl für ein ganzes Jahr reichen würde, Rotwein und neuen Malsachen, unter anderem eine Leinwand in XXL. Auf der er sie nun verewigen wollte, nachdem sie ihm gleich zwei weitere Kapitel vorgelesen und während seiner Abwesenheit ein neues geschrieben hatte.

„Du bist hinreißend", bemerkte Brian.

Audrey glaubte noch immer nicht, dass sie tat, was sie gerade tat, und es genoss. Die anfängliche Zier war völliger Hingabe gewichen, die sie allein in Brians Blicken fand, mit denen er ihre nackte Haut und Seele streichelte. Bei der kleinsten Bewegung malträtieren sie Stromschläge. Jede Faser in ihr verzehrte sich nach weiteren Berührungen von ihm.

Nach einer Ewigkeit legte er den Pinsel beiseite und atmete lange aus, als hätte er die ganze Zeit über die Luft angehalten. Seine Augen glänzten. Darin loderte ein Feuer, heißer als die Flammen im Kamin. Audrey konnte das Knistern förmlich spüren. Ganz langsam kam Brian auf sie zu. Den Pinsel hatte er sich zwischen die Zähne geklemmt, nachdem er ihn ausgewaschen hatte. Mit schweißnasser Stirn kniete er vor ihr nieder und hob ihren Kopf mit einem Finger. Audrey sah zu ihm auf und musste blinzeln, als er den Finger weiter über ihre Schulter wandern ließ, dann ihren Arm hinab. Schließlich richtete sie sich auf. Sein Blick fiel auf ihren nackten Oberkörper. Es machte ihr nichts aus, im Gegenteil. Zwar fühlte sie sich alles andere als vollkommen, aber Brian gab ihr das Gefühl, es für ihn zu sein. Er weckte sowieso ungeahnte Seiten in ihr. Sie griff nach dem Pinsel, doch plötzlich war da Brians andere Hand, die sie davon abhielt. Er schüttelte den Kopf, bevor er den Pinsel von ihrem Schlüsselbein über ihre Brüste bis zu ihrem Bauchnabel strich.

„Du bist wunderschön." Er ließ ihn weitergleiten bis zu ihrer Scham.

Audrey sog leise zischend Luft ein und schloss für zwei Herzschläge die Augen. Bevor sie sie wieder öffnen konnte, küsste Brian sie stürmisch auf die Lippen. Endlich, dachte sie und ließ sich in seinem Kuss fallen.

***

Immer wieder warf Audrey einen Blick auf die Uhr. Die Zeit wollte nicht vergehen, trotz der vielen Arbeit, mit der Warren Lee sie vor ihrem Urlaub überhäufte.

Wieder einmal waren ein paar Manuskriptvorschläge von Brian dabei, die Lee ablehnte. Audrey seufzte und las in ein paar hinein. Eines fesselte sie besonders, sodass sie nahezu die ganze Leseprobe verschlang. Eine frische Idee, ein spritziger Schreibstil.

Ein Räuspern riss sie aus der Lektüre. Mist, gerade an einer spannenden Stelle, dachte sie und blickte auf, direkt in das Gesicht von Lee, der gerade aus der Konferenz zurückkam, an der auch Brian teilgenommen hatte. Sobald sie an ihn dachte, erwachten Schmetterlinge in ihrem Bauch, die sie kitzelten. Unwillkürlich musste sie lächeln. Besonders da sie an das Bild dachte, das er von ihr gemalt hatte und das noch auf der Staffelei stand. Ihr Körper, der aus der Leinwand zu ragen schien und hinter dem lasziv das Feuer züngelte, wirkte wie von einem Nebelhauch umfangen. Die Farben waren so weich und doch so intensiv, dass man sie anfassen wollte.

Der Abend war traumhaft gewesen. Sie hatten ihre Talente miteinander geteilt, sich geliebt und damit die Schatten von der Bühne gejagt. Zumindest bis zu der Frage nach der Narbe an seinem Hals. Schnell hatte sich Brian danach in seine eigenen vier Wände zurückgezogen, was sie nachdenklich gestimmt hatte. Sie machte sich Vorwürfe deswegen, hatte ihm am Morgen aber nicht darauf angesprochen, da er zum Glück wieder guter Laune gewesen war, ihr sogar Frühstück am Bett serviert hatte.

Gerade als Lee etwas zu ihr sagen wollte, kam Eileen ins Büro geeilt und bedankte sich noch einmal überschwänglich bei dem Cheflektor.

„Ich bin überglücklich. Und ich werde Sie und Mister Folder nicht enttäuschen", säuselte sie, während sie Audrey keines Blickes würdigte.

„Das haben Sie allein sich selbst zu verdanken."

„Und Ihrer Empfehlung, nicht so bescheiden."

„Ich setze große Erwartungen in Sie, das wissen Sie ja."

„Natürlich, natürlich."

Jubelnd verließ Eileen das Büro, was Lee erst ein Lächeln und ein Kopfschütteln entlockte, als sie außer Sichtweite war.

Dann widmete er seine Aufmerksamkeit Audrey. „Nun zu Ihnen, Miss Richards."

„Ja?" Irgendetwas in seinem Unterton missfiel ihr.

„Sie sind doch seit Neuestem sehr gut mit Brian Gomery befreundet, nicht wahr?"

„Ja, wir verstehen uns gut", gab sie zurück und beobachtete Lee, der im Zimmer auf und ab zu gehen begann.

„Sagen Sie ihm, dass er es nicht so schwer nehmen soll und es nichts gegen ihn persönlich ist. Von mir wollte er nichts mehr annehmen. Ich schätze seine Arbeit. In letzter Zeit scheint er zerstreut, woanders mit seinen Gedanken. Lenken Sie ihn nicht zu sehr ab." Er zwinkerte ihr zu und ging in sein Büro.

Was sollte das denn nun bedeuten?

Lee kehrte mit seinem Aktenkoffer zurück. „Ich habe einen Termin. Wir werden uns heute wohl nicht mehr sehen. Guten Tag, Miss Richards."

„Mister Lee?", rief sie ihm nach. Keinesfalls konnte sie das auf sich sitzen lassen.

Warren Lee blieb in der Tür stehen.

„Ich finde nicht, dass Brian zerstreut ist. Er nimmt seine Arbeit sehr ernst und kann wie ich Privates und Geschäftliches gut trennen." Sie griff nach dem Manuskript, das sie vorhin gelesen hatte. „Ich habe mir erlaubt, die Romane anzulesen, die er Ihnen empfohlen hat. Der hier ist fantastisch. Fänger der Begierde von Ronan B. Jenkins. Die Idee, der Schreibstil. Hat mich sofort gefesselt. Brian ist gut, nach wie vor. Ich möchte Sie bitten, zu mir zu kommen, wenn Sie etwas über mich wissen möchten, und nicht Gerüchten irgendwelcher Leute zu folgen." Womit sie Eileen meinte.

Audrey wusste, dass sie sich weit aus dem Fenster lehnte. Aber das musste klargestellt werden.

Lee schluckte. „Natürlich, Miss Richards."

„Danke, Mister Lee."

Sie wollte das Manuskript zurücklegen, da griff ihr Chef danach und steckte es kurzerhand in seinen Koffer.

„Ich lese es noch einmal genauer", sagte er und verschwand.

***

Audrey hielt etwas abseits vom Haus ihrer Eltern, zu dem sie beide nach Büroschluss mit Brians Wagen gefahren waren, um ein paar ihrer Sachen zu holen. Sie erzählte Brian, was Lee in Bezug auf ihn gesagt hatte.

Brian nahm ihr Gesicht zwischen die Hände. „Ich war nur so sauer, dass ich ihn einfach nach der Konferenz habe stehen lassen, nachdem er Eileen zusammen mit Folder zur stellvertretenden Cheflektorin ernannt hat. Er hat ihr einen unserer Bestsellerautoren übergeben, fast alle ihrer Vorschläge übernommen und mir nur kleinere Projekte zugeteilt. Diese giftige Natter. Obwohl, wenn ich es mir recht überlege, dann ..."

Audrey legte die Arme um seinen Nacken. „Er wird schon noch merken, was er an dir hat. Nicht aufgeben. Und Eileen – schade um jede Sekunde, die wir an sie verschwenden."

Nun lächelte Brian, und sie tat es ihm nach. Sie küssten sich und stiegen aus. In der Nachbarschaft war es ruhig. Das Anwesen wirkte traurig auf Audrey. Jedes Haus besaß eine Seele, die nach und nach verkümmerte, ließ man es zu lange allein. Das wollte sie wieder ändern. Niemand sollte sie davon abbringen. Sie würgte die Angst hinunter, die in ihr aufstieg, wenn sie an die letzten Vorkommnisse dachte. Mit gestrafften Schultern ging sie auf das Haus zu, gefolgt von Brian.

Wenigstens schien seit ihrem letzten Besuch niemand mehr hier gewesen zu sein. Das hatte ihr kürzlich das ältere Ehepaar Longfield, das gegenüber wohnte, telefonisch bestätigt. Vor ein paar Tagen hatte sie die beiden angerufen und sie gebeten, das Haus im Auge zu behalten. Sie waren immer nett zu ihr und ihrer Mutter gewesen. Audrey hatte geflunkert und ihnen erzählt, dass sie eine Zeit lang geschäftlich unterwegs und bei Freunden sein würde und ihre Mutter Verwandte in Chicago besuchte.

Nachdem Audrey ein paar Klamotten zusammengepackt hatte, zog Brian sie an sich. „Übrigens, das mit gestern tut mir leid."

Für einen Moment glaubte sie, im Grünblau seiner Augen zu ertrinken. Sie wusste genau, was er meinte. Die Sache mit der Narbe.

„Schon okay. Es geht mich ja auch nichts an.“

„Nun doch, wo wir ... so intim sind. Ich habe darüber nachgedacht. Es ... es fällt mir nur schwer, darüber zu reden.“

„Das musst du nicht, Brian.“

Ansatzweise lächelte er, wurde dann wieder ernst. „Es war mein Vater.“

Audrey stockte der Atem.

Er senkte den Kopf, als er weitersprach. „Er hatte sich betrunken, weil ihm ein Geschäft durch die Lappen gegangen war und ich ihm endgültig gesagt hatte, dass ich meinen eigenen Weg gehen werde. Da ist er ausgeflippt, hat sich ein Messer geschnappt und ist auf mich losgegangen.“

„Mein Gott, Brian“, brachte Audrey heiser hervor.

„Er hat gesagt, ich würde ohne seine Unterstützung sowieso nichts Richtiges auf die Beine stellen, ich werde schon sehen, wo ich in ein paar Jahren stehen werde. Mein Job interessiert ihn nicht. Wenn ich eine führende Position im Verlag hätte, sähe das anders aus. Was soll’s! Ich habe mit meinem Vater abgeschlossen. So, nun weißt du alles. Lass uns nicht mehr darüber reden, okay?“

Audrey war schockiert. „Das tut mir leid, Brian.“

„Bitte kein Mitleid, das brauche ich nicht.“ Seine Stimme klang barsch.

„Ich wollte nur ...“

Plötzlich drückte er ihr einen Kuss auf die Lippen, wich zwei Sekunden später zurück und lächelte wieder. „Bist du fertig mit Packen?“

Sie nickte verwirrt.

Brian zog sie zur Haustür. „Dann auf, lass uns hier verschwinden."

Auf dem Rückweg meldete sich Grace auf dem Handy. Regen setzte ein und beschlug die Windschutzscheibe so heftig, dass Brian den Turbo für die Scheibenwischer einschalten musste.

„Hi, Süße. Na, wie geht es dir? Bist du zu Hause?"

„Wir sind auf dem Weg zu Brian. Was gibt's?"

„Na dann, okay. Ich wollte dich nur fragen, ob wir mal wieder einen DVD-Abend machen? Nur wir zwei."

„Hat Daniel keine Zeit?"

„He, du bist meine beste Freundin und kein Lückenbüßer, falls du das denkst. Ich wollte nur mal wieder Zeit mit dir verbringen. Bald gehe ich ja weg. Du erinnerst dich, Seattle?"

Audrey lachte. „Ja, du verrücktes Huhn. Aber ich glaube, heute wird leider nichts daraus."

„Verstehe schon, dann viel Spaß euch beiden."

„Bist du enttäuscht, Grace?", fragte Audrey.

„Nicht, wenn du glücklich bist. Und das bist du doch, oder?"

Audrey schielte zu Brian, der lächelte. „Ja, bin ich."

„Dann ist ja gut. Übrigens, ich habe Hartmans Roman gelesen."

Audrey zog die Brauen zusammen. „Ich dachte, du wolltest ihn nicht lesen."

„Ich habe es mir anders überlegt. Dieser Schreibstil ist echt nah an dem deines Vaters dran. Meine Chefin will gehört haben, dass Hartman ursprünglich aus Ohio stammen soll. Ist nur ein Gerücht, und niemand weiß, welche Quelle es hat, aber ..."

„Aus Ohio?", stieß Audrey hervor.

„Ja, du klingst überrascht."

Das war sie allerdings.

„Was ist los?", fragte Brian neben ihr.

„Recherchierst du doch noch?", wollte Grace wissen.

„Nein, tue ich nicht. Ich dachte nur … Irgendwie habe ich immer geglaubt, er kommt aus New York. Ist ja auch egal." Ihre Gedanken wirbelten durcheinander.

„Ich finde ja nicht, dass er so gut ist wie dein Dad. Ja, es ist spannend, allerdings …"

„Schon gut, Grace."

„Nein, ehrlich. Ich hätte dir das gar nicht erzählen sollen."

Audrey glaubte herauszuhören, dass Grace selbst weiter über die Sache nachgedacht hatte und manches merkwürdig fand. Dennoch wollte Audrey sie nicht weiter in die Sache mit hineinziehen. „Danke für die Info", erwiderte sie daher nur.

„Sehr gerne. Grüße an Brian. Und melde dich, wenn du mal wieder Zeit hast. Noch bin ich da."

„Und du kommst ja zurück."

„Ich glaube nicht, dass ich im verregneten Seattle hängen bleiben werde."

Nachdem sie aufgelegt hatte, bog Brian auf den Highway Richtung Indianapolis.

„Hast du ihr von der Sache erzählt?", fragte er, den Blick starr auf die Straße gerichtet.

Der Regen ließ nach. An manchen Stellen riss die Wolkendecke auf und ließ vereinzelte Strahlen der Abendsonne durchsickern.

„Ja, aber nicht alles."

„Und was sagt sie dazu?", wollte er wissen.

„Sie findet es merkwürdig, hat aber Angst, ich gerate da in etwas, das mir gefährlich werden könnte. Daher ist es besser, wenn sie denkt, ich hätte mit der Suche aufgehört.“

„Ja, wer weiß? Am Ende würde sie sich verplappern“, sinnierte er laut.

„Grace redet zwar gerne, aber sie ist keine Schwätzerin. Ich kann mich auf sie verlassen“, verteidigte Audrey ihre Freundin.

„Entschuldige, ich wollte sie nicht beleidigen. Du machst das schon richtig, Audrey.“ Er deutete ein Lächeln an und konzentrierte sich wieder auf die Straße.

Nachdenklich über seine Bemerkung und das, was Grace gesagt hatte, blickte sie aus dem Seitenfenster, wo sich die Umgebung zu einer Mischung aus Grün und Grau verband.

Als sie ihr Ziel erreicht hatten, setzte ein neuer Regenschauer ein.

Ganz Gentleman hielt Brian ihr auf dem Weg zum Eingang seine graue Jacke über den Kopf und zog ihr die Tür auf. „Nach dir.“

„Danke.“

Im Aufzug standen sie schweigend dicht an dicht, bis Brian sie abrupt, aber sanft an sich zog und ihr einen Kuss auf die Lippen drückte.

„Wegen vorhin, ich meine, je weniger Personen davon wissen, desto besser. Die Sache könnte wirklich gefährlich werden, auch für dich. Das war es, was ich eigentlich hatte dazu sagen wollen.“

„Okay.“ Sie beobachtete einen Regentropfen, der an seinem Hals hinunterlief und in seinem Hemdkragen verschwand. Unter dem durchnässten Stoff zeichneten sich weiter unten seine Brustmuskeln ab.

Brian zog einen Mundwinkel nach oben. „Nur für den Fall, dass ich gleich wieder in ein Fettnäpfchen trete, bitte ich schon mal um Verzeihung."

Ihr ängstlich fragender Blick brachte ihn zum Grinsen.

„Raus mit der Sprache", hauchte sie.

„Schlaf mit mir."

***

„Wow", keuchte Brian und rollte sich auf die Seite.

Audrey schloss die Augen und leckte sich über die Lippen, die noch nach ihm schmeckten. Sie konnte sich nicht erinnern, jemals so begehrt worden zu sein. Seine Berührungen hatten sich auf ihrer Haut auf süße Weise festgebrannt. Erst das Klingeln von Brians Handy riss sie beide aus ihrem Traumschloss, in dem sie sich die letzten Stunden geliebt hatten.

Brian setzte sich auf. „Miles, hallo!" Mit der freien Hand strich er sich durchs Haar. „Nein, nein, du störst nicht."

Audrey stieg aus dem Bett, wobei sie sich die Bettdecke umwickelte, um ins Bad zu gehen und Brian in Ruhe telefonieren zu lassen. Nach zwei Schritten entriss er ihr die Decke mit einem Ruck, sodass sie nackt vor ihm stand.

Erschrocken entwich ihr ein spitzer Schrei. Brian legte einen Finger an die Lippen.

Audrey formte ein O mit dem Mund und schnappte sich die Decke zurück, wickelte sie sich um und ging schnurstracks ins Bad.

„Nein, nein, nichts passiert. – Ja, bin ich. Hör zu, wir können das gerne machen. Morgen Abend? – Ja, versprochen. Werde da sein", hörte sie Brian sagen.

Drei Minuten später klopfte er an die Badezimmertür. „Ich soll dich von Miles grüßen."

„Danke."

Sie betrachtete ihr Spiegelbild. Audrey hatte tatsächlich mit Brian Gomery geschlafen. Ihr Magen zog sich zusammen, wenn sie daran dachte. Es war wundervoll gewesen, und am liebsten wäre sie gleich wieder mit ihm ins Bett geflüchtet. Aber Rache musste sein. Sie ging unter die Dusche, stellte das Wasser an und beschloss, Brian schmoren zu lassen.

„Miles will sich morgen mit mir auf einen Drink treffen."

Audrey antwortete nicht und ließ das Wasser abwechselnd kalt und heiß über ihre erhitzte Haut rieseln. Draußen regnete es weiterhin in Strömen.

Nach der Dusche ließ sie sich Zeit mit dem Abtrocknen und Eincremen.

„Bist du eingeschlafen, oder geht es dir nicht gut?", fragte Brian.

Wieder reagierte Audrey nicht. Sie kämmte sich das Haar, steckte es hoch und wickelte sich in ein großes rosafarbenes Handtuch. Brian besaß eine Pinzette. Die Brauen hatte sie sich bisher nicht gezupft, anders als Grace, die es ständig tat. Der erste Versuch endete mit einem unterdrückten Aufschrei und tränenden Augen, weshalb sie das Unterfangen schnell wieder aufgab.

Plötzlich sprang die Tür auf und donnerte gegen die Wand. Brian stand im Rahmen. Audrey war erstarrt.

„Warum ... tust du das?", keuchte Brian.

„Brian ... Ich ..." Mehr brachte sie nicht heraus.

Er wandte sich um und ließ sie stehen. Sie folgte ihm in den Wohnraum, wo er sich auf die weiße Ledercouch setzte.

Ein paar Schritte entfernt blieb sie stehen. „Es sollte ein Spaß werden."

„Fand ich nicht witzig."

„Das mit der Decke fand ich eben auch nicht witzig. Aber ja, war übertrieben von mir."

Sie sahen sich tief in die Augen. Erneut legte sich Schweigen zwischen sie, das Brian als Erster brach.

„Wir scheinen beide ziemlich emotional zu sein, hm?"

Audrey räusperte sich. „Und temperamentvoll. Du allerdings mehr als ich."

„Wie kommst du denn darauf?"

Ungläubig deutete sie zur Badezimmertür. Als sie wieder zu Brian blickte, grinste er von einem Ohr zum anderen.

„Du bist unberechenbar, Brian Gomery."

Er sprang auf und kam rasch auf sie zu. „Stimmt. Und ich glaube, du stehst drauf."

Einen Herzschlag später hob er sie auf seine Arme und trug sie zum Bett, was sie lachend, ohne Gegenwehr und froh, dass der Streit vorüber war, geschehen ließ.

Port Clinton

Brian wirbelte Audrey herum, als er sie an ihrem letzten Arbeitstag vor dem Urlaub im Flur traf. Ein paar Kollegen und Kolleginnen drehten sich nach ihnen um.

„Brian, lass mich runter. Bitte!" Audrey war verlegen.

Er folgte ihrem Wunsch sehr gemächlich. „Warren Lee hat zugegeben, dass er sich getäuscht hat. Er hat nun doch ein Manuskript genommen, das ich ihm empfohlen habe. Eines, das ich wirklich äußerst gut fand. Der Autor ist zu beneiden. Er wird ganz groß, und ich habe ihn entdeckt." Seine Augen glänzten.

„Wow, das freut mich. Ist es Fänger der Begierde?"

Sofort wurde Brian ernst. „Ja, woher weißt du das?"

„Ich fand die Leseprobe auch gut."

„Die du entsorgen solltest, Audrey? Oder hat dich Lee nach deiner Meinung gefragt?"

„Ja. Ich habe nur nebenbei erwähnt, dass ich deine Entscheidung verstehen kann."

„Hast du?"

Sie nickte und legte die Stirn in Falten, da ihr der Unterton in Brians Stimme seltsam vorkam.

„Dann habe ich es nur dir zu verdanken. Nicht, weil er noch einmal nachgedacht hat und dann ..." Er machte eine Pause.

„Das Wichtigste ist, dass ..."

Brian brachte sie zum Schweigen, als er energisch den Kopf schüttelte. „Warum fragt er nicht gleich dich? Die

Tochter eines Bestsellerautors und selbst Autorin muss ja ins Schwarze treffen.“

„Wie bitte?“, rief Audrey.

Was für ein dummer Scherz des Schicksals, dass es in ebendiesem Moment Eileen vorbeischickte, die gespannt lauschte und ihre Schritte in Zeitlupentempo verwandelte.

„Das ist nicht wahr!“, widersprach Audrey. „Ich habe lediglich deine Meinung unterstützt.“

„Ach, sie gibt es also zu“, säuselte Eileen und spitzte die Lippen.

Sie drehten sich zu ihr um.

Audrey schüttelte den Kopf. Ihr reichte es. „Glaubt doch, was ihr wollt.“ Mit diesen Worten ließ sie die beiden stehen.

„Mit Vitamin B kommt man überallhin. Daddy lässt grüßen“, stichelte Eileen.

Nein, diese Behauptung konnte sie nicht auf sich sitzen lassen. Abrupt drehte sich Audrey zu ihr um. „Seien Sie still. Brian hat mich nicht überredet, bei Lee ein gutes Wort einzulegen. Ich habe lediglich meine Meinung geäußert, weil ich, unabhängig von Brian, gut fand, was ich gelesen habe. Das ist alles! Bis jetzt habe ich es übrigens auch ohne Vitamin B sehr gut geschafft, und das will ich weiterhin. Denn ich bin ein Mensch, der eigenständig etwas bewerkstelligen will und kann. Dafür nehme ich gerne mal den unbequemen Weg. Aber bitte nicht mit dem verwechseln, den Sie kennen, nicht wahr, Eileen? Keine Sorge, ich bin keine Klatschtante, die Gerüchte in die Welt setzt oder intime Tatsachen ausplaudert.“

Eileen wurde bleicher als die Wand. Sie sagte kein Wort mehr, wusste wohl genau auf was Audrey anspielte. Es war ungefähr ein Jahr her, dass Audrey Eileen beim Sex mit Harry Pitsy erwischt hatte. Winton Folder hatte lange überlegt, ihn zu seinem Geschäftspartner zu machen, was Eileen enorme Vorteile eingebracht hätte. Nachdem Folder Pitsy einen Korb gegeben hatte, schien sie ihn fallen gelassen zu haben. Ihr war klar, dass Audrey einen guten Draht zu Winton Folder hatte und er ihr daher Glauben geschenkt hätte.

„Audrey, warte!", hörte sie Brian hinter sich rufen, lief jedoch weiter.

An der Pforte fing er sie ab.

Audrey seufzte.

„Ich bin unverbesserlich", sagte er.

„Ich glaube es ist besser, wenn ich wieder nach Hause ziehe und ..."

Brian hielt sie an beiden Schultern fest, als sie ihren Weg fortsetzen wollte. „Nein, bitte! Ich ... Verdammt!"

Sie löste sich von ihm und ging an ihm vorbei.

„Ich sollte lernen, dass es Leute gibt, die an mich glauben, und nicht nur solche wie meinen Vater. Bitte, Audrey, ich war ein Idiot."

Ihre Schritte wurden langsamer, bis sie ganz stehen blieb. Seine Erklärung klang plausibel, auch wenn sie nach wie vor verletzt war. Andererseits war sie froh, dass sie Eileen die Meinung gesagt hatte und die Lektorin nun hoffentlich endlich ihr vorlautes Mundwerk hielt.

„Eine letzte Chance?", bat Brian. Sein Atem streifte ihren Hals.

Das Kribbeln, das er in ihr entfachte, ließ sie endgültig weich werden. „Nur noch eine", gab sie zurück.

***

Audrey nutzte das Wochenende, um ihre Mutter zu besuchen, die bei ihrem letzten Telefonat durcheinander geklungen hatte. Brian bereitete unterdessen alles für ihren Rechercheausflug nach Port Clinton vor, für den Audrey bereits vorgepackt hatte. Gleich am Montag wollten sie aufbrechen. Die Klinik, ein Komplex aus mehreren weißen Gebäuden, war umgeben von einem Park mit Bänken und geteerten Wegen, die sich zwischen frisch gemähtem Rasen, Blumen und Bäumen schlängelten. Ihre Mutter empfing Audrey in der Cafeteria, in einer stilleren Ecke. Audrey bemerkte sofort, dass sie müde aussah.

„Hallo, Mom. Wie schön, dich zu sehen."

Ihre Mutter breitete die Arme aus und schloss sie fest um sie. Mit beiden Händen strich Audrey ihrer Mutter über den Rücken. Es schien ihr, als würde ihre Mom sie gar nicht mehr loslassen wollen.

„Hallo, mein Kind."

„Alles in Ordnung?" Audrey ließ ihrer Mutter Zeit und hielt sie weiter fest, bis die ein Stück zurückwich, gleichzeitig aber ihre Hände suchte und sie auch noch festhielt, als sie sich gegenüber an den runden Tisch setzten.

„Ich habe es niemandem erzählt." Sie schaute sich um.

Das Flackern in ihrem Blick entging Audrey nicht.

170

„Vielleicht liegt es an der Entwöhnung. Oder an den Tabletten", fügte sie hinzu.

„Was meinst du damit, Mom?"

Ein junger Mann kam zu ihnen an den Tisch, um ihre Bestellung aufzunehmen.

„Sie haben hier gute Eisschokolade", meinte ihre Mutter.

Kurzerhand bestellte Audrey zwei und widmete sich ihr wieder ganz, sobald der Kellner weg war. „Mom?"

Ihre Mutter zögerte.

„Was hast du?"

Ihre Mutter sah sie eindringlich an. „Halte mich aber bitte nicht für verrückt. Das tue ich langsam selbst."

„Solange ich nicht weiß, was passiert ist …"

„Er ging einfach so vorbei. Etwa dreißig Yards von mir entfernt. Meine Augen sind noch gut, das weißt du. Der letzte Sehtest war einwandfrei. Ich habe auch keine Kalkablagerungen im Gehirn. Doktor …"

„Mom, wer ist vorbeigegangen?", unterbrach Audrey sie.

Ihre Mutter schluckte. „Monty!"

Was? „Du meinst … Dad?" Audreys Stimme kippte.

„Er hat direkt zu mir hergesehen. Für zwei, drei Sekunden haben sich unsere Blicke getroffen."

„Und dann?", fragte Audrey. Sie konnte spüren, wie sich ihr die Nackenhaare aufstellten und sie bleich wurde.

„Dann bin ich aufgestanden. Dabei war mir, als würde mich jemand hochziehen und antreiben. Wie in Trance bin ich ihm gefolgt. Er ist nicht stehen geblieben. Ich habe seinen Namen gerufen. Dann ist er schneller gelaufen und um eine Ecke verschwunden.

Eine Schwester hat mich eingeholt. Ich habe sie gefragt, ob sie den Mann gesehen habe, der ... Sie hat verneint." Sie umfasste Audreys Hände fester und beugte sich ein wenig nach vorne. „Ich werde doch nicht verrückt, Kind? Oder er war es wirklich. Dann wäre er aber stehen geblieben, nicht wahr?"

„Ganz sicher", murmelte Audrey. Ihre Gedanken rasten.

Tränen stiegen ihrer Mutter in die Augen. „Ich habe ihn noch einmal gesehen. Als Engel, der er ganz sicher ist. Vielleicht wollte er mich besuchen, um mich bald ..." Sie brach ab, aber Audrey wusste genau, was sie meinte.

Sie stand auf, umrundete den Tisch und umarmte ihre Mutter. Ihr Herz zog sich zusammen. „Ich brauche dich, Mom. Wenn er es wirklich war, als Engel, meine ich, dann wollte er dir bestimmt Mut machen."

Audrey entschied, mit dem behandelnden Arzt über die Sache zu reden. Ihre Mutter musste es ja nicht erfahren. Gleichzeitig wollte sie an das glauben, was sie ihr gerade offenbart hatte. Möglicherweise war er wirklich da gewesen. Nein, ihre Mom hatte recht, dann wäre er nicht wieder verschwunden, oder?

„Das stimmt. So habe ich es gar noch nicht gesehen", sagte ihre Mutter kaum hörbar.

Audrey setzte sich zurück an ihren Platz, als der Kellner ihre Getränke servierte. Ein Lächeln schlich sich auf die Lippen ihrer Mutter. Sie hatte sich beruhigt.

„Und irgendwann", fuhr sie fort, „werden wir alle wieder zusammen sein." Ihr Blick glitt in die Ferne. Dann fügte sie nachdenklich hinzu: „Oder er kehrt vorher zurück, wie durch ein Wunder."

Audrey rührte schweigend mit dem Löffel in ihrer Tasse.

„Er würde das, was du geschrieben hast, sicher genauso wunderbar finden wie ich, Kind."

„Du magst es also?" Audrey wurde verlegen.

„Ich liebe deinen Stil. Du musst mir unbedingt bald das nächste Kapitel schicken. Ich lege jetzt den Turbo ein, was die Fortschritte anbelangt."

Audrey musste lachen. So gefiel ihr ihre Mutter schon viel besser, auch wenn sie nicht vergessen würde, was sie ihr erzählt hatte.

Dr. Fitzgerald, der sich nach dem Besuch zu einem Gespräch mit Audrey in seinem Büro bereit erklärte, versprach ihr, gegenüber ihrer Mutter Stillschweigen zu bewahren. Audrey wollte ja nur das Beste für sie.

„Sie macht gute Fortschritte. Natürlich gibt es Tiefpunkte. Aber dann sind wir da und fangen sie auf. Und sie hat Sie. Das ist ganz wichtig. Sie weiß, dass Sie sie nie im Stich lassen würden."

„Ich sollte doch öfter vorbeikommen."

„Nein, das haben wir besprochen. Es ist gut so, wie es ist. Sie braucht Zeit für sich, um zu sich selbst zurückzufinden. Was die Sache mit Ihrem Vater anbelangt ... Es ist keine Seltenheit, dass der Entzug Halluzinationen hervorruft."

„So real?" Audrey war erstaunt.

„Ja, es wundert mich nicht. Machen Sie sich keine Sorgen, Miss Richards. Ihre Mutter ist auf einem sehr guten Weg. Sie kann stolz auf Sie sein, und Sie können es auch."

Audrey erhob sich. „Vielen Dank für das Gespräch, Doktor Fitzgerald."

„Wenn Sie Fragen haben, können Sie sich jederzeit an mich wenden."

Sie nickte. „Danke."

„Dafür bin ich da." Zum Abschied schenkte ihr der Arzt einen festen Händedruck und ein warmes Lächeln.

***

Nach einer ruhigen Fahrt erreichten Audrey und Brian Port Clinton, als die Sonne im Zenit stand. Ihre Strahlen heizten den Innenraum des delfingrauen Ford Mustangs, den sie sich in Indianapolis gemietet hatten, gehörig auf.

„Wir sollten die Klimaanlage einschalten", sagte Audrey und tupfte sich Schweißperlen von der Stirn.

„Noch fünf Meilen bis Port Clinton."

Die ebene Landschaft mit ihren Laubwäldern und Maisfeldern zog an ihnen vorbei. Fünf Minuten später tauchte in einer Kurve eine schwarze Kutsche mit zwei grauen Pferden davor auf. Brian drosselte das Tempo. Der Kutscher, ein älterer Mann mit Hut, drehte sich um und winkte sie vorbei. Als Kind hätte Audrey ihn wegen seines weißen Rauschebarts, der ihm bis zur Brust reichte, mit dem Weihnachtsmann verwechselt.

„Das ist wohl einer von den Amischen", bemerkte Brian.

„Faszinierend. Als wäre er aus einer anderen Zeit oder wir gerade in einer früheren gelandet."

„Stimmt."

Audrey warf einen Blick in den Rückspiegel. Ihr Vater hatte über diese Leute einmal in einer seiner Geschichten geschrieben. Das Völkchen lebte wie vor zweihundert Jahren, ohne jegliche Anpassung an die Zivilisation. Kein TV, kein Handy ... Aber auch innerhalb der Amischgemeinden gab es unterschiedliche Ansichten in Bezug auf das Leben, wie Audrey von ihrem Vater erfahren hatte. Demnach gab es liberale, die ihren Mitgliedern das Fahren von Autos oder Traktoren erlaubten. Nur mussten die Fahrzeuge schwarz lackiert sein, in der Hauptfarbe der Amischen. Warum, das hatte Audrey vergessen.

„Du hast übrigens nicht viel vom Besuch bei deiner Mutter erzählt." Wie kam Brian gerade jetzt darauf?

„Ich bin froh, dass es ihr gut geht", erwiderte Audrey.

„Schön." Er warf ihr einen Seitenblick zu und lächelte.

„Das Krankenhaus gleicht mehr einem Hotel. Mom ist oft im Park. Sie hat auch schon neue Bekannte. Frauen in ihrem Alter, die auch da sind, weil ... Du weißt schon."

„Das freut mich sehr für sie. Das nächste Mal kann ich gerne mitkommen."

***

Audrey drückte ihm einen Kuss auf die Wange.

„Port Clinton, da sind wir", murmelte Audrey und warf einen Blick aus dem Fenster des Hotels, in das sie eingecheckt hatten. Es lag am Rand der Stadt und besaß eine eigene Tiefgarage. Die blaue Fassade war neu gestrichen. In den Zimmern war es stickig, weshalb

Audrey das Fenster öffnete und Frischluft hereinließ. Sie hatten sich für ein Doppelzimmer entschieden. Das Bett war weich. Audrey setzte sich auf die Matratze und hörte ein verräterisches Quietschen. Brian zog die Brauen nach oben und stellte ihr Gepäck ab.

Audrey wurde rot. Sie war sich sicher, dass er in diesem Moment das Gleiche dachte wie sie.

„Hunger?", fragte er, vielleicht auch, um sie aus der peinlichen Situation zu befreien.

Doch Audrey war viel zu aufgeregt. Endlich hatten sie die Stadt auf der Marblehead-Halbinsel erreicht, auf der Scott Emery hoffentlich ein paar brauchbare Spuren hinterlassen hatte.

***

„Das da vorne muss es sein." Audrey bat Brian anzuhalten und deutete auf das etwa hundert Yards entfernte Haus in der Bricklane. Sie nahm ein ausgedrucktes Foto des Anwesens, das der Detektiv ihrem Vater geschickt hatte, aus dem Rucksack und zeigte es Brian.

„Und da wohnt nun dieses Ehepaar. Silver, richtig?"

„Ich denke schon", bestätigte sie.

„Gut, aber ich würde ihnen gegenüber nicht zu viel erwähnen. Man weiß nie, wem man trauen kann, Audrey."

Sie nickte. Brian fuhr bis zur Einfahrt, stellte den Motor ab und stieg aus, gefolgt von Audrey. Das Herz schlug ihr bis zum Hals. Blaue Holzläden zierten die Fenster. An der Veranda hing eine Bankschaukel. Der Garten dagegen sah weniger gepflegt aus. Bevor sich

Audrey ein paar Worte zurechtlegen konnte, klingelte
Brian bereits.

„Ich wollte eigentlich besprechen …“, sagte sie, da hörten sie Schritte, als würden sie erwartet werden.

„Wir kriegen das schon hin“, erwiderte Brian gedämpft und reckte das Kinn.

Eine ältere Frau mit grauem Haar, das sie zu einem
Dutt zusammengebunden hatte, öffnete und schenkte
ihnen ein strahlendes Lächeln. Audrey schätzte sie auf
siebzig. Ihre Augen waren winzig hinter der Brille, die
viel zu groß für ihr zierliches Gesicht war. Obwohl es
warm war, trug sie eine graue Strickjacke über ihrer
weißen Bluse und eine dicke schwarze Stoffhose, dazu
weinrote Pantoffeln.

„Oh, Besuch. Hallo!“ Ihre piepsige Stimme klang
freundlich.

„Wer ist denn da, Josi?“ Die tiefe männliche Stimme
drang aus dem Inneren des Hauses zu ihnen.

„Sie wünschen?“, fragte die Frau.

Brian überließ Audrey das Wort. „Guten Tag. Ich bin
Audrey Rich… Rich aus New Jersey. Mein … Freund und
ich haben nur eine Frage an Sie.“

„Hallo“, sagte Brian, ohne seinen Namen zu erwähnen.

„Ja, also, welche Frage denn?“, wollte die Frau wissen.

„Wir kaufen nichts, hörst du, Josi?“ Höchstwahrscheinlich war es Mr. Silver, der aus dem Hintergrund
seinen Senf dazugab.

„Ja. Nein. Wir kaufen nichts“, wiederholte Mrs. Silver,
deren Hände zitterten, als sie sich am Türrahmen festhielt und weiter lächelte.

„Wir wollen nichts verkaufen, Mrs. Silver“, versicherte Audrey.

Nun erschien der Herr des Hauses aus dem Schatten des Flurs, gestützt auf einem Stock. Seine Frau überragte er trotz seiner gebückten Haltung um mindestens zwei Köpfe. Wie sie trug er eine graue Jacke zu einer ebenso grauen Stoffhose.

„Hallo, wir kaufen nichts“, beharrte er. „Jeden Tag klingelt ein Vertreter. Nun kommt ihr schon zu zweit.“ Er hob drohend den Stock.

Brian schob sich schützend vor Audrey. „Wir haben nur eine Frage zum Vorbesitzer dieses Hauses. Das ist alles.“

„Wir wären Ihnen sehr dankbar, wenn Sie uns weiterhelfen würden“, schaltete sich Audrey wieder ein und trat vor.

Mr. Silver schloss zu seiner Frau auf und musterte sie eindringlich. „Zu Scott Emery haben wir keinen Kontakt, tut uns leid.“

„Willst du sie nicht erst einmal hereinbitten, George?“, fragte seine Frau lächelnd. Die Falten, die sich dabei um ihre Augen bildeten, sahen aus wie kleine Zweige.

„Wenn Sie wirklich keine Vertreter sind, dann meinetwegen.“

„Versprochen“, beteuerte Audrey.

Der Mann nickte ihr zu, und zum ersten Mal lächelte er verhalten.

Das Ehepaar führte sie den dunklen Gang entlang, der voller Erinnerungen war in Form von gerahmten Fotos an den Wänden. An der vorletzten Tür auf der rechten

Seite hielten sie inne. Mr. Silver ließ seiner Frau den Vortritt.

Die Silvers baten sie ins Wohnzimmer, das vom monotonen Ticken einer alten Standuhr aus Eichenholz erfüllt wurde. Die Einrichtung erinnerte Audrey an die ihrer Großmutter mütterlicherseits, die sie als Kind manchmal in Auburn, Kalifornien besucht hatte. Leider war sie vor ein paar Jahren gestorben. Auch sie hatte gehäkelte Decken auf Tischen und Schränken geliebt. Zwei alte Porzellanpuppen saßen in der Ecke der geblümten Couch. Auf dem ovalen Glastisch stand eine dickbäuchige Vase mit gelben Lilien, die einen süßlichen Duft verbreiteten. Die Silvers nahmen auf der einen Seite des Sofas Platz, Audrey und Brian in höflichem Abstand. Brian knetete die Finger.

„Was möchten Sie denn wissen? Viel ist es allerdings nicht, was wir Ihnen über Scott Emery sagen können", ergriff Mr. Silver das Wort.

Seine Frau nickte. „Aber nett war er. Und gut aussehend."

Audrey musste schmunzeln, da Mrs. Silver ihr zuzwinkerte. Die alte Lady war forscher, als es anfangs den Anschein gemacht hatte.

„Tatsächlich?", bemerkten Brian und Mr. Silver gleichzeitig.

Josi Silver kicherte wie ein kleines Mädchen über den Anflug von Eifersucht ihres Mannes. Audrey lächelte zu Brian hinüber, der allerdings keine Miene verzog.

„Du bist mir eine", sagte Mr. Silver.

„Ach, George. Du weißt, wer mein Traummann auf diesem Planeten ist."

Zufrieden lächelte er, als er auf sich zeigte und sie
nickte. Wie lange die beiden wohl schon ein Paar waren? Sicher Jahrzehnte. Bemerkenswert, dass das Feuer
zwischen ihnen offensichtlich immer noch hell loderte.

„Wissen Sie zufällig, wohin er gezogen ist?", erkundigte sich Brian.

„Das wissen wir nicht", gab Mr. Silver zurück.

„Das stimmt", bestätigte seine Frau. „Er hat damals
mit uns den Vertrag gemacht, und als alles abgeschlossen war, haben wir ihn nicht mehr gesehen. Natürlich
wollten wir auch nicht neugierig sein und nachfragen,
wohin es ihn verschlägt."

„Kannten Sie ihn von früher?", fragte Audrey und lächelte der gutmütigen Frau zu.

Das Ehepaar schüttelte die Köpfe.

„Wir haben vorher in Michigan gewohnt", erzählte
George Silver. „In einem großen Haus am See. Hier in
Ohio haben wir früher manchmal Urlaub gemacht.
Waren Sie schon am Leuchtturm oder am See? Es lohnt
sich."

Josi stimmte ihm zu. „Wunderschön, wie am Michigansee. Aber hier fühle ich mich inzwischen richtig hei-
misch. Die Nachbarn sind nett, das Haus ist nicht zu
groß, viele ebene Wege."

„Das freut mich für Sie", bemerkte Audrey.

„Ja, wir haben das Verkaufsschild durch Zufall bei der
Durchfahrt entdeckt und sofort angehalten. Scott
Emery war uns von Anfang an sympathisch." Josi Silver
nickte ihrem Mann zu. „Wollen Sie etwas trinken?",
fragte sie dann.

Audrey und Brian verneinten dankend.

„Und Ihnen ist nichts Seltsames an ihm aufgefallen?", wollte Brian wissen.

„Nein. Er war höflich, wirkte ehrlich. Er hat uns sogar jeden Mangel gezeigt. Er hatte nichts zu verheimlichen. Sagen Sie, sind Sie etwa von der Polizei? Ist ...?" Josi Silver wurde bleich, ihr Mann rückte näher an sie heran.

Brian wollte etwas erwidern, Audrey kam ihm jedoch zuvor. „O nein, nein. Wir sind nicht von der Polizei. Wir müssten ihn nur in einer dringenden Angelegenheit sprechen. Das ist alles."

„Tut uns leid, dass wir Ihnen nicht weiterhelfen können", entgegnete George Silver und hielt die Hände seiner Frau. Das Bild erinnerte Audrey sofort an ihre eigenen Eltern. Sie bekam einen Kloß im Hals.

Sie erhob sich und reichte ihnen die Hand. „Vielen Dank trotzdem. Und alles Gute Ihnen beiden."

„Ihnen auch", gab Mrs. Silver zurück. „Gott sei mit Ihnen."

Brian gesellte sich zu ihnen. „Emery wollte angeblich ganz neu anfangen nach dem Tod seiner Eltern. Die haben doch hier gewohnt, richtig?", unterbrach er die Verabschiedung.

„Darüber hat er nicht mit uns gesprochen, was wir gut verstehen können", antwortete George Silver. „Wir haben erst später von den Nachbarn davon erfahren."

„Kennen Sie jemanden, der mehr über ihn wissen könnte?", fragte Brian weiter.

Die beiden verneinten.

„Lass gut sein", bat Audrey und schob ihn weiter.

Das Ehepaar begleitete sie bis zur Tür.

„Ach, da fällt mir noch etwas ein", warf Josi Silver ein.

Brian und Audrey wandten sich nach ihr um.

Sie tippte sich mit dem Zeigefinger an die Lippen und deutete auf ihren Mann. „Hat Amelie nicht einmal etwas über Scott Emery gesagt? Dass er da, wo er nun sei, glücklicher wäre als an einem Ort, in dem nur viele Schwätzer lebten?"

George Silver verengte nachdenklich die Augen. „Stimmt. Das war, als Bruce und sie sich gestritten haben. Das muss wegen ihm gewesen sein."

„Wer sind Amelie und Bruce?", fragten Audrey und Brian wie aus einem Mund.

„Amelie und Bruce Dexter. Ein junges Ehepaar, seit fünf Jahren verheiratet. Bruce hat seiner Frau wohl einen Flirt mit Scott angedichtet. So hat es sich jedenfalls angehört. Die beiden streiten häufig. Sie können nicht mit, aber auch nicht ohne einander." Mr. Silver seufzte.

„Ah okay", murmelte Brian.

„Vielleicht fragen Sie Amelie mal. Aber sagen Sie nicht, dass wir Ihnen den Tipp gegeben haben. Die Kleine hat Haare auf den Zähnen", bat er.

„Versprochen, Mister Silver", entgegnete Audrey.

Das alte Ehepaar winkte ihnen, bis sie im Mietwagen saßen und davonfuhren.

„Sie waren so nett. Und so glücklich. Das ist beeindruckend. Ich meine, sicher sind sie schon lange zusammen. Meine Eltern wären auch bis zum Ende …", sagte Audrey, schaffte es aber nicht, den Satz zu beenden.

„Aber vielleicht wäre es gut gewesen, wenn du mehr nachgedacht hättest."

Für einen Moment verschlug es Audrey die Sprache.

„Ich meine, als sie gefragt haben, ob wir von der Polizei seien, da hättest du doch einfach Ja sagen können", fügte Brian hinzu.

„Und wenn sie nach dem Ausweis gefragt hätten?"

Er zuckte mit den Schultern und bog in eine Seitenstraße. „Dann hättest du improvisieren müssen. Deinen Führerschein kurz hochgehalten. Wie in einem Krimi."

„Aha."

Anscheinend ziellos kurvte Brian im Schneckentempo durch ein Wohngebiet. Oder suchte er etwas Bestimmtes? Außerdem verstand Audrey seine Vorhaltung nicht.

„Wir haben einen Hinweis, dem wir nachgehen können. Anscheinend weiß diese Amelie, wo er ist."

„Trotzdem", entgegnete Brian gekränkt.

Audrey schwieg und lehnte sich im Beifahrersitz zurück. In den nächsten Minuten sprachen sie nicht miteinander. Dann zückte sie ihr Handy und gab Amelie und Bruce Dexter sowie Port Clinton in die Suchmaschine ein. Adresse und Telefonnummer erschienen binnen weniger Sekunden.

„Volltreffer!", rief sie.

***

„Was tust du da, Brian?", fragte Audrey und ließ sich auf seinem Schoß nieder.

„Das siehst du doch, lesen."

„Ich wusste gar nicht, dass du den Roman eingepackt hast."

Er legte Hartmans Buch neben sich aufs Bett, auf dessen Kante er saß, und massierte Audreys Nacken. Genüsslich schloss sie die Augen und versuchte dabei, den

Thriller und alles um sich herum wenigstens für ein paar Minuten zu vergessen.

„Du bist ziemlich verkrampft. Wir sollten hierblieben und uns entspannen."

Dabei wollten sie noch einmal probieren, Amelie Dexter telefonisch zu erreichen. Da die Silvers sie vorgewarnt hatten, waren sie nicht einfach bei ihr vorbeigefahren.

„Und was hast du dir vorgestellt?", fragte Audrey und stöhnte auf, als er seine Finger tiefer in ihre Haut grub.

„Zuerst küsse ich dich, versetze jede Faser in dir in Ekstase. Dann hole ich den Laptop und lass dich schreiben. Nackt, wie Gott dich erschaffen hat. Dazu male ich dich. Block und Kreide habe ich dabei. Und danach bekommst du eine weitere Massage. Und anschließend die volle Packung Ekstase. Alles kostenlos. Na, wie klingt das?"

„Verlockend, mehr als das."

„Also dann."

„Und Amelie?"

„Läuft uns schon nicht davon." Stürmisch warf er sie aufs Bett.

Bevor sie etwas erwidern konnte, küsste er sie.

Amelie

„Das Bild ist wunderschön. Aber bin ich wirklich so dünn?" Audrey legte den Kopf schief, da schnappte Brian ihr das Blatt vor der Nase weg und legte es zurück in seine Zeichenmappe. Bewahrte er darin etwa die künstlerischen Ansichten all seiner Ex-Freundinnen auf? Zu gern hätte sie gespickt.

„Wie fühlt sich dein Nacken an?", wollte Brian wissen und wählte ein schwarzblaues Jackett zu Bluejeans und blauem Hemd. Dann ging er ins Bad.

Audrey erhob sich und folgte ihm. „Deine Verwöhnkur hat Wunder bewirkt, danke."

„Ich danke dir." Er zwinkerte, rieb etwas Gel zwischen die Finger und verteilte es in seinem Haar.

Draußen wurde es langsam Abend. Audrey lächelte, ging zurück und entdeckte das Buch, das Brian vorhin aus dem Bett gekickt hatte. Das Lächeln verschwand aus ihrem Gesicht, als sie es aufhob. Sollte sie noch einmal darin lesen?

„Hast du etwas Merkwürdiges entdeckt?"

Erschrocken fuhr sie herum. Brian stand direkt hinter ihr.

„Gott, musst du dich so anschleichen, Brian?", stieß sie hervor.

Brian verzog die Mundwinkel. „Ich dachte, meine Fettnäpfchenzeit wäre vorbei."

Unfreiwillig musste sie lachen. Kurzerhand schnappte er sich das Buch, setzte sich auf die Bettkante und drehte es ein paarmal hin und her, als würde er erwarten, dass etwas herausfiel.

Audrey nahm es ihm ab und blätterte zu ihrer letzten Lesestelle. Die Buchstaben brannten sich in ihre Augen und beschleunigten ihren Puls. Ihr Atem ging stoßweise. „Du hast recht. Ich muss es weiterlesen."

„Das habe ich nicht gesagt, ich habe nur gefragt."

„Indirekt hast du es. Es ... macht mir nur Angst", erwiderte Audrey.

Brian trat zu ihr, während sie sich in die Seite vertiefte. „Erst einmal sollten wir essen gehen und versuchen, Amelie zu erreichen."

***

Nachdem Audrey mit ihren Nachbarn zu Hause telefoniert hatte, um sich zu vergewissern, dass dort alles ruhig war, verließ sie mit Brian das Hotel. Vom Restaurant aus, in das sie wenig später einkehrten, hatten sie einen wundervollen Blick auf den See mit seinen Anlegestellen und den vor Anker liegenden Booten. Die Krönung für Audrey aber war das Lighthouse auf der anderen Seite. Ein weißer Leuchtturm, der über Port Clinton und die Umgebung wachte. In das Abendblau des Himmels mischte sich der rotorangefarbene Schein der untergehenden Sonne und verlieh der Stadt einen Hauch Magie. Hier hätte es ihrer Mutter und ihrem Vater sicher auch gefallen. Die dunklen Gedanken kehrten zurück.

„An was denkst du?", fragte Brian über den Tisch auf der Veranda des Restaurants hinweg. Seine Augen glänzten wie nasse Perlen.

„An meine Eltern und diese zwei Worte: Lass es!", gab sie zu.

Brian sagte nichts, griff nach ihren Händen und drückte sie mitfühlend. „Sollen wir es noch einmal bei Amelie versuchen? Du lässt dich doch nicht von zwei Worten abschrecken. Falls wirklich etwas Seltsames an der Sache dran ist – und seltsam ist so einiges, wie wir wissen –, dann finden wir es heraus. Schritt für Schritt. Nicht aufgeben."

Audrey atmete tief durch. „Probier es."

Er reichte ihr das Handy. „Ich habe die Nummer unterdrückt."

„Ich soll? Aber nach der Sache mit der Polizei dachte ich ..."

Brian winkte ab. „Ich vertraue dir, du machst das alles fabelhaft. Mir sind nur die Nerven durchgegangen."

„Also gut." Audrey nahm das Telefon und hielt es sich ans Ohr. Die nächsten Gäste saßen mehrere Tische entfernt. Wenn sie nicht zu laut sprechen würde, würden sie sie nicht verstehen. Nach dem dritten Rufzeichen nahm jemand ab.

„Dexter."

„Amelie Dexter?", fragte Audrey.

„Ja. Wer ist denn da?" Die Stimme klang genervt und ungewöhnlich tief für eine Frau.

„Audrey Rich."

„Ja und?"

Audrey stieß hörbar Luft durch die Nase. „Ich wollte Sie nur etwas fragen."

„Soll das eine Quizshow werden? Gibt es auch was zu gewinnen?" Wollte sie witzig sein?

„Nein. Es geht um Scott Emery."

Stille am anderen Ende der Leitung. Nur Amelies Atem war zu hören, schnell und stoßweise.

„Wer sind Sie, verdammt noch mal? Und was wollen Sie von Scott?", echauffierte sie sich schließlich, sprach jedoch leiser. Anscheinend war jemand in der Nähe. Vielleicht ihr Mann.

„Ich muss Ihnen etwas Wichtiges sagen", versuchte sie, Amelie neugierig zu machen. Brian zeigte einen Daumen nach oben.

Erneutes Schweigen, diesmal kürzer.

„Von Scott? Hat er es sich anders überlegt? Wer sind Sie überhaupt?"

Audrey ging nicht darauf ein. Ihr Blick fing den Leuchtturm ein. „Können wir uns treffen? Am Leuchtturm."

„Können Sie mir nicht am Telefon sagen ...?"

„Nein, das geht nicht."

Amelie war völlig aufgewühlt. „Okay, meinetwegen. Aber wehe, das ist eine Falle."

„Ist es nicht."

„Wann?"

„Gleich, wenn es passt."

„Heute geht es nicht mehr. Und morgen kann ich erst abends, gegen halb neun. Bis acht Uhr hab ich Schicht in der Fabrik", erklärte Amelie, „kann aber eine Stunde früher Schluss machen."

„Verstehe."

„Also?", fragte die junge Frau.

„Ja, dann bis morgen, Amelie."

Ohne ein weiteres Wort legte Amelie Dexter auf.

***

Nach dem Essen hatten Audrey und Brian noch einen Spaziergang am See gemacht, dessen Wasser im Sternenlicht glitzerte. Danach hatte es sie ins Hotel gezogen. Audrey konnte es kaum erwarten, Amelie zu treffen. Die Frau war ein Rätsel. Doch sie würde nicht aufgeben, bis sie es gelöst hatte. Wieder dachte Audrey an all die Dinge, die sie entdeckt hatte. Und wieder fiel ihr Blick auf das Buch. Obwohl sich ihr Magen verkrampfte, wie jedes Mal, schlug sie es auf. Wie ein Stück Blei lag es in ihrer Hand. Was hast du noch zu verbergen?, fragte sie stumm und fixierte eine Zeile an der zuletzt aufgeschlagenen Seite.

„Ich hatte eigentlich etwas anderes vor", raunte Brian und beugte sich von hinten über die Couch, auf der sie Platz genommen hatte.

Audrey wandte den Kopf und sah sein Grinsen. „Später." Sie zwinkerte.

Er küsste sie. „Überredet." Rasch kletterte er über das Sofa und ließ sich neben ihr nieder. „Ich lese mit, wenn du erlaubst."

Das war ihr sogar recht, seine Anwesenheit gab ihr Sicherheit. Brian Gomery wurde mehr und mehr zu ihrem Fels in der Brandung. Sie konnte ihm nicht genug dafür danken.

Audrey rückte das Buch in ihre Mitte. Jeder Satz ließ Adrenalin in ihre Adern schießen. Die Geschichte von Ernest Bloom wurde zur Suche nach der Wahrheit. Die Seiten flogen nur so dahin. Fesselnd geschrieben, in zweierlei Hinsicht. Und urplötzlich schlug es wieder zu, dieses Gefühl, dass das alles kein Zufall sein konnte, sondern sich mehr und mehr zur Gewissheit wandelte. Brian bemerkte, dass sie sich versteifte und für Sekunden aufhörte zu atmen.

„Hast du etwas gefunden, das ...?" Er schluckte, als sie mechanisch nickte.

Sie lenkte ihre Aufmerksamkeit wieder auf die Zeilen, zwischen denen sie zu ertrinken glaubte, wie die Frau im Roman. Erst Minuten später konnte sie in Worte fassen, welche Textstelle sie derart aufwühlte. Jene, in der sich Ernest Bloom an den Beinahe-Tod seiner geliebten Frau erinnerte. Einmal wäre sie fast ertrunken, weil er unaufmerksam gewesen war. Sie trieb rücklings unter der Wasseroberfläche, die blauen Augen weit aufgerissen. Er hätte sich nie verziehen, wäre er zu spät gekommen. Und das wollte er auch jetzt nicht.

„Ich ... ich habe blaue Augen", hörte sich Audrey stammeln, und ihr war, als wäre es eine Fremde, die sprach.

„Das ist alles? Deswegen ...?"

„Nein." Sie schüttelte den Kopf.

„Was noch?", fragte er ungeduldig, da sie starr auf die Zeilen blickte.

Erst als er sie am Arm berührte, fiel sie aus der Vergangenheitsschleife zurück ins Hier und Jetzt. „Dad hat mich einmal vor dem Ertrinken gerettet. Wir waren in einer Lagune schwimmen. Als unsere Haut langsam schrumpelig wurde, wollte er eine Pause. Auch weil er außer Atem war. Das hätte Dad niemals zugegeben. Ich wollte aber bleiben, also zog er allein an den Strand, schrieb dort und verlor sein Zeitgefühl. Wie so oft beim Schreiben. Ich erinnere mich, dass ich einen höllischen

Krampf bekam und in Ohnmacht gefallen bin. Ich weiß bis heute nicht, was da eigentlich mit mir los gewesen ist. Dad hat mich noch rechtzeitig aus dem Wasser gezogen. Im Krankenhaus haben die Ärzte mich sogar in die Röhre geschoben, fanden jedoch nichts Auffälliges. Ich war Dad nicht böse, es ist ja nichts passiert. Er aber hat es sich nie verziehen, dass er mich so lange allein gelassen hat.“

Brian stand auf und trat ans Fenster, den Rücken ihr zugewandt. „Doch es ist seine Frau, die im Roman beinahe ertrinkt, nicht du.“

„Trotzdem, es muss einen Grund haben. Alles andere ist haargenau beschrieben, hör zu. Sie trug diese Spange im Haar. Rosa mit silberfarbenen Streifen, die er so an ihr liebte. Die Sonne verfing sich darin, ließ sie aufblitzen wie ein Alarmsignal.“ Mit Sicherheit hatten ihre Eltern nie jemandem davon erzählt, oder? Zumindest ihre Mutter konnte sie danach fragen. Mit zitternden Fingern schnappte sie sich ihr Handy.

„Was tust du?“, wollte Brian wissen und warf ihr einen Blick über die Schulter zu.

Rasch erklärte sie es ihm, während sie die Nummer wählte.

Bevor das erste Rufzeichen erklang, kam Brian zu ihr und nahm ihr das Handy ab. „Das würde sie sicher nachdenklich machen. Besonders um die Zeit, findest du nicht?“

„Stimmt“, musste Audrey zugeben. „Ja, daran habe ich nicht gedacht.“

Brian ging vor ihr in die Hocke. „Besonnenheit, das ist sehr wichtig in dieser Situation.“

Ihre Blicke versenkten sich ineinander.

„Du hast recht, Brian."

Er warf das Telefon zur Seite und setzte sich wieder zu ihr.

„Lesen wir weiter", sagte Brian und zog das Buch auf ihre Beine.

Aber Audrey konnte nicht mehr, nicht mehr heute. Eine bleierne Müdigkeit überkam sie. Dennoch wusste sie, dass sie nicht würde schlafen können. Brian blieb bei ihr und nahm sie in die Arme. Schon allein seine Nähe half ihr, nicht durchzudrehen.

***

Kurz nach Mitternacht war Brian eingeschlafen. Behutsam schlug Audrey die Decke zurück, nahm Hartmans Buch und ging leise zum Fenster. Der Vollmond spendete genug Licht, sodass sie die Buchstaben gut erkennen konnte. Sie musste weiterlesen. Fahrig blätterte sie eine Seite nach der anderen um. Manchmal überschlugen sich die Worte in ihrem Kopf, ergaben nichts als Chaos. Dann legte sie den Kopf in den Nacken, schloss die Augen und versuchte sich zu sammeln, um wieder ganz bei der Geschichte zu sein und weitere Puzzleteile zu finden.

Langsam näherte sich Im Nebel der Intrigen dem Ende. Blooms Sohn wurde von seinem eigenen Vater enttarnt, der angesichts dieser Tatsache völlig am Boden zerstört war. Hilfestellung hatte Jonathan außerdem von einem einflussreichen Freund aus der Sekte erhalten, der bisher im Hintergrund geblieben und mit dem er in den letzten drei Kapiteln intim geworden war. Audrey hielt sich eine Hand vor den Mund, um einen Schrei zu unterdrücken, sobald der Name fiel: Scott Wood. Als hätte sie sich daran verbrannt, glitt ihr das Buch aus den Fingern und fiel mit einem dumpfen Poltern auf den Teppich. Audrey sah nach Brian. Augenscheinlich schlief er weiterhin tief und fest. Mit weichen Knien schlich sie ins Bad, hielt sich am Waschbecken fest und blickte in den Spiegel. Ihr Gesicht war fast so weiß wie die Kacheln. Schweißperlen standen auf ihrer Stirn. In einer Endlosschleife wiederholte sich dieser Name in ihrem Kopf: Scott Wood. Scott Wood. Scott Wood. Ein Hinweis auf Scott Emery?

Das Geheimnis am Leuchtturm

„Der Vorname kann Zufall sein, das weißt du. Es gibt seltsame Zufälle." Brian versuchte, ihr am nächsten Tag das Mittagessen, Backfisch mit Kartoffeln, schmackhaft zu machen, indem er ihr einen Bissen unter die Nase hielt.

„Nein, danke." Sie blickte zur Seite. Von dem Restaurant, in dem sie saßen, hatten sie einen herrlichen Blick auf einen Park.

„Aber seltsam ist es schon, das stimmt", fügte er hinzu und aß weiter.

„Mehr als seltsam." Ein Blick auf die Uhr ließ sie seufzen. Die Stunden bis zum Abend schienen sich endlos zu ziehen.

„Du solltest schreiben. Du sagtest selbst, dabei vergeht die Zeit wie im Flug."

„Daran kann ich überhaupt nicht denken, Brian."

„Dann solltest du wenigstens etwas essen. Du bist so blass."

„Was, wenn man meinen Dad tatsächlich gezwungen hat, den Roman zu schreiben? Wenn sich dieser Scott Emery als Hartman ausgibt? Dass mein Vater versteckte Hinweise gestreut hat, falls er den Roman tatsächlich verfasst hat, ist seinem Entführer hoffentlich in seinem Wahn nicht aufgefallen. Aber was, wenn dieser Wahnsinnige Dad nicht mehr braucht und vorhat, ihn zu töten?", sinnierte Audrey laut.

„Oder ihn schon getötet hat. Oder, oder, oder", gab Brian zu bedenken.

„Herrgott noch mal, ich werde noch verrückt, wenn ich nicht bald Klarheit habe", sagte sie.

„Wenn er noch lebt, finden wir ihn. Aber vorher – Besonnenheit, Audrey. Wenn Scott der Entführer ist, müssen wir vorsichtig sein. Dann ist er zu allem fähig."

Sie begann, auf ihren Fingernägeln zu kauen.

„Ich weiß, dass es schwer ist, ruhig zu bleiben. Doch alles andere lässt uns Fehler machen. Du machst mich ganz nervös, Audrey, bitte!" Brian fasste über den Tisch hinweg und drückte ihre Hand.

Vielleicht war es gut, dass just in diesem Augenblick Audreys Handy klingelte. Es war Grace. Dabei fiel ihr ein, dass sie ihre Mutter hatte anrufen wollen.

„Grace, hallo." Audrey versuchte, sorglos zu klingen.

Brian aß unterdessen weiter und schenkte ihr ein aufmunterndes Lächeln. Grace schwebte nach wie vor auf Wolke sieben, wenn nicht höher, und wünschte Audrey das Gleiche.

Es war schön, ihre Stimme zu hören, es erdete Audrey wieder, wenngleich sie froh war, dass Grace keine verfänglichen Fragen stellte. Anders als ihre Mutter, die sie gleich danach anrief.

„Warum willst du wissen, ob noch jemand davon weiß, dass du einmal fast ertrunken wärst? Oder ob jemand den Kosenamen kennt, den dein Vater für dich hatte?"

„Ist mir einfach so eingefallen“, erwiderte Audrey vage.

„Den Kosenamen kennen ganz gewiss nur wir. Ich habe nie jemandem von dem Vorfall im Meer erzählt. Und soweit ich weiß, dein Dad auch nicht, nicht einmal im Krankenhaus. Ich habe ihm nie einen Vorwurf gemacht. Hat er selbst schon genug. Es ist dir einfach so wieder eingefallen? Hattest du einen Unfall oder so?“

„O nein, Mom. Mir geht es fabelhaft, Brian ist hier.“

„Richte ihr Grüße von mir aus“, flüsterte er.

„Beste Grüße von ihm.“

„Das freut mich, vielen Dank. Die gebe ich gerne zurück. Und dir geht es wirklich gut, Kind?“

„Natürlich.“

„Ich meine ja nur. Diese Frage und der Unterton in deiner Stimme, als würde dich irgendetwas quälen, Audrey.“

„Das täuscht. Wie geht es dir?“

„Ich denke an mein Ziel und vor allem an dich. Das hilft mir, den Entzug durchzustehen. Und ich habe nach deinem Dad Ausschau gehalten. Leider habe ich ihn nicht gefunden. Dachte ich mir schon. Der Gentleman hatte wohl nur große Ähnlichkeit mit ihm, denn eine Halluzination lass ich mir nicht aufschwatzen.“

Audrey lächelte mit Tränen in den Augen. „Ich hab dich lieb, Mom.“

„Ich dich auch, Kleines. Melde dich bald mal wieder. Und vergiss nicht, mir das nächste Kapitel zu senden.“

„Das mache ich.“

Nach dem Telefonat schob Audrey das Handy zurück in die Tasche und berichtete Brian.

„Wenn sie recht hat, ist auch das eigenartig“, erwiderte er und nippte an seinem Glas Sprudelwasser. Sein Blick richtete sich in die Ferne.

„Sie klang fest überzeugt, Brian. Ich glaube ihr, dass sie sich sicher ist.“

„Ja, und du kennst sie besser als ich, Audrey. Entschuldige.“

***

Rotorangefarbenes Licht fiel auf die zerrupften Wolken auf dem zartblauen Himmel, der langsam der Nacht entgegenblinzelte. Der renovierte Leuchtturm thronte auf großen Steinen, den See im Blick. In der Nähe wehte eine amerikanische Flagge an einem Mast im Wind. Ein paar Möwen zogen darüber hinweg. Eine steinerne Treppe führte zum Eingang des Leuchtturms. Vielleicht, dachte Audrey, konnten sie vor ihrer Abreise einen Blick über das grün gestrichene Geländer der rundumlaufenden Aussichtsplattform werfen.

Ungeduldig sah sich Audrey um. Der geteerte Weg, den sie genommen hatten, war menschenleer.

„Hoffentlich hat sie es sich nicht anders überlegt“, sagte sie gedämpft.

Brian saß auf einer der Steinplatten und zog sie neben sich. „Sie kommt bestimmt. Es ist erst kurz vor halb.“

Audrey atmete aus und nickte. In ihren Ohren begann es zu rauschen.

Dann, zehn Minuten später, erschien eine dunkle, dünne Gestalt in der Ferne. Die Schritte waren zögerlich, sie reckte den Hals. Das musste sie sein. Auch Brian hatte sie entdeckt und stand auf.

197

„Gehen wir ihr ein Stück entgegen?", fragte Audrey im Gehen.

Brian folgte ihr. Die zierliche Frau mit dem hellen Teint und dem rabenschwarzen, langen Haar, das ihr wirr über die zarten Schultern hing, blieb ein paar Schritte entfernt von ihnen stehen und musterte sie. Audrey und Brian waren ebenfalls stehen geblieben. Amelie Dexter besaß grünbraune Augen, unter denen sich dunkle Schatten abzeichneten. Sie knetete ihre Hände. Der schwarze Jumpsuit war zu groß, die weißen Turnschuhe abgenutzt.

Sie verschränkte die Arme vor der Brust. „Miss Rich?"

Audrey nickte.

Dann wanderten Amelies Augen zu Brian. „Und wer ist das?"

„Mein Freund", antwortete Audrey.

Amelie blieb skeptisch. „Also, wer sind Sie?"

Audrey fiel es schwer, erneut zu lügen. Die Situation machte es allerdings notwendig. „Wir sind Bekannte von Scott."

Amelie blinzelte. „Hat er Sie etwa geschickt?"

„Ja", warf Brian ein.

Die junge Frau schluckte und trat ein paar Schritte näher. „Warum?"

Audrey räusperte sich. Die Hoffnung, die in ihren Augen aufflackerte, war unübersehbar.

„Wir sind auf der Durchreise. Da hat er uns gebeten, Ihnen Grüße auszurichten. Er wollte wissen, wie es Ihnen geht", sagte Audrey und überraschte sich selbst.

Amelie sah skeptisch drein. „Wie es mir geht? Das interessiert ihn? Wieso?"

„Wieso nicht?", entgegnete Audrey.

Amelies Augen verengten sich. „Weil ... weil er mich nie wiedersehen wollte."

Audrey überlegte fieberhaft, wie sie Amelie dazu bringen konnte, mehr über Scott preiszugeben, vor allem, ob sie tatsächlich wusste, wohin er gezogen war.

„Hat er Ihnen nicht von unserem Streit erzählt?", fragte Amelie.

„Nein, er meinte nur, er sei bereit, Ihnen zu verzeihen", erwiderte Brian schnell.

Die Augen der jungen Frau weiteten sich. Sie begann zu lächeln. „Ich wusste es", sagte sie mehr zu sich selbst. „Aber, Moment, er könnte mich doch einfach anrufen. Meine Nummer hat er ja."

„Vielleicht hat er sie verlegt", schlug Audrey vor.

„Sie steht im Telefonbuch." Amelie war nicht dumm. Ihre Skepsis war zurückgekehrt, was deutlich an ihrer Miene und ihrer Haltung abzulesen war. „Sie kennen ihn gar nicht, stimmt's? Das letzte Mal, als ich ihn getroffen habe, sagte er, ich wäre für ihn gestorben. Er würde mir die Polizei auf den Hals hetzen und meinem Mann alles beichten, wenn ich es wagen sollte, ihm noch einmal nach Chicago nachzureisen auf sein verdammtes Boot."

Chicago also. Das war einfacher gewesen als gedacht. Audrey jubelte innerlich. Jedenfalls für einen Moment.

Denn Amelie trat näher und zog urplötzlich ein Klappmesser. „Wer seid ihr wirklich?"

Brian stellte sich vor Audrey. „Ganz ruhig. Er war also ein Schuft, der Ihre Liebe nicht erwidert hat."

„Scott ist ein Verräter. Er wollte nur seine Eitelkeit an mir stillen, weiter nichts. Hat er das etwa bei dir auch versucht? Warst du seine Bitch, Audrey Rich?", rief sie.

Plötzlich stürzte sie sich wie eine Furie auf Brian. „Er ist gefährlich, Audrey Rich. Sehr gefährlich!" Dann raunte sie Brian zu: „Pass gut auf sie auf, wie immer du heißt."

Audrey zog ihn von ihr weg. Es war nicht notwendig, weiter den Helden zu spielen. Die Frau schien verrückt zu sein.

Dennoch machte er zwei Schritte auf sie zu, während er Audrey bat, weiter zurückzugehen. „Volltreffer!", rief er.

Hilfe suchend blickte sich Audrey um. Noch immer war niemand zu sehen. Die Dämmerung senkte sich über den See, was der Situation eine zusätzliche unheimliche Note verlieh.

„Was meinst du?" Amelies Stimme zitterte.

„Wir sind auf der Suche nach ihm. Er hat versucht, meiner Freundin auf heimtückische Weise den Kopf zu verdrehen", log Brian, „nur um sie dann wegzuwerfen. Als wäre sie ein Spielzeug."

Audrey sah an Brian vorbei, der beide Hände hob, um der jungen Frau zu signalisieren, dass er unbewaffnet war.

„Wir suchen nach ihm. Er hat eine Lektion verdient", fuhr Brian fort.

„Wirst du ihn um die Ecke bringen?", zischte Amelie.

„Das habe ich nicht gesagt", erwiderte Brian.

„Nein, natürlich wird er das nicht", ging Audrey dazwischen.

„Das letzte Mal habe ich ihn auf seinem Boot gesehen. In Chicago, am Pier. Er hat ein schickes Boot namens Marsha. Wohl auch eine, bei der er seine Eitelkeit gestillt hat. Obwohl er seine Eltern verloren hat, und das auf so schreckliche Weise, bedeutet das nicht, dass er einen Freifahrtschein für alles hat." Sie spuckte Brian direkt vor die Füße.

Audrey schüttelte es. Amelie konnte durchaus recht haben. Der Tod seiner Eltern konnte Emery skrupellos gemacht haben oder noch skrupelloser, als er anscheinend ohnehin schon gewesen war.

„Wann war das? Ich meine, wann haben Sie ihn zuletzt dort gesehen?", erkundigte sich Brian.

„Vor einem halben Jahr. Die ersten Male, als ich ihn besucht habe, war er normal. Hat mich getröstet, weil ich oft weinen musste. Aber beim letzten Mal hat er mich rausgeworfen. Scott hat mich nur benutzt ... Er kann mich mal! Endgültig." Sie fuhr sich mit der Messerklinge andeutungsweise über die Kehle und stieß ein Lachen aus, das Audrey das Blut in den Adern gefrieren ließ.

„Komm, Brian", bat sie leise. „Lass uns gehen. Wir wissen genug."

Brian nickte. „Wir werden eine gerechte Strafe finden. Auch in Ihrem Sinne."

So schnell wie möglich wollte Audrey hier verschwinden.

„He!", rief Amelie ihnen hinterher.

Brian ergriff Audreys Hand. Beide sahen sich nach Amelie um, die wie ein Kampfhund in der Dämmerung stand, das Messer nach wie vor in der Hand.

„Ich will erfahren, wie die Rache gewirkt hat. Ihr wisst ja, wo ihr mich findet."

Brian zeigte ihr einen Daumen nach oben.

***

Gleich am nächsten Morgen waren sie nach Chicago aufgebrochen, um keine Zeit zu verlieren. Die Schwüle des Tages drückte auf sie hinab. Brian kühlte sich die Stirn an einer Flasche Wasser. Sie checkten in der Nähe des Navy Pier ein. Nachdem sie Port Clinton hinter sich gelassen hatten, hatte Audrey zum ersten Mal seit dem Treffen mit Amelie Dexter wieder richtig durchatmen können.

„Sie hat sich benommen wie jemand, der von einem Dämon besessen ist. Andererseits hatte sie etwas Zerbrechliches, das Mitleid in mir hervorruft." Und das Audrey an ihre Mutter erinnerte.

„Eine Verrückte, wenn du mich fragst. Gut, dass sie unsere richtigen Namen nicht kennt."

„Vielleicht ist dieser Scott Emery wirklich so, wie sie ihn beschrieben hat und … Wenn er hinter allem steckt, dann ist er der Dämon", schlussfolgerte sie.

Ihre Schritte wurden schneller, während sie sich dem Pier näherten. Milder Abendwind hüllte sie ein. Vermutlich hätten sie Marsha und Scott längst gefunden, wären sie nicht durch eine Autopanne aufgehalten worden. Der Pier, gesäumt von Souvenirläden und Fastfoodrestaurants, war brechend voll. Holzbänke luden zum Verweilen ein. Menschen aller Hautfarben strömten ihnen entgegen. Die Aussicht auf die Skyline war atemberaubend. Audrey hatte jedoch keinen Blick dafür. Vom Ufer des Michigansees drang Jazzmusik zu ihnen. Audrey rieb sich die Fingerspitzen. Brian reckte den Hals. Viele Boote von Privatbesitzern, die hier anlegten, trugen einen Namen.

Cindy, Michigan Dreams, Exot, First Love, Patsy und so weiter. Doch keines davon wollte Marsha sein.

„Vielleicht prangt der Name nur nicht am Boot", meinte Brian und seufzte, als sie die Reihen abgelaufen waren.

Audrey schüttelte den Kopf. „Wäre ja zu schön gewesen."

Beruhigend legte Brian einen Arm um sie. „Vielleicht haben wir es übersehen."

Sanft küsste er ihren Nacken. Diesmal blieb das Kribbeln allerdings aus. Zu sehr war sie darauf fokussiert, Scott Emery zu finden und damit endlich Licht in den Tunnel zu bringen, der sich tief in ihr Leben gegraben hatte wie ein Krebsgeschwür.

Brian wich enttäuscht zurück.

Sie umarmte ihn und legte den Kopf an seine Brust. „Ich bin müde", murmelte sie.

Sie war sich sicher, dass Brian es auch war. Dennoch ließ er es sich nicht anmerken, versuchte, ihr stattdessen neuen Auftrieb zu geben. Woher nahm der Mann nur seine Kraft?

„Wir finden den Mistkerl." Er zog sie mit sich den Weg zurück.

Lichtblick

„Halt!" Brian stolperte zwei Schritte rückwärts.

Audrey, die die Hoffnung schon aufgegeben hatte, folgte seinem Blick.

„Siehst du es nicht?", rief er und deutete auf die Seitenwand eines weißen Boots. Es musste aus den Siebzigerjahren stammen, zumindest den Gardinen in den Kabinenfenstern nach.

Brian trat so nah heran, dass seine Sneakers über den Rand der hölzernen Anlegestelle ragten. Er ging in die Hocke und zog Audrey neben sich. Abermals zeigte er auf die Bootswand. Nun sah Audrey es auch. Verblichene Farbe hatte die Buchstaben im rechten oberen Drittel beinahe unsichtbar gemacht.

Brian klatschte in die Hände und drückte Audrey einen Kuss auf die Stirn. Dabei wankte er gefährlich, sodass sie ihn halten musste. In ihrem Kopf kreisten die Gedanken. Sie konnte ihre Aufmerksamkeit kaum von den Lettern wenden.

Ein junger Mann erschien an Deck und sah neugierig und fragend zugleich zu ihnen herüber. Unwillkürlich zuckte Audrey zusammen.

„Interessieren Sie sich für das Boot?", fragte der Mann, der ungefähr in Audreys Alter sein musste. Ein weißes Shirt spannte sich über seinen muskulösen, braun gebrannten Oberkörper.

Sie erhoben sich.

„N-nein ... Ja", stotterte sie und ärgerte sich über sich selbst.

Der Typ besaß zwar schwarzes Haar wie Scott Emery und war sportlich. Sein Gesicht glich dagegen in keinem Zug dem von Emery. Sie hatte sich das Foto von ihm genau eingeprägt. Anscheinend gefiel ihm, dass er Audrey nervös machte.

„Wir suchen den Besitzer des Boots", meldete sich Brian zu Wort.

„Das ist nicht Scott Emery", flüsterte Audrey.

„Ich weiß", gab er genauso leise zurück.

„Das bin ich. Zwar noch nicht lange, aber ich werde es bleiben. Es ist also nicht zu verkaufen, falls Sie das fragen wollen."

Seine Antwort ging Audrey durch und durch. Emery hatte das Boot also verkauft. Brian und sie tauschten einen Blick, bevor sie sich wieder dem Fremden zuwandten.

„Hat der Vorbesitzer mehr davon? Die Art suchen wir. Es ist so ...", begann Brian.

Seine Idee gefiel Audrey. „... nostalgisch", beendete sie seinen Satz.

„Ja, genau. Meine Frau hat recht."

Meine Frau. Sie fühlte sich überrumpelt, andererseits hatte die Vorstellung etwas.

Der Kerl zog auch noch die andere Braue nach oben, als Brian demonstrativ einen Arm um Audrey legte und sie näher an sich zog. Der Flirtversuch war ihm also nicht entgangen, Audrey hatte ihn nicht falsch gedeutet. Doch sie war hier, um zu erfahren, wo sich, verdammt noch mal, dieser Scott Emery aufhielt. Warum hatte er Marsha verkauft? War ihm das Gewässer hier zu heiß geworden? Wenn ja, aus welchem Grund? Ihre Gedanken fuhren wieder einmal Achterbahn. Sie schüttelte den Kopf, als könnte sie sie dadurch sortieren.

„Wie können wir den Vorbesitzer kontaktieren?", setzte sie nach, da sie noch keine Antwort erhalten hatten.

Leichtfüßig wie eine Gazelle sprang der Mann vom Boot und musterte Audrey. Dabei tat er, als wäre Brian unsichtbar geworden. Ganz schön frech.

„Er heißt Scott Emery. Wenn Sie mich lieb bitten, verrate ich Ihnen, wo Sie ihn erreichen können. Er wollte sich ein neues Handy zulegen. Das alte ist bei seinem letzten Törn in den Fluten verschwunden." Er lachte dreckig. „Die neue Nummer habe ich allerdings nicht."

Fehlte nur, dass er die Hand ausstreckte und sie berührte. Audrey ließ es darauf ankommen. Sie wollte mehr erfahren. Besonnen und mit Bedacht. Sie setzte ein Lächeln auf, das seine Augen größer werden ließ. Damit hatte er nicht gerechnet. Brian mischte sich nicht ein. Er zumindest schien ihr Spiel zu durchschauen. Ansonsten wäre er wohl kaum so ruhig geblieben.

„Gefällt Ihnen das Boot so gut? Ich meine, hier gibt es durchaus modernere Geschosse. Und Sie sind ja auch eine moderne Frau."

„Ich mag das Außergewöhnliche. Mir gefällt, was ich bis jetzt gesehen habe", sagte sie weiter lächelnd.

„Verstehe." Der Fremde spitzte die Lippen und wackelte mit den Brauen. Wie billig.

„Kann ich deine Handynummer haben?", fragte er und kam ihrem Ohr ganz nah.

„Im Gegenzug zu der Information.“

Dass sie nur deswegen so nett zu ihm war, der Gedanke kam ihm erst gar nicht in den Sinn. Ein Fall maßloser Selbstüberschätzung. Eigentlich tat er ihr leid.

„Okay, überredet!“

Brian biss sich auf die Unterlippe. So fest, dass sie zu bluten begann. Er wandte sich ab, sagte jedoch weiterhin kein Wort und ließ sie das unmoralische Geschäft beenden.

„Ruf mich an. Bald! Ich heiße Samuel.“ Er nahm das Papiertaschentuch entgegen, das sie zusammen mit einem Stift aus ihrem Rucksack gefischt und auf das sie eine falsche Nummer gekritzelt hatte.

Auffordernd, aber verführerisch hielt Audrey Blickkontakt.

„Ach so, ja.“ Samuel lachte. „Es ist ihm mehr herausgerutscht. Keine Ahnung, ob es ihn wirklich dorthin verschlagen hat. Fand ich komisch, dass er da so ein Geheimnis draus gemacht hat, als wäre ihm jemand auf den Fersen.“

Audrey schluckte. „Glauben Sie, er wurde verfolgt?“

„Keine Ahnung. Er hat beiläufig erwähnt, dass er nach Bloomington wollte. Dann hat er geflucht, weil es ihm rausgerutscht ist. Er hat mich gebeten, es niemandem zu erzählen. Aber bei dir mache ich gerne eine Ausnahme, schöne Frau.“

Die Spitze seiner Zunge, mit der er sich über die Lippen fuhr, war belegt. Audrey bemühte sich, freundlich zu bleiben.

Brian entfernte sich unterdessen ein paar Schritte, was Samuel mutiger und Audrey nervöser machte.

„Deinem Freund scheint gar nicht so viel an dir zu liegen." Samuel nickte in seine Richtung und grinste siegessicher.

„Wir führen eine offene Beziehung." Hatte sie das gerade wirklich gesagt? Sie überraschte sich selbst.

„Umso besser." Samuel lachte und lud Audrey auf sein Boot ein.

„Ein andermal. Wir müssen weiter."

„Ach, wie schade. Auch für dich, denn Scott hat ein Angebot liegen lassen. Von einem Haus, das er sich vermutlich in Bloomington ansehen wollte. Auf ein Glas Wein?"

Brian warf ihr einen dunklen Blick über die Schulter zu.

„Ich bin gleich wieder da", rief sie ihm zu, obwohl ihr nicht wohl bei der Sache war. Doch Bloomington war groß, und sie vermutete sicher richtig, dass sich Scott Emery nicht öffentlich ins Telefonbuch hatte eintragen lassen. Also nahm sie Samuels fragwürdige Einladung an.

Er brachte sie unter Deck, reichte ihr die Hand, als sie die drei ächzenden Holzstufen hinabstieg. In dem großzügigen Raum gab es alles, was man brauchte. Einen glänzenden Holztisch, eine Couch, die gleichzeitig als Bett diente, eine Tür zum Hinterdeck, eine in weiß gehaltene Küchenzeile und eine abgetrennte Nasszelle. An der holzgetäfelten Wand hing ein Flatscreen. Der Boden war mit grau-roten Teppichen ausgelegt. Trotz der Enge war das Bootsinnere gemütlich.

„Wohnen Sie hier das ganze Jahr?", erkundigte sich Audrey.

„Nein." Er drängte sie zum Sofa. Sein Atem ging schneller. „Warum so förmlich?"

War es doch keine so gute Idee gewesen hierherzukommen?, fragte sich Audrey. Schon spürte sie Samuels Hände auf ihrem Hintern.

„Stehst du auch auf schnell und heiß?", keuchte er.

Wie dreist. „Eher auf langsam und genüsslich. Wo ist das Angebot?"

Samuel runzelte die Stirn. Aber sein Gehirn schien bereits komplett auf eines ausgerichtet zu sein und hatte all sein Blut in eine andere Körperregion geschickt.

„Ihr Wunsch ist mir Befehl, kommt sofort. Danach ist Zahltag."

Wie schmierig und widerlich konnte dieser Typ eigentlich noch werden? Audrey holte Luft, als er sich daran machte, das Angebot zu suchen. In Windeseile durchstöberte er die Schubladen eines Schranks.

„Ah, da haben wir es ja." Er streckte Audrey das Blatt entgegen. Eine zusammengefaltete Seite. Als sie lesen wollte, nahm er sie ihr wieder ab und warf sie auf das Tischchen.

Innerlich seufzend sah Audrey dem Ausdruck nach, wie er auf der Tischmitte landete.

„Nun zu uns beiden Hübschen", sagte Samuel und war im Begriff, sie an sich zu ziehen. Plötzlich tauchte Brian auf. Er ging dazwischen und verpasste ihm einen Kinnhaken, der ihn mit einem Rums auf den Boden beförderte. Ungläubig blinzelnd starrte Samuel ihn an und befühlte seine Unterlippe. Eine dünne Blutspur rann über sein Kinn.

„Sag mal, spinnst du, Arschloch?", schrie er.

Brian antwortete nicht, sondern zerrte Audrey mit sich. Auf den Stufen zur Freiheit erwachte sie aus ihrer Schockstarre. Sie kehrte um.

Samuel rappelte sich auf und fluchte etwas Unverständliches vor sich hin.

„Was tust du da?“, rief Brian.

„Das Angebot“, entgegnete sie, griff danach und hastete zurück.

Samuel versuchte, nach ihr zu greifen, da versetzte ihm Brian einen weiteren Stoß, diesmal mit dem Fuß. Audrey hörte nur ein Poltern, als sie nach draußen eilten. Den Zettel hielt sie fest in Händen.

Umwege

Bloomington – beschaulich, umgeben von malerischen Wäldern, Seen und Farmen, besonders geeignet für Outdoorfans. Dem Foto nach war Scott Emery einer davon. Es gab drei große Seen. Anscheinend zog das Wasser Emery an. Laut dem Angebot hatte er sich am Lake Lemon für ein Ferienhaus interessiert, das er für längere Zeit mieten wollte. Der riesige See lag ruhig da, als sie einen Tag später gegen zwei Uhr mittags dort ankamen. Eingerahmt von Wäldern, Wiesen und Häuschen war er gut besucht, aber nicht überlaufen. Weiße Wolkenbänke spiegelten sich im Blau des Wassers.

Über Samuel verloren sie kein Wort mehr, nachdem Brian sie aus seinen schmierigen Fingern gerettet und ihr danach eine Standpauke über ihre Unvorsichtigkeit gehalten hatte.

„Dem Angebot nach liegt das Haus westlich, durch Bäume von den Nachbarn getrennt. Also müssen wir dorthin", murmelte Brian und streckte eine Hand in besagte Richtung aus.

Ihre Schritte wurden langsamer, je weiter sie sich dem Ziel näherten, Audreys Puls beschleunigte sich. Ein paar Boote waren auf dem See zu sehen. Menschen tummelten sich an den Anlegestellen, wirkten unbeschwert. Kinder lachten. Das Herz schlug Audrey so laut in der Brust, dass sie glaubte, Emery müsste es hören können. Eine Windbö drückte sich ihnen entgegen, als wollte sie sie aufhalten. Kein Zurück. Sie mussten es durchziehen. Der Boden unter ihren Füßen wurde steinig. Ein schmaler Pfad schlängelte sich an alten Platanen vorbei, die wie Wächter neben dem Haus standen, das jetzt zum Vorschein kam.

„Das muss es sein", sagte Audrey, und für einen Moment schnürte es ihr die Luft ab.

Ein weißes Bretterhaus mit Terrasse auf einer Anhöhe. Eine hölzerne Treppe mit Geländer führte zum Eingang. Der Hügel war mit wilden Gräsern und Blumen bewachsen. Hier und da steckten ein paar mondförmige Solarleuchten im Boden. Das Haus sah wenig gepflegt aus. An der Fassade blätterte an einigen Stellen Farbe ab. Das Holz des Aufgangs war verwittert, genau wie die Veranda. Dennoch versprühte es einen gewissen Charme. Zumindest auf den ersten Blick und wenn man die mysteriöse Geschichte dazu nicht kannte.

Brian zog Audrey weiter und legte einen Arm um ihre Schultern.

„Was ist, Brian? Warum ...?"

„Weil wir uns auffällig verhalten sollten. Nur mal schauen. Wir sind schon näher dran, als gut ist", sagte er im Flüsterton, als würden sie belauscht werden.

An der Veranda hatten sie eine Kamera entdeckt. Das bedeutete, Emery war vorsichtig. Wenn er etwas zu verbergen hatte, war das kein Wunder. Audreys Anspannung stieg. War er es, der hinter dem Roman steckte? Der bei ihnen eingebrochen war, um seine Spuren zu verwischen? Der mehr wusste, viel mehr? Lebte ihr Vater noch? Oder hatte er ihn damals erpresst, sein Manuskript gestohlen und ihn anschließend umgebracht oder umbringen lassen? Es gab so viele Möglichkeiten, so viele unglaubliche Möglichkeiten, dass Audrey schwindelig wurde und sie einen Augenblick stehen bleiben musste, um Luft zu holen und wieder klar denken zu können. Sie hatten sich einige Schritte vom Haus entfernt und standen am Ufer des Sees. Am liebsten wäre sie hineingesprungen, um sich abzukühlen.

Brian ging neben ihr in die Hocke. „Ist dir nicht gut?"

Sie winkte ab. „Geht gleich wieder."

„Ich weiß, das ist alles viel für dich, vielleicht zu viel. Es reicht für heute, du brauchst Ruhe."

Erneut winkte sie ab. „Bloß nicht. Meine Gedanken kreischen, je ruhiger es wird. Ich fürchte, es wird immer schlimmer. Ich werde bleiben und das Haus beobachten."

Brian verstand. „Okay, aber aus der Ferne. Fürs Erste."

„Fürs Erste." Sie verengte die Augen und blickte zu dem Ferienhaus, in dem Scott Emery ein dunkles Geheimnis bewahrte.

***

Allmählich verschwand die Sonne, ein orange funkelnder, auslaufender Ball, hinter dunklen Baumspitzen. Die Dämmerung verlieh dem See eine gespenstische Aura. Brian hatte Jacken und Sandwiches aus dem Wagen geholt, den sie weiter weg geparkt hatten. Wieder hielt er sich das Fernglas vor die Augen, das um seinen Hals baumelte. Ihr Versteck war gut. Hinter einem Busch, rund dreißig Yards von Emerys neuer Unterkunft entfernt. Ihn selbst hatten sie bisher nicht zu Gesicht bekommen. In dem Carport neben dem Haus parkte ein weißer Buick. Der Wagen musste seiner sein. Licht brannte in zwei Fenstern der Südseite. Audrey verharrte geduldig, ihr Puls hatte sich noch immer nicht beruhigt.

„Ich glaube, ich kriege gleich wieder einen Krampf", sagte Brian und musste sich strecken.

Audrey starrte gebannt auf das Ferienhaus. Wie ein Adler fokussierte sie das Gebiet, in dem sie Beute witterte.

„Verdammt, ich brauche mein Magnesium. Audrey?"

Sie fasste nach seinem Bein, ohne den Blick abzuwenden. „Ich massiere dich."

„Das allein wird nichts bringen. Heute wird er das Haus sowieso nicht mehr verlassen, da bin ich mir sicher. Morgen früh kommen wir wieder her. Wir müssen ein wenig Schlaf bekommen, um wieder fit zu werden."

„Ich kann nicht weg", erwiderte Audrey.

„Was soll das heißen? Du willst allein hierbleiben?"

Sie nickte. „Wenn du es allein zurück ins Hotel schaffst, dann ..."

Energisch schüttelte er den Kopf. „Dann bleibe ich auch. Ich lasse dich auf keinen Fall hier im Dunkeln zurück." Die Zähne zusammenbeißend, ging er wieder neben ihr in die Hocke.

„Brian, bitte ..."

Diesmal war er es, der abwinkte, ein lautes Aufstöhnen aber nur halb unterdrücken konnte. Audrey spürte, dass sich ihr Gewissen regte. Seine Schmerzen waren offensichtlich schlimmer als das letzte Mal.

Sie erhob sich. „Okay, ich komme mit."

Audrey griff ihm unter die Arme, er ließ es zu, das Gesicht schmerzverzerrt. Ein letztes Mal sah sie zum Haus. Das Licht hinter den Fenstern war erloschen.

***

Am darauffolgenden Tag liehen sie sich in aller Frühe ein Ruderboot, mit dem sie auf den See hinausfuhren und einen guten Blick auf das Haus hatten. Der Buick stand noch oder wieder im Carport. Audrey zückte das Fernglas, als sich die Haustür öffnete. Sie hielt vor Aufregung die Luft an.

„Das ist er, ganz sicher“, murmelte sie und versuchte, ihre Hände ruhig zu halten, was ihr nur mäßig gelang. Ruhig atmen, ruhig atmen, sagte sie sich.

Durch das Fernglas hatte sie das Gefühl, nur die Hand ausstrecken zu müssen, um Emery berühren zu können. Am liebsten hätte sie die Wahrheit aus ihm herausgeschüttelt. Irgendwie schaffte sie es sitzen zu bleiben, presste das Glas fester an die Augen, als könnte sie ihn dadurch noch besser erkennen. Er trug ein schwarzes Hemd, das er offen gelassen hatte. Seine Brust war leicht beharrt. Das wellige schwarze Haar, von dem ihm ein paar Strähnen in die Stirn fielen, war länger geworden, fast schulterlang. Er trug helle Jeansshorts.

Mit federnden Schritten ließ er die Treppe hinter sich und bückte sich. Um etwas aufzuheben? Nein, er band sich die Schuhe. Anschließend machte er ein paar Dehnübungen und joggte dann am Seeufer entlang. Es hatte den Anschein, Emery würde direkt zu ihnen herüberschauen. Wenn es tatsächlich so war, dann nur für ein, zwei Sekunden.

„Lass mal sehen“, bat Brian.

Audrey reagierte erst, als er seine Bitte wiederholte, und reichte ihm das Fernglas. Ihre Augen folgten Emery und kehrten schließlich zurück zum Ferienhaus.

„Ich muss da rein“, sagte sie und griff nach den Rudern.

„Was? Nein!“ Brians Ton duldete keinen Widerspruch.

„Ich muss zumindest näher ran und durch die Fenster spähen.“

„Das ist …“

„Du hältst Wache.“

Brian hob beide Hände. „Okay, aber ich übernehme das. Du hältst Wache.“

„Glaubst du, ich könnte das nicht?“

Er rollte mit den Augen. „Doch, Audrey, aber sieh dich an, du zitterst ja jetzt schon wie Espenlaub.“

Schon zog sich Brian das weiße Shirt vom Oberkörper. Seine Sneakers folgten. Die schwarze kurze Hose behielt er an. „Trocknet wieder.“

Es war ein heißer, schwüler Tag. Auch Audrey sehnte sich nach einer Abkühlung, allerdings anderer Art. „Sei vorsichtig.“

Brian hielt inne und küsste sie auf die Stirn. „Bin ich. Wenn er zurückkommt, gibst du mir ein Zeichen. Ruf einfach laut nach … nach einer Justine, in Ordnung?“

„Ja, in Ordnung. Und … danke.“

Er lächelte und machte sich zum Sprung bereit.

***

Audrey kaute auf den Fingernägeln und hielt sich immer wieder das Fernglas vor die Augen. Brian näherte sich dem Haus von der Seite, sicherlich wegen der Videoüberwachungskamera. Hätte sie daran gedacht, wenn sie an seiner statt gegangen wäre? Wahrscheinlich zu spät. Audrey ließ den Blick am Ufer entlangschweifen. Die Luft blieb rein. Brian war inzwischen, sportlich wie er war, auf die Veranda geklettert und nahm sich das erste Fenster vor. Audrey biss sich auf die Innenseite der Wange und schwenkte das Fernglas abermals am Ufer entlang. Immer noch nichts. Gut, sehr gut. Brian inspizierte unterdessen das nächste Fenster. Audreys Kopfhaut begann zu prickeln. Was sah er? Was lag hinter dem Haus? Als hätte Brian sie gehört, ging er die Fassade entlang bis zum Ende und verschwand um die Ecke zur Rückseite des Hauses. Die Jalousie des rechten Fensters auf der Vorderseite war zu drei Vierteln zugezogen, sodass es in Kombination mit dem Nachbarfenster aussah, als würde ihr Emerys Unterkunft höhnisch zuzwinkern.

Als sie erneut durch das Fernglas schaute, blickte sie Emery direkt in die Augen. Audrey riss den Feldstecher herunter und atmete stoßweise. Der Mann hielt inne, sah noch einmal zu ihr herüber. Audrey musste sich bewegen und so tun, als würde sie sich überhaupt nicht für ihn interessieren. Also nahm sie das Fernglas demonstrativ wieder hoch und lugte in die entgegengesetzte Richtung. Unauffällig blickte sie in Emerys, der weiter joggte und sich noch einmal zu ihrem Boot umdrehte. Es war Zeit, Alarmstufe rot.

„Justine! ... Justine! ... Justine!"

Ihre Stimme klang voller Panik, als würde sie nach einer Ertrinkenden rufen. Brian blieb im Schatten des Hauses. Mit klopfendem Herzen beobachtete sie Emery, wie er die Stufen zur Veranda hinaufsprintete, vor der Tür innehielt und in seiner Hosentasche nach etwas kramte. Wahrscheinlich nach dem Schlüssel, dachte sie und atmete auf, da machte er plötzlich zwei, drei Schritte zurück, erfror in der Bewegung und drehte den Kopf dorthin, wo sich Brian hinter dem Haus aufhielt.

„O ... o nein", stammelte Audrey und wagte einen Blick durch das Fernglas.

Emery setzte sich wieder in Bewegung, wie ein Leopard auf Beutefang.

Audrey schwenkte das Glas auf die andere Seite des Hause und hoffte inständig, Brian würde dort auftauchen und das Weite gesucht haben, wenn Scott um die Ecke bog. Dann war es so weit. Emery verschwand aus ihrem Blickfeld, tauchte in den Schatten des Hauses. Trügerische Stille!

Audrey überlegte fieberhaft. Sollte sie ausharren oder ans Ufer rudern? Sie hörte auf ihr Bauchgefühl und entschied sich für die zweite Variante, auch wenn Brian diese nicht gutheißen würde. Aber für den Fall der Fälle konnte sie ihm zu Hilfe eilen. Außerdem hatte sie die Pistole ihres Vaters in den Rucksack gepackt. Wenn es sein musste, würde sie die Waffe einsetzen. Das hatte sie sich geschworen.

Plötzlich ein Schrei, der die Stille durchschnitt. Sie war sich sicher, es war Brian gewesen. Das Boot schwankte, als Audrey nach den Rudern griff. Ihr schwirrte der Kopf, die Umgebung drehte sich. Mit

Schrecken verfolgte sie, dass Brian rückwärts taumelnd auf der Veranda erschien. Emery hielt ein Messer auf ihn gerichtet!

Sie redeten miteinander, doch Audrey konnte kein Wort verstehen. Brian hob beide Hände. So schnell sie konnte, ruderte sie ans Ufer, sprang ein paar Yards vor dem Ziel ins Wasser, das ihr bis zu den Knien reichte, und schnappte sich ihren Rucksack. Sie watete aus dem See, rannte den Strand entlang und ignorierte den Schmerz in der Brust. Ihre Finger tasteten nach der Waffe. Kaum hatte sie die Pistole gefunden, zog sie sie heraus und ließ den Rucksack fallen. Emery stieß Brian zurück, schrie ihn an, das Gesicht rot vor Wut.

Seine Worte waren klar und deutlich. „Hau ab, Mann! Das nächste Mal kommst du nicht so einfach davon." Er war so auf Brian fokussiert, dass er Audrey gar nicht wahrnahm. Ein Sonnenstrahl verfing sich in der silbernen Klinge des Klappmessers.

„Es ist nicht so, wie es ausgesehen hat", rechtfertigte sich Brian.

„Warum hast du dann durchs Fenster geglotzt?", fragte Emery zischend.

Brian bewies weiterhin Mut. „Haben Sie was zu verbergen?"

Dennoch, war er verrückt geworden, ihn so etwas zu fragen, in dieser Situation? Das Ganze lief zunehmend aus dem Ruder.

Audrey war nur noch wenige Schritte vom Ferienhaus entfernt. „Lassen Sie ihn in Ruhe!", stieß sie hervor.

Scott Emerys Aufmerksamkeit richtete sich sofort auf sie. Seine Stirn legte sich in tiefe Falten, die Augen weiteten sich, als er die Waffe in ihren zitternden Händen entdeckte.

„Nicht, Audrey!", rief Brian.

Sie ließ Emery nicht aus den Augen, während sie Brian zurief: „Verschwinde!"

„Was ... was soll das hier werden?", stotterte Emery.

„Messer fallen lassen – oder ich schieße!", rief Audrey.

Sie hätte nicht gedacht, dass Emery so schnell aufgab. In hohem Bogen warf er das Messer über die Veranda, wo es mit einem dumpfen Laut auf dem Boden landete.

Brian schloss zu ihr auf und versuchte, sie zu beruhigen. „Mir geht's gut. Nimm das Ding runter, verdammt. Wir sollten besser gehen." Er blickte sich um.

„Da muss ich deinem Freund recht geben." Emerys Stimme klang angespannt, auch wenn er es merklich zu vertuschen versuchte. „Wollt ihr Geld? Ich hab keines da."

Audrey erkannte, dass er zur Ecke des Hauses lugte. Offensichtlich überlegte er abzuhauen. Natürlich tat er das. Danach würde er die Polizei informieren. Doch vielleicht war es an ihnen, die Cops zu rufen.

Die Erinnerungen an ihren Vater und alles, was in den letzten Tagen geschehen war, brachen wie ein Vulkan aus ihr hervor. Sie musste endlich Klarheit haben, sie konnte nicht länger warten und ging die Stufen nach oben, direkt auf Emery zu.

Brian versuchte nicht mehr, sie zurückzuhalten, und schwieg. Die Verwirrung in Emerys Blick, seine Reglosigkeit, die Schweißperlen, die sich auf seiner Stirn bildeten, waren ihr egal. Sie wollte Antworten. Sie wollte

Gerechtigkeit, die Wahrheit! Er hatte die Briefe geschrieben, möglicherweise sogar die von Mr. X. Das hatte auch ihr Vater vermutet.

„Lass dich nicht abwimmeln“, riet Brian ihr. Er hatte seinen ursprünglichen Plan völlig über den Haufen geworfen.

„He, ich kenn dich“, rief Emery plötzlich und zeigte auf sie.

Es überraschte Audrey nicht. „Ich kenne Sie nicht, das wird sich ändern.“

Er schüttelte den Kopf. „Was soll das? Du bist Monty Richards’ Tochter. Ja, klar. So ein Gesicht vergisst man so schnell nicht. Ich habe Fotos im Internet gesehen. Ist zwar schon eine Weile her, aber ...“

„Stalker!“, zischte Brian und spuckte aus.

Audrey ließ die Waffe auf Emery gerichtet, der abermals den Kopf schüttelte.

„Was? Ich bin kein Stalker. Ja, ich bin ein Fan von Richards. Allerdings ...“

„Kennen Sie Im Nebel der Intrigen, Mister Emery?“ Obwohl er sie mit Vornamen angesprochen hatte, wollte sie dies nicht tun. Sie wollte nicht einmal eine Andeutung von Nähe erzeugen.

Ein Blinzeln seinerseits, dann wieder ein Kopfschütteln.

„Nein? Sie sind Autor, nicht wahr? Sie wissen sicher, wer sich so auf den Bestsellerlisten tummelt, auf denen Sie vielleicht gerne ebenfalls stehen würden.“

„Was willst du damit sagen, Audrey Richards? Ich kann nicht glauben, dass du es tatsächlich bist, hier vor meinem Haus.“

Ihre Zähne knirschten. Sie musste sich zurückhalten, um ihn nicht zu schütteln und ihm den Abzug an die Stirn zu pressen. Was, wenn er ihren Vater umgebracht hatte, nachdem er …? Sie stoppte ihre Gedanken, da sie Tränen aufsteigen spürte. Nein, keine Tränen. Nicht jetzt! Emery durfte keine Schwäche sehen. Er musste sie für skrupellos halten. Die Zeilen des Detektivs kamen ihr in den Sinn, dazu dessen Tod. An einen Unfall glaubte sie immer weniger.

„Gene Hartman, keiner weiß, wer er wirklich ist. Sein Stil ist toll, fast so gut wie der meines Vaters. Manche sagen sogar, er sei besser. Die Furcht der Figuren sei spürbarer als zuvor."

Das hatte sie in ein paar Rezensionen gelesen. Und dann war ihr in den Sinn gekommen, warum dies so war, falls ihr Vater den Roman geschrieben hatte. Weil er während des Schreibens wohl selbst Angst empfand. Sie war sich sicher, nun da sie Emerys Verwirrung in seinen Augen sah, dass er etwas wusste.

„Und was habe ich damit zu tun?" Seine Augen verengten sich, er legte den Kopf schief. Sie konnte seine Gedanken beinahe rattern hören.

„Petit poète! So hat mein Vater mich oft genannt. Außer ihm selbst und mir weiß das nur noch meine Mutter."

„Der Roman, klar, ich habe davon gehört. Ich kenne aber nur den Klappentext. Das, was mit deinem Dad passiert ist, tut mir leid. Ich habe darüber gelesen."

„Ich habe von Ihnen auch so manches gelesen, Mister Emery."

Brian gesellte sich zu ihr. „Die Luft ist rein. Nur ein paar Leute auf dem Wasser in Booten, aber die sind zu weit weg." Er lächelte Emery überlegen zu.

„Was wollt ihr?"

„Jedenfalls kein Geld", warf Brian ein und verschränkte die Arme vor der Brust.

„Herrgott noch mal, das wird langsam lächerlich." Emery blickte zwischen ihnen hin und her. „Warum fragst du mich nach dem Roman dieses Autors? Und was hast du schon mal von mir gelesen? Ich habe noch nichts veröffentlicht."

„Ach wirklich?"

Emery nickte und hob beide Hände, als Audrey einen Schritt auf ihn zumachte und die Waffe fester hielt, mit der sie weiterhin auf ihn zielte.

„Ich verstehe das alles nicht. Ich werde hier wie ein Verbrecher verhört, dabei habe ich nichts verbrochen. Er wollte einbrechen", sagte er und deutete auf Brian.

„Vielleicht sind Sie ein Verbrecher. Und Sie haben Brian bedroht, hätten ihn womöglich sogar ..."

„Bei mir wurde vor ein paar Tagen eingebrochen. Ich bin nur vorsichtig. Am Ende wart ihr es."

„Das ist gelogen." Brian lachte auf.

„Ist es nicht!" Emerys Wangenmuskeln arbeiteten, während er sich ein Blickduell mit Brian lieferte.

„Was ist mit meinem Vater passiert? Ich bin nur hier, weil ich endlich Klarheit will", brach es aus Audrey hervor.

„Dein Vater?"

Emery ließ vor Erstaunen die Hände sinken.

„Keine gute Idee. Lass sie, wo sie sind", befahl Brian.

Sofort verschränkte Emery sie hinter dem Kopf. Audrey ging aufs Ganze. Keine Versteckspielchen mehr, keine Durch-die-Blume-gesagt-Spielchen.

„Ich will wissen, wo mein Vater ist, oder falls er tot ist, wer ihn umgebracht hat und wieso.“

Im Zwielicht

Emery stieß die Tür auf und ließ Brian ungewollt den Vortritt. Audrey folgte den beiden Männern in einigem Abstand. Die Waffe, weiterhin auf Emery gerichtet, war feucht vom Schweiß ihrer Handinnenflächen. Ein blumiger Duft stieg ihr aus dem hellen, aber schmalen, holzgetäfelten Flur entgegen. Außer einer Topfpflanze in der Ecke und einer Garderobe aus Schmiedeeisen gab es nicht viel zu entdecken. Eine Regenjacke hing an einem Haken. Darunter standen Gummistiefel und ein paar Turnschuhe. Kein Hinweis, dass noch jemand hier wohnte.

Sie wollte jeden Raum durchforschen, den das Ferienhaus zu bieten hatte.

„Das ist doch Irrsinn. Sie glauben wirklich, ich hätte etwas mit dem Verschwinden oder mit dem Tod Ihres Vaters zu tun? Hätte seine Idee geklaut, bin am Ende Hartman selbst?" Emery hatte die lockere Anrede plötzlich aufgegeben. „Eines muss Ihnen beiden aber klar sein, falls Sie mich erschießen, werden Sie die Wahrheit nie erfahren."

„Ist er hier?", fragte Audrey.

„Ich habe es schon gesagt, ich habe nichts mit der Sache zu tun, Miss Richards."

„Sie haben ihm Briefe geschrieben. Er konnte Ihnen nicht helfen. Haben Sie ihn anschließend als Mister X weiter kontaktiert? Das hat übrigens auch ein Detektiv vermutet.“

„Ihr Vater hat einen Detektiv auf mich angesetzt?“

„Hat er.“

„Und er hat nichts herausgefunden. Wie auch? Ich bin unschuldig.“

„Der Detektiv ist tot“, entgegnete Audrey.

Emery warf ihr einen kurzen Blick über die Schulter zu.

„Nur wenige Monate nach dem Anschlag auf meinen Vater ist er gestorben. Es soll ein Unfall gewesen sein.“

Brian stoppte vor einer Tür am Ende des Flurs. Emery drehte sich jetzt ganz zu ihr um. Ein durchaus attraktiver Mann, durchfuhr es sie. Wie viele Frauen er mit diesen Augen wohl schon umgarnt hatte? Sie wirkten warm und dennoch unheimlich auf sie. Ein Typ, dem viele sicher gleich Vertrauen schenkten. Seine Stimme war angenehm.

„Was habe ich für eine Chance? Egal, was ich sage, Sie glauben anscheinend sowieso, was Sie wollen. Ich kann verstehen, dass Sie das alles durcheinanderbringt, dass Sie Klarheit wollen. Der Fall ist jedoch abgeschlossen, es wurde alles genauestens untersucht. Ich habe Ihren Vater bewundert, tue es noch. Ich habe ihm nicht mehr geschrieben, weil ...“

„Komm weiter und lass dich nicht einlullen“, unterbrach ihn Brian. „Was ist hinter der Tür?“

„Ich will Sie nicht einlullen. Hören Sie, lassen Sie uns vernünftig reden! Ohne die Waffe. Wie haben Sie eigentlich herausgefunden, wo ich wohne?“ Er fixierte die Pistole.

„Was ist hinter der Tür?", wiederholte Brian seine Frage, brüllte fast.

Ohne den Blick von Audrey zu wenden, antwortete Emery: „Das Wohnzimmer."

„Gibt es einen Keller?", fragte Brian weiter.

„Ja, sehen Sie sich um."

Schon stieß Brian die Tür auf, Audrey wich Emerys Blick aus.

Brian betrat das Wohnzimmer zuerst und bedeutete Emery, sich auf die braune Couch zu setzen, die sich in der Nähe der beiden großen Fenster befand. Auf dem viereckigen Holztisch davor stand eine Vase mit Margeriten. Sie waren es, die den Duft verströmten. Das Zimmer war karg eingerichtet. An den Wänden hing lediglich ein gerahmtes Meeresfoto. Eine Grünpflanze zierte eine der Fensterbänke. Es gab nicht einmal einen Teppich auf dem Holzboden. Zwei Sessel, die aussahen wie aus Grandmas Zeiten, waren dem Sofa gegenüber platziert. Zumindest gab es einen Schreibtisch in der Ecke. Das Holz war schwarz wie die Nacht. Eine alte Schreibmaschine stand in der Mitte, daneben ein Laptop und ein Drucker. In die Maschine war ein Blatt eingespannt. Audrey wurde übel. Die Hitze, die sich in ihrem Kopf staute, breitete sich in ihrem ganzen Körper aus. Solch eine Schreibmaschine hatte ihr Vater auch hin und wieder benutzt.

„Wenn ich Ihnen helfen kann, tue ich das. Wir haben uns auf beiden Seiten nicht richtig verhalten. Lassen Sie uns von vorne anfangen. Aber ich schwöre, ich habe nichts mit Ihrem Vater zu tun, als dass ich diese paar Briefe an ihn geschrieben habe. Er hat mir geantwortet, sogar sehr nett", hörte sie Emery erzählen, während sie sich der Maschine näherte. Ihre Lippen begannen zu beben, sie konnte es nicht unterdrücken.

„Wo sind die Antwortschreiben von ihm?“, wollte Brian wissen.

„Das ist es ja. Sie sind bei dem Einbruch gestohlen worden. Die Polizei tappt völlig im Dunkeln. Deshalb dachte ich vorhin ...“

„Natürlich.“ Brian lachte.

Emery seufzte.

Audrey beugte sich vor und las die Zeilen, die mit der alten Maschine, deren Buchstaben auf den Tasten teilweise nur noch halb leserlich waren, auf das unschuldige weiße Blatt getippt worden waren.

Es war Sommer. Schwüle Luft drückte sich auf Clarence hinab wie die dunklen Gedanken auf sein Herz. Er rannte, entkam ihnen jedoch nicht. Genauso wenig wie den Schatten, die ihm folgten. Ob Tag oder Nacht, in der Dunkelheit waren sie nur nicht sichtbar. Sie lauerten aber stetig und warteten darauf, er würde sich ergeben. Doch noch war er nicht so weit, noch kämpfte er.

Ein poetischer Stil, wie ihn ihr Vater gemocht hatte.

„Haben Sie das geschrieben?“, wollte Audrey wissen.

Er zögerte. Warum?

„Ja, ich schreibe wieder.“

„Wieder?“, fragte sie, ohne sich umzudrehen. Ihre Finger wanderten zu der obersten Schublade unter der Tischplatte. Normalerweise verbot es ihr ihre gute Erziehung, in die Intimsphäre anderer Menschen einzudringen. Doch das war, wie beim Arbeitszimmer ihres Vaters, definitiv ein Ausnahmefall. Also zog sie das Fach auf, während Emery antwortete.

„Ich habe lange nicht mehr geschrieben. Immer wieder kamen Absagen, und dann wäre ich beinahe auf einen gut getarnten Druckkostenzuschussverlag hereingefallen. Da hat es mir gereicht. Aber ich dachte immer wieder ans Schreiben. Es hat mich nicht losgelassen, besonders, wenn ich die Bücher von Richards entdeckt habe. Man entkommt ihnen nicht. Und irgendwie hatte ich das Gefühl, sie würden mir zurufen: Schreib wieder! Ich konnte nicht anders. Seitdem tue ich es wieder. Es ist kein Thriller, ich versuche es mit Romance. Ich glaube, das liegt mir mehr. Obwohl ich nun guten Stoff hätte.“

„Für jemanden, der eine Waffe vor der Nase hat, sind Sie ganz schön redselig“, bemerkte Brian spöttisch.

Audrey wusste nicht, was sie denken sollte. Reden konnte man viel. Und ein Autor hatte definitiv eines im Blut: Fantasie, egal in welchem Genre er unterwegs war. In der Schublade fand sich nichts außer Büroklammern, einer Schachtel Zigaretten, Feuerzeuge, eine Brille und einer Unmenge Kaugummis. Die letzten Hemmungen waren gefallen. Sie öffnete auch die anderen Fächer. Unter all dem Krimskrams entdeckte Audrey ein Foto. Sie zog es hervor und staunte. Er hatte tatsächlich eines aufgehoben, das ihn und die Frau aus Port Clinton verewigte. Amelies Blick war offen, verliebt, genau wie Emerys. Ein glückliches junges Paar. Sie erinnerte sich an Amelies Worte, wie aufgelöst sie gewesen war. Emery erschien Audrey wie ein Chamäleon. Nur dass er sich nicht jeder Farbe seiner Umgebung, aber anscheinend jeder Situation und den Menschen anpassen konnte.

Sie sah zu Emery hinüber, der sie beobachtete. Brian richtete weiter die Waffe auf ihn.

„Hast du etwas gefunden?", fragte er.

„Nur ein Foto."

Emery schaltete schnell. „Weiß Amelie, wo ich bin? Hat Sie Ihnen gesagt ...?" Er klang aufgebracht. Sogar aufgebrachter als vorhin, als sie noch auf der Veranda gestanden hatten.

„Wir haben sie getroffen, in Port Clinton", erzählte Audrey. „Die Vorbesitzer Ihres Elternhauses haben uns gesagt, Sie und Amelie Dexter würden sich gut kennen."

„Ehemaliges Elternhaus", bemerkte Emery und senkte den Blick. „Was hat Amelie gesagt?", wollte er ein paar Sekunden später wissen.

„Wir stellen hier die Fragen", blaffte Brian.

Audrey wollte Emery jedoch antworten. „Sie sagte, Sie wären ein Feigling und Betrüger. Sie hätten sie nur benutzt. Diese Adresse haben wir aber von jemand anderem."

„Dann weiß sie nicht, dass ich hier bin, ja?"

Audrey schüttelte den Kopf.

„Gott sei Dank", murmelte er und schien tatsächlich heilfroh darüber zu sein. „Sagen Sie ihr bitte nicht, wo sie mich finden kann. Es war schwer genug, sie abzuschütteln."

Audrey legte das Foto zurück. „Sie hat mir leidgetan."

„Mir tut sie ebenfalls leid. Aber Amelie kann nur über ihr Luftschloss hinwegkommen, wenn wir uns nicht mehr sehen. Sie hat sich da etwas vorgemacht. Für mich war sie eine gute Freundin, das habe ich ihr auch gesagt. Mehr nicht. Aber sie, sie wollte das nicht glauben. Was erzähle ich Ihnen das überhaupt? Jetzt schauen Sie sich weiter um, und dann gehen Sie bitte. Ich hoffe, ich wünsche es Ihnen sogar, dass Sie irgendwann Frieden finden. Sie und Ihre Mutter. Und Ihr Vater ebenfalls."

Das reichte. „Seien Sie still!" Audrey presste sich die Hände gegen die Ohren. Der Gedanke, dass alles, was er sagte, pure Berechnung und Lüge war, brachte sie an ihre Grenzen. „Ich will den Keller sehen und die restlichen Zimmer."

Emery begleitete sie, die Waffe im Rücken, die Brian nicht mehr aus der Hand gab. Die Räume im Unter- und Obergeschoss waren schnell durchkämmt. Auch sie waren spärlich eingerichtet. Der Keller roch modrig. Es gab mehrere verwinkelte Räume mit vergitterten Fenstern, durch die wenig Licht drang. Das flackernde Licht der Glühbirne im Flur bereitete Audrey Kopfschmerzen. In einem Raum befand sich ein Weinregal mit ein paar Flaschen Bestand, daneben alte Schuhkartons. In einem anderen gab es leere Regale. Der Heizungsraum hing voller Spinnenweben. Im angrenzenden Raum fristeten eine Waschmaschine und ein Bügelbrett, auf dem sich ein paar Hosen und Hemden türmten, ihr trostloses Dasein. Der letzte Raum auf der linken Seite ließ Audreys Herz noch einmal heftiger schlagen.

Emery lachte unsicher. „Hier ist nichts. Sie werden darin nichts finden, das ..."

Audrey drückte die Klinke nach unten. Die Tür war abgeschlossen.

„Aufmachen!", befahl Brian.

Emery runzelte die Stirn. „Das verstehe ich nicht. Ich habe die Tür nicht abgeschlossen, sie muss klemmen." Er rüttelte daran, was nichts änderte.

„Verarsch uns nicht." Brian stieß Emery den Lauf der Pistole in den Rücken und drängte ihn gegen die Tür.

„Der Schlüssel steckte. Ich weiß nicht ..." Er sah zu Audrey. Sein Blick hatte etwas Flehendes. Doch sie konnte kein Mitleid aufbringen. Sie wollte genauso wie Brian nur eines – sehen, was sich hinter dieser Tür befand.

„Aufmachen!", wiederholte sie Brians Forderung.

„Wie denn ohne Schlüssel?" Er senkte den Kopf und suchte den Boden ab. „Er muss runtergefallen sein. Oder aber die Einbrecher haben ..."

„Quatsch nicht", rief Brian energisch.

Da vernahm Audrey ein Kratzen auf der anderen Seite. „Was ist das?"

„Ich habe nichts gehört", erwiderte Emery. „Da drin ist nichts als Gerümpel. Ich habe erst mal alles, was ich höchstwahrscheinlich wegwerfen will, in den Raum gestellt, um es später, wenn ich mehr Zeit habe ..."

„Still!", herrschte Brian ihn an.

Audrey legte ein Ohr an die Tür und lauschte. Das Kratzen hatte aufgehört. Sie wich zurück und starrte Emery an.

„Ich habe einen stressigen Job in einer Kanzlei."

„Machen Sie endlich auf!", schrie Audrey. Den Gedanken, dass ihr Vater darin eingesperrt war, gefesselt oder schlimmer, hielt sie nicht länger aus.

„Ich habe den Schlüssel nicht", beharrte Emery.

Brian drückte Audrey die Waffe in die Hand und machte ein paar Schritte zurück. „Scheiß auf den

Schlüssel", sagte er, presste die Lippen zusammen und trat die Tür mit voller Wucht ein, die krachend nachgab.

„Was soll das?", brüllte Emery.

Brian fiel samt Tür ins Zimmer, in dem tiefe Dunkelheit herrschte. Audrey hielt den Atem an.

Emery fixierte sie. „Ihr Freund und Sie sind nicht ganz richtig im Kopf. Kommen hier rein, unterstellen mir unglaubliche Dinge ..."

„Seien Sie still", zischte Audrey. Dann rief sie nach Brian. „Alles klar. Wo ist der verdammte Lichtschalter?"

„Gleich rechts neben der Tür", antwortete Emery widerwillig.

Zwei Herzschläge später erfüllte mattes Licht den Raum. Scheußlich, dachte Audrey. Genau wie der braune Hochflorteppich mit dem weißen Blütenmuster, der wahrscheinlich schon von Anfang an hier drin lag. An einigen Stellen war er vollkommen ausgetreten. Audrey war auf alles gefasst. Brian versperrte ihr die Sicht. Als er zur Seite trat, konnte sie sehen, dass der Raum bis auf eine Holztruhe leer war. Wo war das besagte Chaos? Und ihr Vater? Ihr kam ein grausiger Gedanke, der sie in die Knie zwang. Brian zog Emery in den Raum. Audrey folgte ihnen und gab ihm die Waffe zurück.

Emery schien wie vor den Kopf gestoßen. Audrey atmete nur noch flach. Die Kiste in diesem Licht, der staubige, modrige Geruch, der sich mit irgendetwas Süßlichem kreuzte, ließ sie würgen.

„Ist das alles?", fragte Brian scharf.

Emery runzelte die Stirn. „Ja, das frage ich mich auch gerade."

„Was soll das heißen? Sie sagten doch vorhin, dass hier das ganze Gerümpel stehen würde."

„Ja. Nein. Nicht nur Gerümpel. Ich ..."

„Sieh nach, was in der Truhe ist, Audrey." Brians Worte klangen wie ein Befehl.

Audrey schob es auf seine Anspannung und tat wie ihr geheißen. Sie dachte an das Kratzen und lief auf die Truhe zu.

„Ich verstehe das nicht", murmelte Emery hinter ihr.

Ihre Finger zitterten, als sie den Deckel hob. Die Kiste war nicht abgeschlossen. Auf jeden Fall hätte ein Mensch darin Platz. Nie zuvor in ihrem Leben hatte ihr das Herz so stark gegen die Rippen gehämmert. Hoffnung, die Freude auf ein Wiedersehen, auf eine gemeinsame Zukunft, vermischten sich mit nackter Angst. Zoll für Zoll schob sie den Deckel nach oben, bis sie den Inhalt erkennen konnte. Zumindest das, was darüber lag: ein paar alte, bunt karierte Wolldecken. Ihre Hoffnung zerschlug sich mit einem Mal.

„Gott!", rief sie und ließ den Deckel nach hinten klappen.

„Da ist keine Leiche drin, falls Sie das vermuten", sagte Emery wie aus weiter Ferne.

Im nächsten Moment stolperte er neben sie. Brian drückte ihn auf die Knie, richtete die Waffe auf seinen Hinterkopf und bedeutete ihm, die Decken wegzuziehen. Audrey wurde kurz schwarz vor Augen, als das Kratzen erneut ertönte. Sie musste sich am Rand der Truhe festklammern, die vielleicht zum Sarg ihres Vaters geworden war. Aus dem Augenwinkel sah sie, dass sich Brian umwandte. Eine Sekunde später fiel ein Schuss. Audrey schrie auf und sackte zur Seite. Emery zuckte, drehte sich um.

„Verdammtes Mistvieh", fluchte Brian.

Ein Schrei drang zu ihnen in den Keller, eine weibliche Stimme. Audreys Gedanken überschlugen sich. Doch sie schaffte es irgendwie sich umzudrehen. Eine tote Ratte lag in der Nähe der Tür auf dem Boden. Brian hatte sie erschossen. Ihr Blut klebte an der Wand. War es das Tier gewesen, das sie gehört hatten? Und von wem hatte dieser Schrei hergerührt?

Brian kümmerte sich nicht darum, sondern lenkte seine Aufmerksamkeit wieder auf Emery. „Los jetzt, weg mit den Decken!"

„Mister Emery!" Die Frauenstimme von vorhin. Entsetzt, überrascht.

Emery hatte seine Hände gerade auf die erste Decke gelegt. Ohne sich umzudrehen, sagte er: „Keine Sorge, Maria."

„Wir sind nur ... Freunde", mischte sich Brian ein, rückte näher an Emery heran und verdeckte die Waffe mit seinem Körper.

Audrey wandte sich um und erblickte eine Frau um die fünfzig, das dunkelbraune Haar zu einem Pferdeschwanz gebunden. Sie war gut gebaut, trug einen dunklen knielangen Rock, schwarze Schuhe, eine dicke Strumpfhose und eine blaue Bluse mit grauer Strickweste. Als wäre es Herbst.

Ihr „Okay" klang wie eine Frage. „Ich habe etwas gehört und mir Sorgen gemacht." Ihre dunklen Augen wurden größer, als sie die tote Ratte entdeckte. „Jesus und Maria!", rief sie in hartem Akzent. Ihrem Teint und den fast schwarzen Augen nach war sie entweder Griechin, Italienerin oder Spanierin.

„Du kannst wieder gehen, Maria. Ich brauche dich nicht, es ist alles in Ordnung“, sagte Emery. Audrey verstand. Er hatte also ein Hausmädchen. Vielleicht machte sie auch seine Wäsche.

„Sind Sie sich sicher, Sir?“

Emery nickte. „Gehen Sie!“ Seine Stimme klang energischer.

Die Frau wirkte zunehmend verwirrter. „Gut, dann ... dann gehe ich wieder.“

Kaum war sie aus der Tür, rief Emery sie zurück. „Ach, Maria?“

Zögerlich erschien sie noch einmal im Rahmen und beäugte ihren Boss, der sie anlächelte. „Ja, Sir?“

Er zeigte umher. „Wo sind all meine Sachen geblieben?“

Maria zog ihre buschigen Brauen nach oben. „Sie haben mir doch gesagt, ich solle alles zusammenräumen. Das habe ich. Sind alle auf dem Müll, bis auf die Truhe da.“

Emery entwich ein Stöhnen. „Nur ein wenig übersichtlicher stapeln, hatte ich gemeint. Ich wollte sie mir ansehen, bevor ... Ach, Maria.“

„Oh!“, entfuhr es ihr.

„Egal, nun ist es nicht mehr zu ändern.“

„Tut mir leid, Sir.“ Marias Gesicht nahm traurige Züge an.

„Schon gut, Maria. Vielleicht war es gut so. Bis bald.“

Emery spielte sein Verständnis nicht. Es verwunderte Audrey, damit hatte sie nun wirklich nicht gerechnet.

„Sie lassen ihr das einfach so durchgehen? Wo ist der Müll?", wollte Brian wissen.

„Schon abgeholt. Ein halber Laster voller Tassen, verstaubter Bücher, Regale, Bettwäsche und weiterem Zeug", antwortete Maria.

„Ts, das gibt es nicht!" Brian schüttelte den Kopf, als ginge es um seine Sachen. Audrey bemerkte die Schweißtropfen auf seiner Stirn. Die Anspannung zerrte an ihren Nerven.

Emery erwiderte nichts darauf, wandte sich wieder der Truhe zu und verabschiedete seine Haushaltshilfe. „Wiedersehen, Maria!"

„Tut mir wirklich leid", wiederholte sie, bevor sie endgültig ging.

Audrey musste sich an die Wand lehnen, sie konnte nicht hinsehen.

„Mach schon, Emery!", drängte Brian.

Emery riss die Decken weg und schleuderte sie zur Seite. Niemand sagte ein Wort. Brians Gesicht war starr auf den Inhalt der Kiste gerichtet, den sie von ihrer Position aus nicht sehen konnte. Am liebsten hätte sie ihn angeschrien, gefragt, was er sah, konnte es aber nicht. Ihre Kehle fühlte sich an wie abgeschnürt.

Emery schien die Frage in ihren Augen lesen zu können.

„Da, sehen Sie selbst, Miss Richards. Keine Leiche, kein Geheimnis, nur Gerümpel."

Was? Was hatte er da gesagt? Die Worte drangen erst nach und nach zu ihr durch. Brian reichte ihr die Waffe, die sie mechanisch an sich nahm. Keine Leiche?

Sie musste sich selbst überzeugen und zwang sich aufzustehen. Tatsächlich! Langsam bekam sie wieder Luft. Die Pistole in ihren Fingern zitterte.

„Halt sie richtig", rief Brian. Kalter Schweiß lief ihr über den Rücken.

Emery fixierte sie immer noch. Brian stürzte sich unterdessen auf den Inhalt der Truhe und durchsuchte sie.

„Ich habe nichts zu verbergen, Miss Richards. Lassen Sie mich bitte in Ruhe! Ich werde auch nicht zur Polizei gehen wegen der Sache heute." Emerys Stimme war flehend und gleichzeitig von Mitgefühl durchzogen.

Audrey musste hier raus, an die frische Luft, an einen anderen Ort. Wie von einer fremden Hand gezogen, verließ sie das Ferienhaus. Sie rannte immer weiter, Schritt für Schritt.

Maskenspiel

„Wahrscheinlich hat er wirklich nichts mit der Sache zu tun“, war Audreys Fazit nach einer weiteren Beschattung, diesmal aus sicherer Entfernung.

Brian aber wollte die Spur nicht aufgeben. „Du solltest noch einmal mit ihm reden. Ihn mehr in die Mangel nehmen, ihm richtig Angst machen. Warum bist du vor drei Tagen so schnell abgehauen? Ich habe gesehen, wie er dich angeschaut hat. Du hättest ihn knacken können. Du könntest auch ein Mikrofon in seinem Haus installieren. Ja, wir sollten ihn abhören.“

„Brian!“ Sie warf einen Blick durch das Fernglas.

Sie saßen in ihrem gemieteten Ford Mustang und beobachteten Emery dabei, wie er Einkaufstüten in seinen Buick lud. In den letzten Stunden hatte er das Haus nur zum Joggen und Einkaufen verlassen. Ansonsten saß er auf seiner Veranda, den Laptop auf dem Schoß.

„Also willst du aufgeben und wirst niemals Ruhe finden. Das wird ständig zwischen uns stehen.“ Er schüttelte den Kopf, umfasste ihr Gesicht mit beiden Händen und sah sie mit traurigen Augen an. „Ich will nur, dass du Frieden findest. Das hast du verdient. Ich glaube, erst dann können wir beide richtig glücklich werden.“

Er hatte Recht. Doch im Moment erdrückte er sie mit seiner Hilfe. Insgeheim dachte sie daran, die ganze Sache an einen Privatdetektiv zu übergeben.

***

Brian und sie waren gerade ins Hotel zurückgekehrt, als ihr Handy klingelte.

„Ihre Mutter verlangt nach Ihnen, sie ist draußen gestürzt", berichtete Dr. Fitzgerald besorgt. Die Nachricht versetzte Audrey einen Schlag.

Lautlos formte Brian „Was ist los?" mit den Lippen und setzte sich auf die Couch. Sie begann, im Zimmer auf und ab zu gehen.

„Wie geht es ihr, Doktor?", fragte sie.

„Sie war früh morgens barfuß und im Nachthemd unterwegs."

„Wo ist es passiert und wie?"

„Sie ist im Park über einen herumliegenden Ast gestolpert und hat sich die Stirn an einem Zierfelsen aufgeschlagen."

„Mein Gott!"

„Sie war bewusstlos, als wir sie gefunden haben. Zum Glück hat sie nur eine Platzwunde davongetragen. Sie hatte definitiv einen Schutzengel an ihrer Seite. Wir haben gleich versucht, Sie zu erreichen, aber das Handy war ausgeschaltet."

„Mein Akku war kaputt, ich musste ihn ersetzen." Die Worte kamen Audrey wie in Trance über die Lippen.

„Seit sie wieder aufgewacht ist, sagt sie nur eines: Sie will Sie, ihre Tochter, sehen. Ich möchte nicht, dass sie sich uns verschließt, Miss Richards. Sie war auf einem guten Weg. Aber es scheint irgendetwas passiert zu sein, das sie aus der Bahn geworfen hat. Vielleicht wieder eine Halluzination. Ich weiß, ich habe gesagt, es ist besser, wenn Sie erst einmal nicht mehr zu Besuch kommen, aber nun bitte ich Sie doch.“

„Natürlich, ich komme so schnell es geht, ich mache mich gleich auf den Weg.“

„Gut, dann bis bald. Leider muss ich ein paar Tage verreisen. Meine Vertretung, Doktor Wallis, weiß jedoch bestens Bescheid über den Fall.“

„Danke.“

Sie beendeten das Gespräch.

Den Fall? Begann sie nun, jedes Wort auf die Goldwaage zu legen? Aber diese Aussage missfiel ihr.

„Was ist los, Audrey?“

„Ich muss zu meiner Mutter, Brian. Sie ist gestürzt. Ich packe gleich meine Sachen.“

Emery rückte in den Hintergrund, als sie zum Schrank eilte.

Hinter sich hörte sie Brian. „Natürlich komm ich mit.“

***

Audrey wollte die Hand ihrer Mutter gar nicht mehr loslassen. Sie konnte sich nicht helfen, ihre Mom sah aus wie ein trauriges Kind, dem man das Lieblingsspielzeug weggenommen hatte. Brian wartete vorerst draußen, um ihnen Zeit für sich zu lassen, was ihm Audrey hoch anrechnete.

„Ich hab dich so vermisst, Liebes.“

Audrey lächelte. „Ich dich auch, Mom. Was machst du denn nur für Sachen?“

Ihre Mutter senkte den Blick und seufzte. „Ich dachte, ich hätte ihn wieder gesehen. Er hatte mich zu sich gewunken. Ja, das dachte ich wirklich, als ich aus dem

Fenster zum Park geschaut habe. Er stand da, im Morgennebel."

Audrey sah, dass sich Tränen in den Augen ihrer Mutter sammelten. Ihr erging es nicht anders. „Ach, Mom."

„Ich habe zurückgewunken." Mit der freien Hand betastete sie den Verband um ihren Kopf. „Ich sehe sicher furchtbar aus. Brian wird sich erschrecken."

„O nein, Mom."

„Na ja, in Indien tragen die Frauen so etwas als Kopfschmuck. Oder war es woanders?" Sie tippte sich mit einem Finger gegen die Lippen. „Wo war das? Ich bin mit deinem Daddy in diesem Land gewesen, in dem die Frauen ..." Sie beendete den Satz nicht und machte eine wegwerfende Handbewegung, bevor sie wieder zu ihrem eigentlichen Gesprächsthema zurückkehrte. „Die Ärzte haben mich schon aufgeklärt. Sie sagten, ich solle Bescheid geben, falls ich noch einmal halluziniere." Sie lachte. „Als wüsste ich, wann das der Fall ist. Dein Vater sah so echt aus." Sie beugte sich etwas vor. „Vielleicht war es keine Halluzination. Geister zeigen sich nicht jedem. Ich denke, er vermisst mich, so sehr wie ich ihn. Aber ich kann dich doch nicht allein lassen. Noch nicht."

Jetzt war es Audrey, der Tränen in die Augen stiegen. Sie zog ihre Mutter vorsichtig an sich und schlang einen Arm um sie, ohne ihre Hand loszulassen. Eine ganze Weile saßen sie schweigend da und blendeten die Welt völlig aus.

Nachdem sie mit Brian in die Cafeteria der Klinik gegangen waren, verkündete Audrey, dass sie sich ein paar Tage in der Nähe ein Hotelzimmer buchen und ihre Mutter öfter besuchen komme, bis es dieser wieder

besser ging. Ihre Schritte waren unsicher, als würde sie
auf Watte gehen. Sie wirkte schwach. Entgegen der
Meinung von Dr. Fitzgerald hielt Dr. Wallis den Vorschlag, dass Audrey Lauren öfter besuchen würde, für
förderlich. Besonders ihre Mutter freute sich über Audreys Entscheidung.

„Dann kannst du mir dein neues Kapitel gleich selbst
vorlesen. Du hast doch weiter geschrieben, oder? Ich
muss wissen, wie der Roman endet. Deinem Vater geht
es nicht anders." Da Audrey sie verwirrt musterte, fügte
sie hinzu: „Ich bin mir sicher, dass er mitliest, wo auch
immer er sein mag. Er wird es wissen, irgendwie."

Der Blick ihrer Mutter verklärte sich. Wenn Audrey
es nicht besser gewusst hätte, hätte sie gesagt, ihre Mutter war verliebt wie ein Teenager.

„Mein Monty war ein wundervoller Mann, Brian." Sie
ergriff plötzlich seine Hand und drückte sie. „Audrey
hat ebenso einen wundervollen Mann verdient. Ich
vertraue auf Sie."

„Das können Sie", erwiderte Brian und sah ihr direkt
in die Augen.

„Dann ist gut. Ich mag dich."

Brian lächelte. „Dann ist ja gut, Lauren."

***

Der Himmel trübte sich. Audrey warf den Rucksack
auf das Hotelbett. Ihren Koffer stellte Brian daneben.
Seit sie ihm von der Idee erzählt hatte, die ihr spontan
in den Sinn gekommen war, sprach er kein Wort mehr.

243

„Es ist nicht so, dass ich dich loswerden möchte. Ich brauche nur ein bisschen Zeit für Mom und mich. Um mir klar zu werden, wie ich weiter vorgehen will."

„Gibt es dabei kein Wir mehr?", fragte er und starrte auf das Gepäck.

Audrey ergriff seine Hände und suchte seinen Blick. „Doch, das tut es. Nur drei, vier Tage, Brian."

Er riss sich zusammen. „Okay."

„Ich mache es wieder gut."

Er winkte ab. „Dann verdünnisiere ich mich mal besser."

In seinen Augen lag die Hoffnung, dass sie ihn zurückhalten würde. Das tat sie jedoch nicht.

„Was machst du heute? Schreiben?", wollte er wissen.

Sie nickte. „Nachdem ich noch einmal bei Mom vorbeigeschaut habe. Du wirst also bald wieder etwas zu lesen bekommen."

Sein Blick erhellte sich. „Sehr schön. Und nach dem Schreiben?"

„Rufe ich dich an."

„Noch schöner. Und danach?"

„Brian." Sie musste lachen.

„Ein wenig muss ich mir selbst treu bleiben." Spielte er damit auf die Fettnäpfchen an, in die er immer wieder trat?

„Du sollst dir immer treu bleiben. Und das will ich auch."

Er küsste sie so plötzlich, dass ihr ein leises Stöhnen entwich.

„Natürlich", murmelte er, da klingelte sein Handy.

Er ließ sie los und warf einen Blick aufs Display. Unbeabsichtigt sah sie den Namen des Anrufers darauf. Es war Miles. Audrey spürte sofort wieder die innere Aufruhr, die sie nur allzu gut kannte. Was wollte er? Ging es um den Roman, Hartman? Brian nahm das Gespräch an, hörte zu, nickte ein paarmal und gab höchstens ein „Hm" von sich. Nach zwei Minuten nahm er das Telefon vom Ohr. Audrey war dabei, den Koffer auszupacken, und wartete auf seinen Bericht. Der blieb jedoch aus. Seltsam.

„Alles in Ordnung?", kam sie nicht umhin zu fragen.

„Er nervt, seit wir uns gesehen haben. Will mich treffen, ein bisschen quatschen. Leider weiß er nichts Neues in Sachen Hartman. Aber gut, nun habe ich ja Zeit dafür."

Der Unterton in seiner Stimme entging ihr nicht, aber sie ging darüber hinweg, um die angespannte Situation nicht noch mehr anzuheizen.

„Ich werde dich vermissen, aber das Wiedersehen wird umso schöner werden", hauchte sie und stellte sich so dicht vor ihn, dass ihre Brüste seinen Oberkörper berührten.

„Das ist unfair", keuchte er und schloss die Augen.

Da war es wieder, dieses Prickeln zwischen ihnen, von dem sie nie genug kriegen würde und von dem sie hoffte, dass es nicht nur ein Strohfeuer war. Alles ging so schnell. Das ganze Leben erschien ihr mehr und mehr wie eine Achterbahnfahrt. Sie suchte kein Liebesabenteuer. Dafür war sie nicht der Typ, war es nie gewesen. Was dachte sie da überhaupt?

Mit einem Mal zog er sie so fest an sich, dass Audrey für einen Moment keine Luft mehr bekam, und küsste sie. So leidenschaftlich, dass sie glaubte, den Boden unter den Füßen zu verlieren.

Der Anruf

Daniel und Grace – das neue Traumpaar. Definitiv hatten sie Wolke sieben schon längst überholt. Audrey lächelte in sich hinein, während sie den sprudelnden Erzählungen ihrer Freundin über all die wundervollen Momente folgte, die sie in den letzten Tagen mit Daniel geteilt hatte.

„Und jetzt zu dir. Wo bist du denn genau mit Brian? Dieses ältere Ehepaar, das dir gegenüber wohnt, hat mich die ganze Zeit mit einem Fernglas beobachtet. Ich habe dir nur ein kleines Geschenk in den Briefkasten geworfen. Eine Maske aus dem Wellnesshotel, in dem wir gewesen sind. Die ist ein Traum."

Gut, dass die Longfields weiterhin aufpassten.

„Ihnen wird langweilig sein", wiegelte Audrey schnell ab.

„Und wo bist du nun?", wollte Grace wissen.

„Wir waren an einem See."

„Wie romantisch. Du bist richtig verliebt, oder?"

Audrey fragte sich das selbst.

„Audrey? Bist du noch dran?"

„Ja klar."

„Und? Oder willst du es mir nicht verraten?"

„Ich denke, ich bin auf dem besten Weg."

Nun war es Grace, die eine Pause machte. „Das klingt, als wärst du unsicher."

„Ich weiß es nicht. Aber es kribbelt überall, wenn er mich berührt. Gott, wie sich das anhört, als wäre ich ein Teenager."

„Im Herzen bleiben wir alle jung." Grace lachte und wurde dann wieder ernst. „Lass dir Zeit. Er drängt dich doch auch nicht, oder?"

Im mancherlei Hinsicht konnte Brian allerdings drängen. Aber in dieser nicht. „Nein. Im Moment sind wir nicht zusammen, wir treffen uns in zwei Tagen wieder. Ich war gerade bei Mom."

„Moment, du bist bei deiner Mutter? Geht es ihr den Umständen entsprechend gut?"

Daraufhin erzählte Audrey ihrer besten Freundin alles, und sie war froh, es sich von der Seele reden zu können.

Grace war voller Mitgefühl. „Sie hat deinen Dad eben sehr geliebt und tut es nach wie vor. So eine Entziehungskur ist nicht leicht. Sie spült eine Menge Emotionen an die Oberfläche. Ich denke, wenn sie es geschafft hat, wird sie gestärkt daraus hervorgehen. Und der Gedanke, deinen Vater irgendwie in der Nähe zu haben, wird ihr letztendlich helfen."

Audrey hoffte inständig, dass sie recht behalten würde. Zum Glück sprach sie Hartman und seinen Roman nicht an. Zum Schluss erinnerte Grace sie daran, dass sie zu viert ausgehen wollten.

„Ich habe es nicht vergessen."

***

Der nächste Besuch bei ihrer Mom verlief innig. Sie setzten sich im Park auf eine Decke, lauschten den Vögeln in den Bäumen und hingen Erinnerungen nach. Erinnerungen, in denen auch ihr Vater vorkam. Gegen Abend las Audrey ihrer Mutter zwei neue Kapitel vor und versprach ihr, noch am selben Tag ein neues zu schreiben.

Wieder zurück im Hotel machte sie sich gleich daran. Danach dachte sie über die Sache mit ihrem Vater nach. Wie sollten sie am besten weiter vorgehen? Nach einer ausgiebigen Dusche verkroch sie sich ins Bett und starrte zur Decke, als stünde dort die Lösung. Erst später wollte sie Brian anrufen und mit ihm darüber reden, obwohl sie gesehen hatte, dass er sie schon ein paarmal auf dem Handy zu erreichen versucht hatte. Sie vermisste ihn, aber Abmachung war Abmachung.

Die Gedanken kreisten wie die Fliege, die sich ins Zimmer verirrt hatte und ihre Runden drehte. Audrey dachte an die Worte von Grace. Schließlich versuchte sie, es mit ihrem Vater zu besprechen, als wäre er hier.

„Weißt du, Dad, am besten übergebe ich das Ganze doch einem Detektiv. Was meinst du? Du könntest mir ein Zeichen geben."

Während sie weiter nachdachte, schlief sie ein und erwachte erst am nächsten Morgen gegen zehn Uhr. Sie fühlte sich unausgeruht, wieder hatte sie etwas Seltsames geträumt, konnte sich aber nicht mehr daran erinnern. Was es auch war, der Traum hinterließ ein schales Gefühl.

Ihr Handy, das neben ihr lag, blinkte wild. Weitere verpasste Anrufe von Brian, dazu mehrere Kurznachrichten. Es wurde Zeit, ihn zurückzurufen.

„Na endlich! Ich war sogar bei dir, aber du hast nicht aufgemacht.“

„Ich hab geschlafen.“

„Er ist abgehauen! Will das Haus verkaufen.“

Augenblicklich war Audrey hellwach. „Redest du von Emery?“

„Von wem sonst?“

Audrey setzte sich auf und strich sich ein paar Haarsträhnen aus dem Gesicht.

„Warst du etwa noch mal dort? Den ganzen Weg zurück …“

„Ja. Das Haus war dunkel, also bin ich hin“, berichtete Brian atemlos.

„Bist du verrückt?“

„An der Tür hing ein eingeschweißter Zettel, auf dem stand unbekannt verzogen.“

Das durfte nicht wahr sein! „Das … Bist du dir sicher?“

„Audrey, ich kann lesen“, echauffierte sich Brian. „Er hat sich aus dem Staub gemacht. Ganz schön schnell. Also, wenn der nichts zu verbergen hat. Verdammt noch mal, wir hätten ihn nicht aus den Augen lassen dürfen.“

Gab er ihr und ihrer Mutter die Schuld dafür?

„Was, wenn er nun durchdreht? Wenn er es auf dich abgesehen hat? Ich komme zu dir, Audrey.“

Es reichte. Vielleicht war Emery aus einem ganz nichtigen Grund ausgezogen. Daran glaubte auch Audrey jedoch nicht. Plötzlich wurde ihr eines klar. Sie durften die Sache nicht mehr alleine angehen.

„Wir müssen die Polizei einschalten. Ich dachte zuerst an einen Detektiv. Aber ich denke, die Polizei ist besser. Ich muss die Sache nur irgendwie an meiner

Mutter vorbeilotsen. Doch das werde ich schon schaffen, hoffe ich."

Brian schwieg, bevor er sagte: „Ich komme vorbei. Wenn, dann gehen wir gemeinsam zu den Cops. Spätestens morgen Abend bin ich da. Unternimm bis dahin nichts."

Sie nickte, als könnte er es sehen. „In Ordnung, bis dann."

„Bis dann. Und hey, ich liebe dich."

Er hatte es gesagt. Die magischen drei Worte. Was nun? Sie machten sie glücklich, trotz der schlechten Neuigkeiten. Dennoch konnte Audrey sie nicht erwidern. Es gab keinen plausiblen Grund dafür, sie wollte einfach noch warten.

„Ich freu mich auf dich, Brian."

Er schien es ihr nicht übel zu nehmen. „Ich mich auf dich, Audrey. Pass auf dich auf."

***

Langsam machte sie sich Sorgen. Brian wollte nach seiner letzten Nachricht bereits vor zwei Stunden da gewesen sein. Es war kurz vor sieben Uhr am Abend. Dazu hatte er sich kein einziges Mal gemeldet und nicht auf ihre Nachrichten reagiert. Vielmehr war sein Handy seit ihrem letzten Kontakt nicht mehr eingeschaltet gewesen, was ihr nicht nur der einsame Haken hinter jeder WhatsApp-Nachricht verriet. Wenn Audrey anrief, meldete sich nur die Mailbox, auf die sie ihm schon dreimal gesprochen hatte. Wenigstens hatte der Tag etwas Positives: Ihre Mutter hatte neue Kraft geschöpft.

„Du brauchst dich nicht an mich gefesselt zu fühlen. Unternimm etwas Schönes mit Brian. Bald ist wieder Arbeit angesagt. Wenn was sein sollte, melde ich mich", hatte sie gesagt und ihr sanft eine Hand an die Wange gelegt, während sie ihr ein warmes Lächeln geschenkt hatte.

„Willst du mich loswerden, sag mal?"

Ihre Mutter hatte gelacht. „O nein. Aber ich fühle mich nicht gut, wenn ich dich so einnehme."

„Das tust du nicht."

„Bald komme ich heim. Dann hast du mich sowieso wieder jeden Tag um dich."

Audrey wusste, dass ihrer Mutter noch weitere bittere Zeiten bevorstanden. Dennoch hatte sie den größten Teil der Strecke schon hinter sich gebracht. Nun wollte sie sich sowie Audrey und Monty beweisen, dass sie stark genug war, den Rest allein zu meistern.

„Ach, Mom, ich liebe dich", flüsterte Audrey.

Sie warf einen Blick auf ihr Gepäck. Alles war startklar. Nur Brian fehlte.

Auf dem Weg zum Taxi – den Mietwagen hatte sie Brian überlassen – klingelte ihr Handy.

„Na endlich", murmelte sie und ging ran. „Brian, wo steckst du? Ich fahr mit dem Taxi zurück. Wir können uns dann ja bei mir …"

Die Stimme, von der sie unterbrochen wurde, gehörte nicht Brian und traf sie wie eine abgefeuerte Kugel. Dunkle, raue Worte, deren Sinn ihr erst begreiflich wurde, als sie schon verklungen waren.

„Ich habe etwas, das dich interessieren wird. Lust auf ein Spiel? Was frage ich, du kannst es eh nicht lassen."

Audrey schnappte nach Luft. „Wer sind Sie, was meinen Sie?“ Instinktiv ließ sie den Blick schweifen. Sie stand vor dem Taxi, etwa zwei Schritte entfernt.

Der Fahrer öffnete die Wagentür und stieg aus. Er hatte eine Glatze, war drei Köpfe größer als sie und nahm ihr das Gepäck ab. „In den Kofferraum?“

Seine freundliche Stimme fing sie auf, obwohl sie diesen Mann überhaupt nicht kannte. Sie nickte, und er nahm ihre Sachen, um sie zu verstauen.

Der Kerl am anderen Ende der Leitung sprach weiter, war die Ruhe selbst. Er hatte sie an die Leine genommen. „Wer ich bin, kannst du dir denken. Du bist ja nicht auf den Kopf gefallen, genauso wenig wie ich.“ Er lachte. „Das wird ein spannendes Duell, Miss Richards. Ich habe mir das Spiel neu überlegt. Mir gefällt der zusätzliche Gewinn.“

„Wovon sprechen Sie?“

Der Taxifahrer war fertig und warf ihr einen nachdenklichen Blick zu.

„Ich ... ich komme gleich“, stotterte sie.

„So aufgeregt?“, tönte die Stimme aus dem Handy und jagte ihr Angst ein.

„Mister X?“

„Keine Frage. Daddys schlaues Mädchen, er wird stolz auf dich sein.“

„Was?“ Ihre Gedanken drehten Loopings, gerieten völlig außer Kontrolle. Sie lehnte sich an das Taxi, fasste sich mit der freien Hand an den Brustkorb. Ihr Herz raste.

Er war es! Der Mann, der die Briefe geschrieben hatte.

Daddys schlaues Mädchen. Er wird stolz auf dich sein, wiederholte sie seine Worte in Gedanken.

„Wollen Sie sagen, er lebt?“

„Eins nach dem anderen, Miss Richards.“ Die höhnische Stimme wurde noch rauer. „Spielst du mit? Was bleibt dir auch anderes übrig? Brian wird dir dankbar sein.“

„Brian?“

„Er nickt mir gerade zu. Leider kann er nicht sprechen.“

„Sie ... Sie Mistkerl! Was soll das? Ich werde ...“, brach es aus ihr hervor. Sie konnte die Worte nicht aufhalten.

„Du wirst ganz sicher eines nicht tun: die Polizei oder einen Detektiv einschalten. Big Brother is watching you, Miss Richards. Fahr nach Hause und befolge die Regeln, dann wird alles gut. Auch für deine Mom.“

„Das ... Sie ...“

„Every breath you take, every move you make, every bond you break, every step you take, I'll be watching you. Every single day, every word you say, every game you play, every night you stay, I'll be watching you“, sang er, lachte – und legte auf.

***

Audrey versuchte, Grace zu erreichen, trennte jedoch die Verbindung, sobald sie abnahm. Die Worte, gesungen von einem offensichtlichen Psychopathen, hallten in ihrem Kopf. Dazu die Forderung, keine Polizei, kein Detektiv und damit keine beste Freundin. Wie sollte Grace ihr helfen? Audrey würde sie nur beunruhigen. Sie war allein, auf sich gestellt. Audrey kam sich vor wie im offenen Meer, unter dessen Oberfläche Dutzende Haie schwammen. Ruhig bleiben, Audrey, sagte sie sich. Es war lächerlich. Am liebsten hätte sie geschrien.

„Könnten Sie ein wenig schneller fahren?", bat sie den Taxifahrer.

Der trat tatsächlich aufs Gaspedal.

„Alles in Ordnung?", fragte er und warf ihr einen Blick über den Rückspiegel zu. Sie musste bleich sein. Kalter Schweiß rann ihr über Stirn und Rücken. Obwohl es ein heißer Tag war, fror sie. Sie konnte keine Antwort geben, woraufhin der Fahrer noch etwas mehr auf die Tube drückte.

Als sie vor ihrem Elternhaus stand, kam es ihr fremd vor. Als hätte eine böse Kreatur gänzlich davon Besitz ergriffen und wollte nun auch die Menschen, die es bewohnten, zu ihren Marionetten machen. Mit zitternden Fingern sperrte sie die Tür auf und sah sich um, bevor sie eintrat. Überall glaubte sie, seine Augen zu wissen, die sich auf sie richteten und jeden ihrer Schritte verfolgten. Natürlich, es konnte ein Bluff sein. Aber etwas in ihr sagte ihr, dass es nicht so war. Er hatte von ihrem Vater in der Gegenwart gesprochen – und von Brian. Demnach lebten sie, mein Gott! In rasanter Geschwindigkeit kamen die Erinnerungen, zeichneten Bilder vor ihrem geistigen Auge. Die Nachricht über den Anschlag. Den hatte es definitiv gegeben, und sie war sich sicher, dass Mr. X Komplizen hatte. Denn so etwas konnte man nicht allein durchziehen, oder?

„Dad, Brian", sagte Audrey tonlos und drückte die Tür auf.

„Miss Richards."

Audrey stieß einen Schrei aus, wirbelte herum und sah entsetzt in die Gesichter des Ehepaars Longfield, deren Lächeln ihnen von den Lippen rutschte.

„Meine Güte, du hast sie erschreckt, Martha", schalt Hugh Longfield seine Frau. Der grauhaarige Mann mit dem Leberfleck auf der Stirn schüttelte den Kopf.

Seine Frau, die etwas größer war als er und jünger aussah mit ihrem getönten, braunen, schulterlangen Haar, hörte nicht darauf. „Schön, Sie wiederzusehen. Wie geht es Ihrer Mutter?"

„G-gut", stammelte Audrey. „Danke noch mal."

„Für was? Fürs Big-Brother-Spielen?", fragte Mr. Longfield.

Die Bemerkung ging Audrey durch und durch.

„War uns eine Ehre", verkündete Mrs. Longfield.

„Haben Sie noch etwas bemerkt?", wollte Audrey wissen.

Martha Longfield legte den Kopf schief und blinzelte. „Ich hoffe, Sie werden nicht krank. Sie sind so blass."

„Stimmt", pflichtete Mr. Longfield seiner Frau bei.

Audreys Gedanken rasten, sie dachte an tausend Dinge gleichzeitig, auch an Scott Emery. Warum war er so schnell aufgebrochen, wenn er nichts zu verbergen hatte?

„Gestern Abend war jemand am Haus", berichtete Mrs. Longfield. „Es war stürmisch. Er trug eine dunkle Regenjacke. Alles an ihm war dunkel, auch sein Haar, als ihm der Wind die Kapuze vom Kopf geweht hat. Der Kerl hat etwas in den Briefkasten geworfen. Mehr gab es nicht zu sehen. Außer, dass die Nachbarskinder zweimal geklingelt haben, um dann lachend davonzurennen, diese Lausbuben."

Ist Scott Emery hier gewesen?, durchfuhr es Audrey. Sie trat in den kühlen Flur, um sich den Briefkastenschlüssel von der Kommode zu greifen.

„Können wir Ihnen noch irgendwie behilflich sein?", wollte Hugh Longfield wissen und warf erst ihr und dann seiner Frau einen fragenden Blick zu.

Audrey versuchte ein Lächeln. „Es war nur eine lange Fahrt. Vielen Dank für alles. Ich brauche erst mal ein heißes Bad, danach sieht die Welt schon wieder besser aus."

„Sie können sich immer an uns wenden, wenn Sie mal wieder ...", setzte Martha Longfield an.

„Ja, das mache ich, danke." Schnell schloss sie die Tür und lehnte sich dagegen. Hier drin bekam sie schlechter Luft als draußen. Das Ticken einer Uhr drang an ihre Ohren. Es klang wie eine Zeitbombe.

„Reiß dich zusammen!" Sie dachte an ihren Vater, an ihre Mutter – und an Brian.

***

Wut überkam sie, als sie den Briefkasten öffnete. Sicher konnte Mr. X sie dabei beobachten. Durch eine Videoüberwachungskamera etwa, die er irgendwo angebracht hatte. Wenn, würde es nicht die einzige sein, sollte sie das Ding finden.

Zwischen der Post leuchtete ihr ein weißes Kuvert entgegen. Die Schrift darauf war unverkennbar die von Mr. X, die sie aus den Briefen an ihren Vater in Erinnerung behalten hatte.

„Mistkerl", zischte sie und spuckte auf den Boden. Dann schloss sie den Briefkasten und lief zurück ins

Haus, ohne sich umzudrehen. Das Spiel hatte längst begonnen.

Audrey ließ die Jalousien hinunter, hastete wie eine Verrückte durchs Haus, schaltete alle Lichter ein und verzog sich in ihr Zimmer. In ihren verkrampften Fingern der Brief von Mr. X. Sie versuchte durchzuatmen, aber es gelang ihr nicht. Schließlich riss sie das Kuvert auf, entnahm ein paar nummerierte weiße Karteikarten und las die handschriftlichen Sätze, die das Adrenalin in ihren Adern zum Kochen brachten. Mr. X war sich seiner Sache offenbar sicher, dass Audrey mitspielen und keine Hilfe holen würde. Verdammt, dachte sie, das konnte er auch. Denn sein Ass war, dass er genau wusste, sie würde alles tun für die Menschen, die sie liebte.

Eine weitere Fliege ist in mein Spinnennetz geflogen. Bin ich gut? Nein, ich bin genial, Ms. Richards! So wie dein Vater, wenn er schreibt. So wie du. Dein Vater hat mir erzählt, dass du talentiert bist. Von Brian weiß ich, dass du nun endlich begonnen hast, einen Roman zu schreiben. Eine kleine Autorin also. Ich will das Manuskript, die Kapitel, die du schon fertig hast. Überarbeite sie gründlich, dazu ein Exposé, damit ich weiß, worauf die Geschichte hinauslaufen wird. Ich brauche Kontrolle. Dann schreibst du weiter. Und ich lasse dir dafür Botschaften zukommen, die dich zu deinem Lover und Vater führen werden. Am Ende bekommt ihr alle ein Mittelchen, das euch vergessen lässt. Ja, so etwas gibt es, Ms. Richards! Und so lebten sie zufrieden und glück-

lich bis ans Ende ihrer Tage. P. S. Das Ziel ist deine Motivation. Psychologisch unschlagbar. Du wirst dein Bestes geben – oder sie sterben!

Auf einer weiteren Karteikarte hatte Mr. X geschrieben, dass das Manuskript mindestens fünfhundert Seiten umfassen sollte.

Steck Exposé und die ersten fertigen Kapitel in einen Umschlag. Du hast zwei Tage Zeit. Du legst ihn an dem hübschen Seeufer in Fayes ab. Punkt 18 Uhr. Dann verschwindest du wieder ins Haus. Ich sehe alles, vergiss das nicht. Wenn du deine Hausaufgaben brav erledigt hast, werde ich dich mit dem ersten Puzzleteil belohnen. Sieh dann im Briefkasten nach und warte auf weitere Befehle.

Audrey schluckte schwer. Ihre Kehle war ausgedörrt. Selbst der Schrei erstickte in ihr, sobald sie sich die letzte Karteikarte besah. Dort waren zwei Fingerabdrücke zu finden. Sie wusste sofort, dass sie mit Blut aufgebracht worden waren. Unter dem auf der rechten Seite stand Brian, unter dem anderen Dad. Die Schrift war anders. Gott im Himmel! Da verstand sie. Mr. X hatte Brian und ihren Vater selbst unterschreiben lassen. Sie war so aufgeregt, dass ihr die Karten entglitten und lautlos zu Boden fielen. Alles war still, nur ihn ihr tobte ein Krieg.

Sie musste würgen und rannte ins Bad. Dort sackte sie vor der Toilette auf die Knie und übergab sich mehrfach. Alles vor ihren Augen verschwamm. Sie hatte keine Kraft mehr, sich aufrecht zu halten, und blieb auf den kalten Kacheln liegen. Die Gedanken hämmerten auf sie ein. Ja, sie würde alles tun, was dieser Verrückte von ihr verlangte. Neuer Ekel stieg in ihr auf, während sie daran dachte, dass er ihren Vater all die Jahre als Gefangenen gehalten hatte. Oder war das bloß eine Lüge? Und ihr Dad in Wirklichkeit tot? Sie hatte nur sein Wort, und es gab nur einen Weg, es herauszufinden. Außerdem musste sie Brian retten.

Erstes Puzzleteil

Audrey fühlte sich wie eine dieser Spieluhren, die man aufziehen konnte. Nur dass sie, sobald ihr Lied beendet war, erneut aufgezogen wurde. Wieder und wieder. Von einem ganz bestimmten Spieler. Er ließ sie nicht zur Ruhe kommen. Aber er war kein Kind, das unschuldigen Spaß wollte. Er war ein Psychopath, der sich hinter einem Pseudonym versteckte. Es musste Hartman sein. Feigling!

Sie war überzeugt, dass ihr Vater Im Nebel der Intrigen geschrieben hatte. Keine Vermutung mehr. Mr. X alias Hartman hatte ihren Vater höchstwahrscheinlich auch dazu gezwungen, einen zweiten Roman zu schreiben. Den, von dem Miles gesprochen hatte. Nun wollte er einen dritten. Ihren!

Die letzten zwei Tage waren eine Zerreißprobe gewesen. Das Kuvert in ihrer Hand wog schwerer, als es in Wirklichkeit war. Wie von Mr. X gewünscht, hatte sie das Exposé und die ersten Kapitel darin verstaut. Der Weg zum See hatte sich verändert, als wäre sie ihn Jahre nicht mehr gegangen.

„Brian, ich werde alles versuchen. Ich hol euch da raus", sagte sie zu sich selbst.

Steine knirschten unter ihren flachen weißen Schuhen. Sie hatte sich nicht einmal gekämmt, trug die gleiche Kleidung wie an den beiden Tagen davor. Ein Blick auf die Uhr verriet ihr, dass es Viertel vor sechs war. Zu gern würde sie, nachdem sie das Kuvert abgelegt hatte, hinter einem Baum versteckt, beobachten, wie Mr. X es an sich nahm, wie er aussah, wie alt er war.

Falls ihr Vater noch lebte, legte er mit Sicherheit große Hoffnungen in sie, wenngleich ihn bestimmt die Angst umtrieb, ihr könnte etwas passieren. Das durfte nicht geschehen! Sie musste dafür sorgen, einen klaren Kopf zu bewahren. Sogar die Vögel schienen aufgehört haben zu singen, kein Windhauch regte sich. Als könnte die Natur spüren, dass hier etwas ganz und gar Düsteres sein Unwesen trieb. Sie legte das Kuvert ab und zwang sich, den Blick nicht schweifen zu lassen. Dann drehte sie sich um und ging. Ihr war, als würde ihr ein Schatten folgen. Ihre Schritte wurden schneller.

Wieder zurück bei ihrem Elternhaus, blieb sie vorm Briefkasten stehen. Ob Mr. X bereits eine Nachricht hinterlassen hatte? Sie sah nach. Natürlich nicht. Die Zeit hätte nicht ausgereicht. Erst musste er ihre Hausaufgaben prüfen. Das Klingeln ihres Handys ließ sie zusammenzucken. Ihr Atem ging stoßweise, als sie es aus der Hosentasche zog. Es war Grace. Audrey schluckte schwer, überlegte ranzugehen, ließ es jedoch bleiben. Sie konnte jetzt nicht mit ihr reden. Schnell steckte sie das Telefon zurück und ging ins Haus.

„Guten Abend, Audrey", hörte sie Martha Longfield hinter sich.

„Guten Abend", erwiderte sie rasch, ohne stehen zu bleiben.

***

Die Sätze ergaben keinen Sinn. Immer wieder versuchte sie, sich auf den Text zu konzentrieren, ihre Figuren zu lenken, ihnen Leben einzuhauchen. Nach dem zwanzigsten Anlauf gab sie auf. Sie hoffte, eine kalte Dusche würde es schaffen, ihren Kopf auf Reset zu stellen und damit die Schreibblockade zu lösen.

Das kühle Nass brannte auf ihrer Haut. Selbst danach fühlte sie sich wie im Fieber. Zum Schreiben war sie ganz und gar nicht aufgelegt. Na prima, dachte sie. Ein Blick auf die Uhr verriet ihr, dass es bereits kurz vor Mitternacht war. Geisterstunde. Ihr Vater hatte sich früher alle möglichen Geschichten für sie ausgedacht, um ihr die Angst davor zu nehmen. Es hatte funktioniert. Nun kehrte sie jedoch zurück, mit giftigen Fangzähnen, rasselnden Ketten, blutunterlaufenen Augen, geisterhaften Erscheinungen, riesigen Pranken und grässlichen Knurr- und Würgegeräuschen. Allen voran ging eine schwarze Silhouette. Die Schritte der Gestalt waren nicht zu hören, Augen im Schatten, ein Geheimnis unter dem Mantel. Mr. X war schlimmer als all die Kindheitsängste, bevor ihr Vater ihnen den Schrecken genommen hatte. Nun musste sie es selbst schaffen. Doch dann musste sie an das Gedicht aus Im Nebel der Intrigen denken, an die Botschaft zwischen den Zeilen. Sie lief zurück in ihr Zimmer, fühlte sich erst sicherer, als sie den Schlüssel im Türschloss drehte, schnappte sich das Buch und las es noch einmal.

Nichts konnte sie trennen. Ihr Vater setzte auf sie. Und sie sollte das endlich auch tun. Je mehr sie Mr. X in ihre Psyche eindringen ließ, desto mehr Macht besaß er.

„Nein!" Sie kniff die Augen zusammen. „Nicht nur du bist schlau, Mister X."

***

Audrey straffte die Schultern und atmete die frische Morgenluft tief ein. Es hatte geregnet, und ihr war, als hätten die Tropfen all den Staub und Dreck abgewaschen und in die Unterwelt sickern lassen. Dort, wo solche Kreaturen wie Mr. X herkamen und wo sie wieder hin sollten. Sie war müde, aber stolz auf sich. Ein neues Kapitel war doch noch fertig geworden, das sie mehrfach überarbeitet hatte. Nun stand sie vor dem Briefkasten, in Erwartung eines neuen Hinweises. Sie wurde nicht enttäuscht. Es hatte tatsächlich die Form eines Puzzleteils. Im Durchmesser war es rund sechs Zoll groß und bestand aus Pappe. Audrey besah sich die Vorderseite. Darauf erkannte sie den Teil einer hölzernen Veranda mit Treppe, deren Holz abblätterte.

„Führt sie zu Dad?", überlegte sie laut. Langsam drehte sie das Teil in den Fingern. Tränen stiegen ihr in die Augen, als sie einen mit Blut aufgehauchten Kuss darauf entdeckte. Dazu die ebenfalls mit Blut geschriebene Unterschrift

Love you, Dad.

Ihre Beine drohten nachzugeben, sie musste sich am Briefkasten festhalten. Ihre Finger wurden taub. Das Haus schien plötzlich unendlich weit weg. Ihr wurde kalt, dann heiß, dann wieder kalt. Ein Windhauch streifte ihre Stirn, sie war schweißnass.

Reiß dich zusammen, Audrey. Sie biss die Zähne aufeinander und stieß sich vom Briefkasten ab, versuchte, das Gleichgewicht zu halten und fuhr sich mit der Zunge über die trockenen Lippen. Dann setzte sie einen Fuß vor den anderen. Nach einer Ewigkeit hatte sie es geschafft. Sie schloss die Tür und rutschte an ihr entlang zu Boden. Erneut betrachtete sie das Puzzleteil.

Mit der Fingerspitze berührte sie das Blut. Das Blut ihres Vaters. Sie war sich sicher, dass Mr. X nicht bluffte. Ein Kuss. Ein Kuss ihres Vaters für sie. Ein Schluchzen erfüllte den Flur. Sie erschrak. Es klang so fremd, bis ihr klar wurde, dass es ihr eigenes Schluchzen war, gefolgt von heißen Tränen.

***

Der Kaffee hielt sie wach. Die letzte Nacht hatte sie versucht, etwas zu schlafen, nachdem sie geschrieben und ihre Mutter angerufen hatte.

„Du klingst übermüdest, so abwesend."

Dabei hatte sich Audrey alle Mühe gegeben, sich nichts anmerken zu lassen. Letztendlich hatte sie ihre Mom davon überzeugen können, dass es nur an einer Migräneattacke lag, die nun schon wieder abflaute. Sie war froh, dass ihre Mutter weiter an ihrem Ziel festhielt.

Sobald Audrey die Augen eine Minute geschlossen hatte, hatten sie Albträume überfallen und versucht, sie zu sich in die Tiefe zu ziehen. Einer malträtierte sie ganz besonders. Sie sah ihren Vater blutüberströmt in der Empfangshalle des Pariser Hotels. Er wollte ihr etwas sagen, schaffte es nicht. Ein schwarz gekleideter

Mann stieß sie zur Seite und ließ sie in der Dunkelheit zurück. Sie konnte inmitten der Trümmer nichts sehen, nur warmes Blut an den Fingern fühlen.

Nachdem sie hochgeschreckt war, hatte sie versucht, die Traumfetzen abzuwaschen. Diesmal mit einer heißen Dusche. Sie hatte das Wasser so lange über ihren Körper rieseln lassen, bis ihre Haut gebrannt hatte. Dann hatte sie stundenlang im Internet recherchiert und Fotos von Häusern gesucht, die eine Treppe mit Veranda besaßen, die zu der Abbildung auf dem Puzzleteil passen konnten. Emerys Ferienhaus war es schon einmal nicht, und alles andere hatte sich natürlich als Suche der Nadel im Heuhaufen herausgestellt.

Doch irgendetwas musste sie tun. Auf jeden Fall weiter schreiben, auch wenn es zeitweise nur zäh voranging. Sie wollte bereit sein, wenn sie das nächste Puzzleteil erreichen würde. Sie wollte ihren Vater und Brian so schnell wie möglich in die Arme schließen. Sollte Mr. X die verdammte Story doch haben, Ruhm und Erfolg, wenn er sie dann nur in Ruhe ließ. Sie hatte auch an ihre Mutter gedacht. Was für ein Glück würde sie empfinden, was für eine Erlösung, wenn ihr Mann zu ihr zurückkehren würde. Lebendig und gesund. Sie würden das Erlebte gemeinsam aufarbeiten. Und sie vermisste Brian, fühlte sich schuldig. Nur wegen ihr war er dort, wo er sich jetzt befand, und musste die Hölle durchmachen. Sie war sich sicher, Mr. X war nicht zimperlich.

Nun war es acht Uhr morgens. Das Licht des jungen Tages gab ihr neuen Mut. Auf dem Weg zum Briefkasten meldete sich ihr Handy. Es war Grace, die ihr eine Kurzmessage geschrieben hatte:

Hi du. Hoffe, du hast gut geschlafen. Sehen wir uns später? Muss heute arbeiten. Bin schon im Laden. Melde dich bitte.

Audrey überlegte. Sie wollte Grace von Mr. X fernhalten. Bestimmt wusste er, dass sie ihre beste Freundin war. Aber keinesfalls wollte sie ihn daran erinnern. Also antwortete sie:

Tut mir leid. Geht nicht. Muss noch mal zu Mama. Geht ihr so weit gut. Sie vermisst mich nur. Melde mich, wenn ich wieder da bin. Liebe Grüße.

Grace antwortete prompt:

Schade! Geht Brian mit? Sag Lauren ganz liebe Grüße. Und wir sehen uns auf jeden Fall danach, okay?

„Das hoffe ich sehr, Grace. Bis dann", sagte Audrey. Dann tippte sie:

Auf jeden Fall. Grüß du Daniel lieb von mir.

Tief durchatmend steckte sie das Handy weg, ging die restlichen Schritte zum Briefkasten und öffnete ihn. Tatsächlich, ein neuer Brief! Wieder ein weißes Kuvert, wieder seine Schrift, mit Füller geschrieben. Noch auf dem Weg zum Haus riss sie es auf, entnahm ein gelbes, kariertes Blatt und las.

Hallo Ms. Richards,

braves Mädchen! Die Kapitel gefallen mir – Respekt! Du stehst bereits in den Fußstapfen deines alten Herrn. Das Exposé ist gut durchdacht. Nur ein bisschen zu harmlos an manchen Stellen, findest du nicht? Daher lege ich es noch einmal bei. Überarbeite es und sende es mir auf gleichem Weg wie letztes Mal, dazu ein weiteres Kapitel. Du weißt, was du dafür bekommst. Wir sind doch ein prima Team, wir alle – wenn jeder tut, was ich will! Ich bin der Boss, Big Brother. Daddy vermisst dich. Und der Junge. Wie süß! Obwohl es mich neidisch macht oder wütend. Oder beides. Dein Vater hat mich früher als talentfrei bezeichnet, auch Verlage haben meine Manuskripte abgelehnt. Dabei bin ich gut, verdammt gut! Weißt du, Ms. Richards, dein Vater ist gut, ja. Aber er hatte verflucht viel Glück. Und du hast das Glück, ihn zu haben. Vitamin B. Warum hast du es nicht schon früher genutzt? Du könntest bereits die Bestsellerlisten stürmen. Richards' Tochter. Was für eine Show. Er sagte, das würdest du nicht wollen, so wärst du nicht. Du schreibst wie er aus Leidenschaft. Für die Leser, aber nicht für Geld und Ruhm. Papperlapapp. Da kommen mir sofort die Tränen, wenn ich daran denke. Nun gut, dann übernehme ich das für dich. In meinem Namen. Köstlich! Sie werden sagen: Wow, zwei Stile. Denn deiner ist ein anderer als der deines Vaters. Später kommt meiner dazu. Nach zwei Bestsellern oder gar drei werden mir die Verlage alles aus den Händen reißen. Sogar meine Scheiße werden sie dann vermarkten. Sie werden sich von mir in ihre Visagen spucken lassen und Danke sagen, wetten? Dann bin endlich ich an der Reihe. Ich kann es fühlen. Also, ich bin in hoffnungsvoller Erwartung auf deine nächsten

*Hausaufgaben. Morgen 18 Uhr am See. Alles wie ge-
habt! Und immer schön brav bleiben. Sonst ...*

Audrey schwirrte der Kopf von Neuem. Sie nahm den
Brief und zerknüllte ihn. Ihre Zähne knirschten. Dann
schloss sie die Augen, atmete tief durch die Nase ein
und lange durch den Mund wieder aus.
Nicht durchdrehen, sagte sie sich.

Wiedersehen

Am nächsten Tag zogen sich die Stunden bis zur Übergabe um sechs Uhr abends wie Kaugummi. Danach konnte Audrey nichts tun außer warten. Erst am darauffolgenden Mittag war ein neuer Brief von Mr. X im Briefkasten. Das Puzzleteil darin zeigte den Ausschnitt einer steinernen Säule, direkt neben der Treppe. Die Säule war von welkem Efeu umrankt. Über die gesamte Bildbreite zog sich ein Kiessaum, wohl ein Teil der Einfahrt, die das Anwesen umgab.

„Eins, zwei, drei." Sie drehte das Puzzleteil um. Der Wind frischte auf, graue Wolkenbänke zogen über die Stadt hinweg, während sie die Worte las. Das Blut war an manchen Stellen verschmiert:

Die Geister der Vergangenheit bleiben stets lebendig.

Was genau wollte er damit sagen? Eindeutig hatte Brian diesen Satz geschrieben. Audrey erkannte seine ausladende Schrift, die ihn als elanvoll und freiheitsliebend auswies.

Dem Puzzleteil lag ein Brief bei. Anscheinend wurde Mr. X ungeduldig.

Hallo Audrey,
so gefällt mir das Exposé schon besser, viel besser. Ich hoffe, du bist mit deinem neuen Puzzleteil zufrieden.

Sie schüttelte den Kopf. Dieser Typ war mit allen Wassern gewaschen. Was sollte sie mit einer Säule schon anfangen? Und diesem Ausschnitt einer Veranda mit Treppe? Doch sie musste seinen Ködern weiter folgen, selbst wenn er sich sicher darüber totlachte.

Das mit Grace war übrigens eine gute Entscheidung.

Ihr gefror das Blut in den Adern. Er wusste, was sie Grace geschrieben hatte? Er war also in ihrem Handy! Big Brother war tatsächlich überall. Sie hatte Mühe weiterzuatmen, während sie die nächsten Zeilen las.

Keine Angst, ich lasse die Finger von ihr und ihrem Anwaltfreund, wenn du weiterhin so brav bist. Mach weiter! Schreib mir bis übermorgen Abend drei neue Kapitel. Und keine Hinweise auf eure Geschichte. Da hat mich, wie ich nun weiß, dein Vater schon reingelegt, obwohl ich ihn gewarnt habe, petit poète. Und noch etwas: Ich hasse Gedichte.
Bis dann, Ms. Richards

Audrey schloss die Lider für einen Moment. Sie tupfte sich die Stirn mit dem Jackenärmel ab, ging ins Haus zurück und riegelte hinter sich ab. Als würde das etwas nützen.

Sie wankte in ihr Zimmer und setzte sich an den Schreibtisch. Die Worte dieses Verrückten meißelten sich in ihr Gehirn. War er auch in ihrem Laptop? Aber dann hätte er die Kapitel gleich mitlesen können. Anscheinend nicht. Das verkannte Genie wollte also die

Fortsetzung ihrer Geschichte. Darauf musste sie sich nun konzentrieren und bis zum nächsten Ziel denken. Nicht weiter, bloß nicht weiter, um nicht doch durchzudrehen.

Das Klingeln an der Haustür riss sie aus der Welt der Erben von Avalon. Wie sie angesichts der Situation überhaupt an einem Roman schreiben konnte, war ihr schleierhaft. Es funktionierte jedoch, als würde ihr Schutzengel mitschreiben. Dass es Schutzengel gab, daran hatte ihr Vater immer fest geglaubt. Audrey erstarrte, traute sich kaum, Luft zu holen, da es abermals klingelte. Sicher war es nicht Mr. X, der vor der Tür stand, um ihr einen Besuch abzustatten. Also erhob sie sich und ging leise die Treppe hinunter ins Erdgeschoss, um einen Blick durch den Türspion zu werfen. Jemand stand vor dem Haus, etwa einen Schritt entfernt. Ein Mann in einem blauen T-Shirt! Fest stand, dass es Mr. Longfield schon einmal nicht sein konnte. Der Mann trat näher, was Audrey sofort zurückweichen ließ. Ein Zettel wurde durch den Schlitz geworfen und landete direkt vor ihren Füßen. Sie hob ihn auf. Die Schrift erkannte sie sofort, die Unterschrift bestätigte ihre Vermutung. Seine Worte überraschten sie.

Ich muss noch einmal mit Ihnen reden. Vernünftig! Rufen Sie mich an oder treffen wir uns. Bitte! Es ist wichtig. Für uns beide, denke ich. S. Emery.

Emery war hier vor ihrer Tür. Was, wenn er tatsächlich hinter allem steckte? Was sollte das dann? War es eine Art Test, oder genoss er es nur, sie an der Nase herumzuführen? Wollte er ihr noch näher sein? So wie

Dad? Oder aber war er am Ende unschuldig und vieles nur Zufall? Ihr brummte der Schädel. Diesmal bekam sie tatsächlich eine Migräne. Die Nummer, die er auf den Zettel notiert hatte, würde sie mit Sicherheit nicht anrufen, auch auf die Gefahr hin, dass Mr. X und Emery zwei verschiedene Typen waren. Treffen? Wenn, dann nur an einem öffentlichen Platz, dachte sie, während sie vorsichtig von einem Fenster zum anderen wechselte. Scott Emery konnte sie nirgends entdecken. Instinktiv griff sie nach ihrem Handy, wählte die Nummer der Polizei, hielt dann jedoch inne und schüttelte den Kopf.

„Verdammter Mist!" Sie lief durchs Haus, bis sie sich einigermaßen sicher war, dass er gegangen war.

***

Der Beruhigungstee und eine Valium gegen Kopfschmerzen hatten sie am Nachmittag des nächsten Tages in einen unruhigen Schlaf fallen lassen, aus dem sie am Abend erschrocken hochfuhr. Regentropfen trommelten gegen die Fensterscheiben. Verdammt, sie hatte nicht einschlafen, nur etwas zur Ruhe kommen wollen.

Audrey verspürte Erleichterung, als sie wenig später in ihrem Chevrolet saß und das Anwesen ihrer Eltern verließ. Sie wollte in die Stadt fahren und sich nach einer Alarmanlage erkundigen, durch die sie sich wenigstens etwas sicherer fühlen würde. Die Waffe trug sie verdeckt unter ihrem marineblauen Blazer, zu dem sie eine enge Jeans und ein weißes Shirt gewählt hatte.

Das Haar hatte sie zu einem Knoten am Hinterkopf zusammengebunden. Ein paar Strähnen hingen ihr wirr ins Gesicht.

Der Berater einer örtlichen Sicherheitsfirma musterte sie besorgt, nachdem sie ihr Anliegen vorgetragen hatte. Sie wusste, dass sie müde und abgeschlagen aussah. Wenn Lee oder Folder sie so gesehen hätten, hätten sie verstehen können, warum sie sich nach ihrem Urlaub krankgemeldet hatte.

„Alles in Ordnung?", fragte der Mitarbeiter.

Er war ungefähr im Alter ihres Vaters, die Schläfen ergraut.

Audrey nickte abwesend.

Er verzog die Mundwinkel, dann erklärte er ihr in ruhigem Ton, dass Öffnungssensoren sehr beliebt bei seinen Kunden seien.

„Glasbruchsensoren bringt man an Fenster und Glastüren an. Sie lösen bei Glasbruchgeräuschen aus, überwachen die Innenräume zuverlässig und mehrere Fenster gleichzeitig, reagieren sehr sensibel."

„Klingt gut."

Der Mann schob ihr ein Prospekt über den Resopaltisch, an dem sie sich niedergelassen hatten.

„Auf Seite zehn finden Sie Signallampen und Sirenen. Unüberhörbar und abschreckend für jeden Einbrecher. Mit Garantie. Ich kann es Ihnen gerne einmal demonstrieren. Dann gibt es noch Bewegungsmelder mit Infrarot. Sie registrieren Wärmeabstrahlungen bis zu einer Entfernung von vierzig Yards."

Seine Erklärungen steckten voller Leidenschaft. Audrey konnte ein Blitzen in seinen Augen entdecken, während er ihr die Sirene vorführte. Das Geräusch ging ihr durch Mark und Bein.

„Wie schnell könnten Sie das alles montieren?", wollte sie schlussendlich wissen.

Ein strahlendes Gesicht. „Frühestens morgen."

Sie nickte und besiegelte den Termin mit einem Handschlag und der Unterzeichnung einer Auftragsbestätigung. Danach setzte sie sich in irgendeine Bar in der Stadt, trank einen Gin Tonic und beobachtete die Leute. Alle wirkten normal. Jeder Einzelne hatte seine Probleme, die er mit sich herumschleppte. Der eine mehr, der andere weniger. Ein junges Paar einen Tisch weiter lachte. Wann hatte sie das letzte Mal so richtig gelacht?

Wieder zu Hause, musste sie sich zwingen, einen Blick in den Briefkasten zu werfen. Bis auf ein Werbeprospekt herrschte darin gähnende Leere. Sie nahm es heraus, brachte es zur Papiertonne, als sich daraus ein Zettel löste, der ihr vor die Füße flatterte. Eingetrocknetes Blut, zu zwei Worten geformt, auf schneeweißem Papier:

Lass es!

Nichts weiter.

Eine ganze Weile stand sie nur so da, starrte darauf. Sie schloss die Augen, dann hob sie den Zettel auf und lief ins Haus, dankbar, dass ihre Füße sie trugen.

***

Der Mann von der Sicherheitsfirma war nicht mehr so freundlich, als sie ihm am nächsten Morgen absagte. Sie musste sich weiterhin auf ihr inneres Alarmsystem verlassen. Das Herz in ihrer Brust flatterte nach der achten Tasse Kaffee bedenklich. Heute musste sie die Forderung von Mr. X erfüllen und abliefern. Sie versuchte, die innere Unruhe zu ignorieren, und schrieb weiter. Zeile für Zeile. Sie würde ihre Hausaufgaben erledigen, mehr noch als das. Den geforderten Kapiteln wollte sie ein weiteres beilegen, so wie es früher die Streber getan hätten, die mit ihr zur Schule gegangen waren. Immer einen Schritt voraus, um ein Lob zu kassieren, in dem sie sich suhlten wie Schweine in Schlamm. Nichts gegen Fleiß und Disziplin, aber sie schämte sich jedes Mal fremd, wenn sie so etwas mitbekam.

Sie wusste nicht, wie, aber wieder schaffte sie es, die Geschichte voranzutreiben. Zeitweise gelang es ihr sogar, so tief einzutauchen, dass sie alles um sich herum vergaß. Die Worte entwickelten eine Macht, die sie nie für möglich gehalten hätte. Sie gaben ihr die Möglichkeit, in eine fremde Welt einzutauchen, in der es keinen Mr. X gab. Das Schreiben wurde zur Sucht. Hätte sie das nur schon früher entdeckt.

Der See lag ruhig da, als sie das Manuskript am Abend, geschützt in einem Umschlag, am Ufer ins Gras legte. Wie friedlich es hier doch war. Wieder musste sie an Brian denken. Ihm hatte es hier auch gefallen. Tränen stiegen ihr in die Augen, die sie sofort wegblinzelte. Vielleicht beobachtete Mr. X sie gerade. Keinesfalls sollte er sie weinen sehen.

Es wurde langsam zur Manie, in den Briefkasten zu blicken. Kein weiterer Brief, kein Puzzleteil. Er musste erst wieder prüfen. Sie betete, dass diesem kranken Hirn die neuen Kapitel gefallen würden.

„Audrey!"

Mit einem Schrei wirbelte sie herum und blickte direkt in die müden Augen von Scott Emery. Ihr inneres Alarmsystem schrillte.

„Lassen Sie mich", brachte sie keuchend hervor und hastete zur Haustür. Sie wusste, er folgte ihr, denn sie konnte seine Schritte und seinen Atem hören.

„Ich habe etwas, das Ihnen gehört", rief er, seine Worte überschlugen sich.

An der Tür holte er sie ein. Audrey bebte so sehr, dass sie es nicht schaffte, den Schlüssel ins Schloss zu stecken. Plötzlich spürte sie eine Berührung an ihrer Schulter, dann sah sie Emerys Hand aus dem Augenwinkel, die etwas festhielt. Ein Notizbuch.

„Der Einbrecher hat es damals dagelassen. Maria hat es mir gegeben. Sie hat es erst wegwerfen wollen, es sich dann aber anders überlegt. Sie hat es mir ein paar Stunden später gezeigt, nachdem Sie und Ihr Freund weg waren", erklärte er hastig. Dann trat er einen Schritt zur Seite, legte das Büchlein vor ihre Füße und verließ den Eingangsbereich.

Audrey holte hörbar Luft und starrte nach unten. Es war tatsächlich das Notizbuch ihres Vaters. Abrupt drehte sie sich nach Emery um. Spielte er nur mit ihr und genoss es? Wenn er Mr. X war, gab es keine andere Erklärung.

Als spürte er ihren Blick im Rücken, blieb er stehen und sah über die Schulter zu ihr. „Ich wollte nur, dass Sie es zurückbekommen. Es tut mir leid.“

Er war im Begriff sich abzuwenden, da rief sie: „Was tut Ihnen leid?“ Ihre Stimme klang weinerlich und ängstlich, wofür sie sich hasste.

„Das mit Ihrem Vater. Aber ich habe nichts damit zu tun. Ich hoffe nur, da will mir niemand etwas in die Schuhe schieben, falls er wirklich entführt wurde.“

Sie schluckte, machte ein paar Schritte bis zum Treppenansatz. „In die Schuhe schieben? Wer? Haben Sie eine Vermutung?“ Ihr Blick hielt sich an seinem fest. Sie suchte darin nach irgendetwas, das ihn verraten würde. Oder sagte er die Wahrheit?

„Mister X, den Sie erwähnt haben. Ich bin es jedenfalls nicht.“

Sie wagte einen weiteren Vorstoß, auf die Gefahr hin, dass Emery nicht Mr. X war und der wahre Entführer sie in diesem Moment beobachtete.

„Und warum sind Sie dann so schnell abgehauen? Unbekannt verzogen?“, fragte sie.

„Ach, das wissen Sie auch schon?“

„Ja.“ Sie ließ Emery nicht aus den Augen.

„Wegen Amelie.“

Audrey stutzte. „Amelie?“

„Sie ist Ihnen und Ihrem Freund gefolgt. Sie war wütend, weil ich mich vor ihr versteckt habe, hat die Tür aufgebrochen und in meinem Bett auf mich gewartet. Nackt. Sie hat sich von Bruce endgültig getrennt, war eifersüchtig, als ich sie energisch zurückgewiesen habe. Sie denkt wohl, ich könnte mich in Sie vergucken. Sie findet, Sie seien eine hübsche, interessante Frau. Aber sie traut Ihnen nicht. Sie hat geweint, dann hat sie mich angegriffen, ist jedoch verschwunden, nachdem ich gedroht habe, die Polizei zu verständigen. Keine Ahnung, wo sie nun steckt. Ich bin mir aber sicher, sie gibt nicht auf und wird mich suchen. In meiner Verzweiflung habe ich das Feld geräumt, bis hoffentlich wieder Ruhe einkehrt und die Cops sie gefunden haben. Sie braucht professionelle Hilfe. Ich habe ihr angesehen, dass sie etwas geraucht hat."

Audrey kaute auf der Unterlippe. „Und das soll ich Ihnen abkaufen?"

„Ich wollte Sie nur warnen. Nicht dass sie hier auftaucht und Ihnen Schwierigkeiten macht. Dann rufen Sie besser die Polizei."

Nun musste Audrey lachen und klang richtig hysterisch. „Die Polizei? Das ist gut, sehr gut. Das soll ich glauben?"

„Was?"

Sie griff unter ihre Jacke, umfasste die Waffe mit den Fingern und beobachtete Emery weiter.

„Alles in Ordnung?", rief Hugh Longfield von der anderen Straßenseite her.

Audrey winkte ihm mit der freien Hand. „Ja, alles in Ordnung." Den Blick ließ sie auf Emery gerichtet.

Sie konnte ihn haben. Jetzt! Wenn sie es geschickt anstellte. Wenn er es war, hatte er sich mit seinem Besuch zu weit aus dem Fenster gelehnt. Er würde sein Leben nicht für das ihres Vaters oder Brians geben, dafür liebte er es zu sehr. Die Aussicht auf mehr Erfolg und Ruhm. Das würde er sich nicht entgehen lassen. Vielleicht war er sogar gläubig. Und wer wanderte schon gerne in die Hölle? Sollte es eine geben, würde er das definitiv, dachte Audrey. Arme Seele! Sie konnte erkennen, dass Mr. Longfield noch immer zu ihnen herübersah. Hatte sie so unglaubwürdig geklungen? Nun, ihre Stimme war heiser geworden.

Langsam ging Audrey auf Emery zu, der den Kopf neigte. „Ich wollte wirklich nur ...“

„Was wissen Sie noch?“, fragte Audrey, diesmal bemüht, ein wenig freundlicher zu klingen. Das Herz in ihrer Brust flatterte schneller als die Flügel eines Kolibris.

„Über Ihren Vater?“

„Haben Sie ihn je persönlich getroffen?“

Schritt für Schritt. Er wich nicht einmal zurück. Aber sicher hatte er noch ein Ass im Ärmel. Sein Blick war offen. Er sah bei Gott nicht aus wie eine Bestie. Auch hinter einem Lammgesicht konnte jedoch die Fratze eines Wolfs stecken.

„Sie denken nach wie vor, ich habe etwas mit dem Tod ihres Vaters zu tun“, sagte er heiser.

„Ich weiß es nicht“, gab sie zurück.

Er seufzte.

„Sie haben meine Frage nicht beantwortet, Mister Emery.“

„Sie wissen, dass er ein Treffen verneint hat. Aus den Briefen, die Sie gelesen haben. Das habe ich akzeptiert. Ja, ich war enttäuscht, aber ich habe ihn danach nicht gestalkt und schon gar nicht entführt. Haben Sie inzwischen mehr über diesen Mister X herausfinden können?“

Emery glaubte doch nicht etwa, dass Audrey darauf antworten würde?

Er nickte, als sie schwieg. „Dann gehe ich. Sie können mich gerne observieren lassen, mir egal. Ich habe nichts zu verheimlichen. Aber passen Sie auf sich auf. Falls Sie Hilfe brauchen und ..." Er verstummte, da ihr Blick ins Leere ging. „Verstehe schon", murmelte er.

Sie hielt ihn nicht zurück, als er ihr Grundstück verließ und endgültig verschwand.

***

Audrey beobachtete den Briefkasten am nächsten Tag von einem der Wohnzimmerfenster aus. Immer wieder spähte sie durch die Schlitze der Jalousie, die Waffe griffbereit. Sie musste warten, bis Mr. X das nächste Puzzleteil einwarf. Dann würde sie ihn zur Rede stellen. Ihr Verstand sprach dagegen, ihr Herz aber ließ ihr keine andere Chance. Sie fühlte sich, als würde sie auf der Stelle treten.

Es dämmerte bereits, als sich eine dunkle Gestalt näherte. Audrey hatte sich Mr. X größer vorgestellt und muskulöser. Der Silhouette nach war er ein regelrechter Hungerhaken. Die Kapuze tief in die Stirn gezogen, den Kragen der grauen Sportjacke nach oben geschlagen, den Kopf eingezogen, machte er sich am Briefkasten zu schaffen.

Es war so weit! Ihr war, als würde ihr jemand einen imaginären Stoß versetzen, der sie in Bewegung setzte. Den eigenen Atem in den Ohren, rannte Audrey auf die Haustür zu und zog sie auf. Ihre Beine fühlten sich an wie betäubt, dennoch kam sie schnell voran, lief über die Veranda, die Treppenstufen nach unten, Richtung Briefkasten. Der Typ erstarrte, als er sie entdeckte.

Sie zog die Waffe. „Stehen bleiben!" Ihre Stimme hallte durch die Straße.

Der Mann ließ ein Kuvert fallen, hob beide Hände. Sein Gesicht war jung.

„Ein Teenager?", entfuhr es Audrey. Er schien nicht älter als fünfzehn zu sein.

„Nicht schießen", bettelte er. Audrey ließ die Waffe etwas sinken. Das war Mr. X? „Was tust du da?"

„Ich soll das da einwerfen, nichts weiter." Er deutete auf das Kuvert zu seinen Füßen.

Ein Bote also, dachte Audrey. Natürlich! „Hast du auch die anderen Kuverts eingeworfen?"

Energisch schüttelte er den Kopf, die großen dunklen Augen auf die Waffe gerichtet.

Audrey ging näher an ihn heran und wagte einen kurzen Blick zum Nachbargrundstück. Die Longfields schienen nicht zu Hause zu sein.

„Von wem hast du den Umschlag bekommen?", herrschte Audrey den Jungen an.

„Von einem Mann. Im Park. Er hat mich einfach gefragt."

„Einfach gefragt?"

„Kann ich gehen? Das Kuvert ist für Sie." Er schluckte schwer.

„Wie sah er aus, dieser Mann? Was bekommst du dafür?", wollte Audrey wissen.

„Ich ... ich hab es schon bekommen."

„Wie viel?"

„Hundert Dollar."

„Hundert ... Dollar?", rief sie.

„Ich hoffe, der Schein ist echt, Mann", murmelte der Junge.

Audrey starrte für ein paar Sekunden ins Leere. Da der Junge Anstalten machte, das Weite zu suchen, hob sie die Waffe wieder. „Stopp!"

Es wirkte. Der Junge tat wie ihm geheißen. Sein Atem war flach. Die Jeans sahen zerschlissen aus, genau wie seine Turnschuhe und die Jacke. Die hundert Dollar hatte er wohl nötig. Wie großzügig von Mr. X.

„Wie hat er ausgesehen?", fragte sie scharf.

„Er … er war etwas größer als ich. Von seinem Gesicht habe ich nicht viel gesehen. Er trug eine große Sonnenbrille und einen Hut. Ein blaues Hemd, dunkle Jeans, schwarze Schuhe."

„Wie alt?" Audreys Stimme hörte sich blechern an, wie die eines Roboters.

„Keine Ahnung. Er hatte einen grauen Bart. Ging ihm bis zur Brust. Ich habe nicht darauf geachtet."

Mr. X war vorsichtig. Ein gefährliches schlaues Kerlchen. Und er konnte es sich anscheinend mühelos leisten, einem Jungen hundert Dollar für einen Botengang zuzustecken. Kein Wunder, jetzt da er unter die Bestsellerautoren gegangen war, auch wenn er den Erfolg in Wahrheit nicht sich selbst zu verdanken hatte.

„Sind dir irgendwelche Merkmale aufgefallen? Eine Narbe oder ein Muttermal?"

Der Junge schüttelte den Kopf. „Er hat mich angesprochen. Ging alles ganz schnell."

„Und wie konnte er sicher sein, dass du seinen Auftrag ausführst?"

Wieder schluckte der Junge schwer. „Nun ja, er hat da was Komisches gesagt. Da hatte ich das Geld aber schon angenommen. Fühlt sich gut an, so ein Schein in den Fingern."

„Komm zum Punkt, junger Mann", drängte Audrey.

„Er meinte, Big Brother würde mich im Auge behalten, ansonsten ..." Den Rest ließ er offen. „Ich kann seitdem an nichts anderes mehr denken. Und nun stehen Sie mit der Waffe da. Bitte, schießen Sie nicht! Meine Mutter wartet schon auf mich. Wir ... wir haben nicht viel Geld, wissen Sie?"

Audrey glaubte dem Jungen. Diesen ängstlichen Blick konnte er nicht spielen. „Na, hau schon ab."

Er ging rückwärts bis zum Ende der Straße. Erst dann wandte er sich um und rannte los, als wäre der Teufel hinter ihm her. Audrey hob das Kuvert auf, ließ den Blick schweifen und kehrte ins Haus zurück. Sobald sie die Tür hinter sich geschlossen hatte, riss sie den Umschlag auf.

Es wäre auch zu einfach gewesen, ihn so zu erwischen, diesen Mistkerl!

Der Ausschnitt des neuen Puzzleteils zeigte ein Fenster mit blauen Holzläden. Einer hing schief in den Angeln. Die hinuntergelassene Jalousie war völlig verdreckt. Auf die Fensterscheibe war ein Buchstabe gemalt. Die Farbe erinnerte an Blut. Eine Gänsehaut überlief Audreys Körper.

„G", las sie leise. Was sollte das? Sie drehte das Puzzle und ließ es fallen. Die Rückseite war vollständig mit Blut beschmiert, das bereits getrocknet war und eine bräunliche Farbe angenommen hatte. Der Gedanke, dass es von Brian oder ihrem Vater stammte, ließ sie würgen. Sie stützte sich mit einer Hand an der Wand ab. Ein Schweißausbruch jagte den nächsten. Sie sank auf die Knie. Ihre zitternden Finger glitten noch einmal in das Kuvert. Darin steckte ein Brief.

Audreys Gedanken ratterten. Mister X versteckte ihren Vater und Brian also am Schauplatz des Romans,
den ihr Vater derzeit für ihn schrieb. Blutige Vergangenheit an einem düsteren, einsamen Ort mit einem alten Haus. Sie durchforstete ihre Erinnerungen, die
dazu passten, wurde jedoch nicht fündig. Es musste ein
Ort sein, den normale Menschen mieden. Sie las weiter,
das Papier schien unter ihren Fingern zu verbrennen.

Audrey zerknüllte das Blatt und schlug die Hände vor
dem Gesicht zusammen. Sie atmete so tief ein und aus,
bis ihr schwindelig wurde und sie sich auf die Seite legen musste, einem Fötus gleich. Nur gab es nichts, das
sie schützte. Sie war auf sich allein gestellt. Und die
Stille um sie herum nagte an ihr.

***

G – der Buchstabe geisterte durch ihren Kopf. Sie sah
ihn vor sich, sobald sie am nächsten Tag die Augen
schloss. Und plötzlich fiel ihr auf, dass Mr. X in seinem
letzten Brief den Besuch von Scott Emery gar nicht erwähnt hatte. Absicht? Oder hatte der Allwissende
nichts davon mitbekommen? Sie schüttelte den Kopf.
Niemals! Das war mehr als seltsam. Steckte er also doch
dahinter? Alles sprach dafür.

Die Überarbeitung der Kapitel war geschafft und der
Anfang des neuen gemacht. Sie wollte wieder eintauchen in die von ihr erschaffene Welt. Bisher war es ihr
jedoch nicht gelungen. Die Stunden vergingen. Bald
würde es Abend sein. Mehrfach erhob sie sich, ging im
Zimmer auf und ab. Sie setzte sich wieder, schrieb ein
paar Zeilen und hing anschließend erneut ihren boh-
renden Gedanken nach. Nur einmal gelang es ihr, mit
ihren Protagonisten eins zu werden. Sie zogen sie mit
sich. Schließlich schaffte sie es wie durch ein Wunder,
rechtzeitig fertig zu werden.

Draußen blieb sie vor dem Briefkasten stehen. Zu
gern würde sie Mr. X eine Nachricht hinterlassen. Doch
sie wusste, er lieferte sie nicht selbst ab, und seine Bo-
ten würden ihn nie wiedersehen, nachdem sie ihren

Job erledigt hatten. Er würde sich sicher sowieso nur
darüber lustig machen, noch mehr, als er es ohnehin
schon tat. Ihre Angst amüsierte ihn. Sie glaubte gar,
sein dunkles Lachen zu hören. Der Gedanke machte sie
wütend. Sie hasste es, dass sie und ihre Lieben ihm ausgeliefert waren. Sie hasste es so sehr!

***

Das Wasser des Sees wirkte beruhigend auf Audrey.
Am Ufer legte sie das Kuvert ab, schloss die Augen und
lauschte dem Zirpen der Grillen.

Dann fielen ihr wieder die Zeilen von Mr. X ein, und
die Stille wurde ihr ungeheuer. Selbst den Frieden hatte
er ihr genommen, den sie früher oft bei Stille empfunden hatte. Rasch erhob sie sich und machte sich auf den
Rückweg. Etwa hundert Yards von ihrem Anwesen entfernt sah sie einen dunklen Jeep Cherokee mit dicken
Reifen und chromblitzenden Felgen in die Einfahrt bie-
gen. Hatte sich der Fahrer in der Straße und im Haus
geirrt? Sie kannte niemanden, der solch einen Wagen
fuhr. Irritiert ging sie weiter. Die Fahrertür öffnete sich.
Sie erkannte ihn sofort, als er aus dem Schatten ins
Licht der Abendsonne tauchte. Scott Emery! Mit einem
neuen Fahrzeug.

Sämtliche Alarmglocken in ihrem Kopf begannen zu
schrillen. Emery zog die Sonnenbrille ab und blickte
ihr entgegen. Leichte Beute.

„Das glaub du nur. Ich bin noch nicht fertig mit dir",
flüsterte sie, auch wenn ihr die Angst im Nacken saß
wie das Beil eines Henkers.

„Geht es Ihnen gut, Miss Richards?"

Sollte das eine Fangfrage sein? Er wusste ganz genau, dass es das nicht tat.

„Ich habe alles erledigt", gab sie zurück.

„Was meinen Sie damit? Waren Sie bei der Polizei?" Er ließ die Wagentür offen und legte den Kopf schief.

„Nein, ich will sie ja nicht gefährden. Das sollten Sie wissen. Aber …"

„Moment, Sie wollen Amelie nicht gefährden?", fragte Scott.

Was redete er da für einen Unsinn? „Wieso Amelie?"

Nun runzelte er die Stirn. „Jemand hat mich angerufen und gesagt, sie wäre hier bei Ihnen und wolle mit Ihnen reden."

Audrey schüttelte den Kopf. War das ein Trick, um sie abzulenken? „Was soll das?"

Emery war ehrlich verwirrt. Wenn er schauspielerte, dann verdammt gut.

Er rieb sich über den Dreitagebart. „Ja, was soll das? Aber vielleicht haben Sie sie verpasst. Dann ist es wohl besser so. Sie sollten jedoch …"

Audrey wollte sich nicht einlullen lassen. „Hier ist niemand. Gehen Sie", unterbrach sie ihn barsch.

Das alles war zu viel. Der unruhige Schlaf, die ständige Angst um ihren Vater, Brian, ihre Mutter und sich selbst, das Gedankenkarussell, das nicht anhalten wollte. Die Umgebung begann zu schwanken, als befände sie sich auf einem Schiff. Audrey wischte sich Schweiß von der Stirn und ging auf das Haus zu. Aus dem Augenwinkel bemerkte sie, dass Emery ihr nachsah.

„Ich will nicht schuld daran sein, wenn Ihnen etwas passiert. Nur deswegen bin ich noch einmal …“, hörte sie ihn sagen.

Sie drehte sich zu ihm um und fühlte sich wie in Trance, wie öfter in letzter Zeit.

„Ich tue, was ich kann. Es ist nicht nötig, mich noch mehr unter Druck zu setzen. Ich weiß, wer am längeren Hebel sitzt.“ Ihre Stimme bebte, so wie ihr ganzer Körper.

„Wovon reden Sie da bloß? Geht es wieder um die Sache mit Ihrem Vater?“

Sie lachte hysterisch auf und wurde gleich wieder ernst, todernst. „Als wüssten Sie das nicht. Die Puzzleteile mit dem Blut, die Briefe …“

Eine innere Stimme schrie sie an zu schweigen. Aber sie konnte nicht, es musste raus, sie würde sonst platzen.

„Noch mal, ich tue, was Sie wollen. Seien Sie deshalb wenigstens ein wenig fair.“

„Von welchen Puzzleteilen mit Blut sprechen Sie?“, rief Emery.

Audrey riss sich zusammen. „Soll ich Sie Ihnen zeigen, um Ihre Erinnerung aufzufrischen? Was hat es mit dem G auf sich?“

Als er keine Antwort gab, öffnete sie die Haustür und hielt sich an der Klinke fest. Langsam ließ der Schwindel nach, ihre Gedanken wurden klarer.

Tun Sie Ihnen nichts bitte!, wollte sie gerade sagen, da vernahm sie einen ohrenbetäubenden Schuss. Gott, nein! Hatte er etwa gerade auf sie geschossen? Sie wartete auf den Schmerz, auf ein Anzeichen, getroffen worden zu sein, und blickte an sich hinab. Alles schien normal. Sie stieß die Tür auf und stolperte in den Flur. Erst dann wagte sie einen Blick zurück. Was sie sah, konnte sie erst nicht glauben. Emery krümmte sich mit schmerzverzerrtem Gesicht auf dem Boden und hielt sich den rechten Arm. Sein Blick suchte ihren.

„Tür zu!", schrie er ihr entgegen. Dann robbte er zurück zu seinem Jeep. Es waren weniger als zwei Yards. Audrey war innerlich zerrissen. Sollte sie ihm helfen oder liegen lassen? Wer hatte geschossen? Amelie etwa? War es wahr und sie war ihm hierher gefolgt?

„Los!", keuchte Emery und rappelte sich auf, da fiel ein weiterer Schuss, diesmal gedämpfter. Er kam aus einer anderen Waffe. Der Täter oder die Täterin musste ganz in der Nähe sein. Der zweite Schuss hatte Emery verfehlt. Stattdessen traf er den Wagen an der Fahrerseite. Emery stieß sich den Kopf am Türrahmen, als er einsteigen wollte, und rutschte auf die Knie.

„Verdammt", zischte Audrey. Niemand sonst war zu sehen. Und ehe sie sich versah, war sie bereits auf dem Weg zu Emery. Seit Brian verschwunden war, trug sie die Pistole ihres Vaters immer bei sich. Es war verrückt, aber Emery durfte nicht sterben. Was würde sonst aus ihrem Vater und Brian werden? Während sie rannte, ließ sie den Blick erneut schweifen. Emery blieb geduckt. Blut rann ihm von der Stirn. Audrey versuchte, ihn hochzuziehen.

Er half mit. „Steigen Sie ein und rutschen Sie auf den Beifahrersitz", keuchte er.

„Wollen Sie mich entführen? Ich habe eine Waffe."

Er verzerrte erneut das Gesicht, als er nach der Wunde tastete. „Was ist das für eine blöde Frage? Nein, wir retten uns gegenseitig das Leben, das trifft es eher."

Das klang plausibel. Also stieg sie ein und kletterte auf den Beifahrersitz. Hitze- und Kältewellen überzogen ihren Körper.

„Können Sie in dem Zustand überhaupt fahren?" Sie packte Emery an einem Arm und zog ihn das letzte Stück in den Wagen.

„Ich bin Linkshänder. Kein Problem."

Er blinzelte, als ihm ein Schweißtropfen ins Auge fiel. Audrey entdeckte eine Packung Taschentücher in der Mittelkonsole, riss sie auf und tupfte Emerys Stirn, um die Blutung für einen Moment zu stoppen. Schon gab er Gas.

Im selben Boot

Emery hielt auf einem Feldweg umgeben von Maisfeldern, mitten im Niemandsland. Der Wind brachte die saftig grünen Wedel zum Rauschen. Da saßen sie nun in der Abenddämmerung – der Fremde und sie. Emery fluchte vor sich hin, knetete das Lenkrad mit der Linken.

Audrey nahm die restlichen Taschentücher aus der Packung. „Darf ich mal sehen? Den Arm meine ich?"

Scott sah argwöhnisch zu ihr hinüber. „Sie haben die Pistole dabei."

Sie nickte.

„Ich dachte ja nicht, dass ich das einmal sagen würde, aber das ist sehr gut."

Dann stellte er den Sitz so weit nach hinten wie möglich und zog sich unter leisem Stöhnen das Hemd aus. Audrey half ihm das letzte Stück und untersuchte die Wunde.

„Zum Glück nur ein Streifschuss", stellte sie fest.

Emery riskierte selbst einen Blick und wurde kalkweiß. „Ja, nicht weiter schlimm."

Dass er die Verletzung herunterspielte, gehörte wohl zu seiner Vorstellung von einem richtigen Mann.

„Vielleicht sollten Sie mich lieber erschießen. Sicher ist sicher", murmelte er dann.

Audrey verengte die Augen. Sie war nicht ansatzweise vorbereitet auf diese Situation und hatte gerade überhaupt keinen Sinn für Witze. Ohne etwas zu erwidern, presste sie die Taschentücher auf die Wunde, die Waffe nach wie vor im Anschlag.

„Festhalten", bat sie. Sein Blick scannte die Umgebung über die Autospiegel.

„Ich glaube nicht, dass sie uns gefolgt ist."

„Sie glauben, es war Amelie?"

Er nickte. „Ich sagte doch, sie ist gefährlich."

Das Vibrieren ihres Handys in der Jackentasche unterbrach sie. Eine unbekannte Nummer rief an. Für einen Moment tauschte sie einen Blick mit Emery, der genug damit zu tun hatte, die Blutung zu stoppen. Sie konnte nicht fassen, dass sie tatsächlich neben ihm saß.

Audrey spürte, dass sich ihr die Nackenhaare aufstellten, als sie das Gespräch annahm.

„Miss Richards", meldete sich eine Stimme, die ihr das Blut in den Adern gefrieren ließ. Er war es! Mr. X! Ihr Magen rebellierte.

Erneut warf sie einen Blick zu Emery.

„Das war eine Warnung! Das nächste Mal gibt es keine zweite. Gut, Sie haben einen Gehilfen gefunden. Planänderung! Bestenfalls kann er Ihnen ein bisschen Mut geben. Sie scheinen wie ein Blatt im Wind. Doch ein falscher Schritt, dann sind Brian und Daddy tot. Und Scott ebenfalls. Sag ihm das ruhig. Außerdem willst du nicht, dass Mom komplett verrückt wird, oder?"

Audrey wollte etwas entgegnen, aber ihre Zunge lag wie ein Stein in ihrem Mund.

„Ich lese jetzt. Bis bald, Audrey." Damit legte er auf.

„Was ist? Wer war das?", fragte Emery und fixierte sie.

Audrey konnte nur den Kopf schütteln. Scott Emery hatte nichts mit der Sache zu tun gehabt. Bis jetzt! Sie hatte sich geirrt. Mr. X lief nach wie vor frei herum. Es konnte jeder sein. Sie brauchte einige Minuten, bis sie die Kraft aufbrachte, Emery alles zu erzählen, was er wissen musste.

***

Die Luft schien rein zu sein. Audrey und Emery parkten den Wagen so nah wie möglich an der Treppe zur Veranda. Da Emery Schmerzen hatte, war sie mit ihm zum Haus ihrer Eltern zurückgekehrt. Inzwischen war es dunkel, eine sternenklare Nacht.

„Ich steige zuerst aus." Emery deutete auf Audrey. „Halten Sie die Waffe weiter griffbereit." Seine Augen glänzten wie Murmeln. Er sah sich um und öffnete die Tür einen Spalt. „Der Schlüssel?"

Audrey griff in ihre Jackentasche und drückte ihm den Bund in die Hand. „Es ist eigentlich zwecklos. Er sieht uns sowieso, davon bin ich überzeugt."

„Ich nicht. Er kann nicht immer überall sein", gab Emery zu bedenken.

„Auch wieder wahr, aber wir wissen es nie sicher. Das ist der springende Punkt. Und er ist unberechenbar."

Emerys Wangenmuskeln arbeiteten. „Das werden wir sehen."

***

Audrey holte eine Schüssel lauwarmes Wasser, ein paar Handtücher und Desinfektionsspray. Als sie ins

294

Wohnzimmer zurückkehrte, stand er vor dem Ecksofa. Seine Brustmuskeln spannten sich, sobald er sich gerade hinstellte. Der Mann war nicht von schlechten Eltern, dachte sie unweigerlich, schüttelte dann jedoch den Kopf über sich selbst.

„Was ist?", fragte Emery.

„Nichts, nichts."

„Sie haben den Kopf geschüttelt."

„Ich habe nur nachgedacht. Das tue ich ständig, besonders in letzter Zeit. Ich kann gar nicht mehr aufhören damit."

„Ich nehme an, das ist nicht witzig gemeint."

Audrey zog die Brauen hoch und hoffte, er würde die Hitze, die sie in ihren Wangen spürte, nicht sehen. Sie schämte sich. Was würde Brian nur von ihr denken? Vor wenigen Stunden hatte sie in Emery ihren größten Feind gesehen. Nun waren sie Verbündete. Das Leben war voller Verrücktheiten, und sie war sich sicher, dass es mehr davon für sie bereithielt. Sie räusperte sich, ging auf Emery zu und stellte die Sachen auf dem Wohnzimmertisch ab.

„Sie wissen, was Sie da tun?", wollte er wissen und sah skeptisch drein.

Frech war er wieder. So schlecht konnte es ihm also nicht gehen, weshalb sie nach dem Abtupfen gleich eine große Portion Spray auf die Wunden sprühte. Emery verzog das Gesicht und biss die Zähne zusammen.

„Alles gut?", fragte sie.

Er wusste ihrer Scheinheiligkeit den Wind aus den Segeln zu nehmen und schmunzelte. Sekunden später wurde er jedoch wieder ernst. „Zeigen Sie mir alles, was Sie von diesem Psychopathen haben."

***

Ungläubig drehte er die Puzzleteile in den Händen, nachdem er die Briefe gelesen hatte.

„Dass Sie noch nicht irre geworden sind, wundert mich."

„Mich auch."

Audrey erhob sich. Ihre Kehle war wie ausgetrocknet. „Möchten Sie einen Tee?"

„Gerne. Bier haben Sie nicht zufällig da?"

Als ihr Vater noch hier gewohnt hatte, hatte der Kühlschrank stets zwei Flaschen beherbergt. Die letzten hatte ihre Mutter bis heute aufbewahrt.

„Von meinem Vater stehen noch welche im Kühlschrank. Aber ich glaube, die sind längst abgelaufen."

„Oh." Emery winkte ab, und ein verlegenes Lächeln huschte über sein Gesicht. „Dann einen Tee, danke."

Während sie den Tee zubereitete, warf sie einen Blick von der Küche ins Wohnzimmer. Emery saß über die Briefe gebeugt und schüttelte den Kopf. Trotz des Chaos strahlte er Ruhe aus, und irgendwie fühlte sie sich sicherer, seit er da war.

„Der Typ ist krank. Trotzdem glaube ich nicht, dass er das alles allein durchzieht", hörte sie ihn sagen. Als sie wenig später die Teetassen auf einem Tablett in die Mitte des Tisches stellte, sah Emery sie eindringlich an. „Ich meine, allein dieser Anschlag war reiner Wahnsinn. Selbst die Behörden haben davon gesprochen, dass es mehrere Täter gewesen sein müssen."

„Er ist so raffiniert …“ Audrey atmete tief durch. Die Bilder aus ihren Träumen stiegen wieder an die Oberfläche.

„Ja, stimmt. Wenn er das allein durchführt, ist er ein verdammtes Genie. Auf die kränkste Art.“

Mit einem Mal erhob sich Emery und ballte eine Hand zur Faust. Er ging zu einem der Fenster und starrte hinaus. Die Dunkelheit wurde nur durch das Licht der Straßenlaternen durchbrochen.

„Glauben Sie, er hat schon geschrieben?“, fragte er.

„Keine Ahnung“, antwortete Audrey kaum hörbar.

Emery fasste einen Entschluss. „Ich sehe nach.“

Nun stand sie ebenfalls auf. „Ich weiß nicht, ob es gut ist, wenn Sie im Dunklen gehen.“

„Wo ist die Pistole?“

Sie erkannte es in seinen Augen. Er würde keine Ruhe finden, wenn er nicht nachsah. Also nickte sie Richtung Flur, wo ihre Jacke an der Garderobe hing.

Emery kehrte zu ihr zurück, legte die Hände auf ihre Oberarme und sah ihr tief in die Augen. „Wir werden ihn finden und dann Gnade ihm Gott“, sagte er, ließ sie los und lief zielstrebig in den Flur.

Audrey war überzeugt, dass Mr. X ihn nicht nur am Leben ließ, damit sie Unterstützung hatte. So ein Irrsinn! Er wollte etwas ganz Bestimmtes. Sie war überzeugt, es hatte damit zu tun, dass er wieder mit dem Schreiben begonnen hatte. Aber ihr Gefühl sagte ihr, dass es da noch etwas anderes gab.

Von einem der Wohnzimmerfenster aus beobachtete Audrey Emery auf dem Weg zum Briefkasten. Bei den Longfields brannte Licht. Sicher reckten sie seit ihrer Rückkehr öfter die Hälse, um herauszufinden, wem der fremde Wagen gehörte, der so nah am Haus der Familie Richards parkte und gar über Nacht stehen blieb.

Audrey kaute auf ihren Fingernägeln, als Emery den Kasten öffnete. Weiterhin alles ruhig, stellte sie fest. Durchatmen konnte sie jedoch erst, als sie die Haustür hörte. Sie ging ihm entgegen. Auf der Schwelle zum Wohnzimmer trafen sie aufeinander. Emery hielt ein Kuvert in Händen. Sein Blick war ernst. Audrey sagte kein Wort. In ihren Ohren hallte die Stimme dieses Verrückten.

Zum ersten Mal hatte er erwähnt, ihrer Mutter etwas antun zu wollen, möglicherweise nicht nur auf psychischer Ebene. Sie musste seinen Forderungen weiterhin nachkommen, ob sie wollte oder nicht. Zum Glück ging es ihrer Mutter gut. Sie hatte vorhin mit ihr telefoniert und sie gebeten in der Klinik zu bleiben, nachdem sie Emery die Puzzleteile und Briefe gezeigt hatte. Seine Fassungslosigkeit darüber konnte er nicht gespielt haben. Nein, sie glaubte ihm. Gemeinsam gingen sie zur Couch. Audrey setzte sich und beobachtete Emery, wie er zu den Fenstern stierte.

„Was ist?", fragte sie.

„Ich würde sie gerne schließen. Nur nachts."

„Ja, in Ordnung. Das mache ich seit Neuestem auch. Ich wollte nur warten, bis Sie wieder da sind."

Also stand er auf und ließ die Jalousien nach unten fahren, während Audrey das Kuvert besah.

Während Emery zu ihr zurückkehrte, meinte er: „Sag doch Scott, ja?"

„Diesmal fragen Sie?"

„Ich weiß, es war unverschämt."

Sie winkte ab. „Schwamm drüber. Zwei, die im selben Boot sitzen, sollten besser Freundschaft schließen."

Er reichte ihr eine Hand. „Also Gefährtin, mein Name ist Scott", wiederholte er.

Sie nahm seine Geste an und legte ihre Hand in seine. „Audrey."

„Obwohl die Umstände mehr als unschön sind, es freut mich, dich kennenzulernen und festzustellen, dass du keineswegs verrückt bist."

„Oh, vielen Dank, Scott." Mehr musste sie nicht sagen. Dann fiel ihr Blick auf das Kuvert, und die Schwere kehrte zurück.

„Soll ich es öffnen?", fragte Scott.

Sie nickte, und er tat es, ohne zu zögern. Das Briefpapier zog er mit spitzen Fingern heraus, als wäre es giftig. Die Zeilen darauf waren es mit Sicherheit allemal, dachte Audrey. Scott faltete den Brief auseinander und legte damit nicht nur Mr. Xs kranke Worte, sondern auch ein neues Puzzleteil frei, das augenscheinlich gänzlich in Blut getränkt war. Der Geruch von Eisen stieg Audrey in die Nase. Ihr wurde schlecht. Sie sprang auf und rannte ins Bad. Ein Stich durchfuhr ihr Knie, als sie sich hastig vor die Toilettenschüssel kniete und sich darin übergab. Der Brechreiz wollte gar kein Ende nehmen.

Scott war ihr gefolgt, sie spürte seine Hände auf ihren Schultern. Er war einfach da. Seine Unterstützung war wie ein Seil, an das sie sich klammern konnte, um nicht ganz abzustürzen. Welche Schmerzen fügte dieser Bastard Brian und ihrem Vater zu, um ihnen so viel Blut abzuzapfen? Verschiedene Möglichkeiten gingen ihr durch den Kopf und malträtieren ihren Magen. Sie spuckte Galle, die einen bitteren Geschmack in ihrer Kehle hinterließ. Scott nahm eine Hand von ihrer Schulter, streckte sich zum Waschbecken und drehte den Hahn auf. Audrey versuchte, die Bilder zu verbannen und regelmäßig zu atmen.

„Dieses kranke Schwein", zischte Scott und reichte ihr ein feuchtes Handtuch. Sie schaffte es nicht, den Rand der Toilette loszulassen. Ihr ganzer Körper bebte.

Scott verstand und setzte sich hinter sie. „Du kannst dich zurücklehnen, wenn du willst."

Und das tat sie, ohne zu überlegen. Sie konnte ihre Beine kaum noch spüren, ihr Rücken schmerzte. Sie spürte Scotts Brustkorb an ihrem Hinterkopf. Seine Wärme vertrieb ein wenig die Kälte, die sie überkommen hatte, und war ein Gegengift gegen das Böse.

„Ich muss zu ihnen", murmelte sie.

Sie hörte Scott schlucken. Er tupfte ihr die Stirn mit dem Handtuch ab. „Wir schaffen das", sagte er bemüht ruhig. Sie wusste, er wollte selbst daran glauben.

„Wir schaffen das", wiederholte sie leise und dachte daran, dass Brian genau die gleichen Worte benutzt hatte.

***

Audrey erwachte aus einem traumlosen Schlaf und blinzelte in einen abgedunkelten Raum. Erst nach ein paar Sekunden wurde ihr klar, dass es ihr Zimmer war. Scott lag angezogen neben ihr auf dem Bett. Er schlief. Zum Glück schien es seinem Arm gut zu gehen. Benommen setzte sie sich auf. Anscheinend hatte er einen leichten Schlaf, denn er wachte sofort auf. Warum lag er eigentlich neben ihr? Sie hatte keine Erinnerung an den Rest des Abends. Durch die Schlitze der Jalousie fiel grelles Licht, es war also schon Tag. Audrey sah an sich hinab. Sie war ebenfalls angezogen. Wenigstens das.

„Mist, ich wollte nicht einschlafen", brabbelte Scott und fuhr sich übers Gesicht. Danach blinzelte er sie an und unterdrückte ein Gähnen.

„Ich wollte gar nicht schlafen. Was ... wie ...?"

Er hob eine Hand. „Bevor es wieder zu Missverständnissen kommt: Du bist eingeschlafen. Im Bad. Du warst so fertig, dass du nicht einmal gemerkt hast, dass ich dich in dein Zimmer getragen habe."

Eigentlich nett von ihm. Außerdem, fiel ihr ein, war sie ihm schutzlos ausgeliefert. Traute ihm da ein winziger Teil in ihr immer noch nicht ganz?

„Der Brief!", rief sie und sah sich um.

Scott stand auf und griff zu dem Kuvert auf dem Nachttisch.

„Hast du ihn schon gelesen?", wollte Audrey wissen und band sich das Haar im Nacken zu einem Knoten zusammen.

Er nickte. „Mister X ist ein abscheuliches Monster."

„Lass mich lesen!" Sie beugte sich zu ihm.

Scott war unentschlossen, doch dann gab er ihr den Brief. „Bist du dir sicher, dass ...?"

„Ich muss! Es geht mir körperlich besser, ich bin gefasster." Das hoffte sie selbst.

„Ich mache dir eine Tasse Fencheltee, der beruhigt. Vorausgesetzt, du hast so etwas da. Meine Güte, für einen Moment habe ich geglaubt, ich wäre zu Hause. Aber wo ist das schon wirklich?"

Mitleid befiel sie. So, wie er dastand, wirkte er verloren.

„Ja, Fencheltee müsste noch da sein.“

Er nickte. „Gut, ich bin gleich zurück.“

Audrey befeuchtete die trocknen Lippen, sobald Scott aus dem Zimmer war, und nickte sich selbst zu, bevor sie das Kuvert öffnete und Brief und Puzzleteil herauszog. Der Eisengeruch des getrockneten Bluts schwebte ihr entgegen. Aber diesmal würde sie sich davon nicht kleinkriegen lassen. Sie musste stark bleiben. Inmitten des Puzzleteils hatte Mr. X mit schwarzem Stift ein Y geschrieben, das ein wenig verwischt war.

„Buchtitel, Ort? Ein Ort mit G und Y? Ein Buchtitel mit G und Y?“, murmelte sie und las die Zeilen des Verrückten.

Ms. Richards, Mr. Emery,
zwei unbekannte Schriftsteller. Ich habe es durch meine Idee, den Meister des Thrillers zu entführen, geschafft, einen Bestseller zu landen, der sich nach wie vor gigantisch verkauft. So gefragt war Mr. Richards zu Anfang nie. Gut, er hat den Text beigesteuert, aber ich dieses Mal die Romanidee. Und es wird noch besser. Ich weiß von Brian, dass Scott wieder begonnen hat zu schreiben. Ich will ein Exposé seiner Story und alles, was er schon hat. Oh, ich bin ja so gespannt. Liebe Audrey, mit der Überarbeitung bin ich einverstanden. Siehst du, mit meinen Tipps kannst du Diamanten erschaffen. Ich könnte so lachen, dass dein Vater damals glaubte, ich wäre Scott Emery. Eine perfekte Fügung des Schicksals. Und dann dieser dumme Detektiv, der mir auf den Fersen gewesen ist. Anfangs war das ja

ganz lustig, doch dann ging er mir gehörig auf die Nerven. Deshalb musste ich ihn aus dem Spiel nehmen.

„Widerlicher Drecksack", zischte Audrey und ballte eine Hand zur Faust. Es war also tatsächlich Mord gewesen. Ein unschuldiger Mann hatte sterben müssen, weil er diesem Wahnsinnigen zu nahe gekommen war. Sie wusste genau, warum Mr. X das erwähnte.

Bis übermorgen möchte ich die Unterlagen von Scott und von dir zwei neue Kapitel. Du näherst dich dem Höhepunkt. O ja, Baby, mach es dir. Du siehst, ich halte mein Versprechen, wieder ein Zeichen. Keine Angst, dein Vater und Brian sehen noch einigermaßen gesund aus. Lass dir keine Zeit!
Bye-bye, Ms. Richards

Audrey mahlte mit den Zähnen, ihre Wut steigerte sich und ließ ihren Puls rasen. Scott kehrte mit dem Tee zurück und reichte ihr eine Tasse.

„Ich glaube nicht, dass er will, dass wir ihn finden, das kann ich mir nicht vorstellen", sagte sie.

„Ich denke nicht, dass er uns die richtigen Hinweise gibt", gab Scott ihr recht.

Audrey senkte den Blick. „Was bleibt mir für eine Wahl?"

„Uns! Vergiss nicht, wir sitzen im selben Boot."

Sie sah auf. „Das tut mir leid."

Er schüttelte den Kopf und wurde ganz bleich vor Ratlosigkeit. „Aber irgendwann wird er einen Fehler machen. Und den müssen wir ausnutzen. Also geben wir nicht auf. Und ja, er bekommt, was er will. Noch!"

Die Stadt

Scott legte das Handy weg. Er saß schon den ganzen Nachmittag an seinem Exposé und der Überarbeitung seiner Kapitel. Audrey versuchte ebenfalls voranzukommen. Wenn sie eintauchen konnte, war das Schreiben vergleichbar mit einem Fluss, der munter plätscherte, zumindest eine kleine Weile. Denn der Gedanke an ihren Vater, Brian und die Angst um ihre Mutter und Grace machten es ihr nicht leicht. Scott ging es nicht anders.

„Sie haben sie", sagte er plötzlich.

Audrey fing seinen Blick auf, in dem Erleichterung lag, aber auch noch etwas anderes, Unbestimmtes. Sie saß mit ihrem Laptop auf dem Bett, er an seinem vor ihrem Schreibtisch. Audrey runzelte die Stirn, obwohl sie ahnte, wen er meinte.

„Sie haben Amelie vor meinem früheren Haus abgefangen. Sie hat davor randaliert. Sie dachte, ich komme zurück. Sie war völlig stoned. Meine Güte, sie haben sie in eine Klinik gebracht! Ich hoffe, dort können sie ihr helfen."

„Mein ... mein Gott", stammelte Audrey und stellte den Laptop beiseite.

Scott stützte die Ellenbogen auf und verbarg das Gesicht zwischen den Händen. „Ich scheine nur Unglück zu bringen", hörte sie ihn murmeln.

Audrey durchfuhr ein Stich, als sie ihn so sah. Sie ging zu ihm und legte ihm die Hände auf die Schultern, so wie er es bei ihr kürzlich getan hatte. Er ließ es geschehen.

„Irgendetwas stimmt nicht mit ihr. Es scheint tief verwurzelt. Ich glaube nicht, dass du schuld daran bist. Die Liebe zu dir war höchstens der Auslöser. Sie hat einen Wahn, das hast du selbst gesagt, Scott."

Er sagte nichts dazu, nickte nur und ließ die Hände sinken. Und dann, ohne sich umzudrehen, begann er zu erzählen. „Als ich sie kennengelernt habe, war sie so zerbrechlich. Ich habe in ihr eine gute Freundin gesehen, zumal sie verheiratet ist. Aber dann wollte sie mehr, rief mich dauernd an, belagerte mich regelrecht. Und wieder verlor ich eine Freundin."

„Wieder?", fragte Audrey.

„Ich hatte nie wahre Freunde. Hört sich traurig an, oder? Ist es auch. Ich erzähle das aber nicht, weil ich Mitleid will. Ich weiß nur nicht, woran es liegt, dass ich vor allem Leute angezogen habe, die mich letztendlich immer enttäuscht haben, vor allem dadurch, dass sie sich eine Zeit lang verstellt haben, um an ein bestimmtes Ziel zu gelangen. Die vorgegeben haben, an mich zu glauben und es doch nicht taten. Denen ich lange geglaubt habe. Daher ziehe ich mich gerne zurück und bin lieber für mich."

Audrey verstand das gut, fürchtete aber, dass er in ihr ebenfalls jemanden sah, der nicht an ihn glaubte. Das war nicht von der Hand zu weisen. Und sie hatte das Gefühl, sich dafür noch einmal entschuldigen zu müssen.

„Das tut mir leid. Ich musste vorsichtig sein. Es ..."

Endlich drehte er sich um, fing ihren Blick auf. Oder war es umgekehrt? Er faltete die Hände wie zum Gebet, hielt sie lässig zwischen seinen Beinen und beugte sich nach vorne. „Das ist ja wohl eine Ausnahme."

„Nein, ist es nicht. Ich hätte mehr hinterfragen sollen. Und es soll keine Rechtfertigung sein, ich hatte jedoch nicht die Zeit dazu."

„Das weiß ich, Audrey." Er rang sich ein Lächeln ab, und sie bat ihn, sich neben sie aufs Bett zu setzen. Sie glaubte, er brauchte ihre Nähe nun genauso wie sie seine. Freundschaftliche Nähe! Ohne ein Wort folgte er ihrer Bitte.

„Die Einzigen, denen ich richtig vertrauen konnte, waren meine Eltern", fuhr er fort. „Sie haben mich immer ermutigt." Seine Stimme war angenehm und beruhigte sie.

„Erzähl weiter", bat sie. „Von deiner Kindheit, von deinen Träumen."

„Aber vielleicht sollten wir lieber ...?"

„Bitte", unterbrach sie ihn und schenkte ihm einen eindringlichen Blick, dem er nicht widerstehen konnte.

„Also gut." Er kreuzte die Beine, sie tat es ihm gleich.

„Ich war ein Wildfang, der Mom und Dad auf Trab gehalten hat. Ich erinnere mich nicht an alles."

Der lässige Ton, den er nun anschlug, brachte sie zum Lachen und ließ ihn einstimmen. Sie brauchten diesen Ausflug in die scheinbare Normalität dringend. Audrey merkte kaum, dass sie zwischendurch den Kopf an seine Schulter lehnte und er ein wenig näher rückte, während er von seinen Jugendsünden berichtete.

„Sie haben immer daran geglaubt, dass mein Traum, einmal Autor zu werden, dessen Geschichten Leserinnen und Leser lieben werden, in Erfüllung gehen würde. In der Schule hingegen haben die meisten nur gelacht, wenn sie es mitbekamen. Nur ein Lehrer fand, ich hätte Talent. Ja, und dann habe ich Bücher deines Dads gelesen, wurde regelrecht süchtig danach. Ich habe jeden Roman, jedes Interview verschlungen. Ich war sogar auf Lesungen. Leider bin ich bei den Signierstunden nie an ihn herangekommen, um ihm zu sagen, wie klasse ich seine Geschichten finde. Gott, ich habe so viele Fragen. Es ist jedes Mal etwas dazwischengekommen, als wollte das Schicksal es so. Und so habe ich ihm eines Tages geschrieben. Von seinem Privatleben hat er stets wenig preisgegeben. Verständlich! Dennoch wollte ich es probieren, ein paar Tipps erhalten. Das war für mich wie Weihnachten, Ostern und Geburtstag zusammen, als er mir geantwortet hat. Und ich habe verstanden, als er den Kontakt ausklingen ließ. Er wollte seine Privatsphäre wahren. Doch all seine Antworten waren nett. Er hat sich wirklich Gedanken gemacht, dafür bin ich ihm dankbar. Ich habe die Briefe noch, in einer Box, die ich extra dafür gekauft habe. Ich hoffe, du nennst mich nun nicht auch verrückt.“

Sie lächelte. „Nein.“

„Ich konnte ihn verstehen, was sein Privatleben betrifft. Ihr seid seine Oase der Ruhe.“

„Wir haben immer hundert Prozent hinter ihm gestanden und tun es nach wie vor.“

Scott lächelte nun ebenfalls. „Es ist mir eine Ehre, Audrey, dich zu unterstützen. Gott, er lebt! Mein Idol, wenn du so willst, ist in den Händen eines Kranken.

Das ist ein Albtraum. Es ist selbstverständlich, dass ich helfe. Selbst wenn mich dieser Wahnsinnige nicht bedrohen würde, würde ich das tun. Ich finde es toll, dass ihr als Familie so zusammenhaltet." Er machte eine kurze Pause. „Das haben wir auch getan."

„Aber immer hat man es als Tochter eines solch bekannten Autors nicht leicht. Die Neider übertreffen die Gönner bei Weitem."

Er wurde ernst. „Das glaube ich dir."

Audrey erwiderte seinen warmen Blick. „Das mit deinen Eltern tut mir leid, Scott."

„Man hat mir gesagt, dass sie sofort tot gewesen sind …" Seine Stimme versagte.

Zum ersten Mal war Audrey versucht, seine Hand zu drücken, und tat es. Er lächelte dankbar. So saßen sie einige Minuten lang da, ließen die Stille zu und füllten sie mit Gedanken an die Vergangenheit.

***

Warum antwortest du nicht, du treulose Tomate?

simste Grace am Tag der Abgabe, und das schon zum dritten Mal. Sie fügte ihrer Nachricht einen weinenden Smiley und die Frage *Habe ich dir irgendetwas getan?* hinzu. Audrey seufzte und bemerkte, dass Scott sie beobachtete, wie sie auf ihr Handy starrte.

„Es ist besser, wenn sich Grace eine Weile von mir fernhält", beantwortete sie seine stumme Frage.

„Ja, ist es wohl. Grace weiß nichts von alldem, richtig?"

Audrey nickte und presste die Lippen aufeinander.

„Dennoch würde ich ihr wenigstens ein Lebenszeichen geben.“

Just in diesem Moment erreichte Audrey eine neue SMS:

Oder geht es dir nicht gut? Soll ich dich und deine Mom mal besuchen kommen? Wäre kein Problem. Daniel hat die Tage sowieso einige Meetings.

„Ich hab dich lieb, Grace“, flüsterte Audrey, während sie tippte:
Das ist lieb von dir. Aber nein, wir sehen uns bald, wenn ich wieder zuhause bin. Sorry, dass ich mich so selten melde. Ich hab viel zu tun. Mach dir keine Sorgen. Bye, Süße.

Sie fühlte sich besser, nachdem sie die Nachricht abgeschickt hatte. Grace schrieb zurück:

Ich versuche es.

Audrey war sich sicher, dass Grace das tat. Schließlich stand Audrey auf und reichte Scott das Kuvert, in das sie ihre erst vorhin fertig gewordenen Kapitel gesteckt hatte. Die Erben von Avalon gingen langsam aufs Finale zu.

Scott hielt ihr sein Manuskript hin. „Ich habe mein Bestes gegeben. Ich weiß nicht, ob es reicht. Aber es war gut zu schreiben, als es endlich Klick gemacht hat.“

Audrey nickte. „Ja, ging mir auch so.“

Scotts Finger berührten sein Kuvert am einen, Audreys am anderen Ende.

„Darf ich?“, fragten sie gleichzeitig und mussten lachen. Sie war froh, dass sie das trotz allem noch konnten. Eine Stunde bis zum Abgabetermin.

„Gerne“, erwiderte Audrey.

„Gerne“, kommentierte Scott.

Jeder entnahm seinen Teil und reichte ihn dem anderen. Dann zogen sie sich in eine Ecke des Zimmers zurück und lasen. Audrey setzte sich auf das Sims und öffnete das Fenster. Die warme Luft des Sommertags streichelte ihre Arme und spielte mit ihrem Haar.

Um was es in seinem Roman ging, davon hatte Scott ihr bereits erzählt. Es war eine spannende Idee, wie sie fand. Sein Protagonist Clarence war Lehrer, der durch Zufall mitbekam, wie sich zwei Schüler seiner Schule, an der er Geschichte und Mathematik unterrichtete, im Darknet über Amoklauffantasien austauschten. Daraufhin wollte er herausfinden, um wen es sich handelte, und geriet dabei in ein dunkles Netz, das viel größer und gefährlicher war als in seinen schlimmsten Albträumen.

Audrey war sofort mitten in der Geschichte und wurde von ihr schier mitgerissen. Am Ende wollte sie unbedingt wissen, wie es weitergehen würde mit Clarence.

Scott war noch in ihre Zeilen vertieft, als sie fertig war. Sie schwieg, ließ ihn zu Ende lesen.

„Es ist toll“, sagte sie, als er aufschaute. „Flüssig, angenehm, und schau, ich habe Gänsehaut.“ Sie streckte beide Arme aus. „Viel zu schade für Mister X.“

„Wow, danke.“ Scott sah nicht so aus, als hätte er mit so viel Lob gerechnet. „Ich kann aber auch durchaus Kritik vertragen“, schob er hinterher.

„Wenn ich welche habe, wirst du sie erfahren, in Ordnung?“

Sein Schmunzeln gefiel ihr. Audrey kletterte von der Fensterbank, schloss das Fenster und steckte die Seiten ins Kuvert zurück. Danach reichte sie es Scott, damit er es ihr gleichtun konnte.

„Oder soll ich etwas ändern?“, fragte sie. Die Neugierde, was er zu ihrem Text zu sagen hatte, war nicht zu leugnen.

„Einen Kritikpunkt habe ich.“

Audrey nickte. „Sprich es ruhig aus. Dann ändere ich das, wenn ich dir zustimmen kann.“

Wieder schmunzelte er, ließ sich Zeit mit der Antwort. „Es ist zu kurz. Ich will mehr.“

„Im Ernst. Es hat dir gefallen?“

Sein energisches Nicken machte sie stolz.

„Danke, Scott.“

„Für was? Es ist so. Also werfen wir die Seiten diesem Mistkerl in den Rachen. Aber wir holen sie uns zurück.“

Der Kampfgeist packte Audrey wie nie zuvor. „Darauf kann Mister X Gift nehmen!“

***

Das Wetter schien umzuschlagen, weshalb Audrey und Scott das Kuvert vorsorglich in einem Plastikbeutel verstauten. Auf dem Weg zum See gingen sie dicht an dicht nebeneinander her. Diesmal war es Scott, der die Waffe unter seiner Jacke trug. Immer mehr dunkle Wolken trafen über ihren Köpfen zusammen. Bald würden sie sich zu einem einzigen grauen Tuch zusammenschließen und sich in einem Unwetter ergießen.

Wie Scott ließ Audrey den Blick schweifen und achtete auf jedes Geräusch. Bevor sie zum See abbogen, kam ihnen eine junge Joggerin entgegen, sonst war weit und breit niemand zu entdecken. Doch der Schein konnte trügen, das wussten sie beide. Der See lag ruhig da. Sie legten das Kuvert ab und schauten eine Weile auf die Wasseroberfläche. Audrey hatte Scott erzählt, dass sie hier oft mit ihrem Vater gewesen war.

„Ein schönes Plätzchen, wie aus einem Bilderbuch.“

Audrey nickte und merkte, dass Scott sie von der Seite ansah. Und wieder einmal bohrte die Frage in ihr, wie es ihrem Vater und Brian gerade ging, während sie hier standen und, genauso wie sie, der Willkür eines Verrückten ausgeliefert waren. Sie wollte die Tränen zurückhalten. Aber genau an diesem Ort brachen sie aus und rannen ihr über die Wangen. Scott ergriff ihre Hand und drückte sie leicht. Sie ließ es zu und schloss die Augen, um ein Gebet gen Himmel zu schicken.

Immer weiter, schneller, höher

Scott überreichte ihr am nächsten Morgen den Brief, den er aus dem Briefkasten geholt hatte. „Deine Nachbarn haben mir ein skeptisches Guten Morgen gewünscht", erzählte er und fuhr sich durch das zerzauste Haar.

Sie hatten die letzte Nacht kaum ein Auge zugetan. Audrey stellte die Tassen mit extra starkem Kaffee auf dem Küchentisch ab. Das Weiß des Kuverts, das zusammen mit einem Messer und einer Serviette in der Mitte des Tisches lag, schien ihr höhnisch entgegenzulächeln. Scott setzte sich, sie nahm ihm gegenüber Platz.

„Soll ich aufmachen?", fragte er.

Audrey schüttelte den Kopf. Sie schluckte die Angst hinunter und konzentrierte sich auf die kleine Hoffnung, die sie am Leben hielt. Schnell griff sie nach dem Messer, ließ die Klinge zwischen die Klebenaht des Kuverts gleiten und schlitzte es auf. Dabei stellte sie sich vor, dass es Mr. Xs Kehle wäre, durch die sie den kalten Edelstahl zog. Nein, so tief durfte sie nicht sinken.

Sie ließ den Inhalt herausgleiten. Das Puzzleteil fiel auf die Serviette, gefolgt von dem Brief, der kleiner gefaltet war.

Das Puzzleteil war entgegen ihrer Erwartung schneeweiß. Sie drehte es in den Händen. Kein Hinweis, kein

Ausschnitt eines Fotos. Scott runzelte die Stirn, griff danach und schüttelte es, als würde sich dadurch etwas ändern. Audrey faltete unterdessen den Brief auseinander und las. Als sie ihn anschließend Scott reichte, trat Schweiß auf ihre Stirn. Sie hatte den Verdacht, dass Mr. X nun völlig durchdrehte.

Ms. Richards, Mr. Emery,
gute Arbeit! Mein neues Buch ist immer noch nicht draußen. Alles zieht sich. Diese Trottel sind zu langsam, das geht mir gehörig auf die Nerven. Ein Genie lässt man nicht warten. Außerdem frage ich mich, warum sie bald einen Roman deines Vaters verfilmen wollen und nicht zuerst meinen? Ich weiß, was du nun denkst, Richards, dass er nicht meiner ist, weil er ihn geschrieben hat. Ich habe es überwacht, Ideen eingebracht, ihn motiviert. Der Thriller ist meiner!
Ich will mehr, schneller. Vier Kapitel diesmal, bis morgen Abend!
Mr. X
P. S. Brian ist eifersüchtig, seit ich ihm gesagt habe, dass Emery und du euch immer besser versteht.

Scott ließ den Brief sinken, als er ihn zu Ende gelesen hatte. „Dieser Irre."

Das Klingeln des Handys riss Audrey aus ihrer Gedankenschleife. Es war die Klinik. Dr. Fitzgerald, der inzwischen wieder in die Klinik zurückgekehrt war, erklärte ihr, dass man eine Flasche Whisky im Nachttisch ihrer Mutter gefunden habe.

„Was? Nein!" Audrey rieb sich die feuchte Stirn, fühlte sich wie im Fieber. Das konnte nicht wahr sein. Ihre

Mutter war entschlossener denn je gewesen, damit aufzuhören. Da stimmte etwas nicht. „Wer hat ihr den Alkohol gegeben? Oder denken Sie, sie hat sich den Whisky selber irgendwo gekauft?"

„Sie sagt Nein. Es wäre auch das erste Mal gewesen, dass sie das Haus weiter als zum Park verlassen hätte."

Dennoch hörte sie die Skepsis in der Stimme des Arztes.

„Das hätte doch jemand bemerkt, wenn sie länger weggewesen wäre", beharrte Audrey.

„Soweit wir wissen, hatte ihre Mutter keinen Besuch. Sie hat sich häufiger zurückgezogen und war oft auf ihrem Zimmer. Sie sagte, sie habe viel geschlafen und Ruhe gebraucht. Und dass Sie ihr geraten haben, in der Klinik zu bleiben."

„Hat sie von dem Whisky getrunken?"

„Nein, aber sie hat nicht gleich erwähnt, dass die Flasche da ist. Verstehen Sie mich nicht falsch ..."

„Dann muss die Flasche jemand heimlich hineingelegt haben!"

„Glauben Sie?" Wieder diese Skepsis.

Audrey riss der Faden. „Ich weiß es, verdammt! Ich will mit meiner Mom reden."

Wenige Sekunden später war ihre Mutter am anderen Ende der Leitung. „Mir gehört diese Flasche nicht", sagte sie schluchzend. „Ich habe sie auch nicht angerührt. Ich habe nur nicht gleich etwas gesagt, weil ich das befürchtet habe, was nun geschieht, und selbst erst überlegen wollte, wie dieser Alkohol da hineingelangt ist. Aber mein Hirn ist wie ein Sieb. Ich muss ein paar starke Medikamente nehmen und schlafe daher viel. Es ist natürlich nicht immer jemand an meiner Seite, aber das hätten die bemerkt, wenn ich mich von der Klinik entfernt hätte“, sprudelte es aus ihr heraus.

Audreys Herz zog sich zusammen. „Ich komme zu dir. Wir klären das“, sagte sie so ruhig wie möglich.

„Nicht nötig. Du glaubst mir doch, Audrey, oder?“

„Ja, Mom, das tue ich. Gib mir noch mal den Arzt.“

Der war selbst überfordert. „Wir wollen nur das Beste für Ihre Mutter. Sie müssen nicht vorbeischauen. Wir passen besser auf sie auf.“

„Das merke ich.“

„Bitte, Miss Richards.“

Dann war wieder ihre Mutter in der Leitung. „Du brauchst nicht extra zu kommen, ich kann das selbst regeln. Ich bin kein Kind und lasse mir das nicht unterschieben.“

„Mom, du ...“

„Nein, ich werde das allein regeln.“ Damit legte sie auf.

Scott ging neben ihr in die Hocke. Behutsam strich er ihr über den Arm.

„Er ... Er war bei ihr. Eine neue Warnung!“, brachte sie noch heraus, dann fiel sie Scott um den Hals, und er hielt sie so fest er nur konnte.

Eine Stunde später rief die Klinik erneut an. Mit guten Neuigkeiten, wie Dr. Fitzgerald verkündete. Ein verwirrter Patient hatte zugegeben, die Flasche in der Stadt besorgt zu haben. Er habe ihrer Mutter damit ein Geschenk machen wollen und den Whisky in ihr Zimmer geschmuggelt. Es hatte eine Überraschung werden sollen.

„Es ist ein armer, alter Mann", erklärte der Arzt. „Er hat kaum Geld und keine Familie, daher sucht er dauernd Anschluss. Manchmal leidet er unter Aussetzern. Normalerweise darf er nicht ohne Begleitung in die Stadt. Aber ... meine Güte, wir sind kein Gefängnis. Trotzdem habe ich das Personal informiert. Wenn so etwas noch einmal vorkommen sollte, werden einige gehen müssen. Es tut mir leid, im Namen der ganzen Klinik."

Audrey fiel ein riesiger Stein vom Herzen. „Sagen Sie das vor allem meiner Mutter."

„Das habe ich bereits."

„Gut, machen Sie Ihren Job, Doktor, oder ich sorge dafür, dass sie in eine andere Klinik kommt. Ich habe mich schon umgehört."

„Sie will bleiben, Miss Richards."

„Ist sie in der Nähe?"

„Moment."

Die Stimme ihrer Mutter klang kräftiger und wurde nicht mehr durch Schluchzer unterbrochen. „Ich will wirklich hierbleiben, Schatz. Die meisten sind nett, und es haben sich alle so lieb entschuldigt, auch dieser alte Mann. Er tut mir leid. Er wollte mir nur eine Freude machen."

„Du bist ein gütiger Mensch, Mom."

„Ich hab dich so lieb, Kind."

Scott sprach aus, was sie dachte, sobald sie aufgelegt hatte. „Er hat sich eine neue Marionette gesucht und sie in dem alten Mann gefunden."

***

Ihre Muse streikte. Audrey fand auch am darauffolgenden Tag keinen Zugang mehr zu ihrer Geschichte, nicht einmal für ein paar Minuten. Der letzte Brief und die indirekte Drohung, mit der Mr. X noch einmal seine Macht verdeutlicht hatte, erstickte jede Hoffnung. Scott ging es nicht anders. Das war zu viel für sie beide.

Das Ticken der Wanduhr über der Tür ihres Zimmers schien immer lauter zu werden. Scott warf in regelmäßigen Abständen einen Blick darauf. Der Druck wuchs ins Unermessliche. Daher beschlossen sie, nach draußen in den Garten zu gehen.

„Wir schaffen es nicht", stellte Audrey unnötigerweise fest. Nur noch drei Stunden bis zum Abgabetermin.

Scott lehnte sich an einen Baumstamm. „Was jetzt?"

Ein paar Vögel zwitscherten in den Ästen, die wie ein schützendes Dach über ihnen hingen und Schatten spendeten. Nach einem Regenschauer war es nun wieder heiß. Die frische Luft, hatte Audrey gehofft, würde den Nebel aus ihren Köpfen verjagen und ein paar der dunklen Gedanken dazu, die den Blick auf ihre Romanwelten versperrten.

„Dieses Ausharren macht mich verrückt", sagte Audrey.

„Wir müssen es ihm mitteilen", beschloss Scott.

Sie sahen sich verzweifelt an.

Audrey nickte schweren Herzens. „Wir schreiben ihm einen Brief."

„Er muss einsehen, dass wir keine Maschinen sind und er nichts erzwingen kann."

Da hatte er absolut recht. „Ich möchte ihm sagen, dass ich nichts mehr von seinen Versprechen glauben kann."

Scott schüttelte den Kopf. „Das könnte erst recht nach hinten losgehen, Audrey."

„Ich glaube, er ist so krank, dass er im Grunde überhaupt nicht rational denken kann. Das macht mir solche Angst. Die ganze Zeit über geistern diese Puzzleteile in meinem Kopf herum. Haben sie überhaupt jemals eine Bedeutung gehabt?"

Unvermittelt zog Scott sie an seine Brust und schlang die Arme um sie. Sie konnte den schnellen, unregelmäßigen Schlag seines Herzens an ihrer Wange spüren. Eine Träne löste sich und fiel auf sein Shirt. Er strich ihr übers Haar, so wie ihr Vater es früher oft getan hatte, wenn sie traurig war.

„Ich will, dass er zurückkommt. Er und Brian", flüsterte sie.

***

Scott legte den Brief, den sie zusammen verfasst hatten, wenig später am Ufer des Sees ab. Die Zeilen hatte Audrey selbst geschrieben.

Mr. X,
wir müssen Sie diesmal enttäuschen. Der Druck, dem Sie uns aussetzen, erstickt jegliche Fantasie. Wir brauchen Hoffnung, keine weiteren Drohungen. Wie sollen wir da an die Aufrichtigkeit Ihrer Versprechungen glauben? Wir hätten die Geschichten fertig geschrieben, keine Frage. Aber so geht das nicht, unsere Kräfte

schwinden. Wir wissen ja nicht einmal, ob Brian und mein Vater noch am Leben sind. Auf Ihr Verständnis hoffend, erwarten wir Ihre Antwort.
Audrey Richards und Scott Emery

Es war ihr mehr als schwer gefallen, Mr. X anzubetteln. Bei jedem Wort war sie versucht gewesen, die Feder des Füllers ins Papier zu rammen. Scott hatte sie immer wieder ermutigt, freundlich zu bleiben. Keine Beschimpfungen! Wie gern hätte sie Mr. X eine ganze Litanei davon an den Kopf geworfen. Aber dann wäre sie nicht besser gewesen als er. Sie musste Würde bewahren. Vielleicht würde der Brief tatsächlich etwas bei ihm bewirken. Sie betete darum.

***

Audrey ging im abgedunkelten Wohnzimmer auf und ab, bis sie das Klingeln an der Haustür zusammenzucken ließ. Wie von der Tarantel gestochen, sprang Scott von der Eckcouch auf. Seit ihrer Rückkehr vom See vor etwa drei Stunden saßen sie nun hier und durchforsteten noch einmal alle Hinweise, die sie bis jetzt hatten sammeln können. Auch den Roman von Hartman hatten sie sich erneut vorgenommen. Stündlich gab es neue Rezensionen dazu im Netz. Viele freuten sich schon auf das von der Presse bereits betitelte „neue Meisterwerk".

Scott holte sie im Flur ein.

„Lass mich gehen", bat sie. „Ich will kein Feigling sein."

„Unsinn!"

Irritiert sah sie ihn an.

„Du bist kein Feigling. Aber ich habe Angst um dich, Audrey."

Die Worte lösten Gefühle in ihr aus, die sie nicht recht einordnen konnte.

Es klingelte erneut.

„Wir gehen gemeinsam", entschied Scott.

Audrey nickte. Als er die Tür einen Spalt öffnete, vernahm Audrey die Stimme von Hugh Longfield.

„Guten Abend. Ich wollte nicht stören."

Scott und Audrey atmeten auf.

„Tun Sie nicht, Mister Longfield", sagte Audrey und zog die Tür ganz auf.

Scott begrüßte den alten Mann. Audrey war überzeugt, dass seine Frau ihn geschickt hatte. In Händen hielt er einen Apple Pie, garniert mit frischer Sahne.

„Martha hat mich gebeten, Ihnen den Kuchen vorbeizubringen. Die Äpfel sind aus unserem Garten. Wir haben einen Überschuss dieses Jahr." Er lächelte und musterte Scott.

Audrey konnte den beiden nicht böse sein. Irgendwie waren sie so etwas wie Großeltern für sie geworden. Lächelnd nahm sie den Pie entgegen. „Der riecht ja köstlich." Der Duft erinnerte sie an Kindheitstage.

Mr. Longfield strahlte übers ganze Gesicht. „Wir hoffen, er schmeckt auch Ihrem Freund."

„Scott ist ein guter Bekannter, der ein paar Tage zu Besuch ist", stillte Audrey die offensichtliche Neugierde ihres Nachbarn ein wenig.

Mr. Longfield hob die buschigen Brauen. „Ah, verstehe, dann viel Spaß. Darf ich noch erfahren, wie es

Ihrer Mutter geht?“ Er beugte sich ein wenig vor, nachdem er Audrey den noch warmen Kuchen überreicht hatte. „Ich will ja nicht taktlos erscheinen, aber Martha bat mich zu fragen.“

„Verstehe“, erwiderte Audrey und war sich sicher, dass Mrs. Longfield mit einem Fernglas hinter einem der Fenster ihres Hauses stand und alles genau im Blick hatte. „Es geht ihr gut.“

Die Antwort erleichterte den alten Mann. „Das freut mich.“

Scott schob sich an ihr vorbei. „Ich schaue kurz in den Briefkasten.“

Audrey nickte, und alles war zurück. Der ganze Albtraum.

Der Stimmungswechsel blieb Mr. Longfield nicht verborgen. „Habe ich etwas Falsches gesagt?“

Diesmal konnte Audrey nicht lächeln, beruhigte ihn jedoch. „Alles gut. Und vielen Dank für die Aufmerksamkeit.“

Hugh Longfields Gesichtsfarbe wechselte von Blassrosa zu Rot.

„Es ist gut, wenn man solche Nachbarn hat“, fügte Audrey hinzu und sah Scott nach. Ihr Brustkorb verengte sich.

„Wir machen uns nur Sorgen. Und ja, wir sind auch neugierig“, glaubte Mr. Longfield, nun ein Geständnis ablegen zu müssen.

„Ich danke Ihnen, für alles.“

Seine Augen nahmen einen solch warmen Ausdruck an, dass sie ihm einen Kuss auf die Wange drückte. Sein Mund formte sich zu einem O, und es verschlug ihm die Sprache.

„Sagen Sie Martha, dass ich das alles sehr zu schätzen weiß."

„Das werde ich. Und wenn etwas sein sollte, Miss Marple und ich wohnen ja direkt gegenüber." Er zwinkerte ihr zu.

Scott kehrte unterdessen mit leeren Händen zurück.

***

Es war mitten in der Nacht, als Audrey aus ihrem Albtraum hochschreckte. Splitternde Fenster, Schreie, Hände, die sich an ihr festzuhalten versuchten, finstere Gestalten, die sie umschwirrt hatten, und eine Stimme, die nach ihr gerufen hatte. Sie hatte versucht, die Schatten zu durchbrechen.

„Dad? Dad? Dad?" Ihre Stimme war zu leise gewesen, sie hätte lauter schreien müssen, es war ihr jedoch nicht gelungen. Es hatte nach Erbrochenem, Schwefel und Staub gerochen – und nach Blut. Da hatte sie gewusst, dass die Bombe bereits gezündet worden war. Doch der Sprengkörper hatte nicht alle vernichten können. Ein paar waren noch am Leben gewesen. Darunter sie und ihr Vater. Das Rufen nach ihr war lauter geworden, und da hatte sie erkannt, dass es ihr Vater gewesen war. So sehr sie sich angestrengt hatte, sie hatte seine Worte nicht verstehen können. Die Schatten waren nähergekommen und hatten sie zurückgedrängt. Mit aller Macht hatte sie versucht, sich weiter voran zu kämpfen.

„Ich gebe nicht auf. Ich gebe nicht auf ...", hatte sie geschrien.

323

Plötzlich schwebte Scotts Gesicht über ihr. Er hielt sie an den Schultern fest. Seine Miene verriet, dass er sich Sorgen machte. „Du hast geträumt, Audrey, nur geträumt.“

Erst jetzt bemerkte sie, dass sie schnell und abgehackt atmete. Ruckartig setzte sie sich auf und fiel Scott um den Hals. „Wir dürfen die Hoffnung nicht aufgeben.“

Scott löste sich erst von ihr, als sie sich beruhigt hatte, blieb aber dicht an ihrer Seite. „Du hast recht. Ich habe versucht weiterzuschreiben. Es hat funktioniert. Ich bin zwar nicht ganz zufrieden damit, aber das bin ich sowieso nie.“

„Das ist toll. Ich muss auch …“

Das Klingeln ihres Handys ließ sie mitten im Satz abbrechen. Unbekannte Rufnummer.

Ohne zu überlegen, ging sie ran. „Hallo?“

„Miss Richards, eine wunderbare Nacht, nicht wahr?“

Scott suchte ihren Blick. Die Frage darin war nicht schwer zu erraten.

„Haben Sie unsere Nachricht erhalten, Mister X?“, fragte sie und versuchte, normal zu klingen. Seine betont ruhige, herablassende Stimme machte es ihr nicht gerade leicht.

„Allerdings! Du spielst mit dem Feuer, Kind. Es könnte jederzeit Boom machen, und ich könnte hier alles in die Luft fliegen lassen.“

Audrey stellte auf laut und legte das Telefon vor sich aufs Bett.

„Das ist kein Spiel. Jedes Wort ist ernst gemeint“, brach es aus ihr hervor.

Stille, die nach ein paar Sekunden durch ein Röcheln unterbrochen wurde.

„Was war das?", flüsterte Scott.

„Mister X?", fragte Audrey und biss sich auf die Zunge.

„Planänderung!", meldete er sich wieder.

Erneute Stille. Die Sekunden wurden zur Zerreißprobe.

„Also gut, ich gebe dir neue Hoffnung. Und ich halte
mein Wort, Miss Richards. Beleidigt mich nicht! Nicht
noch einmal. Ihr habt etwas, das ich will, und ich etwas,
das ihr wollt."

„Wie können Sie sicher sein, dass wir schweigen,
wenn Brian und Dad erst einmal frei sind?"

„Oh, das werdet ihr, glaub mir. Denk an das Mittelchen, das euch alles vergessen werden lässt!" Das Lachen dieses Wahnsinnigen gefiel ihr nicht, ganz und
gar nicht.

Scott ballte die Hände zu Fäusten.

„Glaub mir oder lass es, aber dann sagt es gleich", fuhr
Mr. X fort.

„Ein Zeichen!", flehte Audrey. „Bitte! Ich will mit Dad
und Brian sprechen."

Wieder Stille.

„Brian, sag etwas", forderte Mr. X schließlich und
klang desinteressiert.

Zwei Herzschläge später vernahmen sie Brians
Stimme, leise und erschöpft. „Bitte findet uns. Beeilt
euch!"

Er keuchte, wollte noch etwas sagen, doch Mr. X
schnitt ihm das Wort ab. „Das reicht."

Brian gehorchte sofort. Der Schmerz, der Audrey
durchfuhr, war mit nichts zu vergleichen.

„Mein Vater", brachte sie mühsam hervor und spürte,
dass Scott sie stützte.

„Mister Richards, bitte!", sagte Mr. X. Ein Rascheln war zu hören. Brians Keuchen verebbte. Brachte Mr. X ihn in einen anderen Raum oder weiß Gott wie sonst zum Schweigen?

Audreys Puls raste so schnell, dass ihr schwindelig wurde. Die Angst raubte ihr den Verstand. „Dad?"

Dann endlich, wie aus einer fernen Galaxie, Lichtjahre entfernt: „Mein Gott, Audrey!" Er begann zu schluchzen.

Sie schnappte nach Luft. Der Druck auf ihrer Brust wurde unerträglich. Scott drückte ihre Hand fester.

„Daddy!"

Seine Stimme. Unverkennbar! Diese Klangfarbe, die Wärme, die Sanftheit. Wie sehr hatte er ihr gefehlt. Heiße Tränen liefen über ihre Wangen.

„Ich bin es, ja. Ich lebe. Wie geht es dir und deiner Mutter?"

Audrey holte Luft. „Sie vermisst dich. Gott, es gibt so vieles, das ..." Ein greller Schrei im Hintergrund ließ sie innehalten. „Wer war das? Brian?"

Keine Antwort, nur die Stimme von Mr. X. „Verdammt noch mal." Er schien abgelenkt.

„Dad?", rief Audrey.

Der Schrei wiederholte sich.

Kurz darauf meldete sich ihr Vater zurück. „Liebling, hör zu. Ich bin kurz allein, aber das Telefon wird vielleicht abgehört. Sei vorsichtig!"

„Ist Brian etwas passiert?", wollte Audrey wissen.

„Nein. Hör mir genau zu. Wir wollen nicht sterben, hörst du? Ich liebe dich und deine Mutter. Sag ihr das. Und danke Scott ..."

Audrey presste das Handy fester ans Ohr. „Dad? Bist du noch dran?" Kein Laut mehr. Aufgelegt! Sie ließ die Hand sinken.

„Sie leben!" sagte Scott und klang, als wäre er gerade ein paar Meilen gerannt.

Die Worte ihres Vaters hallten in ihr nach. Sie ging zum Fenster, öffnete es und atmete gierig Luft ein. Die grün leuchtenden Augen einer streunenden Katze glotzten zu ihr herauf, bevor sie durch die Rabatten verschwand.

„Es ist unglaublich." Am liebsten hätte sie sofort ihre Mutter angerufen. Aber was, wenn sie es dann nicht schaffen würden, ihn und Brian zu befreien? Dann wäre es für ihre Mom, als würde er ein zweites Mal sterben. Ein eisiger Schauer überlief Audrey bei dem Gedanken. Das durfte nicht passieren.

„Ich hoffe, dass Mister X ab jetzt fair sein wird", sinnierte Scott laut.

Urplötzlich fiel es Audrey wie Schuppen von den Augen. „Wir wollen nicht sterben, Scott!", rief sie.

Perplex starrte er sie an, schüttelte dann den Kopf. „Natürlich nicht. Aber ich werde alles geben, um ..."

„Nein!", stieß sie hervor.

Scott legte die Stirn in Falten. „Nein?"

Sie sprang auf ihn zu und rüttelte ihn an den Schultern. „Wir wollen nicht sterben, hörst du?"

„Audrey, du brauchst keine Angst zu haben", versicherte Scott ihr.

Die Worte blieben ihr in der Kehle stecken. Sie musste sich sortieren. „Versteh doch, das ist der Titel eines Romans, den mein Vater mal geschrieben, aber nie herausgebracht hat. Er fand ihn nicht gut genug. Ist schon

lange her. Aber ich bin überzeugt, er meint ihn. Es ist
ein Hinweis. Er ist so schlau. Dad, Gott, danke!"
Und urplötzlich begriff auch Scott. „Du meinst, darin
findet sich ein Hinweis auf ihren Aufenthaltsort?"
Sie nickte energisch.

Wir wollen nicht sterben

Gemeinsam durchforsteten sie noch in der Nacht das Arbeitszimmer ihres Vaters nach besagtem Manuskript. Für Scott war es, so schien es Audrey, als würde er einen heiligen Raum betreten.

„Hier war also das Zentrum seines Schaffens", raunte er und ließ den Blick schweifen. „Kein einziger Zeitungsbericht an den Wänden, keine Fotos von Lesungen", stellte er fest. Enttäuschung lag in seiner Stimme.

„Er machte sich nicht viel daraus", erklärte Audrey.

Während Audrey den Schreibtisch untersuchte, klopfte Scott die Bretter des Bodens ab und stemmte alle auf, die einen Hohlraum vermuten ließen. Bisher allerdings war alle Mühe vergebens!

Audrey seufzte. „Zu meiner Schande weiß ich nicht mehr, wo die Handlung der Geschichte angesiedelt ist. Und ich erinnere mich nicht daran, dass er es je erwähnt hätte. Er hat das Manuskript nie herausgerückt. Wahrscheinlich hat er es irgendwann vernichtet. Er hat den Roman auf seiner alten Schreibmaschine geschrieben, die er von seinem Vater zum Ausbildungsbeginn der Kaufmannslehre geschenkt bekommen hat."

„Und Mister X weiß anscheinend nicht alles", kommentierte Scott und lächelte aufmunternd. „Wir finden es, ich habe es im Gefühl."

Audrey beobachtete ihn, wie er sich an das letzte Brett machte. Scott war wunderbar. Sie dankte dem Himmel dafür, dass er an ihrer Seite war.

Auch die folgenden Suchaktionen verliefen im Nichts. Krampfhaft versuchte Audrey, sich daran zu erinnern, was ihr Vater über die Geschichte erzählt hatte.

„Deine Mom weiß nichts mehr darüber?", fragte Scott, kam zu ihr und massierte ihr die Schultern.

Sie warf den Kopf in den Nacken und stöhnte auf. „Ich habe ihn mal gefragt, um was es genau geht. Er sagte, es sei eine Horrorgeschichte. Damals hatte er, nachdem er Stephen Kings Es gelesen hat, den Drang, dieses Genre auszuprobieren. Ja, aber mehr hat er nicht verraten. Ich bin mir sicher, verdammt!"

„Ich glaube, wir beenden die Suchaktion für heute und schauen morgen noch einmal", sagte Scott. Audrey fiel es schwer, aber sie nickte.

An Schlaf aber war kaum zu denken.

***

„Habt ihr eigentlich einen Dachboden?", wollte Scott am nächsten Morgen wissen.

Audrey weitete die Augen. „Du meinst ...?"

Er zuckte mit den Schultern. „Ein Versuch ist es wert."

Der Dachboden mit seinen verwinkelten Ecken erwies sich als reinste Schatzkammer. Soweit sie wusste, kam ihre Mutter selten hier rauf.

„Eine Frau, die nicht loskreischt, wenn ihr eine Spinne über den Weg läuft – Respekt", bemerkte Scott, während er dabei war, eine weitere Kiste zu öffnen, die in Massen, teils übereinandergestapelt, umherstanden.

Audrey konnte sich nicht erinnern, wann sie das letzte Mal hier oben gewesen war. Aber sie erinnerte sich gut daran, dass ihr Vater manchmal Schatzinsel mit ihr gespielt hatte. Dann waren sie über die ausklappbare Holzleiter auf den Dachboden gestiegen, um nach einem Juwel zu suchen. Es hatte nie eine Enttäuschung gegeben. Ihr Vater konnte sogar einem alten Teddybär mit nur einem Knopfauge und zerschlissenem Fell Leben einhauchen.

Eine alte Truhe mit drei Schubladen und vergoldeten Knäufen weckte Audreys Aufmerksamkeit. Die hatte sie nie zuvor gesehen, da war sie sich sicher. Vorsichtig zog sie am Knauf des oberen Fachs. Es wehrte sich ein wenig, ächzte regelrecht, gab dann jedoch nach und sein Geheimnis preis. Es waren alte Schwarz-Weiß-Fotos von den Vorfahren ihrer Eltern. Bei Gelegenheit wollte sie sie genauer unter die Lupe nehmen.

Der Staub ließ Scott niesen. „Hier ist etwas", rief er und hielt ein dünnes Manuskript hoch. Sollte er tatsächlich fündig geworden sein?

Sofort lief sie zu ihm. Das Papier, das zwischen zwei Pappdeckeln klemmte, zählte an die fünfundsiebzig Seiten. Audrey suchte nach dem Titel, den sie wenig später auf dem Deckblatt fand. Es gab also noch mehr nicht veröffentlichte Werke ihres Vaters. Anscheinend waren sie ihm nicht einmal so viel wert, dass er sie in seinem Arbeitszimmer aufbewahrte, aber auch nicht so wenig, um sie wegzuwerfen. Dass er keinen Platz in seiner Oase der Ruhe dafür gefunden hätte, konnte sie nicht glauben.

„Es ist aber nicht das einzige Werk, wie es aussieht. Hier in der Schachtel sind noch ein paar", verkündete

Scott und zog eine Schuhschachtel hinter einer Kiste hervor. „Die Rose des Marshalls."

Audrey kniete sich neben ihn. Adrenalin rauschte durch ihre Adern. Ihre Finger suchten voller Hoffnung. Dann endlich ein Volltreffer! Der Titel lachte ihr von dem vergilbten Papier entgegen. Wie die anderen steckte dieses Manuskript zwischen zwei Pappdeckeln.

„Das ist es, das ist es. Scott, du bist ..." Stürmisch fiel sie ihm um den Hals und küsste ihn auf die Lippen. Ein flüchtiger Kuss. Als ihr klar wurde, was sie da gerade getan hatte, wich sie zurück, als hätte Scott eine ansteckende Krankheit. Sie konnte seine Reaktion nicht sehen, da sie ihren Blick gesenkt hielt. „Tut mir leid."

Scott schwieg. Kein gutes Zeichen.

„Das wird nicht mehr vorkommen", fügte sie deshalb hinzu und wagte es nun doch, ihn anzusehen.

Er saß da und blinzelte. „Du musst dich nicht entschuldigen, Audrey", sagte er und deutete anschließend auf das Manuskript. „Soll ich es mal durchblättern, oder willst du zuerst?"

Sie gab es ihm, nach wie vor völlig durcheinander. Der Kuss hätte nicht passieren dürfen. Trotzdem hatte er sich gut angefühlt. Sie schämte sich für den Gedanken und schob ihn schnell beiseite.

„Wir wollen nicht sterben", sagte er mehr zu sich selbst und las in den Text.

Audrey war ihm dankbar für seine Souveränität und wagte es, neben ihn zu rücken, wenn auch nicht zu nah.

Eine schaurig spannende Story, die ihr Vater da geschrieben hatte, keine Frage. Und obwohl sie Schrecken, Grausamkeit und alle erdenklichen menschlichen Abgründe aufzeigte, strahlte am Horizont die Sonne.

„G und Y", murmelte Audrey.

Scott nickte. In der Geschichte war die Rede von einer Geisterstadt, in der die Haupthandlung spielte. Sie erinnerten sich beide an die Puzzleteile mit den Buchstaben, die nun einen Sinn ergaben.

„Gary!", sprach Scott den Namen der Stadt aus, in der vor ein paar Jahren mehrere Frauenleichen in verlassenen Häusern gefunden worden waren.

***

„Wir müssen sofort dorthin!" Audrey war nicht mehr aufzuhalten und ging aufgeregt im Wohnzimmer auf und ab.

Doch Scott brachte sie auf den Boden der Tatsachen zurück. Er kam zurück aus dem Bad, wo sie ihm zuvor den Verband erneuert hatte. Seine Wunde am Arm heilte gut. Auch die auf der Stirn.

„Audrey, Audrey, wir müssen genau überlegen, was wir tun. Wir dürfen nichts überstürzen, ansonsten könnte das ihr Leben gefährden."

Er suchte ihren Blick, der sie wieder erdete. „Du hast recht", gab sie seufzend zu.

Sie setzte sich auf die graue Couch, versuchte, die Füße still zu halten und nachzudenken, während Scott in den Flur lief.

„Was hast du vor?", rief sie ihm nach.

„Ich werfe einen Blick in den Briefkasten. Vielleicht gibt es Neuigkeiten von Mister X, die uns bei der Entscheidung helfen.“

Audrey faltete die Hände und betete. Ihr Vater und Brian waren Gefangene eines Psychopathen in einer Geisterstadt mit übler Vergangenheit. Sie sprang auf, holte sich die Puzzleteile, legte sie vor sich auf den Tisch und besah sie sich noch einmal. Anschließend schnappte sie sich den Laptop und rief Google Earth auf. Möglicherweise war darüber der genaue Standort des Hauses mit der Säule zu finden. Scott kehrte unterdessen mit leeren Händen zurück.

„Was machst du da?“, wollte er wissen und setzte sich neben sie.

„Ich suche das Haus mit der Säule. Wenn wir hinfahren, wissen wir gleich, wo wir hinmüssen und ob es Möglichkeiten gibt, sich dort unauffällig zu bewegen.“

„Sehr gut, lass mal sehen.“

Es dauerte eine ganze Weile, bis sie fündig wurden. Zumindest glaubten sie das. Die Säule schien identisch zu sein mit der auf dem Foto. Das Haus lag an einem Waldstück. In der Nähe standen alte Stromleitungsmasten. Eine einsame schmale Straße führte dorthin.

„Das muss es sein“, sinnierte Scott laut und zog sein Handy aus der Tasche. „Ich gebe schon mal die Route ein.“

Überrascht sah Audrey ihn an. „Dann willst du es doch wagen?“

„Natürlich, aber wir müssen Mister X ablenken. Ihn glauben machen, dass wir weiterhin hier sind.“

„Nur wie? Das wird schwierig.“

„Es sind fast drei Stunden Fahrtzeit“, berichtete Scott.

Drei Stunden, die sie von ihrem Vater und von Brian trennten. Kein Universum mehr. Am liebsten wäre sie sofort aufgebrochen. Scott hatte allerdings recht, ihr Plan musste gut durchdacht sein. Und das taten sie, betrachteten jede Möglichkeit von allen Seiten, bis das Schicksal Erbarmen hatte. So jedenfalls kam es Audrey vor, als ihr Handy klingelte und Brian am anderen der Leitung war. Sie stellte auf laut, sodass Scott mithören konnte.

„Audrey?"

„Brian, ja, ich bin es." Sie war so aufgeregt, dass sie beinahe keinen Ton herausbrachte. Brian atmete schwer. Warum sagte er nichts mehr?

Scott zog die Stirn in Falten.

„Brian? Was ...? Geht es euch gut? Ist etwas mit Dad?"

„Ich ...", setzte Brian an.

Wieder konnte sie nur seinen Atem hören. Hatte Mr. X ihm etwas angetan? Ihm und ihrem Vater? Jetzt, wo sie ihm so nahe war. Ihre Gedanken überschlugen sich und verursachten ein heftiges Stechen in ihrem Kopf.

„Brian, bitte sprich!", bat sie, ein wenig zu energisch.

Scott wollte mit ihm reden, doch das hielt sie für keine gute Idee und legte einen Finger an die Lippen. Sie erinnerte sich an Mr. Xs Worte, Brian sei eifersüchtig auf ihn. Stimmte das?

„Ich bin verletzt", sagte Brian.

„Was? Mein Gott! Was ist passiert?"

„Ich ... ich wollte ihn überwältigen, Audrey, als er einen Moment unachtsam war. Es wäre mir beinahe gelungen."

Jedes einzelne Wort ließ das Blut in ihren Adern gefrieren. „Was ist mit Dad? Ist er auch verletzt?" Bitte nicht, betete sie.

„Nein, nein."

Ein Aufatmen. „Wo ist Mister X jetzt?", fragte Audrey.

„Könnt ihr kommen? Wir sind in ..." Er keuchte lauter.

„... Gary. Wir wissen, wo", sagte sie.

Brian entwich ein gurgelndes Lachen. „Du bist so schlau, Audrey."

„Das haben wir auch Scott zu verdanken", rutschte es ihr heraus.

„Natürlich. Ich bin so froh, dass es dich gibt, Audrey."

„Wo ist Mister X?", wiederholte sie ihre Frage von vorhin.

„Ich konnte ihm das Messer entreißen und habe es ihm in den Bauch gerammt. Danach stand ich unter Schock. Er hat die Klinge selbst herausgezogen, auf mich eingestochen und ist hinausgestürmt. Beim Kampf muss er das Handy verloren haben, mit dem ich anrufe. Mister X hat mich und deinen Vater hier eingesperrt, ist dann aber vor der Tür zusammengebrochen. Ich kann ihn durch das Schlüsselloch da liegen sehen. Vielleicht ist er tot, vielleicht nicht."

„Könnt ihr die Tür nicht aufbrechen?", mischte sich Scott nun doch in das Gespräch ein.

„Schon probiert, aber das ist eine massive Holztür. Verdammt, der Akku ist gleich leer, Audrey."

„Okay, okay." Audrey erhob sich. „Wie schwer bist du verletzt, Brian?"

„Er hat mich im Lendenbereich getroffen. Keine Ahnung. Ich ... ich habe noch nicht nachgeschaut."

„Hast du die Polizei schon angerufen, Brian?"

„Ja, sie sind auf dem Weg.“

Audrey war unendlich froh, dass Hilfe unterwegs war und sie lebten. Sie musste dorthin. Sofort!

„Bleibt ganz ruhig. Drück irgendetwas auf die Wunde, oder bitte meinen Vater, das zu tun. Kann ich ihn kurz sprechen?“

„Dein Vater ist sehr schwach, Audrey. Dieser Bastard hat ihn leiden lassen, weil er nicht mehr für ihn weitergeschrieben hat. Er konnte nicht mehr.“

Die Umgebung verschwamm vor Audreys Augen. Das Stechen in ihrem Kopf wurde zu einem dumpfen Pulsieren. „Wir sind bald da!“

Geisterstadt

Die Stadt Gary am Michigansee gehörte zum Großraum Chicago. Michael Jackson war dort geboren worden. Seit dem Niedergang der Stahlindustrie in den 1960er-Jahren befand sich die Stadt in einer prekären Lage. Stahlwerke und ihre Zulieferbetriebe hatten sehr viele Beschäftigte entlassen müssen. Große Teile von Gary waren daher nahezu verwaist.

Scott lenkte seinen Jeep Cherokee durch die Straßen und folgte den Anweisungen des Navis, das sie zu jenem Haus mit der Säule führte. Audrey betrachtete die verfallenen Häuser durch das Beifahrerfenster. Viele der Gebäude ächzten unter ihrem fortschreitenden Verfall. Hinter zerbrochenen Fenstern lauerte eine Dunkelheit, die sie auf unheilvolle Weise anzog. Es fröstelte Audrey. Eine Kreuzung löste die nächste ab. Die ganze Fahrt über war sie wie in Trance gewesen. Trotzdem arbeitete ihr Körper wie ein Uhrwerk. Jede Minute, die verging, steigerte das Gefühl der Unruhe. Sie ließ das Fenster ein wenig hinunterfahren, um frische Luft zu schnappen.

„Noch eine Kreuzung, dann die Straße dort links", sagte Scott leise, als könnte Mr. X sie hören.

Audrey schluckte. Scott gab nach dem Passieren der Kreuzung wieder Gas. Und dann, nur eine Minute später, waren sie da. Scott parkte den Wagen auf der anderen Straßenseite, etwa zwanzig Yards entfernt. Das

Haus mit der Säule, der Treppe, den Fensterläden, der Scheibe, auf die das G gemalt und inzwischen verwischt worden war, war unverkennbar. Ohne ein Wort öffnete Audrey die Autotür.

Scott beugte sich zu ihr und zog sie rasch wieder zu. Polizei war nicht in Sicht, verdammt!

„Warte! Ich steige zuerst aus, ich habe die Waffe. Du bleibst dicht hinter mir", sagte Scott.

Audrey fiel es schwer, länger an sich zu halten, doch sie nickte. Wie so oft seit dem Anruf warf sie einen Blick aufs Handydisplay und rief auf der unbekannten Nummer zurück.

„Was tust du da, Audrey?"

„Ich will nur wissen, ob er noch bewusstlos ist."

Scott atmete hörbar aus und lehnte sich zurück. „Ja, gute Idee."

Brian ging sofort ans Telefon, zum Glück hatte er noch Akku.

„Brian, geht es euch gut? Wo ist Mister X jetzt?"

„Audrey, seid ihr da? Die verdammten Bullen lassen sich ganz schön Zeit, verdammt!"

„Wir sind da, wir helfen euch. Die Polizei ist bestimmt auch gleich vor Ort."

Seine Stimme klang zittrig, so leise. „Er hat sich nicht mehr bewegt."

„Okay, gut, wir kommen rein."

Sie hörte Brian ein „Danke" murmeln, dann war die Leitung tot.

„Die Luft ist rein. Alles klar, Aufbruch, Scott", sagte sie und öffnete erneut die Beifahrertür, woraufhin Scott sie erinnerte: „Erst ich, dann du. Man weiß nie bei dem Mistkerl."

Trotzdem beschlich Audrey ein ungutes Gefühl. Sie war ihrem Ziel so nah. Gott, sie hatte ihren Vater gefunden. Lebend! Wahrscheinlich würde sie das erst richtig begreifen, wenn sie ihn in die Arme schließen konnte.

Die Straße war menschenleer. Nur der blaue Abendhimmel und ein paar wenige Grünflächen verliehen diesem gespenstischem Ort einen Hauch Leben. Auf dem Nachbargrundstück lagen Betonreste von einem abgerissenen Haus oder einer Garage. Ein verrosteter Maschendrahtzaun zog eine Grenze zwischen den beiden Anwesen. Dort, wo Scott geparkt hatte, gab es nur alten Bauschutt. Ein einsamer Flecken Erde.

Audreys Puls jagte, bis ihr schwindelig wurde. Unwillkürlich streckte sie eine Hand aus, berührte Scott, suchte Halt. Geduckt überquerten sie die Straße und fanden Schutz im Schatten eines Strauchs. Audrey blickte Scott über die Schulter, das Haus in guter Sicht. Nichts rührte sich.

„Weiter", flüsterte sie.

Scott nickte. Sie rannten bis zur Steinsäule, duckten sich erneut. Weiterhin blieb alles still.

Audrey legte beide Hände an Scotts Rücken. „Auf drei bis zur Haustür?"

„Es wäre besser, wenn ich allein ..."

„Vergiss es!", zischte sie.

Ein kurzes Murren, aber er gab sich geschlagen. „Okay. Drei, zwei – eins."

Sie waren schnell, und Scott zögerte keinen Augenblick mehr. Sie hatten damit gerechnet, die Tür aufbrechen zu müssen. Doch sie stand einen Spalt breit offen. Scott schob Audrey gegen die Hauswand und sich dicht mit dem Rücken vor sie. Dann zog er die Pistole, entsicherte sie und hielt sie schussbereit.

„Ich gehe hinein. Du wartest hier, bis ich dich rufe."

Audrey war so angespannt, dass sie nur nickte.

„Audrey."

Was dachte sie denn? Er konnte sie nicht sehen. „Ja, entschuldige."

Diesmal gab es kein Zählen mehr. Er zögerte nur kurz. Für einen Moment schloss Audrey die Lider, als sie spürte, dass er sie allein zurückließ, um das Haus zu stürmen. Das Herz rutschte ihr in die Hose, ihr Magen drehte sich um und begann zu flattern. Sie hielt die Augen offen. Inzwischen herrschte Zwielicht. Wie passend, dachte Audrey. Alles, was sie hörte, waren Scotts Schritte. Nein, da war noch etwas! Sie konnte nicht länger stillstehen und wagte einen Blick um die Ecke. Ein schmaler dunkler Flur war zu erkennen. Modergeruch drang nach draußen. Dann ein „Verdammt!".

Das war Scott! Sie musste zu ihm.

Auf der rechten Seite des Flurs ging eine Tür ab. Scott erschien im Rahmen und winkte Audrey zu sich. Sie folgte ihm in ein Zimmer mit zugezogenen schweren Vorhängen vor dem Fenster. Würde sie jetzt ihren Vater sehen? Scott aktivierte die Taschenlampenfunktion seines Handys. In diesem fast leeren Raum war niemand. In einer Ecke stand lediglich ein Holztisch, auf dem sich ein paar Prospekte stapelten und den sicher schon Dutzende Holzwürmer belagerten.

„Unser Mister X ist abgehauen, wie es scheint. Wir bleiben dicht beisammen", sagte Scott leise und lief auf die Tür auf der gegenüberliegenden Seite des Raums zu. Die Holzdielen knarzten unter ihren Füßen.

Audrey versuchte, das Engegefühl in der Brust loszuwerden. Mr. X war also aufgewacht. War er ganz in der Nähe? Sie folgte Scott.

„Dahinter müssen sie sein. Vorhin war da so ein seltsames Geräusch. Vielleicht …", sagte sie im Flüsterton.

Scott zog sie neben die Tür.

Plötzlich hörten sie Brians Stimme. „Hallo?"

Ihr Herz machte einen Satz. Sie waren hinter dieser Tür. So nah!

„Ja, wir sind hier", entfuhr es ihr.

Scott verdrehte die Augen. „Nicht so la…!"

„Audrey!" Brians Stimme war voller Hoffnung.

Audrey konnte nicht anders, sie drängte sich an Scott vorbei und rüttelte an der Klinke.

„Wo ist Mister X?", rief sie gedämpft durch die Tür.

„Ich weiß es nicht. Er ist rausgelaufen, vor geschätzt einer halben Stunde. Dann habe ich ein Motorengeräusch gehört. Ich bin mir aber sicher, er kommt bald zurück."

„Mach schon", bat Audrey und sah Scott flehend an. „Tritt die Tür auf!"

Der machte zwei, drei Schritte zurück und visierte das Türblatt unter dem Schloss an. „Weg hinter der Tür. Es wird gleich ungemütlich."

Scott zielte perfekt und trat zu. Holz splitterte.

„Dad?", rief sie. Aufregung, Angst, es könnte ihm schlecht gehen, Wiedersehensfreude, Trauer, Glück, dass sie ihm nun so nah sein durfte, ihn überhaupt gefunden hatte, vereinten sich zu einer Mischung, die sie überforderte. Dennoch schaffte sie es, auf den Füßen zu bleiben.

Scott ließ Audrey vorbei, sobald er sich sicher war, dass keine Gefahr drohte.

„Mister X ist nicht hier", keuchte er.

Brian wankte auf sie zu. Auch in diesem Raum war es düster. Erhellt wurde er nur durch eine Öllampe.

Ihr Freund schloss die Arme um sie, atmete in ihr Haar. „Danke, du bist hier."

Sie drückte ihn vorsichtig. „Wie geht es dir? Was macht deine Wunde?"

„Ist halb so wild, die Klinge hat mich nur gestreift. Ein Kratzer. Ach, Audrey, Gott sei Dank bist du okay."

Sie strich ihm mit einer Hand über die Wange, schaute dann an ihm vorbei. Wo war ihr Vater? In einer Ecke entdeckte sie eine Matratze mit einem dunklen Bündel darauf. Nur ein paar Schritte weiter stand ein Tisch mit zwei alten Schreibmaschinen und einem Stapel Papier, zwei Stühle davor.

„Ist ... ist er das?", brachte Audrey stammelnd über die Lippen.

Brian nickte. „Ich wollte es dir nicht am Telefon sagen. Der Mistkerl hat ihm ein paar verpasst, weil er sich weigerte zu schreiben. Danach hat er ihm ein Mittel eingeflößt, das ihn beruhigen und ihn geistig fitter sein lassen soll, wenn er aufwacht. Seit der Spritze schläft er wie ein Baby."

Audrey schluckte. „Dad. Daddy!" Am liebsten wäre sie zu ihm gerannt. Doch die letzten Schritte, die sie von ihrem Vater trennten, den sie so lange tot geglaubt hatte, ging sie langsam. Tränen schossen ihr in die Augen. Er war hier! Der Mann, den sie mehr liebte als ihr Leben.

Die beiden Männer hinter ihr schwiegen. Ihr Vater atmete gleichmäßig. Sie ging auf die Knie, schlug die Hände vor den Mund, um ein Schluchzen zu unterdrücken. Sie waren wieder vereint. Tränen tropften auf die Decke. Dann streckte Audrey eine Hand aus, berührte ihren Vater sanft an der Schulter, woraufhin er sich ein wenig bewegte. Da er mit dem Rücken zu ihr lag, konnte sie sein Gesicht nicht sehen.

„Ich bin hier, Daddy", sagte sie leise und strich ihm übers Haar. Es fühlte sich dünner an. Sämtliche Emotionen stürzten auf sie ein. Beinahe vergaß sie, wie man atmete, als urplötzlich ein Poltern zu hören war, direkt hinter ihr.

„Verdammt!", hörte sie Brian rufen.

Scott stellte sich sofort schützend vor Audrey.

Mr. X war wieder da. Sie wollte sich ihm entgegenstellen, aber Scott hielt sie zurück, als sie an ihm vorbeiwollte. Da war er, stand in der Tür. Vor den Augen trug er eine schwarze venezianische Maske. Er war breitschultrig und sportlich, in etwa so groß wie Scott. Er richtete eine Waffe auf sie. Brian stand wie angewurzelt ein paar Schritte von ihnen entfernt, hob beide Hände, sagte aber kein Wort.

„Sieh an, sieh an, Besuch!", raunte Mr. X und verzog die Lippen zu einem Lächeln.

„Lassen Sie sie gehen", hörte sich Audrey sagen, was ihm ein Lachen entlockte. Seine Stimme klang noch tiefer und rauer als am Telefon.

„Sei still", murmelte Scott.

„Ich gebe Ihnen, was Sie wollen", ignorierte sie ihn. „Ich schreibe was und so viel Sie wollen."

„Hör auf", rief Brian.

„Warum denn? Ein Angebot von Miss Richards, das gar nicht mal so unattraktiv ist." Mr. X richtete die Waffe auf Brian. Dann befahl er: „Durchsuch sie. Nimm ihnen die Handys ab und die Pistole, ich weiß, dass sie eine haben."

Brian zögerte nicht. Scott und Audrey taten, was Mr. X verlangte.

„Es tut mir leid, Audrey", murmelte Brian.

Sie schüttelte den Kopf. „Du kannst nichts dafür."

Widerwillig rückte Scott die Sachen heraus, den Blick starr auf den vermummten Bastard gerichtet. Audrey wandte sich zu ihrem Vater um. Er schlief nach wie vor. Hoffentlich, dachte sie, war die Dosis, die Mr. X ihm verabreicht hatte, nicht zu viel für sein Herz gewesen. Es fiel ihr äußerst schwer, ruhig zu bleiben.

„Beeilung!", trieb Mr. X Brian an und fuchtelte mit seiner Pistole herum. Ein Schuss löste sich, der Audrey und Scott knapp verfehlte.

„Ups, wie unvorsichtig von mir." Der Verrückte lachte.

Audrey sah nach ihrem Vater und ging in die Hocke.

„Aufstehen!", befahl Mr. X.

Ihr Vater regte sich.

„Alles gut, Dad", sagte Audrey heiser.

Scott zog sie hoch und warf ihr einen mahnenden Blick zu.

Mr. X dirigierte Brian mit dem Lauf der Waffe an die gegenüberliegende Wand. Langsam kam Mr. X ein paar Schritte näher und musterte Audrey. Sie stellte sich vor, ihm die Maske vom Gesicht zu reißen.

„Wieso?", fragte sie.

Mr. X legte den Kopf schief. „Wieso ich das tue? Das weißt du doch. Aber ich verstehe, du bist eine neugierige junge Frau, die alles wissen will. Nicht nur an der Oberfläche kratzen, das reicht dir nicht. Deshalb schreibst du so gut.“

Sie verengte die Augen und presste die Zähne so fest aufeinander, dass ihr Kiefer zu schmerzen begann. Scott ergriff ihre Hand. Sie wusste, sie durfte sich nicht provozieren lassen. Es war schwer, verdammt schwer.

„Ihr habt herausgefunden, wo ich bin, und es gewagt hierherzukommen. Nun gut, dann werdet ihr eure Werke eben hier vollenden und so lange bei Wasser und Brot bleiben, bis ich zufrieden damit bin. Für deinen Daddy hole ich auch noch eine Maschine. Ich bin mir sicher, ihr haltet eure Muse gegenseitig wach. Schön übrigens, dass es deiner Mutter besser geht.“ Er zwinkerte ihr zu.

Audrey schluckte trocken, während ihr eiskalt wurde. Scott drückte ihre Hand fester.

„Lassen Sie sie in Ruhe!“, zischte sie.

Mr. X lachte auf. „Natürlich, solange ihr brav seid.“ Dann nickte er Richtung Tisch. Und Audrey glaubte, ein weiteres Teil in ihr Puzzle um Mr. X einreihen zu können.

Die Schreibutensilien darauf waren also für sie und Scott bestimmt. Demnach hatte Mr. X gewusst, dass sie auf dem Weg hierher gewesen waren. War das Ganze nur eine Inszenierung? Ein weiteres Spiel? Es sah ganz danach aus.

Und als würde er ihre Gedanken erraten, sang er: „Every breath you take, every move you make, every bond you break, every step you take, I'll be watching you. Every single day, every word you say, every game you play, every night you stay, I'll be watching you."

Mr. X verströmte einen Duft nach Minze, der Audrey scharf in die Nase stieg. Langsam zog er sich zurück und schnappte sich Brian.

„Die Tür kann mechanisch geschlossen werden", informierte Mr. X sie, bevor er verschwand. Er genoss es sichtlich, seine Überlegenheit zu demonstrieren.

Nun war Audrey überzeugt, dass er sie hier hatte haben wollen. Das hätte er allerdings schon eher haben können. Nun, auch das hatte sicherlich seine Gründe.

***

Audrey bettete den Kopf ihres Vaters auf ihren Schoß. Er blinzelte ihr entgegen, murmelte etwas Unverständliches. Es war ein unglaubliches Gefühl, ihn zu halten, ihm so nah zu sein. Frühere Emotionen spülten an die Oberfläche und überwältigten Audrey.

„Dad, ich bin es." Sie lächelte und versuchte, das Beben ihrer Lippen zu unterdrücken. Ihre Finger suchten seine.

Und plötzlich weiteten sich die Augen ihres Vaters, und er richtete sich auf. Etwas zu schnell, denn er sackte gleich wieder zusammen. Scott und Audrey stützten ihn gleichermaßen.

„Mein Gott, du bist hier."

Sie nickte.

Er wollte noch etwas sagen, schaffte es jedoch nicht. Stattdessen zog er sie in eine lange Umarmung.

„Daddy", hauchte sie an seiner Schulter, „ich lass dich nie wieder allein."

„Ich bleibe bei dir. Mein Gott, Audrey." Er begann zu weinen.

Scott rückte ein wenig ab. Es war ein Geschenk des Himmels für Audrey, ihren Vater wieder bei sich zu haben. Ein Geschenk, das sie mit dem eigenen Leben verteidigen würde. Das schwor sie sich hoch und heilig.

Die ganze Wahrheit

„Ich bin nie in dem Pariser Hotel angekommen. Man hat mich im Taxi entführt“, berichtete ihr Vater, nachdem sich die Aufregung ein wenig gelegt hatte. Er saß Scott und Audrey auf der Matratze gegenüber und erzählte, wie sich alles zugetragen hatte, soweit es seine Erinnerung zuließ. Zeitweise hatten ihm die Entführer ein Mittel eingeflößt, das seine Wahrnehmung trübte. Eine ganze Weile hatte er auch eine Schreibblockade gehabt.

Scott hing gebannt an den Lippen seines Idols.

„Ich bin ehrlich, Mister Emery, ich habe lange gedacht, Sie wären involviert. Es ... es tut mir von Herzen leid“, gab ihr Vater zu. Seine Hände zitterten. Er war dünn und ausgemergelt. Wenn sie zu Hause wären, würde Audrey ihn aufpäppeln, hegen und pflegen. Allerdings war sie sich sicher, dass sich ihre Mutter das nicht würde lange nehmen lassen.

„Ich bin so froh, dass deine Mom wieder aus ihrem Tief gefunden hat. Dank dir, wie Brian mir berichtet hat. Ich habe sie jeden Tag vermisst, so sehr. Euch beide.“ Er tupfte sich eine Träne von der Wange.

Audrey küsste ihn auf die Stirn, wollte ihm Mut machen. „Dad, wir schaffen es hier raus.“

Wo blieb nur die Polizei?, fragte sie sich.

„Ich weiß zwar noch nicht, wie, aber ja, Audrey hat recht, wir schaffen es hier raus“, entgegnete Scott.

„Tut nichts, was euer Leben gefährdet, Kinder“, bat ihr Vater.

„Ich kann nicht glauben, dass wir uns auf diese Weise treffen.“ Scott schüttelte den Kopf.

„Und weiter?“, kam Audrey wieder aufs Thema zurück. „Sie haben dich entführt. Und du hast keine Ahnung, wer dahintersteckt? Entschuldige, dass ich so nachbohre, aber ...“

„Ist schon gut“, beruhigte ihr Vater sie. „Nein, ich habe keine Ahnung. Am meisten hatte ich mit dem Kerl von vorhin zu tun. Er ist der Anführer, von ihm geht alles aus. Die anderen erhalten nur einen Anteil. Er ist besessen von Geschichten, besonders von meinen. Manchmal hat es Prügel gesetzt, in letzter Zeit immer öfter. Doch ich konnte nicht mehr.“

Schon allein die Vorstellung schlug eine tiefe Wunde in Audreys Herz. Sie umarmte ihren Vater noch einmal.

Ein paar Sekunden später erschien Brian mit einer dritten Schreibmaschine, die er auf den Boden in der Nähe der Tür abstellte. Ein Auge war blau und geschwollen. Audrey stand auf. Er winkte ab.

„Bleib, wo du bist. Mir geht’s so weit gut, aber ihr müsst schreiben. Ich soll euch sagen, dass ich alle fünf Stunden kommen und mindestens zwei Kapitel holen soll. Wenn nicht, dann ... dann wird er es an mir auslassen. Bitte, Audrey, Scott, Monty.“

Kaum ausgesprochen, wurde Brian an der Schulter gepackt und zurück in den Flur gerissen, woraufhin sich die Tür sofort wieder schloss.

„Dieser elende Bastard“, fluchte Audrey und schluckte neue Tränen hinunter.

Ihr Vater legte eine Hand auf ihre Wange. „Wir haben schon so viel gemeinsam geschafft. Lass uns schreiben und weiter überlegen. Ich glaube an einen Gott und höhere Gerechtigkeit, du nicht?"

„Ich will zumindest daran glauben", erwiderte Scott, und ihr Dad nickte ihm lächelnd zu.

Audrey stimmte ein. „Ich auch."

***

Es schauderte Audrey, wenn sie an das dachte, was ihr Vater erzählt hatte. Sie hatten ihm Zähne gezogen, den Anschlag wie einen Terrorangriff aussehen lassen und dafür genügend Spuren gelegt. Alles war genau durchdacht. Und es machte ihr Angst. Angst, die sie weder Scott noch ihrem Vater zeigen wollte. Alle drei rangen sich Sätze ab, irgendwie!

„Ich weiß nicht, ob das, was ich schreibe, überhaupt einen Sinn ergibt", murmelte Scott irgendwann.

Ihr Dad seufzte. „Geht mir ähnlich."

„Verdammt, und ich hatte gehofft, mir von einem Genie wie Ihnen einen guten Rat einholen zu können", erwiderte Scott.

„Mein Junge, ich bin Schriftsteller, kein Genie."

Scott spitzte die Lippen, absolut nicht überzeugt. Audrey lächelte. Für ihn würde ihr Vater immer ein Idol bleiben.

„Ich hoffe, ich habe Sie nicht enttäuscht, Mister Emery."

„Sie enttäuschen mich, wenn Sie mich nicht endlich Scott nennen. Ansonsten können Sie mich, glaube ich, nicht enttäuschen. Sie sind nicht nur der beste Autor, sondern auch ein netter Kerl."

Das zu hören entlockte ihrem Vater ein Lachen, und seine Augen blitzten auf wie in alten Zeiten. Audrey hätte ihn stundenlang dabei beobachten können.

„Du bist ein Schleimer, Scott."

„O nein, Audrey, sag es ihm."

„Er sagt meistens ganz direkt, was er denkt und fühlt", gab sie zurück.

Scott runzelte die Stirn. „Wieso meistens?"

Nun spitzte ihr Dad die Lippen. „Und hast du meiner Tochter schon direkt gesagt, dass du ein Auge auf sie geworfen hast?"

Das verschlug Scott die Sprache.

„Sieht ja ein Blinder. Und jetzt lasst uns weiterschreiben."

Scott konnte immer noch nichts erwidern. Gut, dachte Audrey, dass es so düster im Raum ist, sonst würde er meine erhitzten Wangen sehen. Gleichzeitig aber dachte sie an Brian und machte sich wieder an die Arbeit. Scott schlug eine Saite in ihr an, das war unverkennbar. Doch sie mochte Brian ebenso. Auf keinen Fall wollte sie einem von beiden wehtun.

„Audrey, ich …", raunte Scott.

„Schreiben wir", wiegelte sie ab.

Rund zwei Stunden später schaute Audrey von ihrer Schreibmaschine auf. „Ich glaube, ich habe eine Idee." Inzwischen hatte sie die Hoffnung aufgegeben, dass ihnen die Polizei zur Hilfe kam. Anscheinend hatten sie Brian falsch verstanden.

„Ich hätte es nicht gedacht, aber ich bin fertig", berichtete ihr Vater.

Scott blies die Wangen auf. „Ich auch."

Beide Männer sahen sie an. „Welche Idee?", fragten sie gleichzeitig.

Bevor Audrey ihnen eine Erklärung geben konnte, öffnete sich die Tür. Diesmal tauchte Mr. X persönlich auf. Zumindest war Audrey sich sicher, dass es der Statur nach derselbe Mann war.

„Seid ihr so weit? Ich will was sehen."

„Ja, fast", antwortete Scott.

„Fast! Ihr hattet genug Zeit. Meine Großzügigkeit kennt Grenzen. Ich habe euch gewarnt!"

„Wir sind fertig. Sie wollten nur noch überarbeiten, aber das können wir später." Audrey schnappte sich die Seiten von allen und trat auf Mr. X zu.

„Ein braves Kind hast du da, Monty." Der Hohn in seiner Stimme war unüberhörbar.

Audreys Finger krampften. Die Augen hinter der Maske funkelten gierig. Gerade als er die Hand danach ausstreckte, feuerte Audrey es ihm ins Gesicht. Das brave Mädchen konnte auch anders. Es war ihre einzige Chance, sie musste auf Risiko gehen. Nie im Leben würde sie dieser Psychopath lebend hier rauslassen. Früher oder später würde er sie umbringen. Alles musste jetzt schnell gehen. Sie stieß ihn zurück, ehe er reagieren konnte. Mit einem Aufstöhnen prallte er rücklings gegen die Wand. Scott und ihr Vater waren sofort bei ihr, drückten ihn zu Boden.

„Bist du verrückt?", rief Scott und suchte Mr. X nach der Waffe ab, die er ihnen abgenommen hatte.

Ihr Entführer wand sich wie eine Schlange unter ihm. Plötzlich löste sich ein Schuss!

Scott fiel zurück und hielt sich das Bein. „Verdammt, er hat mich getroffen."

Mr. X versuchte, die Pistole auf Audrey und ihren Vater zu richten, doch sie waren schneller.

Ihr Dad konnte sie ihm entreißen. „Ich habe ihn."

Audrey zog sich ihre Schnürsenkel aus den Sneakers und fesselte Mr. X damit. Danach robbte sie zu Scott, der die Zähne aufeinanderbiss, das Gesicht schmerzverzerrt.

„Wir müssen hier weg. Die sind ..." Er hielt inne.

Auch Audrey hatte die Geräusche gehört, die vom Flur in den Raum drangen. Scott und ihr Vater wollten sie zurückhalten, es gab jedoch kein Zurück mehr. Sie schnappte sich die Waffe und entsicherte sie.

„Wir werden euch alle töten", schrie Mr. X.

Audrey trat in den Flur, die Pistole im Anschlag. Ein paar Yards weiter entdeckte sie eine Tür auf der rechten Seite, die nur angelehnt war. Sie hielt inne, lauschte. Keuchende Geräusche drangen von innen zu ihr.

In der nächsten Sekunde riss jemand die Tür auf. Ein weiterer Maskenträger. Von der Statur her nur ein wenig kleiner als Mr. X. Er trug Anzug und Krawatte. Ein Geschäftsmann, der nach Feierabend kranke Spielchen spielte? Audrey zuckte zusammen, wich ein paar Schritte zurück, hob die Waffe und zielte. Der Mann war nicht allein. Brian begleitete ihn, ein Messer an der Halsschlagader.

„Wieder zurück. Wo ist Mister X?", fragte der Angreifer.

Brian machte keinen Mucks. Schweiß perlte auf seiner Stirn. Sein Blick war flehend auf Audrey gerichtet.

„Wir haben ihn festgesetzt", antwortete sie und verengte die Augen.

„Ihr lasst ihn frei – oder ein Schnitt und er verblutet!"
Brian kniff die Lider zusammen und stöhnte.

„Mach schon!", keifte der zweite Entführer. Sie wusste, er bluffte nicht. Was sollte sie tun?

„Bitte, Audrey!", brach es aus Brian hervor.

„Zurück, rein da!", brüllte Mr. Xs Komplize.

Audrey stieß gegen eine Kommode. Die Zeitschriften darauf fielen zu Boden. Aus dem Zimmer, aus dem Brian und sein Geiselnehmer gekommen waren, fiel Licht.

„Verflucht", entwich es dem Entführer.

Audrey folgte seinem Blick – und glaubte nicht, was sie sah!

Brian bückte sich, doch es war zu spät. Eindeutig war das die Mappe, in der Brian seine Zeichnungen sammelte. Und eindeutig war das auf derjenigen, die bei dem Sturz herausgefallen war und obenauf lag, Miles, dessen erigiertes Glied Brian mit einer Hand massierte. Die Lust war auf ihren gut getroffenen Gesichtern deutlich zu sehen.

„Du Idiot", zischte Brian.

Der Entführer war perplex.

Was wurde hier tatsächlich gespielt? Steckten die beiden etwa unter einer Decke?

„Sie ahnt es", sagte der Mann.

Brian sah Audrey direkt an, seine Augen glühten.

„Du Miststück, gib mir die Waffe", verlangte der Maskierte. „Wir sollten dem Ganzen endlich ein Ende setzen, ich habe keine Lust mehr. Wir haben genug Geld gescheffelt. Und er hat gesagt, wir bringen sie um, wenn wir sie nicht mehr brauchen, lassen es wie gegenseitigen Mord aussehen. Jetzt ist es so weit. Mal ehrlich, Brian, scheiß auf den Boss. Wir schaukeln das jetzt alleine. Erst die Kleine, dann gehen wir da rein und erledigen den Rest."

„Ich glaube es nicht", flüsterte Audrey. Brian gehörte dazu. Die ganze Zeit über hatte er ihr nur etwas vorgespielt. Er war es auch gewesen, der ihr das Post-it mit der Warnung in Hartmans Buch geklebt hatte. Und ihr fiel seine Bemerkung ein, er würde auch Männer nackt malen.

„Das können wir nicht machen", widersprach Brian seinem Komplizen, während sie Schritt für Schritt zurückwich. „Du schießt sowieso nicht, Audrey!" Er lachte.

Ihr Finger lag am Abzug.

Plötzlich war Scott hinter ihr. Er nahm ihr die Waffe ab, und ehe sie sich versah, zielte er abwechselnd auf die beiden. „Aber ich tue es, darauf könnt ihr wetten!"

Brians Augen weiteten sich.

Auch sein Komplize wirkte gar nicht mehr so entschlossen. Dennoch lachte er frech. „Das werden wir ja sehen, Arschloch."

„Geh zu deinem Vater, Audrey." Scotts Stimme duldete keinen Widerspruch. So hatte sie ihn nie zuvor erlebt. „Bewacht den Bastard zusammen, ich kümmere mich um die hier."

Audrey tat, was er sagte. Erst jetzt bemerkte sie, wie weich sich ihre Knie anfühlten.

„Was nun? Alles läuft aus dem Ruder", brüllte Brian.

„Maul halten!", wies sein Komplize ihn zurecht.

Einen Herzschlag später hörte sie ein Ächzen, dann Schritte – und einen Schuss, gefolgt von einem weiteren. Audrey hielt sich die Ohren zu. Sie sank neben ihrem Vater auf die Knie. Der zog sie an sich.

„Ich muss zu Scott", brachte sie zittrig über die Lippen.

„Mir geht es gut", rief er, als hätte er sie gehört.

Audrey atmete auf. Doch es gelang ihr nicht, einen tiefen Zug zu nehmen.

Ihr Vater versuchte, seine Nervosität vor ihr zu verbergen. Mr. X knurrte vor sich hin. Da bemerkte Audrey, dass ihr Vater ihn geknebelt hatte.

„Sie hatten vor, uns alle umzubringen. Sie hätten es bei mir und Scott wie einen gegenseitigen Mord aussehen lassen." Was sie mit ihrem Vater gemacht hätten, daran wollte Audrey erst gar nicht denken.

Scott erschien in der Tür, die Waffe im Anschlag. Er ließ sie sinken und hinkte auf sie zu. Audrey zog ihn zu sich und fiel ihm in die Arme.

„Sie sind beide auf mich losgegangen und haben mir keine andere Wahl gelassen, als zu schießen."

Audrey blickte zu Mr. X, der sich nach wie vor gegen die Fesseln wehrte.

Dann griff sie nach seiner Maske und zog sie ihm vom Gesicht.

Zurück im Leben

Mehrere Securityleute schleusten ihren Vater zusammen mit ihr und Scott durch den Hintereingang zum Zimmer ihrer Mom. Natürlich war die Klinik informiert. Dr. Fitzgerald erwartete sie bereits. Das wenige Krankenhauspersonal, das ihren Weg passierte, blickte ihnen neugierig nach. Eine Frau begann zu schluchzen, als sie Monty Richards erkannte.

Eine andere rief ihm einen Gruß zu. „Schön, dass Sie wieder da sind. Ich liebe Ihre Bücher!"

Die Besucher und Patienten wurden weitgehend zurückgehalten. Trotzdem konnte Audrey im Vorbeigehen sehen, wie manche Tür einen Spalt geöffnet wurde. Ihr Vater war ganz der Alte und zu allen freundlich, nur schreckhafter war er geworden, was man ihm nicht verdenken konnte.

Ihre Mom würde heute entlassen und mit ihnen zu einem Domizil in Kanada gebracht werden, wo sie alle erst einmal durchschnaufen konnten. Jeder da draußen verstand das. Viele aber wollten Monty Richards' Wiederauferstehung feiern. Er hatte über die Presseabteilung des Verlags ausrichten lassen, dass er sich zu gegebener Zeit melden würde und überwältigt sei von der Anteilnahme, die ihm und seiner Familie, zu der nun auch Scott gehörte, zuteil wurde. Selbst Noah und Winton Folder hatten sich nach all den Ereignissen bereit erklärt, sich zu einem Gespräch zusammenzusetzen.

Winton hatte sich bereits bei Audrey telefonisch entschuldigt, dass er die Sache mit dem Skript nicht ernster genommen hatte und Warren Lee sie sogar besucht.

„Wie sehe ich aus?", fragte ihr Vater und strich sich über die Brust. Das blaue Hemd und die weiße Hose standen ihm außerordentlich gut.

„Bin ich nicht zu alt geworden?"

„Dad!" Audrey verdrehte die Augen und küsste ihn auf die Wange.

„Nicht machen, sonst bleiben sie irgendwann stehen. Das habe ich dir früher oft gesagt, als du klein warst. Und?"

Scott grinste und stupste Audrey an. „Sie ist ein Sturkopf."

„Ich bin kein Kind mehr, Dad."

Er beugte sich zu ihr und küsste sie auf die Stirn. „Für mich wirst du immer meine kleine Prinzessin bleiben, etwas ganz Besonderes."

Audrey lächelte und blinzelte die Tränen weg.

Dr. Fitzgerald reichte ihm die Hand. „Sie ist überglücklich. Seit sie die frohe Botschaft gehört hat, ist sie regelrecht aufgeblüht."

Ihr Vater schloss für einen Moment die Augen.

Mit einer Hand umfasste der Arzt die Türklinke. „Miss Richards, es tut mir leid, dass ... Ich meine, die Sache mit der Halluzination. Ich konnte nicht wissen, dass die Entführer einen Doppelgänger engagiert hatten ..."

„Schon gut", half Audrey ihm, als seine Stimme versagte. „Sie wollten mich damit ablenken. Sie wussten, dass meine Mutter in ihrer labilen Verfassung als verrückt gelten würde, wenn sie davon erzählt, und ich mich dann um sie kümmern würde. Immer dann, wenn es ihnen zugute kommen sollte. Weder meine Eltern noch ich geben Ihnen dafür die Schuld, Doktor."

„Danke", murmelte er und trat zur Seite. Der Doppelgänger war inzwischen gefasst worden. Seiner Aussage nach wusste er zu keinem Zeitpunkt, weshalb er den Auftrag erhalten hatte. Alles, was ihn interessiert hatte, war das Geld, das er dafür bekam.

Schließlich öffnete Audreys Vater die Tür zum Krankenzimmer und trat ein. Audrey und Scott hatten vorher besprochen, nach einer Viertelstunde nachzukommen und Monty und Lauren erst einmal allein zu lassen. Audreys Vater war einverstanden gewesen. Bevor sich die Tür schloss, hörte Audrey ihre Mutter glücklich aufschluchzen.

Scott lächelte und strich Audrey übers Haar. Sie schmiegte sich an seine Brust. „Danke für alles."

„Nichts zu danken, Audrey."

Das Vibrieren ihres Handys riss sie aus seinen Armen. Sie ahnte, wer das war. Grace!

Neuanfang

Audrey ließ die Kanne Tee in der Küche stehen und stellte zwei Tassen für ihre Eltern dazu.

In diesem Moment trat ihr Vater ein. „Störe ich?"

Sie lächelte. „Niemals!"

Er kam auf sie zu und nahm sie in die Arme. Seine Haut hatte ihre gesunde Farbe wieder, und das Strahlen in seinen Augen beruhigte Audrey gleichermaßen. Bald wollte er auch seine Zähne richten lassen. Audrey hatte ihm inzwischen auch die Puzzleteile gezeigt. Er hatte ihr erzählt, dass das Blut auf diesen nicht von ihm und Brian war, sondern von Ratten stammte.

„Gehst du zu ihr?"

Audrey nickte.

Ihr Vater küsste sie auf den Scheitel. „Ich liebe dich, Kleines. Und ich bin verdammt stolz auf dich."

„Wir beide", hörte sie ihre Mutter, die im Türrahmen stehen blieb.

Audreys Vater ging zu seiner Frau.

„Wir sehen uns später beim gemeinsamen Grillabend", fuhr sie fort. „Und nicht vergessen: Der Fernseher und die Handys bleiben aus. Keine Neuigkeiten mehr vorerst."

Davon hatten sie erst einmal genug.

Audrey stand stramm. „Aye, aye, Käpten Lauren."

Leise lachend zogen sich ihre Eltern zurück. Ihr Vater dachte sogar schon wieder ans Schreiben. Ein gutes Zeichen. Auch sie wollte es trotz allem nicht aufgeben. Dass ihn hin und wieder Albträume plagten, versuchte er vor ihr geheim zu halten. Sie hatte ihn und ihre Mutter zufällig darüber reden hören. Audrey wusste, dass er irgendwann zu ihr kommen und ihr alles erzählen würde. Keinesfalls wollte sie ihn drängen. Doch er sollte wissen, dass er sie nicht zu beschützen brauchte.

Sie goss Früchtetee in zwei Tassen und nahm sie mit auf die Veranda, wo es sich Grace auf der Schaukel, die unter dem Vordach des Blockhauses angebracht war, bequem gemacht hatte. Die Hütte war aus Zedernstämmen gebaut und lag an einem Südhang. An seinem Fuß ruhte der Francois Lake im Herzen von British Columbia. Ihre Eltern hatten in Kanada in solch einem Haus ihre Flitterwochen verbracht. Abgesehen von den Geräuschen der Natur war es hier ruhig. Und Ruhe brauchten sie nun alle erst einmal dringend.

Der Duft von Kiefern und Laubbäumen erfüllte die Luft. Audrey konnte nicht genug davon bekommen. Von drinnen hörte sie das Lachen ihrer Eltern. Sie waren so glücklich und wie zwei starke Magnete. Nie zuvor hatte Audrey die beiden so glücklich erlebt. So schafften sie es mit der Zeit, die Dunkelheit zu vertreiben, die noch über ihnen schwebte. Audrey wollte ihnen dabei helfen. Sie wusste, wenn jemand wirklich reich war, dann sie.

„Es ist wie ein zweites Leben. Es ist eine zweite Chance", hatte ihr Vater gesagt, und ihre Mutter sah es genauso.

Grace lächelte. Es war das schönste Geschenk des Tages. Dennoch entging Audrey die Traurigkeit hinter ihrem Lächeln nicht.

„Es ist schön hier", sagte ihre beste Freundin.

Audrey nickte und nippte an ihrem Tee. „Es ist schön, dass du dich entschieden hast, mit hierherzukommen."

Das glitzernde Wasser des Sees blendete sie. Es hatte Scott von Anfang an angezogen. Seit einer Stunde war er am Ufer unterwegs.

„Ein bisschen herumstreunen und warten, was sich ergibt", hatte er erklärt.

Und Audrey hatte sich gefragt, was er genau damit meinte. Wahrscheinlich hatte er es einfach nur so dahingesagt, dachte sie.

Scott und sie waren Freunde geworden. Sie war so dankbar, dass er ihr weiterhin beistand. Dass das nicht selbstverständlich war, war ihr klar.

Graces Finger wanderten zu Audreys. Sie hörte ihre Freundin tief durchatmen, bevor sie etwas sagte. Und Audrey wusste, sie sollte einfach zuhören, sie reden lassen.

„Dass Daniel der Anführer dieser – ich weiß nicht, wie ich sie nennen soll – war, hätte ich niemals gedacht, nicht im Entferntesten. Es gab keinen Hinweis, außer, im Nachhinein betrachtet, dass er Bücher, vor allem Thriller, mochte. Seine Karriere ist nicht so gut gelaufen, wie er es anfangs dargestellt hat. Das habe ich irgendwann mitbekommen und gehofft, er würde mit mir darüber reden. Ich dachte, er tut es sicher noch. Ich meine, so lange kannten wir uns ja nun auch wieder nicht."

Audrey nickte.

„Da fällt mir ein, dass er mich in gewisser Weise nach dir ausgefragt hat. Er hat es beiläufig klingen lassen, es waren jedoch gezielte Fragen gewesen. Mein Gott, wenn ich an seine Berührungen denke, wie wir miteinander geschlafen ...“ Sie brach ab und atmete erneut tief durch.

Audrey drückte ihre Hand.

„Es tut mir so leid“, schluchzte Grace und senkte den Kopf.“

Spätestens jetzt wollte Audrey etwas sagen. Stattdessen zog sie Grace in die Arme und hielt sie fest. Daniel Chantler war der wahre Mr. X, der in Amerika auf seinen Prozess wartete. Die Entführung ihres Vaters und die Hauptplanung des Attentats in Paris hatte er zugegeben, obwohl es ein paar Tage gedauert hatte. Zu allem anderen wollte er sich nicht äußern, während seine Komplizen, Brian und Miles, im Krankenhaus lagen. Beide waren notoperiert worden. Sie würden ihre Verletzungen überleben. Und das war gut so.

Wie Audrey von den Behörden erfahren hatte, hatten sich Daniel und Brian in einem Chatroom für Literatur kennengelernt. Daniel hatte sich für die Romane ihres Vaters interessiert, vor allem dafür, wie er es geschafft hatte, ein Bestsellerautor zu werden. Brian hatte diese Frage ebenfalls beschäftigt. Beide waren zu dem Schluss gekommen, dass es da ein Geheimrezept geben musste. Und das hatten sie an sich bringen wollen. Es hatte vor allem mit Talent, viel Arbeit und Leidenschaft zu tun, einen guten Roman zu schreiben. Und natürlich gehörte ein Quäntchen Glück dazu. Das hatten Daniel und Brian auch schon vorher gewusst, aber nie geglaubt, dass es das allein sein konnte. Daniel stammte wie Miles und Brian aus einer Familie, die ihre Kinder unterdrückt hatte, statt sie zu fördern. Freunde hatten sie kaum. Doch sie verstanden es mit der Zeit, wie man sich Anerkennung verschaffen konnte. Durch Ruhm und Geld. Alle drei lechzten danach. Daniel schrieb nicht selbst, aber Brian. Und der kannte Miles. So schloss sich ein dunkler Kreis, der nicht nur Audreys Leben aus den Angeln gehoben hatte.

„Irgendwann ist der Plan entstanden. Wir haben immer weiter daran gefeilt", hatte Brian bei seiner ersten Vernehmung gestanden. „Miles und mir hätte es gereicht, einen Batzen Kohle abzukassieren. Daniel hatte die Idee, Richards erst einmal zu schreiben, ihn so zu ködern. Aber dann haben wir herausgefunden, dass er einen Detektiv eingeschaltet hat. Die Sache wurde uns zu heiß. Also hieß es warten, bis sich alles beruhigt hatte – und ja, wir haben den Mistkerl von Schnüffler beseitigt. Er hat selbst nach Richards' Verschwinden keine Ruhe gegeben."

Brian hatte auch von der Narbe gesprochen, von der er Audrey gegenüber behauptet hatte, sie wäre ihm von seinem Vater zugefügt worden. Das war nicht wahr. Es war ihr Vater gewesen, als er einmal versucht hatte, Brian die Maske vom Gesicht zu reißen. Er hatte sich nie ohne gezeigt. Außerdem hatte er zugegeben, dass Miles eifersüchtig auf Audrey war, da er wusste, dass Brian nicht nur auf Männer stand. Er war bisexuell. Das erklärt ebenfalls, warum er damals erst so abweisend und kühl war, hatte Audrey gedacht, als sie davon gehört hatte. Er wollte den Ballast loswerden. So war es den Polizeibeamten vorgekommen. Außerdem hoffte er wohl auf mildernde Umstände. Brian hatte die

Schrift in den Briefen mit Absicht immer wieder verändert. Einmal hatte er sogar Scotts nachgemacht, um Audrey zu verwirren. Sie hatte durch ihre Erzählungen und Vermutungen Emery, laut Brian, im Grunde selbst ins Spiel gebracht. Und er hatte zugegeben, dass er es gewesen war, der bei Scott eingebrochen hatte.

„Der Plan war, ihm das Notizbuch von Richards unterzuschieben. Der Raum mit der Truhe war perfekt. Ich konnte ja nicht wissen, dass diese Putzschlampe dazwischenkommt und alles ruiniert. Audrey Richards kam uns gefährlich nahe. Wir hätten sie das Manuskript, das sie begonnen hat, fertig schreiben lassen, und dann hätten wir es so hingestellt, als hätte Scott sie getötet und dann sich selbst, weil er es nicht mehr ausgehalten hat ... Na ja, danach musste ein neuer Plan her, als das schiefging. Später haben wir sie nach Gary gelockt. Das schien uns die beste Lösung. Alles war diesmal perfekt durchdacht. Dann wäre es eben da zum Streit zwischen Scott und Audrey gekommen. Es ... es tut mir leid.“

Tat es das wirklich, auch nur ansatzweise? Audrey wollte nicht weiter darüber nachdenken. Das Ganze war eigentlich viel zu verrückt, um wahr zu sein.

Miles Steele hingegen schwieg beharrlich. Und Daniel rückte nur mit ein paar Brocken heraus. Demnach war Grace nur ein Druckmittel gewesen, ein Ass im Ärmel, das er noch ausgespielt hätte. Wie, das wollte sich lieber niemand vorstellen.

Das Puzzle fügte sich endlich zu einem Bild, das sie nach und nach wieder auseinanderbrechen wollte, um es durch ein anderes zu ersetzen. Eines, das ihre Zukunft zeigte. Frei, bunt, voller Lachen und Leben.

Grace löste sich von ihr. „Wenn ich unsere Geschichte in einem Roman lesen würde, würde ich sagen, das ist unglaublich irre. Doch das ist kein Roman. Ich habe Daniel wirklich gemocht, ich war verliebt."

Audrey sah ihr in das von Tränen aufgequollene Gesicht. „Ich weiß, Süße. Ich mochte Brian auch."

Grace fuhr sich über die gerötete Nase, schniefte und blinzelte ein paar Tränen weg, bevor sie fragte: „Und Scott?"

Für einen Augenblick glaubte Audrey zu erröten. Grace nickte Richtung Seeufer. Als sie ihrem Blick folgte, sah sie Scott am Ufer stehen. Er winkte ihnen, sie winkten zurück.

„Er ist echt nett. Und vor allem ehrlich!" Audrey sah zu Grace hinüber und runzelte die Stirn. „Ja, er wäre etwas für dich."

Grace stupste sie an und lachte kurz.

„Was ist?", fragte Audrey.

„O Audrey, stell dich nicht dümmer, als du bist."

Audrey lächelte, wurde dann jedoch wieder ernst und sah erneut zum Ufer. Scott stand noch an der gleichen Stelle, hatte ihnen aber inzwischen den Rücken zugewandt.

„Wir werden sehen, alles zu seiner Zeit", sagte sie leise.

„Verstehe. Geh zu ihm, Audrey." Grace lächelte ihr gutmütig zu, als sie verlegen mit den Schultern zuckte. „Na los, ich glaube, er wartet auf dich. Und ich glaube, du willst es auch. Ich komme klar. Hey, ich bin ein großes Mädchen. Ich lass mich doch nicht unterkriegen." Sie ballte eine Hand zur Faust und hielt sie ihr hin.

Audrey schlug mit ihr ab. „Bin bald zurück."

„Lass dir Zeit, Süße."

***

Scott lächelte und blickte weiter auf den See hinaus, als sich Audrey zu ihm gesellte.

„Na, du Streuner", begrüßte sie ihn. Die frische Luft, die über das Wasser zu ihnen wehte, umspielte sie.

„Na, Miss Richards."

„Hat sich schon etwas ergeben?", wollte sie wissen.

Langsam wandte er sich ihr zu. In seinen Augen lag ein warmer, aber zugleich geheimnisvoller Ausdruck. „Ja. Schön, dass du da bist."

Nun war sie es, die lächelte und spürte, wie ihr die Röte in die Wangen schoss. Es war zu spät, sie zu verstecken, denn sein Lächeln wurde zu einem verschmitzten Grinsen, das ihn verriet. Sie brauchten nicht viele Worte, um sich Danke zu sagen. Füreinander! Und dann spürte sie, wie seine Finger nach ihren suchten. Langsam, ganz langsam fügten sie sich ineinander und hielten einander fest. Es war ein stilles Versprechen – und noch mehr als das.

ENDE